北京六九届

于彬 著

中国商业出版社

图书在版编目（CIP）数据

北京六九届 / 于彬著 . -- 北京：中国商业出版社，2019.9

ISBN 978-7-5208-0887-3

Ⅰ.①北… Ⅱ.①于… Ⅲ.①报告文学—作品集—中国—当代 Ⅳ.① I25

中国版本图书馆 CIP 数据核字（2019）第 200517 号

责任编辑：刘洪涛

中国商业出版社出版发行
010-63180647 www.c-cbook.com
（100053 北京广安门内报国寺 1 号）
新华书店经销
北京京东印刷厂印刷

*

710 毫米 ×1000 毫米　16 开　27 印张　330 千字
2019 年 9 月第 1 版　2019 年 9 月第 1 次印刷
定价：58.00 元

****

（如有印装质量问题可更换）

69届啊69届

石肖岩

原北大荒知青志愿者委员会总召集人

手上的笔，一直不知如何下落，因为眼前太多太多熟悉的面孔了。我的思绪陷入了茫茫黑土、滚滚如潮的北京69届之中。

50年前，他们横空出世。

那是"文革"中的一声号令，1969年，北京69届初中毕业生一律上山下乡，或云南或内蒙古或东北，到黑龙江生产建设兵团的占到了大多数。一届学生连锅端，10万子弟离京城，这是何等壮观的场面啊。兵团有6个师，其中两个师1师和5师，北京知青几乎全是69届，1师就有2万多。69届一发冲天，京城为之而动；69届人多势众，在全国上山下乡大潮中激起了一朵巨大的浪花。

这不仅仅是北京69届的规模和影响。69届非同凡响之处还在于它的天然性。入学前，不论你是大院的还是胡同的，不论你是内城人还是郊区人，统统一刀切，就地分配就近入学；到农村进兵团，又是一个班级齐步走，一个学校同火车，同学依然在一起。回城了，同学、战友一起待岗，又一条街道再分配。

69届啊69届，就是这样，农村的田野，兵团的纽带将他们前前后后连接成了一条扯不断的情谊线。

　　50年间，他们纵横天地。

　　那是69届每个人所行所走的既不同又相同的一条轨道。但凡一个地方之人，都有左中右之分；但凡一个单位，上中下也是界限分明，可是69届却分外不同。活，人人能干；苦，个个能吃。困难的事，有人出手，集体的事，有人张罗。当官的不能摆谱，连队合影可能站在最后；有名的、有钱的，战友聚会兴许低位下座。一届同学大多身处基层，模范人物备受推崇，掏粪的，修脚的，开出租的，登上万众殿堂，大家都信一个理儿：北大荒面前，人人平等。从悲剧时代到创业时代，69届经历了太多的磨炼，身心受到了一次次洗礼。向黑暗争光，与时代争跑，他们每个人在不同领域不同单位做出了不同贡献，尽管是星星点点。

　　于是看69届，他们收获了人间真情，体味了同学、战友的终生友谊。在2013年6月18日，黑龙江生产建设兵团组建45周年，又恰逢北京69届上山下乡知青60大寿，千人相聚，万众欢欣。寿星们的寿桃高高立于现场，有3米之高，而生日蛋糕长30米，宽5米，整整150平方米。可以想见，3000人同时过寿，这整整150平方米的生日蛋糕，无论从什么角度来讲，都是世界级，都是空前的！

　　69届啊69届，就是这样，历经兵团的风和雨，思与情，泪和血，悲与壮，使他们由黑土大荒看到了中国国情，从而纵横天地，放眼世界，成了共和国的一代脊梁。

　　50年后，他们再问人生。

　　那是69届66岁称之六六大顺的今年，2019年。由天安门广场中国革命博物馆《魂系黑土地——北大荒知青回顾展》起始，引发全国知青活动此

序

起彼伏，到不久前报国寺闭幕的《北大荒知青老照片回顾展》，整整30年过去了，北大荒知青活动中时时闪动着69届的身影。荒友们从不相识到相识，从相识到相知、相爱，情谊日益深重。越来越多的荒友说，人生在世走一遭，我们渡过了黑土地的风雨岁月，我们更有了牵手荒友、一同欢乐的今天。我们不与别人相比，从我们拥有的无数荒友来说，从我们拥有的一个个荒友集体来说，从我们在历史上必是会大书特书一笔来说，我们都是幸运的，自豪的！

此时此刻，69届没有忘记长留荒原黑土的同学和战友。35团为扑灭山火而献身的14位荒友，大多是69届，大家还在为他们是因公牺牲而证明。而47团集体决议，为一位69届荒友回"家"寻墓迁棺。如今，动人的知青故事还在延续，而什么金钱官禄，早已成为身后之事，过眼烟云。北大荒知青志愿者委员会在服务荒友30年后已宣告完成历史使命，北大荒知青兵团召集人健康交流会应运而生，以新的面貌为大哥大姐荒友们服务，为69届荒友们服务。这也是69届整体自我认识和当仁不让的责任。健康在，友情在，一代知青的价值在。

69届啊69届，就是这样，一生矢志不渝，他们精神上依旧年轻。"喊一声北大荒，我们胸襟坦荡；喊一声北大荒，我们的友谊地久天长"。这就是永远的北京69届。

作者于彬是我同团的荒友，也是一个单位的同事，更是相亲相近的同69届。他邀我为《北京69届》作序，我读文思人，有感而发，作文以代序。

目录
contents

序	69届啊69届 ·················石肖岩	
序 章	**69届煮酒论英豪**	
001		
第一章	**五十年后秋点兵**	
010	全国道德模范贾立群："B超神探"加"缝兜大夫"	
018	全国五一劳动奖章获得者樊宝发：从"五好战士"到 　　新时代的时传祥	
024	全国优秀出租车驾驶员许福森：出租车内尽春风	
028	全国五一劳动奖章获得者刘继凤：创业再就业带头人	
032	全国德艺双馨艺术家：邹静之、郑晓龙、濮存昕、孟凡贵	
033	濮存昕：德字当先，大爱无边	
037	邹静之：一两次挫折挡不住人生的路	
043	孟凡贵：困难自己上，好事别人上	
050	公安部一等功获得者程亚力：铁道卫士护平安	
056	北京十佳厂长杨冀：兵团战士版"乔厂长上任记"	
065	叶克冬：温暖如春的君子	

I

目 录

第二章　名至实归第一连

- 071　胡鞍钢："因为路过你的路，因为苦过你的苦"
- 074　宋朝武：为在兵团被推荐上学的69届正名
- 079　杨　铸：奉献是69届的特质
- 084　卢　炜：那时最想得到中学毕业的证书
- 089　聂桂英：为读书两次放弃返城

第三章　君子以自强不息

- 093　张　键：为中国建设铺路
- 098　孙　奇：软胎玩具驱坚硬年代
- 105　王启新：守土有成复开疆
- 113　刘孔喜：创作生命印记的《青春纪事》
- 123　李海江：硬汉加才子
- 128　王铁军：黑土地执教16载
- 133　李秀人：商界精彩打拼，武界辉煌传承
- 137　赵惠民："槌"起京城民拍一片天
- 142　赵承德：年华给边疆　才华献社会
- 147　姚居亚：包出人生精彩的包装工
- 153　邓德才：让"肃然"变成"欣然"的讲解员
- 158　孙燕福：给清洁工递上一杯茶的经理

| 163 | 王俊善：两件大衣与一路奋斗 |

第四章　冰壶秋月担道义

170	汪永基：大爱在心记民情，激浪人生写传奇
176	王秋和：无愧领军人才　不惧威胁反腐
182	马　力：心清拒红包，心静写华章
189	马永强：栽花更"栽刺"打假为维权
196	张庆华：阳光渗进我的灵魂，青草味道与我相伴
203	苏　菲：勇敢的麦田守望者
207	孙春明：我的仗还没有打完
213	戴书宏：一切靠自己努力

第五章　金榜题名同风起

220	张世琨：十五赴边疆，回京考北医
223	金建方：经济学家的"大学三部曲"
227	赵　群：1977年高考前的60天
232	王胜利："二外"名额被顶，回京考上大学
236	党大建：三次考大学　两次中金榜
240	燕　军：靠自学成为北京最年轻的工程师
247	张　冲：18年自考写传奇，小学生成研究生
253	高二江：无缘师大天文系，自考8年夜读书

258	高　平：先补初高中，再叩大学门
262	刘　骥：曲曲弯弯求学路
266	李　炎：同是自学，待遇不同
271	寒小风：变大荒为大学堂
275	黄效东：在行万里路中探求真知
280	梁刚建：努力与幸运，感谢新时代
284	庄默石：大字写在荒原上

第六章　万里情思融热土

286	掀起69的盖头来
298	1966年，"小本"毕业生在干什么
308	3000军人撑起兵团一片天
309	老军垦献了青春献子孙
310	身强体壮老三届舞青春
311	由打架引发的69届集体锻炼潮
315	那些让人崩溃的农活
319	暴力的"自我证明"
325	对69届的回击和打击：去支援6师
331	转插，北京69届的无奈之举
333	69届制造"人才团"

第七章 斜阳残雪埋忠魂

- 340 北京女孩用生命换来的厕所
- 342 谁为牧羊姑娘颁发烈士证书
- 345 林海雪原中的青春之殇
- 347 为节约粮食而牺牲的小姑娘

第八章 情系黑土助故乡

- 353 郑宪临：为黑土地捐赠214万元设备
- 356 吴经建：助力知青快乐走天下
- 361 刘晓迪：为当地学生寄笔记本30年
- 364 周大安：回北大荒探亲34次
- 368 感谢人生引路人

第九章 知青活动主力军

- 385 知青专列：开回1969年那个秋天里
- 388 风云录、人名录：同类书籍开先河，真情实感启后人
- 390 黑土地回顾展："请"第二故乡到第一故乡来
- 392 69届过生日：3000夕阳红映红150平方米大蛋糕

- 397 **感悟兵团与尾声**

序　章
69届煮酒论英豪

69届是谁？

谁是69届？

为什么有的地方叫小69？

那么是否可以通过以下的问答，来回答以上的问题。

一问：

在中国外交的舞台上，谁以仪表堂堂展示今日中国形象，让外交辞令变成了外交名句？谁以"日本输掉了战争，不能再输掉良知"的警告让舆论敬佩？

是谁，在当了省长后还骑着自行车上班，一路的赞叹留下了泉城最美的春天？

是谁，在位居高官后依然保持着谦逊的本色，依然平和低调，对于所有朋友始终坦诚相待？

在中国的政坛上，哪一届中学生中的为官者集体贤良方正，展示了才学风度和清廉正直？

二问：

是谁，被广大患者亲切地称为"缝兜大夫"，成为从官方到百姓，上下都夸赞的医务工作者？

是谁，在"只想当将军，不想当士兵""只想当栋梁、不想当螺丝钉"的年代，安心做一名掏粪工，用他的一人脏换来了万家净，从而获得了新时代的时传祥的称号？

是谁，开着那被他盛满春天的出租车迎来送往，让海内外的乘客感受到首都出租行业的热情服务，以及北京人的友好、礼貌、温暖？

是谁，顶着压力，当了北京市第一个修脚女工，用她真诚的心和高超的技艺赢得了广泛的赞誉，人到中年《从头再来》，带领着一群姐妹再就业，绽放出一片《铿锵玫瑰》？

是谁，在永定河畔奔涌的上游，在北上列车期盼的窗口，带领着北京广大铁路干警，守护着旅客出入首都的安全。并跨出国门在破获国际列车大案中立下一等功，从而让北京站大厅准时播放的一曲《北京颂歌》悠悠飘向神州，报道着祖国又一个平安美丽的黎明？

三问：

是谁，在文学的天地里纵横捭阖，在多个文学领域都有他的佳作流传？他还顺手写了三部歌剧，全都在国家话剧院上演。他的电视剧让三个中年男人抱团闪亮银屏，从此打造出"铁三角"的专用名词。而电影《千里走单骑》，又让高仓健潇洒地再走一回，把传奇雕塑在拼搏的旅途上。

序　章
69届煮酒论英豪

是谁，以俊朗的外表，以儒雅的气质，以精湛的演艺，塑造出许多令人难忘的艺术形象；同时他多次献血，还担任禁毒宣传人，做公益在演艺界名列前茅？

是谁，在电视剧的田园里，从《北京人在纽约》起步，经历了《金婚》的美好岁月，穿越到《芈月传》，几十年来秉持真善美，从而被号称是国民导演？

是谁，集"捧哏"与"逗哏"于一体，创造出独具特色的单口相声，为观众表演了大量喜闻乐见的相声段子？

四问：

是谁，在社会科学界，在理论探索的迷宫里披荆斩棘，竖起一面面旗帜，绘就一幅幅蓝图，为中国经济发展献策献力？

五问：

是谁，在自然科学界，在水文和水资源的领域，在生物领域取得了巨大成就，为科技进步屡建奇功？

六问：

是谁，在教育界鞠躬尽瘁，师恩深似海，桃李满天下，为国家建设培养了德才兼备的众多学子？

七问：

是谁，在中国的建筑领域兢兢业业，从结构鉴定到防火措施，为全国的建筑安全树规立矩，从而安全"广厦千万家"？

八问：

是谁，在新闻界勤奋耕耘，发现美好，书写真相，讴歌中国改革开放以来的变化？

九问：

是谁，在自学的道路上刻苦学习，秉烛夜读，从而获得了本科、研究生文凭？

十问：

是谁，组织了一次次、一场场北大荒知青返城后的大型活动？这些活动从而又成为后知青时代活动的代表作，风向标？

上面这些人是谁呢？

一答：

他们是：

外交部部长王毅。

国务委员王勇。

中共中央统战部部长尤权。

原中国科协副主席程东红（女）。

原文化部副部长赵少华（女）。

原国家邮政局纪检组组长解畅（女）。

原国家邮政局普遍服务司司长陈小薇（女）。

原国家卫计委司长张世琨（女）。

原国务院发展研究中心副主任卢中原。

原国土资源部部长姜大明。

原国台办副主任叶克冬。

原人大常委会法工委副主任郎胜。

原农业部副部长高鸿宾。

原国家发改委副主任张勇。

原中央文献研究室主任冷溶。

原中央文献研究室副主任董宏。

原外交部副部长李保东。

原中联部副部长周历。

原国家体育总局副局长段世杰。

原中央编译局副局长王学东。

原国家医药局副局长李大宁。

……

二答：

全国道德模范、全国卫生系统优秀党员贾立群。

全国五一劳动奖章获得者、北京市环卫工人樊宝发。

全国文明驾驶员、北京市出租车司机许福森。

全国五一劳动奖章获得者、北京市劳动模范、再就业带头人刘继凤。

公安部两次一等功获得者、原北京铁路公安局局长程亚力。

三答：

著名作家、诗人、编剧邹静之，德艺双馨艺术家称号获得者。

著名电影、电视、话剧演员濮存昕，德艺双馨艺术家称号获得者。

著名电视剧导演郑小龙，德艺双馨艺术家称号获得者。

著名相声演员孟凡贵，德艺双馨艺术家称号获得者。

四答：

著名经济学家胡鞍钢。

著名经济学家樊纲。

著名经济学家金建方。

五答：

著名科学家王浩等人。

六答：

著名学者、原清华大学副校长、博士生导师袁泗。

北京大学博士生导师杨铸。

北京大学博士生导师卢炜。

中国政法大学博士生导师宋朝武。

首都师范大学博士生导师刘孔喜。

优秀中学教师王铁军。

《中国少年报》记者、诗人张庆华。

七答：

建设部防灾研究中心副主任、建筑防火科研领域学术带头人李引擎。

建设部技术专家委员会专家、建筑物鉴定与加固标准技术委员会副主任委员邸小坛。

八答：

原《中国图片报》总编助理、新华社高级记者汪永基。

原《中国建设报》总编辑、全国新闻出版行业领军人才王秋和。

原《中国旅游报》总编辑、中国散文学会副会长马力。

原《中华读书报》总编辑、中国广播电视报刊协会会长梁刚建。

原《中国工商报》副总编辑苏菲。

九答：

原北京铁路运输检察分院检察长高二江。

优秀律师张冲。

原《中国消费者报》记者马永强。

原北京电子商会副会长燕军。

序 章
69届煮酒论英豪

原《中国烹饪》主编孙春明。

原北京卫生防疫站干部高平。

十答：

这不是一个人，几个人。他说，没有我们，也有别人。北大荒知青志愿者委员会服务荒友30年。如今还是那句话，我们的友谊地久天长。

为什么要提起这些人？他们之间有什么联系吗？

因为这些人都是一届的学生。都是北京市1966届的小学毕业生，也就是1969届的初中毕业生。

这些人都有一个亲昵的称谓："北京小69"。

这些人有一个同样的命运，16岁（其中有少部分是15岁）就在祖国一声号令下，连锅端到了黑龙江生产建设兵团、内蒙古生产建设兵团、云南生产建设兵团，到那里去屯垦戍边。

他们在那段没有青春的少年岁月里，把年少的血和泪，悲与痛，爱与哀愁，梦想与苦难，深深地镌刻在北大荒，以及内蒙古、云南等地的土地上。

只有塔底的坚强和广度才有塔顶的高度。

上文提到的那些人是北京市69届初中生的代表，像他们那样努力、勤奋的还有许许多多，在这里可以列出一个长长的名单，他们同样是各自所在行业的劳动模范、先进工作者；同样是所在单位的领导、业务精英。他们在各自岗位上各有千秋，默默为社会做出自己的贡献。

从1969年到2019年，50年过去了，当年的他们，当年被分配到冰天雪地的北大荒的万千北京孩子们，站在最后的起跑线上，与那些曾经立下战功的数以万计的转业官兵、与那些默默无闻奉献的老职工、与那些同是知青的老三届大哥大姐相处，北京69届在兵团受到了锻炼，但是他们在这磨难中自我成长起来，涌现出许许多多的人才。

谁也没有想到，当年的小学生，名不副实的初中毕业生，最缺少知识的"知识青年"，会出现那么多的模范先进人物；绝后不敢说，但是空前是一定的。

什么是英雄？就是在乌云密布的时候，前程渺茫的时候，信心依然坚定；在命运的泥潭中，在不断的失败中，还能发出光芒。

在成长的道路上，北京69届虽有豪情和梦想，却曾一次次被失败环绕，他们渴望证实自己。

然而，当历史的风云在时间的长空里激荡，他们的歌声一直飘荡在原野的深处。

他们的努力是历史记忆中的宝石，闪耀在时间的长河里。虽然一些人的那段青春是名不副实的，是模糊不连贯的，是缥缈而又灰暗的，但无疑是值得骄傲的。

因为，当时光的脚步也要停下来休息的时候，69届们终于可以排成长阵，迎着湛蓝的天空，振臂高呼了：

冬天来了，春天还会远吗？

春播来了，收获还会远吗？

狂风暴雨来了，艳阳高照还会远吗？

千辛万苦来了，美满幸福还会远吗？

在比赛场上，取胜的一方会振臂高呼。如果是足球运动员，在取得进球后不少人都会采取在场地上滑跪的姿势庆祝。此时绿色的草地成了蓝色的大海，那7000平方米的绿茵是展示奋斗与自豪的舞台。乘风破浪的豪情高傲地在万人瞩目中扬帆！

在人生的舞台上，谁有资格用滑跪的举动庆祝成功，谁有底气在秋日

序 章
69届煮酒论英豪

向着蓝天狂喊,谁有资格扬眉笑谈人生成败?

有这样的资格的人汗牛充栋。古今中外,精英遍野。但是北京69届的初中毕业生可以名列其中。他们是一个分外团结的群体,是一个集体奋斗的群体,也是集体成功的一个群体。

我们看过听过了解过羡慕过单个的少年楷模,也敬佩过赞叹过百年不遇的英雄,但是一个万千人的群体在基础极其薄弱的情况下,依然努力,依然奋斗,依然群体向前的却不多。

本书就带你走进这些人的世界。

少年的笑,扶摇直上;

曾经的苦,笑着说出。

第一章
五十年后秋点兵

全国道德模范贾立群："B超神探"加"缝兜大夫"

贾立群，北京儿童医院主任医师、医院集团首席专家。先后获得全国及北京市各种荣誉称号几十项。北京人大附中69届初中毕业生，黑龙江生产建设兵团1师6团汽车连锅炉工。

在贾立群数不清的荣誉中，有一个最接地气的称号"身边雷锋，最美北京人"。这比"全国当代大医精神代表""首都道德模范""全国道德模范""全国我最喜爱的健康卫士"等金牌含量要更高、更容易被记住。

医术高超。贾立群的业务水平已经成为一个品牌，来自全国各地的患者点名要找"贾立群牌B超"，这个"机器"被誉为是"B超神探"。

人品高尚。贾立群以全国道德模范楷模闻名于世。他为了拒收患者

第一章
五十年后秋点兵

的红包,就把自己的大褂口袋缝起来,所以群众亲切地称他为"缝兜大夫"。为了让那些来自全国各地的患者能早看上病,贾立群承诺"24小时守候"。他为了这个承诺,为了让每一位患者不耽误就诊,20多年不吃午饭,就连晚饭也拖到很晚,一直到他累得病倒做了手术。

贾立群始终认为,每一个孩子都是一个家、几个家、一个大家族的希望,要对手术一线的同道们负责,更要对孩子的一生负责。

对孩子的一生负责,至善大善!他这样立志,他也这样践行。多半辈子行医留下无数感人的事迹。他无愧于医生这两个字的含义和职责。在当今的社会,他绝对是让我们感到欣慰,感到温暖,坚定信心的那一缕光明。

当年，贾立群在兵团的第一项工作，是在汽车连烧锅炉。那是给别人送温暖的工作。在大家都欢天喜地手握方向盘时，不到16岁且是全连最小的他却没有这么好的运气（1953年11月29日生日，下乡时为8月10日），他以被照顾的名义，去锅炉房抡起了煤铲。一铲又一铲的重复，一夜又一夜的孤独。他按照近乎苛刻的领导要求，锅炉烧得既节约煤，还烧得很热。他的努力让所有人都能睡个好觉，又能让早上起来烤车的工作变得极为顺利。当全连的司机们在马达轰鸣中去执行任务的时候，孤单的贾立群只能靠在锅炉房的门口，看着车影慢慢与天地融合。就连这孤单也是奢侈的，他要赶紧睡一会儿，因为中午就有司机回来，食堂也要用开水了。

奉献，无私，在他15岁那年，在兵团的岁月里就播种并扎根了。

1974年，贾立群在极其激烈的竞争中被推荐上了北京医学院，成为6团1万知青，也是8万北京69届中的幸运者。1977年，贾立群大学毕业，被分配到北京儿童医院放射科工作。

第一次查房，他是跟着诸福棠院长去的。从医的第一步有这样的机会，是贾立群的幸运。如同士兵的第一次上战场是跟着司令员去的一样，这个第一次，不仅战胜了怯懦，还学会了智谋。诸院长是科学院的院士、我国现代儿科学的带头人。他带年轻人查房，就是要传给他们对工作认真、对病人温暖的精神。每当老院长弯下腰拉着患者的手，热情安慰患者时，贾立群的眼睛里便充满泪水。老院长是在用行动告诉所有的年轻医生，在这个行业，必须有一颗大爱、善良、细腻、温柔的心。

在兵团时，贾立群为钻研修车技术，曾经把汽车拆得只剩下一个大梁，就像带鱼只剩一根鱼刺那么一览无余的彻底、坦诚和透明，然后再把汽车装好。为掌握放射科的医术，贾立群又使出当年的钻劲，投入了全部

第一章
五十年后秋点兵

精力。他在院长和许多老医生的带领下，白天做检查，晚上就去手术室观摩手术，以便检验自己的诊断结果。为了尽快掌握医术，贾立群还在自己身上反复试验。这样的付出让他很快就能独当一面并迅速成为业务骨干。慢慢地，"贾立群B超"的称呼不胫而走。先是患者们叫，后来连医院的人也这么叫了。

有一个来自甘肃的一个8岁小女孩，肚子疼已经有6年了，两次开刀却找不到原因。家长四处求医未果，最后抱着一线希望来到儿童医院。贾立群热情地接待了她们母女。他也像老院长那样，弯下高大魁梧的身躯，为瘦弱的孩子擦去泪水；安慰大人别着急。贾立群给孩子做B超发现，孩子的肠子上有一个黄豆粒大小的囊肿，贾立群判断，这就是孩子腹疼的原因。

找到了病因，小女孩一家人感激得留下了热泪。小女孩听说马上就能告别病痛时，高兴得到处蹦蹦跳跳。苦命的孩子打记事起就和疼痛相连，她的世界就是疼痛的。现在可好了，北京的名医给找到了病根，不仅即将结束6年的疼痛与奔波，还会有幸福健康的未来。因为"神探"说她以后也可以长得白白胖胖的了。

一家人高兴了一夜，但是这个高兴有些早。在第二天手术时外科大夫来了电话，说是什么也找不到。

这消息让本已轻松的贾立群紧张起来。他急速跑到手术室，轻轻将探头经切口放入腹腔内仔细查找，发现小囊肿的位置在胰头后面，被胰头包围着。虽然找到了小囊肿，可是位置让大家担心，万一伤了胰腺、碰了胰管，会形成胰瘘，这很危险。所有人都紧张地看着贾立群，等着他拿主意。贾立群感到了压力，前所未有的压力。此刻他的态度和决断影响着外科医生的手术。

贾立群镇定了情绪，随后用坚定的目光给手术医生信心。在贾立群探头的引导下，外科医生的手术刀小心翼翼地划向了女孩的深层组织。

一分钟、十分钟、半个小时过去了，所有人都紧张得满头是汗。换主刀，又是两个小时过去了，再换主刀。终于刀尖碰到了囊壁，手术成功了！守在外面的孩子父母听到这一喜讯，一下子跪倒在满头大汗体力不支的贾立群面前。贾立群扶起他们，说这是我应该做的。当小女孩醒来时，她那欢快的笑脸就已经表明疼痛解除了。她的人生终于告别了苦难，窗外的阳光照耀着那暂时还消瘦的小脸，一个小美眉在几个月后闪亮登场了。

这样的事例太多了。别说大致记载，就是摘要也做不到。只能就此打住。

除了几十年诊断疑难病例、为患儿解决病痛外，贾立群还有一件大功劳，那就是在当年轰动全国的三聚氰胺奶粉事件中，贾立群和他的同事们最先发现并提出了诊疗方案：采用保守治疗法，避免了开刀手术，从而为几十万儿童减轻了痛苦。为此事件的尽快解决和社会安定立了大功。

从2007年年底开始，贾立群发现婴幼儿得泌尿结石的越来越多了，特点都是输尿管里有许多沙粒样结石堆积，堵塞了双侧输尿管而至患儿无尿。这种结石与以往所见的不太一样，是什么结石不知道，是什么原因造成的也不清楚。对此贾立群十分着急。

2008年2月的一天深夜，急诊医生给贾立群打电话，说是又来了一个3天无尿的小孩。贾立群刚刚躺下，闻听此讯连忙起身赶到医院。患者是一个3岁的男孩，他家在牡丹江，当地和哈尔滨的大医院都诊断是肾积水、肾衰，说是孩子没救了。

在详细反复的检查中，贾立群又一次发现了输尿管远端对称的沙粒样结石。这种结石过去在婴幼儿中没有见过，而最近突然增多，奇怪的现象

第一章
五十年后秋点兵

提醒了贾立群，他意识到可能和饮食与饮水有关，也就是说孩子的肾没有问题。经过腹膜透析后，孩子被送进外科手术室，不用开刀，泌尿外科医生通过膀胱镜用导丝插入输尿管疏通尿路，随即沙粒样结石和蓄积已久的尿液都排了出来。经过准确的治疗后，肾积水和全身中毒的状况迅速消失，孩子也恢复了健康。

孩子的病好了，可是这结石是什么？这是个急需贾立群和儿童医院弄清的大问题。经过与北京微量化学研究所的合作，弄清楚了这种结石的主要成分为三聚氰胺，也就是食用了问题奶粉，具体是什么品牌的不知道。当然，随后就明白了。

问题奶粉的危害震惊了社会，2008年9月11日下午3时，卫生部紧急成立了"婴幼儿泌尿结石诊疗专家组"，贾立群自然是专家组成员。卫生部让专家组4个小时拿出解决方案。由于在半年前就关注并解决了类似疾病，在专家组长、儿童医院沈颖书记的领导下，贾立群在晚上7点钟写出了方案。随后他又参与制订了"三聚氰胺致泌尿系结石筛查流程"等应急方案，跟随卫生部领导、国家联合调查组奔赴十几个省开展调研及诊疗工作。先后6次在卫生部召开的全国电视会议上，对各省的超声波医生进行培训并讲解诊断标准。

在那几个月里，贾立群很少回家，要么就是奔波在去各地的路上，要么就是在医院为孩子看病。

北京儿童医院名医多，设备好，一些当地医院治不好的病在这里得到了治疗，所以慕名而来的患者特别多，挂不上号，看不上病的情况不是少数。看到那些疲惫的身影和期盼的目光，心地善良的贾立群比患者还着急。为了让那些来自全国各地的患者早看上病，早消除病痛，只要是有患者需要做B超，他经常是从早到晚连着做，中午不吃午饭，就连晚饭也是拖到很晚。他对患者许下"24小时服务"随叫随到的承诺。20多年没有和家人度过一个周末，更没有一次和家人去旅游度假。

尽管在兵团受过劳动锻炼，尽管贾立群身体健壮，可是这样的拼命工作谁也受不了。特别是长期的不吃午饭，贾立群总是感到肚子疼。他也想去看看，可是当他看到诊室外那些远道而来充满了期盼的大人和孩子，他就自己忍着。直到有一天他疼得直不起腰来，就是这样，他还是一只手捂着肚子止痛，另一只手拿探头为孩子做了一天的检查。直到晚上诊断完所有的患者，他才赶到北医看急诊。医生马上给他做了手术。术后医生说道："你自己还是个医生，怎么来得这么晚。阑尾都穿孔坏疽了，太危险了。"

心里惦记着那些被病痛折磨的孩子，术后没有几天，贾立群就又跑去上班了。本来就没有恢复健康，加上又劳累过度，贾立群出现了严重的腹泻，人也很快消瘦下来。领导和同事轮番劝他休息，可是没有用。

由于"贾立群B超"名声在外，找他、求他的人很多，表示"感谢"送红包的也特别多。

一对从东北来的夫妇，他们为表示感谢，把一张购物卡硬塞进了贾立群的白大褂兜里。因为他们的孩子在当地医院被判为不治之症，是贾立群为孩子找到了病因，经过治疗转危为安，孩子又活蹦乱跳的了。这对夫妇知道贾立群不收红包，所以塞完购物卡后拔腿就跑。

但是这对夫妇只知其一，不知其二。知道拒收红包不知道贾立群是跑步高手。即使送红包者领先数步，也会被贾立群赶上退回红包。经过了几个科室，贾立群追上了这对夫妇，把购物卡还给了他们。

一位患者的父亲为表示对贾立群治好儿子疑难病之恩，要送给一张银行卡，贾立群坚决不要，那位父亲把卡硬往贾立群的口袋里塞，贾立群双手捂着口袋拒绝，一来二去，竟把白大褂的口袋撕破了。两个口袋"大头

第一章
五十年后秋点兵

朝下",装不下一张纸片。

口袋"倒栽葱",这倒给贾立群以启发,干脆把口袋撕下来就利索了,看送礼者还往哪里塞红包?穿上没有兜的白大褂,贾立群很高兴,不用再满医院练短跑了。可是医院有着装规定,不能穿着像厨师似的。于是贾立群又把口袋缝了回去,并把兜口也缝了起来。那兜表面是个兜,实际上是个摆设。

穿着改造过的新大褂,贾立群放心了。而外界从此称他为"缝兜大夫"。

在儿童医院工作近四十年,贾立群获得的荣誉太多了。从北京市的到全国的,从行业内到行业外的,从业务的到综合的,如果在这里一一写下,要占用不少的篇幅。不如说说各方对他的评价吧。

群众的评价:"缝兜大夫。"

医疗界领导的评价:"一个品牌,一面旗帜。"

北京儿童医院领导的评价:"他是一个名医,一个好人。"

"一个好人",在物欲横流、人心难静的当下,是一个多么崇高的赞美啊!

北京 六九届
BeiJingLiuJiuJie

全国五一劳动奖章获得者樊宝发：
从"五好战士"到新时代的时传祥

樊宝发，优秀共产党员，首都劳动奖章、全国五一劳动奖章获得者。北京地坛中学69届初中毕业生，黑龙江生产建设兵团2师16团15连农工。

没有一个北京69届像樊宝发那样，是被农场劝回北京的。

他原来是立志扎根边疆的。他曾想过，未来的一天，会有许多北京69届，以及上海、天津、黑龙江本省的知青回北大荒怀旧，那时候他就会在这里招待他们。给他们炖上一锅猪肉粉条，再备上几瓶北大荒白酒，相对而坐，彻夜长谈，流着泪聊聊分别后的情况，举着杯慢慢回忆刚到北大荒的日子。让昔日的时光倒流，让久违的歌声再一次响起。可是这一愿望落空了。

因为无法"回家"，玉米老了，本该是金黄的却变成了枯黄，漂亮的

第一章
五十年后秋点兵

像流苏一样的玉米穗早已稀疏干硬得屈指可数；黄豆哭了，豆粒就是她的眼泪，一滴滴、一粒粒砸进地里。

送走了一起到兵团的最后两位同班女生，2师15团就剩下樊宝发一个北京知青了。他不是无法回家，而是不想回家。他早在1976年就与一位当地女青年结婚生子。他立志在这里扎根了，别人不相信的口号他信，别人不准备实现的诺言他准备兑现。

1984年，农场实行了土地承包责任制。这一制度让每天工作十几个小时的樊宝发停住了旋风般忙碌的脚步。管好自己的责任田就好了，别人的地，集体的事与己无关。开车喂猪养羊放牛牧马，做饭送信打井修路盖房都有专职的人干了。不用樊宝发跨界去施展热心肠及各种才艺了。

承包责任制的制度让樊宝发蒙圈了。他虽然在压力下和困惑中签了承包合同，可是他那把锋利的镰刀却再也无法挥动得像闪电一般迅捷了。别人在承包的地上种上了麦子和希望，可是他却种下了迷茫和忧伤。

从小被教育要为集体、国家干活的观念把人变得失去了自我；扎根边疆的重担和各种荣誉让樊宝发还激动在过去那些口号里。

此刻的他彻底成为一颗螺丝钉，只是时代不需要这样的螺丝钉了。时代变化太快了，从让人民一心为公，到不为自己就不能生活了。

樊宝发终于做出了一个不与时俱进的决定：退掉承包的土地。

本以为退了土地能够找一个给集体、给公家干的活，可是领导坚定地说道："你不承包土地，这里就没有你的位置。不需要你当割麦子的标兵，不需要你当处处带头的五好战士，你回北京吧，在这里你什么都不干，难道还要待一辈子吗？"

"北大荒不要我了！"樊宝发终于明白了。当然，他明白的是结果而不是原因。

1985年年初，32岁的樊宝发带着困惑和胆怯无奈地返回了北京。

因为年纪大、学历低，北京对于自己的"超龄"孩子无法多给一点热情。樊宝发就像一个北漂，怀着哀求和乞讨的心情跑遍了许多的招工单位，似乎没有一个工作岗位适合他。

不能怪所有的单位都无情，所有的干部都铁面无私。没有学历就算了，可还没有专长，还年纪大了。一般单位招工都是在30岁以下。

从北大荒回来的汉子，还怕困难吗？没有单位接收，不能给公家干，樊宝发就给自己干了。他干上了最原始的卖苦力的活计：蹬上了三轮车。在他没有当上"新时代的时传祥"时先当上了"新时代的骆驼祥子"。

先是蹬三轮运货，然后是卖菜。早上到南苑批一车菜，回家后摆摊卖菜。靠着勤劳和诚信，靠着忍耐和咬牙，靠着踢过足球练过摔跤扛过200斤麻袋上三步跳的实力，樊宝发很快就能养活一家人了。

经济上的暂时无忧不能免去为集体干活的向往。心灵在4年的光阴里漂泊，梦想的风帆却一直期盼着高悬。樊宝发耐心地长久地等着有机会进一个单位，让他实现梦想，也好给他解决老婆孩子的户口。

不求好工作，不盼收入高，只想有个单位，这是多么简单的愿望，对于有权有势的人来说易如反掌，可是对于樊宝发来说，却成了他人生的最

第一章
五十年后秋点兵

大梦想。

北京终于被感动了，大大方方地给了樊宝发一个机会。

1985年，北京市环卫局公开招聘掏粪工。条件是可以解决本人及家属户口。这在那个户口至上的年代，是极大的诱惑。那时只有高级干部、高级人才进京才可以解决家属户口。怎么掏粪工也成了人才？有了享受高级干部高级人才的待遇了？

掏粪工作极苦、极脏、极累，还待遇低。环卫局招人难，就算招上了，可是来人大多是没有干几个月就撒丫子了。"文革"结束，大多数人都想着实现自我价值。士兵谋划着当将军，农民盘算着当个万元户，工人的理想是当厂长、总经理，教师的梦想是改行当个局长，各行各业的人都在做梦。在这样的"梦想时代"，谁还愿意干苦活累活？在这样的大环境下，环卫局为招到掏粪工，只能求得上级特批，用户口来当优惠条件了。

已经对进正式单位几近失望的樊宝发来说，这个消息如同春天喜雨前的惊雷，震醒了他心底的那几乎入睡的梦想。他觉得这是北京为了照顾自己而设置的，为自己量身定做的。他飞一般地跑去报名。他生怕这么大的好事自己错过了。

其实他就是像蜗牛一样去报名也不会耽误这个"好机会"。因为最后报名的人数远远低于招收的名额。北京人不愿意干，外地人更不可能干，他们来这里是来满足做一个首都人梦想的，为实现这个梦想，可以吃苦耐劳，但是不会干掏粪这个最没有地位和前途的差事。

37岁的樊宝发拿着工作证哭了。"找到组织了，有人管了。"

迎着初升的朝阳，穿上蓝色的工装，背上粪桶，按照老师傅的要求，樊宝发将大粪装进身后背着的粪桶，可是随着粪勺的抖动，粪桶也变动了位置，粪便没有装进粪桶，却撒在了地上；好不容易装进了粪桶，一不小心粪便又撒了一脖子。一起来的人都开始叫苦。半天下来,樊宝发明白了,这淘粪工作也不是单靠不怕脏不怕累就能干好的,也要用心。一天工作结束,虽然樊宝发还达不到"掏干扫净"的基本工作要求,但是他的干劲还是受到了老师傅好评。

晚上回到家,樊宝发浑身疼。肩膀、腰、胳膊、腿,哪都疼。这一天要背近40桶粪,还是个新手,能不累得疼吗?

整整一个星期后,樊宝发才算是初步能完成"掏干扫净"的要求了。

一家大饭店的化粪池堵了。由于淤积物太多,长长的竹篦子根本没有作用,只能人下到井口去掏。下井去清理池口是危险的,因为粪水已经有1米高,还有沼气。面对艰苦和危险,樊宝发抢上前说道:"让我来!"边说边系上了安全绳下到井中。他先是用钩子对准出口猛勾一气,可是那些脏物抱成一团不为勾所动。樊宝发只好用手去淘。大把大把的烂毛巾、烂衣服等杂物被掏了出来。脏物带着粪水溅在樊宝发的脸上。樊宝发顾不得擦脸,他把这些脏物装满一桶,然后背到井上。工友说换换,可是樊宝发不愿意再让别人沾手,转身又下到井中。就这样背了三桶,第四次下井后,因为缺氧和劳累过度,樊宝发晕倒在井下。听不到樊宝发声音的工友们慌了,赶紧把他拽了上来。昏迷的樊宝发躺在地上,面色苍白。好在他身体底子好,救护车还没有开到,樊宝发自己醒了过来。

领导闻讯赶来,劝慰樊宝发,以后遇到这种情况尽量轮换或是让青年人去,樊宝发表态:"这种活以后就得我来干,我在北大荒爬冰卧雪,受到过锻炼,这次又经历了沼气的考验,我成了百毒不侵了。我下去最合适了。"

以后凡是有危险的活,樊宝发都是抢着干。别人和他争,从来都谦逊有礼的他立马就瞪眼睛。

第一章
五十年后秋点兵

在樊宝发抢着干的脏活、危险活中,有一次"冬泳"的经历。

那是一年的寒冬时节,一个单位的化粪池堵了,怎么也疏通不了,只能人下到粪池去清理。以前樊宝发也下到过粪池中清理,可是那都是在夏天,这时下去无异于"冬泳"。就在大家无可奈何之际,樊宝发脱掉了棉衣,一下子跳进了冰冷的粪池中,用手去淘粪池口的堆积物。

等到清理完堆积物,樊宝发被大伙拉上来,他已经冻得说不出话来,就剩下哆嗦了。事后记者采访他,为什么能够在关键时刻不讲报酬冒着危险跳进粪池中,不怕脏、不怕冷、不怕危险吗?

"怕啊,怎么不怕啊,但是咱去过北大荒,受过锻炼,怕也不能退缩,谁让咱是北京人呢。在兵团的时候,有人说北京孩子傲气;在北京,又有人说北京人不干脏活、累活,都是外地人干;其实这都是误解。无论在当年的兵团,还是在北京,北京人是能吃苦的,不怕危险的。一想到自己是北京人,就能够在危险时刻挺身而出。"

全国优秀出租车驾驶员许福森：
出租车内尽春风

许福森，北京市劳动模范、北京市优秀共产党员、全国文明驾驶员。北京134中学69届初中毕业生，黑龙江生产建设兵团1师4团11连农工。

在兵团8年，许福森和大多数69届一样，表现优秀，却无缘入党上大学，只有出大力、流大汗的资格。

北京，你不会也是势利庸俗谄媚告密者的乐园吧？在北大荒不得意的69届们坚守着正派的原则，在故乡会有出路吗？任劳任怨不求名利，还会成为圆滑者们利用的对象吗？为人正直的结局还会是一无所有的吗？

曾经的底气变成了疑问，刚直不阿的品格不敢展示，只能暂时隐忍在不动声色之中。

69届们"望乡情更怯"，不知未来的路怎么走。

事实很快给了许福森和大多数69届们一个答案。

北京就是北京，这里是奉献和无私者的舞台。有本事的，肯付出的，一定能有一个美好的未来。勤奋是这座城市的通行证。

故乡就是故乡，虽然数年前不可抗的外力把69届推进了暴风雨中，来到了塞外那荒凉寒冷的异乡，但是10年后接纳了饱经沧桑的69届，并给这些孩子一个公平的空间，让他们发展和成长，让所有的努力都将得到回

第一章
五十年后秋点兵

报，让他们有一片灿烂的天空。公平公正是故乡的座右铭。

异乡的泪，故乡给你擦干；异乡的伤，故乡给你抚平。

几经周折，在北京又漂泊了16年后，1994年的5月1日，41岁的许福森正式调入翔龙汽车出租公司，人到中年的他当上了一名出租车司机。他比樊宝发还晚4年才找到工作，而此时69届中的大多数已经事业有成了。

被延误的人生终于有了最后一次机遇。

许福森是"提着昨日种种千辛万苦，忍着今日处处漂泊孤独，不知能否向明天换一些美满幸福"。

能！天道酬勤。故乡不会再一次歧视自己的孩子。

开上了出租，许福森继承了在北大荒积攒的任劳任怨的好品质，全力以赴地为乘客服务。一辆小小的出租车，成了通向春天、驶往温暖的驿站。

因为心中充满了爱与责任，许福森与别的司机不一样。除去为客人热心服务，他还是"捡爹又捡妈，捡儿又捡女"的人，做了许多好事。

一位老太太在小马厂附近转悠了3天，许福森发现后把老太太接回家，做了一大碗热汤面，然后送到了派出所。原来老太太是位痴呆老人，出门找不到回家的路了，难以置信的是居然在外流浪了3天。许福森把老人送到派出所，老人的儿女们正好在那里等呢。许福森连名字都没有留就走了。

这算是"捡妈"，还有"捡爹"的事。

一个盛夏的早晨，许福森到崇文门新世界拉活，一位老人一手挂拐杖一手扶着马路中间的隔离带打晃，所有的车都躲着老人。许福森见状连忙停车去搀扶老人。老人满脸是汗，几近虚脱，对于自己的名字和住在哪里都说不清楚。许福森弯腰搀扶着老人走到马路边上，过往的司机都为许福森竖大拇指，还有的司机鸣笛两声，以表达对许福森的敬意。

许福森把老人扶到车上，打开自己平时都舍不得开的空调，为老人擦去汗水，又递给他矿泉水，老人才清醒了一些，断断续续地告诉许福森，家好像是住在天坛一带。许福森拉上老人就围着天坛转开了圈。走走停停，把许福森累得满头大汗。好在那时还可以随时停车，没有现在那么些摄像头拍违停。中午12点半了，终于在天坛北门找到了老人的家，满院子的人都出来迎接。这位老人84岁了，还有多种慢性病，早上说去天坛遛弯就没有见回来，他家人急得去了派出所。街坊们要把车钱给拿上，许福森坚决不要，留下一句"老人找到家了，我就放心了"就走了。要不是街坊们记住了车号，后来送给公司一面锦旗，这事到现在都没有人知道。

"老人找到家了，我就放心了"，这是许福森的真心话。他有一颗慈善的心，一颗见不得别人受难的心。这也是69届共同的心态。他们的心是棉花做的，是羊绒做的。许福森在路上还"捡"到过深夜醉酒的反叛少年，步履维艰的迷茫少女，他都把他们拉上，要么送回家，要么拉回自己家，给他们做饭吃，给他们讲道理，然后再送他们回家或是安全的去处。

2003年"非典"降临京城，许多司机不敢上街，许福森挺身而出。领导劝他，你已经年近半百，别去了。

听了领导的话，许福森很感动。几十年了，每次都是听到"现在是祖国考验你们的时候了，上"。不同的阶段，不同的上级都是这样说。

在危难时刻，第一次不用被人赶着向前冲了。但是勇往直前却是许福森生命中永恒的旋律。

"这么多年来，组织上给了我这么多荣誉，现在'非典'来了，正是考验我的时候。我是50岁了，可你看我的身子骨，没问题。"

在随后首都出租汽车公司举办的"非典"期间出车仪式上，许福森代表

第一章
五十年后秋点兵

北京市数万名出租司机宣誓:"我是共产党员,不怕艰苦,保证出车。"

从"非典"消息传出的第一天起,直到最后警报解除,许福森没有一天休息。而且他专门跑那几个定点的治疗"非典"病人的医院。他把自己的联系方式留在了这些医院的服务台,以方便患者用车。

许福森的表现得到了各方称赞,"非典"警报解除,有关部门授予许福森"全国出租行业抗击'非典'优秀驾驶员"称号。

许福森的付出得到了社会的承认。他先后获得了北京市、全国的各种荣誉称号30多项。

黑龙江兵团26团原团长陈良坡(穿白衬衣者)和他当年的部下于北京。摄于2009年春

全国五一劳动奖章获得者刘继凤：
创业再就业带头人

刘继凤，曾获北京市五一劳动奖章、全国五一劳动奖章、北京市巾帼十佳等数十项荣誉称号。北京101中学69届初中毕业生，黑龙江生产建设兵团1师6团3连农工。

在兵团的时候，刘继凤有了一个外号：沉大海。意思是她干活一丝不苟，严细认真，因此干活落在最后。还有一层意思就是好事永远轮不到她。虽然玩命干活，虽然颗粒归仓，虽然任劳任怨，可是不会巴结领导，也不会见风使舵，所以上大学，入团入党，当会计出纳，当卫生员文书通讯员的好活一概别想。

这个外号还真挺准确的。在回城的问题上，刘继凤还是落在最后。1977年年底，原兵团北京69届的大部分都返城后，刘继凤才回北京。那时没有什么好工作，能有个班上就是好工作，由不得你挑选。"幸运"的刘继凤进了服务行业。就像69届中的大多数一样，不管干什么工作都特认真，都玩儿命干。她每天提前两个小时就到单位了，把环境卫生打扫干净，把准备工作做好。因为表现出色，刘继凤年年都是先进、模范生产者。

1981年年初，刘继凤被调到颐宾饭店玉泉池工作。看到许多女患者不好意思让男师傅修脚，是抱着希望而来，却又满面羞涩而去，她考虑再三，做出一个让所有人震惊的决定：当一名修脚工。

第一章
五十年后秋点兵

那时全北京还没有一名女修脚工。修脚工作又脏又累，待遇也低，不像现在，成了收入较高的职业，还有技师的美名。那个年代没有人愿意干这个工作，就连男修脚工也极少。刘继凤当修脚工，她的父亲，饭店上级单位的领导，能让自己的孩子吃这份苦吗？

面对好心人的劝阻，刘继凤的回应是，修脚还能比北大荒更苦更累吗？她的父亲也坚决支持："浴池就缺少女修脚工，如果你去干行，就能给女顾客解除病痛，三百六十行，行行出状元，别人不愿意干的，我的孩子就应该抢着干，我支持你的选择。"

当初抢着报名下乡，如今又第一个要求当修脚工。看来"沉大海"也不是完全贴切啊，也有打冲锋的时候。

为了尽快掌握医疗知识和修脚技艺，刘继凤买来各种有关的书籍。对于一个离开学校12年的"小学生"来说，要读懂这些高中乃至大学的书籍难度可想而知。别说内容，就是有些字还都不认识。这哪里是书啊，对于刘继凤来说就是一个个的山峰！看上没有两页，脑袋就晕了。

在兵团的时候，一位挤掉69届上大学名额的老知青说过，北京69届没有文化，比文盲略微强点，就是推荐他们上学也没有用，学不了，学不好。大批知青回城后，又有人说，69届没有文化，凑活干点卖力气的活得了，混口饭吃呗，还能有什么出息啊。难道真是这样吗？

当然不是。艰苦的农活都难不倒身单力薄的69届，这几本小书又怎能奈何已经成熟的志存高远的69届呢？没有文化不是69届不学，是有人不让学，一旦有了机会，焉知69届不行呢？

读医学书难，但难不倒刘继凤。要是比沉稳，有耐心，谁比得过刘继凤啊！别忘了她的外号就是"沉大海"啊。在困难面前，刘继凤有的是耐心和毅力。8年的兵团岁月，她最大的收获就是"耐心、毅力"。加上她有"后台"——在医院当大夫的爱人,天天晚上给她上补习课,她很快就掌握了相关的知识和技艺。仅仅两年,刘继凤就因为业绩突出获得了技师证书,成为海淀区及北京市第一个修脚女技师。

蓄之既久,其发必速。刘继凤虽然起步晚,但是选项准,服务好,技艺精,很快就名声鹊起,众多患者慕名而来。著名作家冰心、歌唱家刘秉义、开国将军吕正操、刘忠、吴瑞林等人都找到刘继凤为自己治疗。特别是刘继凤为冰心治疗12年,两人结下了深厚的友谊,成了好朋友。冰心社会事务繁多,每天都有不少人找她。可是只要刘继凤一来,冰心就会让其他人等候。她还会高兴地大声说:"救命恩人来了。"治疗完毕,冰心还会双手合在一起向刘继凤表示谢意。为表达谢意,冰心还写下了"不为良相必为良医"的条幅。

为社会贤达治疗,只是患者中很少的一部分,大多数还是普通人,其中有104岁的老人,也有刚刚出生半月的婴儿。

"海淀有个修脚名医"的信息快速传播着,越来越多的患者找刘继凤治疗脚病。白天治不完,晚上加班;患者行动不便,刘继凤登门拜访。不管路有多远,时间有多晚,刘继凤是有求必应。

保持着北京孩子的正直,加上从北大荒学到的吃苦忍耐和不计名利,这让刘继凤获得了广泛的赞誉,迅速成为那个时代的楷模。昔日的"沉大海"这一次成了"领跑者"。

1986年春天,当多数回城知青还在为工作犯愁,为前途迷茫时,已经获奖如林的刘继凤又获得了全国五一劳动奖章,这是她人生无数大奖中的开山之作,揭开了她从获得小奖到大奖的序幕。

令刘继凤没有想到的是,随着中关村科技园区的建设,宜宾楼按计划改建为科技园区,原单位的人全部下岗。2000年8月15日,宜宾楼停业,

第一章
五十年后秋点兵

随即被夷为平地。作为北京服务行业的旗帜,北大荒知青的优秀代表,北京市人大代表、全国五一奖章获得者刘继凤没有岗位了。

而在3个月前,刘继凤刚刚获得2000年北京市劳动模范称号。

那时的改革真的是一碗水端平,当然是对下岗工人。在某些地方对于干部是想方设法给找个位置,然后是给足盘缠,送上马,扶一程,再扶一程,直至安顿妥当乐享人生。

也并不是对大批下岗工人不关心。有关部门送给下岗工人一首励志歌曲,希望用歌声鼓舞这些工人再就业。刘欢在这个最需要的时候知难而上。他的《从头再来》(这个头不是我们通常所说的领导)安抚了激励了无数茫然无措的失业者。不少人擦干泪水忘掉了半生荣誉,返老还童自谋生路。

有高峰就有低谷。对于一个志存高远的人来说,人生的不如意只是一次积蓄能量的机会罢了。对于48岁的刘继凤来说,这次下岗是为又一次攀登高峰做的准备。她没有时间抱怨,更不会让梦想在黑夜里哭泣,让奋斗的身影在阳光下逃避。她知道患者需要自己,失业的姐妹需要自己,她对自己有极大的自信。因为她16岁就去了北大荒,干着最苦最累的工作,回北京也是干着没有人愿意干的工作,始终与艰难困苦为伍,不都挺过来了吗?过去的成就,都是在艰难困苦中取得的。下岗算什么啊?不过是从头再来,再多痛苦再多忧伤自己去背。刘继凤四处奔波,寻找自己的创业之路。

仅仅一个月后,2000年9月26日,刘继凤脚病医疗室正式开业,在这个新舞台上,刘继凤开始了她自谋职业、带领姐妹再就业的路程。

从劳模到管理者,从一个人干到带领一群人干,刘继凤在新的岗位做出了更大的成就:2000年至2011年,脚病医疗室从一间发展到四间;还培养了80多名技师和众多的徒弟,最重要的是,刘继凤还先后安排了几百名下岗女工再就业,不仅解决了姐妹们的生活困难,还为社会稳定做出了突出贡献。

全国德艺双馨艺术家：
邹静之、郑晓龙、濮存昕、孟凡贵

北京69届不仅涌现出了许多的劳模、先进、标兵等等人物，在文艺领域也有杰出人才涌现。

著名的编剧邹静之，著名的导演郑晓龙，著名的演员濮存昕，著名的相声演员孟凡贵，都是去过北大荒兵团的北京69届。

邹静之，北京玉渊潭中学69届初中毕业生，黑龙江生产建设兵团1师6团1营工副连农工。著名编剧、诗人，北京文联副主席；被誉为"金牌编剧"。德艺双馨奖获得者。

郑晓龙，北京太平路中学69届初中毕业生，黑龙江生产建设兵团1师6团26连农工；著名导演。作品经过《北京人在纽约》，再到《金婚》后，又到《甄嬛传》，其作品伴随几代人成长。被誉为"金牌导演"。德艺双馨奖获得者。

濮存昕，北京72中学69届初中毕业生，黑龙江生产建设兵团2师15团农工；著名演员，中国文联副主席，中国戏剧家协会主席。被誉为"金牌演员"。德艺双馨奖获得者。

孟凡贵，北京88中学69届初中毕业生，黑龙江生产建设兵团1师7团5营直属排农工，后调68团任团部见习参谋。著名相声演员。德艺双馨奖获得者。

濮存昕：
德字当先，大爱无边

濮存昕，北京人民艺术剧院原副院长，著名表演艺术家。

如果说贾立群是医务界的一面旗帜，有着中国医生的高尚的人格和职业道德，为广大医务工作者正名，那么濮存昕就是演艺界的一股清流，让人认识到什么是文艺工作者、艺术家的高风亮节。

与贾立群一样，濮存昕也是北京小69的代表。他和贾立群一样，既能得到体制内的认可，还受到民间的赞扬。

尽管在文艺界早就有了德艺双馨的这一奖项，可让人遗憾的是，德艺双馨者的"德"总是不如"艺"的名气大，声望高。按说德艺双馨的"德"是第一位的，可是谁能说出那些德艺双馨获得者的"德"？是这些人的德不够？抑或是"德"的要求比较低，只要不犯错、不违规、不出轨、不吸毒就算是有德呢？还是只要有"艺"就可以带"德"？

别人不好说，但是濮存昕确实绝对够得上这一称号的。他在舞台上饰演的众多艺术形象坚挺不倒，他的"德"也光耀四方。

他是艾滋病防治义务宣传员；禁毒义务宣传员；无偿献血形象大使。

他为了给艾滋病人以关爱，并让更多的人对艾滋病人关怀，濮存昕毫不犹豫地走入艾滋病人的家庭，与他们一起包饺子，一起吃饭，用一个毛巾……

他带着玉树地区的十几个孩子到北京治病；他每年出资8万元，让黑龙江农场的孩子到北京来过夏令营。在让他们开心快乐的同时，还给他们种下理想的种子。

他当到了北京人民艺术剧院副院长，可是他并不贪恋仕途，几次三番要求辞职；他拍了许多公益广告，却把钱用来做公益和帮助别人。

他曾多次做公益事业，还经常捐助知青战友。作为当年的北京小69，在黑土地成长起来的艺术家，濮存昕对北大荒、社会始终心怀大爱，只要有机会，他就会尽其所能伸出援助之手。

濮存昕援助于同是知青的王崇石、徐俊启夫妇的故事最为让人感动。

1969年的那个秋天，濮存昕和王崇石一起来到遥远寒冷的北大荒，被分配在2师15团，即如今的宝泉岭农场。在那里度过了他们的青春岁月，后来先后返城。濮存昕的事业蒸蒸日上，而王崇石、徐俊启夫妇进工厂当了工人，过着平平淡淡的生活。

能回北京，又有了工作，虽然平淡，但是平淡就是幸福。然而命运却连这平淡也要夺走。2006年6月11日，王崇石夫妇的儿子王冬被查出得了肝炎，在随后的检查中，又查出了白血病。医院向王崇石夫妇下了病危通知书。

因为工作和生活的不稳定，徐俊启35岁才有了宝贝儿子王冬。尽管生活平淡甚至有些艰辛，但是有了儿子，就有了希望和未来。儿子也很争气，就在前不久考上了北京城市学院，美好的未来才刚刚开始，却传来了这样的消息，王崇石夫妇蒙了。可爱的王冬才19岁啊。

没有能进入盼望已久的大学，王冬住进了医院。谁都知道，白血病的治疗是最费钱的。从6月中旬到12月初，王崇石夫妇就用去了40余万元，以后的治疗还需20万元。对于早已经下岗的王崇石夫妇来说，这是一座难以翻越的大山。前期的钱已经是四处借贷，后期的钱是无处可借了。

第一章
五十年后秋点兵

无奈之际,王崇石想起了一起下乡的濮存晰。他给濮存昕写了一封信。信虽然发出了,可是他也没有把握,已经30多年没有联系了,人家又是那么一个大腕,还能记得自己吗?即使记得,可是能帮助自己吗?

王崇石的担心是有道理的。多少人"一阔脸就变啊",鲁迅先生早就指出过这一点。何况当时社会世风日下,古道热肠者几近绝迹。当下时髦的是那些"谁发家谁光荣,谁受穷谁狗熊"的强者理论。还有,人家那么忙,人艺常务副院长的繁重工作,客座教授的备课授课,每年近百场的公益话剧演出,怎么还能有时间啊?

但是濮存昕就是濮存昕!他几十年来热衷做公益事业、追求真善美,帮助的人有许多,面对昔日的战友求助,怎么会不回信呢?怎么能不伸出援助之手呢?

濮存昕说过:光有很多意义,信仰、生命都算,一个人,只要坚持真善美,只有向往光,就一定能找到光。

帮助别人,扶危济困。就是濮存昕心中向往的光的一个重要部分。

收到了王崇石的信,濮存昕一时想不出来是谁,近40年未联系了,一时想不起也正常。但是濮存昕没有质疑没有犹豫,想不起是谁不要紧,只要知道他是当年的知青就行了,是需要帮助的人就行了。由于第二天就要出国,濮存昕不能去看望王崇石,他当即决定第二天让爱人苑平把3万元现金交给同样是北大荒知青的15团召集人张锋利,委托他去看望王崇石及病中的王冬。

12月4日,濮存昕出国。张锋利等人带着濮存昕的关爱及15团的挂念前往医院看望王冬。一周后,濮存昕回国,第一件事就是了解王冬的病情。随即他找到红十字会小天使基金会,恳请帮助。遗憾的是,王冬不符合条件,不能救助。怎么办?恰巧红十字会有个公益节目在湖南台做,他们希望濮存昕能去。机会来了，濮存昕答应挤掉别的安排前往。但是他也提出了要求，那就是做节目的10万元酬劳要全部捐给王冬。红十字会答应了这一要求。节目做出后，那10万元直接打入了王冬的账户。有了这两笔捐助，王崇石一家暂时渡过了难关。

濮存昕一直惦记着王冬的病情。2008年8月，一家企业请濮存昕做广告宣传，濮存昕也是和对方提出了条件：做广告可以，但是要把钱打到王冬的账户。

不久后，50万元的广告费用全部打到了王冬的账户。

曾有人疑问，濮存昕做了那么多的广告，钱都是怎么用的啊？

一部分钱就是这么用的。

治病的钱有了，濮存昕还不放心，还亲自到医院鼓励王冬战胜病魔。这个月正好是北京奥运会开幕，濮存昕带着担当火炬手时的火炬，到医院看望王冬并合影。濮存昕鼓励王冬：火炬能照亮你的前进道路，你要勇敢地战胜病魔。

但是，但是，尽管有濮存昕这么诚心执着的关心和帮助，这么多人的祈祷，小王冬还是被病魔夺走了生命。濮存昕没有停下关爱的脚步，他请王崇石夫妇来看他演出的话剧，并送给他们夫妇自己的新作《我知道光在哪里》。

书的扉页上，濮存昕写下了温暖的话语："苦命的王崇石夫妇，知天命之年遭此大难真是不甘。想想汶川大地震，告慰我们解脱的孩子，勇敢地活下去。"

接过濮存昕的书，说过感谢的话，王崇石递给濮存昕一个纸包。包里是孩子治病剩下的10万块钱。"这是儿子治病剩下的钱，我们还给你，再用它去帮助别人吧。在你身上我们学会了大爱。"

第一章
五十年后秋点兵

邹静之：
一两次挫折挡不住人生的路

邹静之能取得今天这样的成就，我们，曾和他同在一个连队的兵团战士一点也不觉得奇怪。

所有的人下乡都是带着红宝书，而唯独邹静之却带着一把小提琴。

在北大荒的那些寒冷枯燥的日子里，"威力无比"的红宝书无法阻止少年哗哗的眼泪，邹静之的琴声和歌声却成为大家排解乡愁的妙药。他会唱许多电影插曲。许多老三届的都自叹不如。他就像一个文艺行业的富翁。这和他的年龄、学历严重不符。

在我的记忆中，《冰山上的来客》《怒潮》《草原晨曲》《柯山红日》《五朵金花》《红鹰》《赤峰号》等电影中的插曲，邹静之都唱过，我们也都学会了。其中给我印象最深并且后来我们集体都学会的是下面这两首。

李士荣唱的《冰山上的雪莲》有经历沧桑的豪放，而少年邹静之的

"来客"，虽也高亢，但是有些瘦弱，并有着不掩饰的反叛。当然这是后来的评价。

《冰山上的雪莲》歌词："你的友情白云一样深远，你的关怀像透明的冰山，我是戈壁滩上的流沙，啊，任凭风暴啊，把我带到地角天边。"

《航标兵之歌》歌词："年轻的航标兵用生命的火花，点燃了永不熄灭的灯光。"

一个是远在西域的天山上，风暴肆虐；一个是远在东海的月光下，波光闪动。这本该与北大荒无关，可是一个"流沙"，准确地形容出了小69的状态；无助、无奈、凄凉；但是对命运的抗争，又在《航标兵之歌》中找到了共鸣。尽管已经被安排摆布做了一粒流沙，但是流沙也有梦，也渴望在颠簸迁徙的路上有所收获，才有用生命点燃灯光的誓言。

枯燥的生活有了远方，有了海洋，有了梦想。寒冷的边疆有了诗意，有了盼望，就有了温暖。

这两首歌像是石碑一样刻在我们的心里。

也许是天天晚上不认真开会学习，开会发言就说落后话，大概是看我们小好欺负，当然，最主要的是老唱什么"我是戈壁滩上的流沙"，所以在"十一"过后，最艰苦、最寒冷的工作，夜里拉沙子的活（还有拉石头，而且主要是拉石头）就派给了我们。我又想起了在北京老唱"我的家在东北松花江上"，就来到了松花江北的北大荒。这一唱"流沙"，就去拉沙子了。

北大荒的冬夜格外寒冷，零下20多度算是温暖的，经常零下30多度。我们5个北京69届从温暖的宿舍走入寒夜。冷空气像是潜伏几十年的一个拳击手，冲着没有防备的我们连续打来，冲击得我们喘不上气来。每个人都要踉跄几步才能站稳。我们只能缩成一个小团，5个小团又缩成一大

第一章
五十年后秋点兵

团,抱着团扑向寒夜。根据那个年代的经验,只要寒冷,就一定会团结。

这5个团结的人是邹静之、杜严、马平、苗全和我。

邹静之一头浓密的黑发下排列着唇红齿白,外表文静却又很有叛逆的风采。证据是唱歌说话与潮流相左。每天晚上他都会给大家讲文学名著,或是高歌上级认为是靡靡之音的黄色歌曲。赶上开会无法施展他的特长,他就会躲在二层铺上悄悄下围棋。

杜严高高的个子,一个永远的小平头,显得利索又有活力,见谁都是笑眯眯的。他为人豪爽仗义,遇到朋友有事需要帮助,他会第一个冲向前,而且比对自己的事还认真。在那次"师长解散工副连"的事件中,他被分到7连,后又到6师,返城后很努力,事业上很有成就。但是豪爽之气不仅未变,还似有所扩大。

马平也是高个,白白静静的。对于他的外貌,已有女士做出了情意绵绵的评价。一位北京女69届回忆道:"你们铁附的净是些帅小伙,比如说马平啊、迟敏啊、苗全啊、孙艳福啊等等。"马平相貌清秀却无法掩饰他的豪爽之内心,不同的是多了几分儒雅和谦逊。还有就是他的百米速度。有天津知青回忆道:马平跑

邹静之及夫人王世平与高仓健先生摄于云南。

得啊像风一样快，在百米接力中为团代表队夺了第一呢。回城后他到首体师后勤处工作。凡是有同学聚会或是知青活动，在不违反原则的情况下，他都是全力支持。不管是原来相识的战友，还是其他团、营的知青，只要是找到他，他一概热情接待。为此还经常耽误了自己的休息时间。6团的战友亲切地说道："马平那里的就是6团的大食堂。"和杜严一样，马平也是在那次"师长解散工副连"事件中，被发配到7连。

苗全更是高高的个子，大眼睛高鼻梁，与那个时代的普遍长相唱反调，同属一营的英俊小生系列。苗全不仅人帅，还多才多艺，会拉二胡，也能讲故事，口头文学的功底也不薄。在北大荒冬天极其寒冷的夜晚，他的一曲《赛马》，给大家带来了像马那样奔向远方的心和希望。他的琴声迷倒了大家后，在一个寂静得不知道是早上还是晚上，他自己像奔腾的马独自奔跑回了北京，开了1营北京69届逃跑回家的先河。领导说原来他天天拉《赛马》，是为自己伴奏预热啊。后来返城，经过一番精彩的打拼后，不愿意走仕途，放弃了能成为大饭店老总的机会，洋插队到了日本，又到了俄罗斯。成为"将插队进行到底的"极少数者之一。

在我们奔赴寒冷的同时，同宿舍的30多个老大哥们却温暖地进入了梦乡。

爬上门外等候的嘎斯69的车厢，司机加大油门拼命开向沙场。

现在想想，就连车都叫69，这样的活北京69届不干谁干呢？是两厢配套啊。还开向沙场，颇有些上前线的意味，这听着都有危险。但是比起后来的拉石头还是安全的。一个沙粒不会砸伤人，几个沙粒组合也没有危险，可是一块石头，哪怕再小，与人接触，人也受不了。

天气巨冷，车又开得飞快。没有几分钟我们就冻得半僵了。装车需要玩命干，否则无法把那些无组织无纪律的沙子装满一车，无法把僵硬、内

第一章
五十年后秋点兵

向、傲慢的老少石头以及半大石头搬上车。这个时段倒是不冷,而且浑身冒汗,可是再回到车上就惨了。由于车厢已装满,我们只能坐在和车厢一样平或是高出车厢的石头上。掉下车

的危险是有,但不是很大,最苦恼的是完全被自然界的风及汽车开动自产的风吹拂,刚刚出了的汗,立马摇身一变,像卑躬屈膝的小人变得那么快和彻底,变成了一层薄冰,似万剑穿心。大家受不了了,有人打哆嗦,有人呜呜地哭出声来。

在这样的时刻,邹静之亮出了他的歌喉。他那清脆的歌声安定了大伙的心,驱赶着那些善变的薄冰,哀怨哭泣无趣地自行溜走了。

当我们回忆起在北大荒最初的日子里,打夜班拉石头和沙子,飞奔的嘎斯69,邹静之的歌声,成为永恒的画面,镌刻在青春这部书的封面上。

因为歌声动听,还能写得一手好字,邹静之被团长看中,调到团部宣传队当歌唱演员。在一万多人的6团,这可不是简单的事。这个舞台比我们的嘎斯69车厢大多了。从此以后我们就无缘享受他的演出专场了。

一年半后,我离开6连那个地方,前往黑龙江兵团最好的、最大的炼油厂。这一次不是逃跑,是有正式调令的。开出调令的是兵团司令部军务处。临行前,听到了有关邹静之的一件事。据说北京师范大学来6团招

生，明确要招北京知青，最好有才艺，好为师大活跃文体气氛。在慰问招生老师的演出会上，邹静之一曲杨子荣的"穿林海，跨雪原"打动了招生的老师，老师当即向团领导要人。团领导得意之下随即应允，可是事后领导变了卦，好不容易找到邹静之这么一个台柱子，怎能舍得放走？无论北师大老师如何做工作，6团领导就是不放人。结局是和大多数北京69届一样，虽出色，符合上大学的条件，可还是难以如愿。邹静之没有能回北京上大学。以他的才华，别说他上师大，就是上北大也完全够格。他不仅歌声嘹亮，还会写诗，字也相当漂亮。那时他已经开始读《中国通史》《中国文学史》等书籍，开始系统地自学了。

听说这件事的时候我和伙伴正躺在连队后面的小河——讷莫尔河的沙滩上。光滑如镜的河水却载着迷离的惆怅，蒲公英昏迷在河岸上的灌木丛里，本该是轻盈的白云也凝固在蓝天上蜕变成雕塑。我们和环境融为一体，也一样的痴呆与孤独。讲述者的愤怒让我们更为伤心，这么优秀的表现都不能上学，我们表现一般甚至是差劲的还能有翻身之日？我不再核对事件的真伪。因为过往的事例告诉我，这事应该是真的。北师大看上邹静之太有可能了，他被宣传队推荐上大学也很正常，而他被顶替也太正常了，这样的经历在69届许多优秀的人身上都有过。

邹静之写过一篇回忆文章，这篇文章说的就是上大学的事。大意是连队知青约定，谁能扛起200斤的麻袋，就推荐谁去上大学。这很合乎道理，上大学首先要求劳动突出嘛。几经较量，一个知青扛起了200斤的麻袋，正当他为自己欢呼时，连长却说这样的推荐不算数。这个知青没有上大学，但是后来他一直在努力，取得了很不错的成就。邹写到，能扛起200斤麻袋的人，人生不会差。一两次挫折挡不住人生的路。

第一章
五十年后秋点兵

孟凡贵：
困难自己上，好事别人上

认识孟凡贵的知青们都说，他身上有68团团参谋长王兴汉的影子。王参谋长的特点是正直、无私、仗义，困难自己上，好事别人上。孟凡贵算是得到了王参谋长的真传。

当参谋，是让人羡慕的工作，是孟凡贵因表现优异才当上的。可是他到兵团的第一项工作并不理想，是为"为牲口服务"。这是一个无人想去的工作。

7团5营直属排是畜牧排，后来扩展为畜牧连，主要任务是饲养鸡鸭牛羊猪马兔子。除了白天饲养，晚上还需要有人夜里值班。夜里上班，不仅休息不好，而且危险还责任重大。尽管领导多次动员加命令，可就是无人响应。刚刚到边疆的孟凡贵看出来了，要是这样等下去，到年底也不一定能产生这个"特殊人才"。他挺身而出接受了这个工作。每天夕阳西下之孟凡贵所写长篇散文诗,赵承德书写。

时,孟凡贵就背上生了锈的日本旧战刀,一个人独自去鸭舍。全连的人都站在鸡舍前(知青宿舍临时建在原鸡舍上),用目光送孟凡贵去鸭舍。

报名时默默无语,此时为什么要有这么一个"温暖"的程序呢?因为每到晚上,野猪就经常在连队的菜地伺机作案,野狼也时常到鸭舍偷鸡摸鸭。这"两野"弄不好就会对人发起攻击。众人用目光送一程,也算是尽了心意。至于孟凡贵离开了大家的视线,再出事也就不用担心受牵连了。

一边是凶狠的野猪、野狼组成的"两野",一边是上万只柔弱的鸭子。孟凡贵要有对"敌人"秋风扫落叶般的无情,还要有对"同志"春天般的温暖,好在这是从小就受过的教育,实行起来不难。进了鸭舍,孟凡贵先是舞动大刀,给自己壮胆,以备"两野"的突袭。累了想休息会儿,可是鸭舍四面透风,冻得孟凡贵直哆嗦。无奈只能睁着眼睛迷迷糊糊地渡过漫长黑夜,早上下班是又饿又累又困。

孟凡贵养成了"困难自己上"的习惯,连队也习惯了把苦活交给他。

原以为打夜班看鸭舍是最苦的活时,真正最艰苦,艰苦到折磨人的程

第一章
五十年后秋点兵

度的工作来临了,那就是沤麻起麻,这项工作被"誉为"是东北的最累最苦的活。如果说当初动员去鸭舍打夜班,参会的人还能凑齐,而这项工作的动员会却一推再推。孟凡贵知道大家又把希望寄托在了自己身上,他为此而自豪。于是他主动找到了连长,说自己符合这项工作的三个条件:会游泳,身体好,会喝酒。领导自然很高兴,本来这三个条件就是根据孟凡贵的特点定制的,看到他能对号入座,自然是慷慨应允。

此时已是国庆节,白天的气温已经接近零度,下到结了薄冰的水里去起麻,那艰苦可想而知。孟凡贵没有时间去想那么多,脱了衣服往身上倒酒,然后把剩下的小半瓶白酒一口喝下。在大家的"鼓励"下,他高喊着"下定决心,不怕牺牲"的毛泽东语录,一咬牙一跺脚就跳进了水中。水刺骨的凉,冻得人喘不上气,而那些冰茬把身上扎出了许多小口子。岸上的人还问孟凡贵行不行。不行又怎么样?难道就有人会替换孟凡贵吗?

要强的孟凡贵大喊着"横,横(行)"。他冻得无法说准确那个行字了。别人听着就像在说"横、行"。

既然说"横",就要有"横"的表现。孟凡贵搬动几十斤的大石头。这些石头是压麻的,要搬到岸上,来年接着用。把石头搬了家,到阳光下取暖,人再到冰冻的水里起麻。

打更训练的是勇气,起麻则是锻炼人的意志和体魄。在身体没有长成熟前这么练,要么练成钢,要么就练残了。好在孟凡贵从小习武,有着同龄人不可比的强壮体格,这才算是渡过这一关。

现在都爱说机会是给有准备的人预备的,其实不准确,应该是给一直努力的人准备的。就像三毛讲过的,你若盛开,清风徐来。孟凡贵的努力得到了1师师长和68团参谋长的"清风"。

1师师长吴宪义是个广受知青们喜爱的好领导。他经常到基层的连队视察，关心知青生活，有问题立即解决。好的，表扬，推广；错误的，制止，批评。那次到6团视察工作，发现了1营工副连的知青在房子上睡大觉，立即下令遣散这些偷懒的知青，让他们到最苦的农业连队去锻炼。幸亏师长的这一命令，惊醒了工副连还不知努力的北京小69，他们从此告别混日子的时光，走上了勤奋之路，后来都事业有成。

那一天北风呼啸，气温比平日更低，寒风中驶来一辆绿色的吉普车。1师师长吴宪义和68团参谋长王兴汉到基层视察工作，正好看到孟凡贵从水里往外捞麻。

吴师长立即命令司机停车。他下车后亲切地问道："小同志，怎么一个人干啊？"边说边让警卫员把大衣给孟凡贵披上。

孟凡贵知道这位军人就是吴师长。他以立正姿势回答："报告师长，我是可以教育好的子女，我必须抢着干。"

孟凡贵没有把别人不愿意干的实情说出来。他把一切都揽到自己身上。师长警卫员一听孟凡贵是"可以教育好的子女"，立马又把大衣收了回去。王兴汉则又把大衣夺过来，重新给孟凡贵披上，这让孟凡贵很感动。师长临走前拍拍孟凡贵的肩膀，说了一句："好，你叫孟凡贵，我记住了。"

几天后，团部来了调令，调孟凡贵到团部任干事。据说，北京小69能到团部机关任职的不到5人。孟凡贵幸运地成为5人之一。

由于在基层受过锻炼，又聪明好学，孟凡贵很快掌握了相关的业务知识并能独当一面。哪个连队有多少地，亩产多少斤，荒地有多少，水利状况如何，有多少农业机械，全都在孟凡贵脑海中，以至于团首长下连队都要带上他。2007年孟凡贵回访68团，站在丰收的豆地上，他数了数豆荚上的豆粒数，他对陪同他的老领导说，这一亩估计产500斤。后来证实，亩

第一章
五十年后秋点兵

产502斤。

兵团从1971年开始有推荐上大学的好事了,从1973年有办病退、困退回北京的特大好事了。这是两条离开北大荒的"幸福大道",有办法没有办法的都想尝试一把。在团部的孟凡贵表现优异,完全可以上大学。许多在机关任职的知青都上了大学;办病退也容易,只要找团部的医生开个证明就可以了,但是孟凡贵从不考虑。

能上大学,不去,能办回北京,不办,为什么?

"同一个车皮来的同学大多都在农业连队,农活又苦又累,这些同学年纪小,文化低,在兵团没有前途,想离开兵团家里没有路子,自己在团部有点小权力,在他们有需要的时候,帮他们使把劲,让他们先回去,自己以后再说。"孟凡贵回忆往事,说这番话时眼中闪着泪花。

是啊,全团的北京69届认识的最大的官,就是同学、同乡孟凡贵。他们寄希望于孟凡贵能帮上他们返城呢,起码是到了团部有个落脚蹭饭的地方。孟凡贵没有辜负北京的同学、发小,当然还有各地的知青战友的厚望。凡是农业连的知青来找他帮忙,孟凡贵都是全力以赴。

那个年代有句名言,叫作"有条件的要上,没有条件的创造条件也要上",说的是不管有任何困难,都要勇往直前干项目。而孟凡贵则是"有条件的要

帮，没有条件的创造条件也要帮"。特别是在北京知青返城这件大事上，孟凡贵更是尽了自己最大的努力。当大多数北京知青办完手续回到时，孟凡贵才考虑自己的返城事宜。

1977年，孟凡贵回到北京，虽然很快有了工作，可他不喜欢，他有自己的特长，他要在这方面努力。

孟凡贵的特长是什么？原来在兵团的日子里，他一方面认真干好本职工作，另一方面他一直在练习说快板、说评书、说相声。在鸭舍打更的时候，他对着鸭子练嘴皮子。后来，到团部当见习参谋，有单独的宿舍，他便复习在少年宫说过的相声。每次回北京探亲，孟凡贵都要去拜访曾经教过他快板和评书的老师，同时想方设法搜集传统的相声和评书段子。整理出来后，坚持练习。兵团8年，从未间断。只不过是不声张而已。

崇文区举办职工业余演出，孟凡贵参演获得好评。不久又参加了全国职工文艺调演并获三个大奖。演出后有六家专业团体找到孟凡贵，要调他去当专业相声演员。孟凡贵最终选择了全总文工团。经过老艺术家的指点和自己的努力，他形成了"内紧外松，有条不紊，表演细腻，含蓄隽永"的风格。

回城后，孟凡贵的事业蒸蒸日上，可是当初提拔他的王兴汉参谋长在1978年转业去了沈阳，不久就退休回家，成了一位普通的老人。孟凡贵不管演出有多忙，应酬有多少，时常去看望老领导，送钱送物，嘘寒问暖。王兴汉病重期间，孟凡贵一直守在王兴汉的身边。老领导没有看错那个独自起麻的北京孩子，他生命的最后时光有这样的好知青、好部下陪伴，他欣慰，他安详。

68团宣传股长吕福程转业回北京一时找不到接收单位，孟凡贵听说后立即找到北京市主管领导以及相关多个部门的领导，最后使吕福程有了较

第一章
五十年后秋点兵

理想的工作。

兵团改成农场,在发展中遇到了困难,孟凡贵所在的68团改为建设农场,暂时发不出工资,这可急坏了孟凡贵。他找到了在北京任职的原兵团的知青,又是游说又是写报告,通过国务院贫困地区开发领导小组办公室领导的援助,争取到了对兵团有困难的农场的支援,从而使这些农场很快扭亏为盈。

2011年初冬,一位北京知青不幸在哈尔滨病逝,孟凡贵组织起一个车队到京哈高速路口迎接灵车,让这位知青走得风风光光。

68团的人说孟凡贵身上有军人的特点,而其他团的知青则说,孟凡贵是典型的北京69届。看到他,了解了他,就知道69届的全部了。

公安部一等功获得者
程亚力：铁道卫士护平安

程亚力，原北京铁路公安局局长、党委书记，两次公安部一等功获得者。北京57中学69届初中毕业生，黑龙江生产建设兵团1师6团4营28连农工。

读者也许还记得1993年发生的中俄国际列车大案，如果不记得，那么看到了最新上演的电视剧《莫斯科行动》后，对当年那起影响极大的案件应该有所了解了。后者是前者的艺术再现。

破获这个大案的主要功臣之一就是原北京铁路公安局长兼党委书记程亚力。那时他还是北京铁路公安处的副处长。电视剧主人公的原型就是这位因此案而立下一等功的程亚力。只是饰程亚力的夏雨身材偏瘦，不太像从小喜欢踢足球身体壮实的程亚力。

1969年8月底的一天傍晚，北京57中学69届初中生来到了二龙山——1师6团。秋凉已经在北大荒落脚，可是暑热依然藏在程亚力和他北京57中的伙伴心中。不是他们体格有多棒，而是他们头脑中仅有的库存依然是北京大院孩子打架的连环画。连长带领着这些心有内热的新人走进宿舍，

第一章
五十年后秋点兵

指着干净整齐的下铺让他们休息。上铺的人居高临下地看着新来的北京老乡，困倦的目光中有些冷淡。程亚力很不高兴，凭什么新来的住下铺？上铺多好啊，干什么下面的人也看不见，也不像住下铺，老有人坐。火爆脾气的程亚力决定住在上铺。于是用命令的口吻要求上铺的都下来。谁会听一个新来的人指挥啊？何况是16岁的一个北京孩子。

面对从上铺倾泻下来的嘲讽的目光，程亚力从地上抄起了镰刀。那个季节正是秋收时分，镰刀是每个知青青春的旗帜，也是从里到外唯一的伴侣。老到的镰刀与无知的少年相依为命。所以宿舍的大通铺的炕前站着七扭八歪的一群镰刀，表示着萎靡不振的青春。跟着程亚力，其余57中的十几个人也抄起了镰刀。挥舞的镰刀使靠油灯照明的宿舍增加了杂乱的光芒和凶野的活力。光芒几经闪耀后，嘲讽的目光被割得七零八落，随之落下的还有脏兮兮的行李与灰溜溜的信心。

为争上铺抄镰刀，这到北大荒的第一步让4营的人知道了程亚力，同时还传遍了有着万人的全团。很多年后，程亚力进入北京火车站当民警，好多人找他要火车下铺票。他开始为别人争下铺。

打架成了程亚力经常的业余活动。他和北京的知青打，也和外地那些年纪大、体重大的知青打。兵团不可能容许这种行为，连里和营里都准备找机会收拾他了。

在又一次打架后，营里见风使舵顺水行舟，把程亚力关了7天禁闭。

7天的禁闭没有让年少轻狂的程亚力清醒。第8天早上，指导员放他出去，他却说还没有深刻地认识到自己的错误，不想出去。

没有一个人像程亚力这样，在兵团的前三年一直打架。

让程亚力停止挥舞拳头的是书籍。回北京探亲，程亚力在家人的劝说下带回了一箱子书。

其中有《史记》《古文观止》《母亲》等十几种中外经典作品。书籍向他展示了一个与"四人帮"教育相反的世界。这个世界征服了程亚力，让他明白原来读书才是最快乐的、最有意思的事情。于是他"打架三年"的日子画上了句号，开始了"读书三年"的生涯。打架让领导担心，读书更让上级紧张。在那个年代除了上级规定的几本书外，其余的书籍不论古今中外都是毒草。培养愚忠的一代炮灰是"四人帮"的执政目的。得知程亚力从北京带回了一箱子"毒草"，营长居然亲自来检查处理。

一天晚上，劳累极了的程亚力挑灯夜读，高尔基的《母亲》让程亚力沉浸其中。营长和连长突然出现在程亚力面前。"不看领袖的书？这是谁的书？"联合起来的质问像早期奔驰的喇叭，双声道的，不同凡响。

"高尔基的啊。"程亚力的声音也不小。他觉得高尔基是官方认定的无产阶级的作家，其代表作《海燕》经常被朗诵、被引用，他的书不应该是毒草。

"甭管是谁的，都不行。都到营部去，把高尔基也带走，接受组织处理。"

营长厉声命令。听到这句话，所有的人都前仰后合。营长的这句话成为"经典"，不仅让知青们愉快了以后的时光，同时成了抵御上级领导反对知青读书的利剑。再有各种马屁精想阻拦读书，大家就会齐声高喊："把高尔基也带走。"

第一章
五十年后秋点兵

打架都管不住,还想管住学习?尤其是在求知欲已经被调动开发的情况下。再说北京69届无欲无求,不想混个好工作,上大学也轮不到,没有什么能限制他们的。所以程亚力和他的伙伴们放开了读。这就像现在如今当前眼目下,CBA赛场上的口号"放开了打"一样。带来的书很快读完了,于是便四处去交换、寻找。一本书几十个人排队,来不及轮转,有幸看到的就负责给大家讲解。如果不能完整地叙述出来,那么就会被取消资格。程亚力自然就是那个第一个阅读并给大家叙述的人。

3年的读书,让程亚力打下了坚实的文化功底。后来他一度担任北京铁路公安局警察学校校长兼书记,其间上级单位组织系统干警文化考试。在古汉语考试中,程亚力考出最高分,而那些高考后考上大学的正规大学生,成绩也远远落在后边。

1975年,程亚力离开兵团,到河北转插。好在有兵团的经历,没有什么能难倒程亚力了,好运也开始伴随。他插队期间表现优异,进了铁路系统,很快便被抽调回到北京,随后进了北京站派出所当了民警。在基层工作期间,他每年的破案率破案量都名列前茅。更幸运的是,他考上了刚刚开办的北京警察学院,成为第一批警官大学生。

1993年5月,中俄国际列车上发生强奸、杀人、抢劫大案。性质之严重,影响之恶劣是新中国成立以来从未有过的。国家领导人批示侦破此案,程亚力因业务精湛、敢打敢冲而被上级选中奉命前往。他对领导说道:假如有一个不能回来的,就是他自己。他做好了牺牲的准备,带着壮士一去不复还的勇气踏上了北去的列车。

1989年政治风波期间的一天晚上,程亚力听说同仁医院有32名受伤的军人和警察被近千名群众包围,情况危急。他赶紧请示上级单位但无音讯,程亚力当机立断,带上武器,叫上8名便衣干警,开上装满子弹的吉普车就奔向了出事地。

在那个时刻，这样做是危险的，许多人唯恐避之不及，再说这又不是铁路警察的职责范围，不去也无人指责，去了就有生命危险。但是程亚力却勇敢地冲了上去。就像程亚力在《莫斯科行动》演职人员与观众见面会时说的，我是一名铁路警察，也是一名中国警察。

胆大心细，指挥若定。程亚力和他的3名同事很快就解救出了32名军人和干警，近千名不明真相的群众也很快散去，由于程亚力的勇敢和机智，化解了一场大危机。如果没有程亚力的冲锋陷阵，很难说会出现什么样的后果。

当然，不是天天都有危险的任务在等着程亚力，大案要案随时需要他挺身前冲，更多的是年复一年的枕戈待旦夜不能寐。作为全国客流量最大的北京铁路公安局的局长，程亚力的肩上担着旅客的平安，担着千里铁道线的平安，也就是担负着首都的平安。

既有金戈铁马立功受奖，更有昼夜操劳鞠躬尽瘁。

程亚力的从警经历中有12年是在北京站。从执勤民警、审查民警到副所长，再到公安段副段长、乘警队队长，最后是公安处副处长。这12年间，从大年三十到正月十五，他都是在车站度过的。年年的春晚上都赞颂不能回家过节的军人，是他们保卫了我们的的家园，我们的安全，我们的国家。画面上是军人冰冻的的军帽和坚定的目光，随即直播现场的观众鼓起热烈的掌声。可是他们不知道，就在北京站，也有着这样一位春节不能回家过节的警察。而且是12年不能回家。相比一年不能回家过节的边防军人，12年不能回家过节的程亚力也该赢得掌声。

那时的技术条件远不如现在，要保证每天30万的乘客安全上车，不出一点事故，只能靠民警24小时值勤。只举一例，那会儿的"放队"（即让

第一章
五十年后秋点兵

乘客开始排队进站）可不像现在这么轻松：打开栅栏门，检票员检票后旅客走天桥上火车，那时是由民警带着队伍在广场上转好几圈，把挤成一大团的队伍拉大拉长拉开，让归心似箭的旅客平复一下心情，以避免踩踏等事故出现。别说这样带着队走一天，就是走一会儿也要满身大汗。尤其是还要不时地替老弱病残旅客拎行李，那就更是呼哧带喘了。除了带着队走大圈，还要回答数不尽的相同的问题。程亚力曾经做过统计，他在一天里回答同样的问题最多时要上千次。排名最多的问题是厕所在哪里？或是候车室在哪里。假如没有对旅客的爱心、耐心，对工作的热爱，这将近每分钟一次的回答，就是机器人也累得没有电了。可是程亚力居然坚持了下来。

程亚力对于69届的评价是："69届是比较传统的一代人，性格上温良恭俭让的成分多。总起来说是有责任、有担当、知恩图报的一届学生。"

"爱也好，恨也好，
长水河畔将你找，
魂牵梦也绕。
心未了，情未了，
无奈岁月催人老，
相逢须及早。"

　　　　　程亚力书。

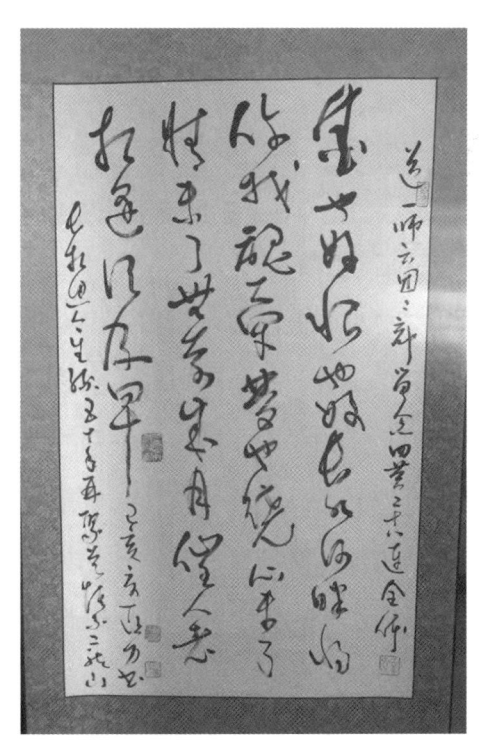

北京十佳厂长杨冀：
兵团战士版"乔厂长上任记"

杨冀，北京特普丽装饰装帧材料有限公司董事长，北京市十佳厂长，北京市五一劳动模范，全国建筑行业先进工作者。曾荣获兵团级三等功。北京110中学69届初中毕业生，黑龙江生产建设兵团4师47团农工，后到团部机关。

从广义说，上山下乡是指知识青年到农村插队。而从字面上解释，是指去的两个地方，一是到乡村，二是赴山区。对于绝大多数人来说，只是下乡而已，上山是很少的，极个别的。山区条件苦，无法接纳知青，所以只是一个口号，几乎没有落实。可是杨冀却是下了乡又上了山，一个人完成了两项重任。他是当之无愧的上山下乡的知青。

用不怕苦不怕累的方式证明自己，是许多69届的追求。而还有一些人，他们体单力薄，没有资本走力量的路线，则是利用各种条件刻苦学技术，杨

第一章
五十年后秋点兵

冀就是其中的优秀代表。由于在47团榨油厂上班,劳动强度大,每天晚上都累得睡不着觉,睡不着就想着未来的路。与老职工相比,自己就是知识青年了,与老知青相比,自己又有年龄优势,要是学技术,肯定比他们强。在多数人经常哭天抹泪或是千方百计地离开榨油厂时,杨冀把精力全部放在了学习榨油技术上。没有几个月,他就全部掌握了榨油技术。

掌握榨油技术让杨冀信心大增,智慧的大门也随之大开。他觉得人工榨油太落后,要改造成机械榨油,这样既能减少工人的劳动强度,还能提高出油率和效率。厂长听到杨冀的建议十分惊讶和佩服,看来北京孩子不简单。但是光有想法不行啊,这技术改造可是大事,凭你一个小69就能干成?厂长玩了个抽象肯定具体否定的招数,说了几句鼓励的话就把杨冀打发走了。厂长不知道,杨冀想干的事,那是拦不住的。这是在兵团的69届的共同特征,在以后的人生道路上,69届用行动多次、持久地证实了这一点。

其实这也不能完全怪厂长玩太极,你杨冀搞技改,总得有个方案吧,就凭上下嘴唇一碰厂长就同意了?

经高人指点,才知道搞技改要有个详细的方案。杨冀找到了厂里技术最好的罗师傅,二人连夜写出了一份技改方案。

厂长再一次惊讶了。他没有想到杨冀这么执着,他更没有想到,这方案这么详细、完善。这是一个下乡才几个月的69届写的吗?不是抄的吧?厂长对杨冀说道:"除了没有资金,厂里全力支持。"这样的态度不够理想,也算是比第一次有大进步了。

厂里给了一些零部件,剩下的就靠杨冀和罗师傅自己筹备了。而二人商定,杨冀负责机械设计,罗师傅负责零部件加工。

对榨油厂进行技改的消息很快传了出去,风凉话骤起。"农场十几年都是人工榨油，他一个小69还能改变老章程？"

"北京小69就是能吹。"

歧视与偏见压不倒杨冀。自从身为高职的父亲1957年被打成右派后，受的歧视多了去了。歧视对一个不甘平庸的人来说，只是一个前进的动力源。

春节到了，这是69届到边疆的第一个春节，69届大批地逃跑回家。同班同学劝说杨冀一起回北京，杨冀也想爸爸妈妈，可是这技改没有完，怎么能回去呢？如果逃跑回家，怎么对得起支持自己的厂长、指导自己写技改方案并一起熬夜的罗师傅？

杨冀没有回家。为了尽快完成技改，他干脆搬到了车间里。

寒冬虽然漫长，但终于过去了。4月中旬，和煦的春天带来了温暖，也带来了让47团全体指战员振奋的好消息：杨冀与罗师傅改造的机械榨油机成功了！新改造的机械榨油不仅使油品的质量得以保证和提升，口味纯正了，炒菜更香了，而且工人的劳动强度也大幅降低。不可能的事变成了事实，那些怀疑的人心服口服了。杨冀也从榨油工被任命为加工厂的技术员，业务范围已经不单是一个榨油厂了。到北大荒仅仅8个月，杨冀就当上了技术员。这在5师是唯一的，在全兵团也是罕见的。就在赞扬声中，杨冀的目光瞄准了团面粉厂。虽然面粉厂是机械加工，是团里最好的企业，比团里的其他工业小作坊强，但是麦子和面粉的输送方式很落后，是敞开输送，生产时粉尘飞舞，其中既有麦子的粉尘，也有面粉中的粉末，工人满脸满身的粉末，不仅不卫生，还造成了极大的浪费。杨冀经过认真研究，提出要进行技改，要把输送和筛选方式改为密封式的，采用高压风机输送。

这一次杨冀先写了立项报告。让杨冀大为吃惊的是，团后勤处长看到报告后二话没说直接就批钱了。这信任不是争来的，而是杨冀靠行动赢得

第一章
五十年后秋点兵

的。用半分钟看完技改报告的后勤处长,却用两分钟对杨冀说道:"你可是知青中第一个使用技改资金的,你可一定要干好啊。"杨冀没有听清是多少知青中第一个使用的。是47团近万名知青中,还是5师近9万名知青中。或者是全兵团54万知青中?要不身经数战的团后勤处长怎么也那么严肃啊?杨冀也感到了压力。

在人人奋勇的路上,杨冀知道自己不经意间成了领跑者,他告诉团后勤处长:干不好,不回家。经过8个月的反复试验,最后技改项目完成。技改不仅改变了卫生环境,更重要的是节约了粮食,这在那个粮食极度缺乏的年代,是个非常大的成果。

5师党委给杨冀记了大功,随后兵团党委也给杨冀记了大功。这在全兵团也是第一次。1972年12月中旬,杨冀加入了中国共产党。他是110中学到北大荒第一个入党的。听到杨冀入党的消息后,曾派他喂猪并认为他什么都不行的领导说,你也能入党?你这个北京知青干什么都干不成,入党真奇怪了。

"这有什么奇怪的,以后让你奇怪的事儿还多呢。"杨冀笑答。确实如此,随着杨冀和69届伙伴们的成长,让那些有偏见的人认为的"奇怪"的事越来越多。他们只能在"奇怪"中奇怪下去。

1975年8月,被两次推荐上大学才走进大学的杨冀从北京化工学院毕业。按照他的条件,完全可以留在北京市内工作。杨冀是党员,且学业优异,又在艰苦的环境受过5年的锻炼,并多次立功受奖,这样优秀的人才哪个单位不抢呢。

出乎所有人意料的是,为了照顾一个同班同学的困难,杨冀与那位同学对换,选择了到一家远在房山的企业——北京建筑塑料厂。那家企业在周口店的山脚下,交通不便,条件艰苦,没有人愿意去。那个年代从北京市里到那要3个小时。要先坐汽车，再换乘火车。

又是一个九月，怀着梦想，仰望着近乎透明的蓝天，带着"我言秋日胜春潮"的心情，杨冀独自踏上

前排右为杨冀。摄于1972年。

了"上山"的路程。那时没有地铁、城铁，更没有私家车。杨冀只能住在厂里，周六晚上回到北京城里的家，周一再挤车回到厂里上班。困难对于有追求的人来说恰恰是机遇和动力，不方便天天回家，却可以有大把的时间学习。每天吃过晚饭，杨冀便开始钻研业务，学习相关的知识。从他到厂子的第一天开始，每天都是从晚饭后学习到凌晨3点。

世上没有白吃的苦，也没有白享的福。半年后，杨冀在老技术人员的指导下，设计出30多套新型磨具，这一成果让厂领导惊呆了。一年后，杨冀当上了设计组长，又当上了设计科副科长、科长。原先以为杨冀仅仅是个技术干部，没有想到，他带领的设计科成了全厂的先进集体。

既有业务能力，又有管理才能，杨冀一路高歌，先是担任副总工程师，接着是总工程师、分厂厂长、总厂副厂长，直至总厂厂长。从一名普通的技术员，到全国中型企业的一把手，杨冀走过了所有的台阶，用了13年。这一年他38岁，在全国同类型的企业中，他是比较年轻的。

好消息往往伴随着一个坏消息，当时对杨冀来说也是如此，还没有从喜悦中平静下来，那个坏消息也在几个月后悄悄地溜出了京城，就是上级

第一章
五十年后秋点兵

要关闭这个厂子。北京市要进行工业结构调整,决定"关停并转"一批国企,不幸的是建筑塑料厂名列其中。

领导隔空喊话,你那个厂子累计亏损200多万,办下去还要亏损。现在是改革年代了,计划经济不灵了。

北京市工业系统召开"关停并转"大会。在一阵务虚后来了真格的:主管工业的副市长李润五宣布名单,全场静得像无人之境。可是当李润五念出第一个关停的企业名称后,那个企业的厂长就痛哭失声,会场也如追尾般地响起了哄哄悲切声。接下来念到的企业名单的领导也难掩伤感,即使不哭也是面部僵硬,整个会场愁云密布。

李润五念到建筑塑料厂的名字了。早有准备的杨冀腾地站了起来。

"李副市长,我刚刚上任,请给我一年时间,不行再关吧。"杨冀大声喊道。

这一声大喊震惊了全场,所有的目光都投向了杨冀。李润五放下手中的名单,和主席台上的领导商量后,他用赞许的口吻说道:"好,给你一年。你那个厂有30多年的历史了,希望你扭亏为盈,为改革竖起一面旗帜。"

杨冀激动地保证:"请您一年后再来检查我们的工作。"

在李润五的支持下,38岁的年轻厂长担起了挽救国企的重任。

还记得22年前,连长一脚踢醒了累得在雪中睡着的杨冀,让他有了奋斗的动力;20年前,团后勤处长批给了杨冀第一笔技改资金,让他在1万多人的47团展示了才华;而现在李副市长给了他一个更大的舞台:振兴一个老国企,解决1000多人的吃饭问题,为改革竖起一面旗帜。

会场上的掌声过后就是怀疑的议论声。凭你一个兵团知青,就能解决30多年老厂的问题?北京工业系统那么多人都解决不了,累计亏损200多万,你还能有什么办法?

对于建筑塑料厂来说，你有过辉煌，肯定躲不过没落；而对于杨冀来说，你有过苦难，也一定会有辉煌。

带着北京市委的重托，面对1000多职工的信任，杨冀走上了改革的这个大舞台，去创造属于改革年代以及他个人的辉煌。

产品落后过时，几十年一贯制，这是销路不畅的主因。在李副市长的直接指导下，杨冀组织全厂开发出50多个新品种。李润五还亲自跑到远在大山深处的工厂给杨冀打气。"杨子，我来看看你，听说你干得不错，墙纸销售到全国20多个城市，我来看看你给你宣传一下。"

有这样的好领导提供改革的大舞台，支持开发、宣传产品，杨冀焉有不成功的道理？到1992年年底一算账，实现了收支基本平衡，工厂保住了。1000多人可以睡个安稳觉了。

1993年，杨冀获得了北京十佳厂长的称号。

2001年，企业应上级要求改制，杨冀在市领导的支持下，改制成功，他当上了董事长兼总经理。

真正的改革，才刚刚开始。由于长期在体制内，对国企的弊端十分清楚，杨冀上任第一件事就是砍"树权子"，就是把车队、食堂、教育、经销点、三产等多余的部门全部撤掉。比如车队，每天跑运输一趟，还要跟上两个装卸工。可厂区大门口的个体运输户，一天跑三趟还自己装卸，差距太大了，而且什么都不用管。吃饭自理，工作服自带，外出补助没有，服务态度还特好。再如食堂，厂里投入不少，可是意见从没有断过，总是不满意，不满意！现在外面的饭馆那么多，完全能满足职工的餐饮需求。又如经销点，撤了后就不用给他们发工资、分房子了……如果说大刀阔斧的技术革新得到了全厂的支持，那么这次的制度改革就有不少人反对了，这涉及他们的地位、待遇乃至前途。过去养尊处优，如今要到一线吃苦耐

第一章
五十年后秋点兵

劳,他们怎么会同意呢?

该来的总是要来的。在反对者一阵舆论的准备后,这些人把愤怒转为行动了,直接对杨冀下手了。

一天晚上,杨冀回到家里坐下吃饭,还没有端起碗,就有两个职工闯进来,他们质问为什么把他们的部门取消了?还说你砸我们的饭碗,我们就砸你的饭碗。杨冀耐心地解释。可是这两个人不听,还把杨冀家的电话砸了,走时还说以后天天来。

杨冀家里电话被砸的事马上连夜传开了。那些对改革不满的人都喜笑颜开,摩拳擦掌,都想闹一闹,以达到目的。

一天上午,公司班子在开会研究业务。只听哐的一声,一个小青工随之弹进门来,好像一发平射炮弹。他平时和厂里及社会上的小青年混在一起,称王称霸,干些捣乱破坏的事情。原领导班子不敢碰硬,总是迁就他们,让着他们。"凭他妈什么不给我分房子?我可是他妈这一带的玩闹,你去打听打听,谁不知道我,敢不给我分房子?"小青年边说举着胳膊向前冲。

杨冀正想找机会收拾一下这些小青年呢,没有想到竟然自己找上门来。他忽地从座位上蹦了起来,像一发地对空导弹,砸到小青年面前。他厉声喝到:"凭什么给你房子,我今天就不给你房子。你玩闹,北京城里扎死小浑蛋你知道吧,我还参加了呢。"

小青年一听厂长还参与了扎死过小浑蛋,心中有些胆怯了。但嘴上不服输,说你等着。杨冀说好,我天天在这里等着你!边说边脱了西服要揍这个小青年,幸亏大家拦住了。

几天后小青年说要和杨冀练练。杨冀说好啊练坏了可别怨我。说着就把衣服一脱,准备开练。小青年没敢动。又过了几天,小青年找到杨冀,说是想和杨冀聊聊。"聊什么聊？去写检查去！"说着就又要揍小青年。还是被周围的领导拦住了。

小青年彻底老实了，老老实实地写了检查。连写两次都没有通过。第三次认错了，说："大哥我错了，我服了。"

武的不行，就来文的。一位老技术人员给上级领导写了一封告状信，说杨冀的改革如何错误。他自以为这招管用，还主动到杨冀的办公室谈条件，说是马上还要写大字报。杨冀一把抓住老技术人员的胳膊就往屋外拖。老技术人员惊恐地问你要干什么？杨冀说你去写你的大字报，再待着我就不客气了。老技术人员知道遇到了高人，闹也没有用，就没趣地溜了。为了改革，杨冀先后打了10多场官司，其中既有对内的，也有对外的。虽然打官司耗费了时间，但是解决了许多遗留问题，理顺了原来不顺的关系，为深化改革奠定了坚实的基础。

清除了干扰的杨冀开始了企业振兴的改革计划。2001年正是壁纸销售下滑最厉害的一年，许多同行都面临着亏本乃至倒闭的险境。杨冀提出了新的战略思路：壁纸要像国外那样，向高档化、环保化、时尚化发展，要占领高端市场；把做壁纸当成做时装；实现三个突破：品质的突破，色彩的突破，设计的突破。从2002年开始，特普丽的新产品打入北京及全国各地的高档饭店；与恒大、富力、绿城、招商地产、阳光100、龙湖地产等企业签订了合作协议；产品销往世界50多个国家和地区。杨冀为中国壁纸行业的发展做出了巨大的贡献，他带领着特普丽创造了这个行业的无数第一，他也被称为"中国墙纸第一人"。

第一章
五十年后秋点兵

叶克冬：
温暖如春的君子

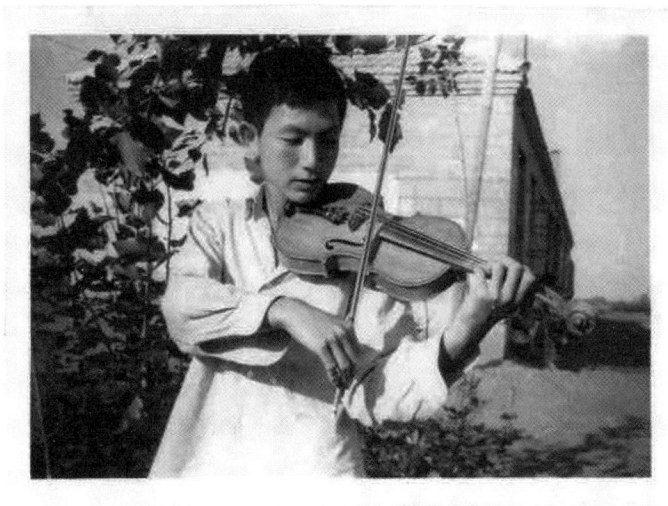

叶克冬，北京玉渊潭中学69届初中毕业生，黑龙江生产建设兵团1师6团7连农工。1982年大学毕业后，曾担任共青团中央第一书记的秘书，这位书记后来成为党和国家最高领导人。叶克冬退休前任中共中央台办、国务院台办副主任，海峡两岸关系协会副会长。

对于叶克冬的成长，熟悉他的知青朋友都觉得很正常。因为无论从人品、学识，他都是出类拔萃的，所以只有成功这一条路摆在他面前，除此之外无路可走。不成功，难啊。

初识叶克冬，是在1969年的国庆节。

那是我们刚到北大荒的第12天，北京铁道学院附中69级7班的男生正抱团悲伤，有的人低声唱着《三套车》《松花江上》。那时歌曲很少，不像现在，歌曲多得你都没有听说过，那时就那么几首，所以经常唱这首歌曲。老师用《松花江上》教育我们仇恨国民党反动派以及腐朽黑暗的旧社会。她教我们的时候还数次流泪，感情投入得一丝不苟。让她没有想到的是，"文革"一来，老师就处在首批被冲击的阵营里，第一批就被打成了脑震荡，后来再也没有清醒过，唱松花江上已经唱不准了，唱的是空花江上。我们没有想到的是，循着《松花江上》的歌声自己也来到了东北。你天天唱"我的家在东北松花江上"，好吧，送你回家！教歌的，唱歌的，都收获了意外的结果，所有的结果都与松花江有关。

刚到北大荒的我们还只能算是男生，学生气顶风传八里。

因为一个人的到来使刚刚到兵团12天的我们清醒了。忧郁的《三套车》停驶在思乡的小路上，《松花江上》的浪花被熟悉的乡音抚平。

这个人就是1营7连的叶克冬。他中等个子，清秀白净，文质彬彬，书卷气很浓，看起来好像比我们小，比我们更像学校在读书的男生。这个评语是哈尔滨知青老大哥后来有些赞叹地说的。

第一章
五十年后秋点兵

营部工副连、3连的不少北京69届都来迎接叶克冬。如后来成为著名作家的邹静之，《中国图片报》总编助理、著名摄影记者的汪永基，以及仗义豪爽的倪伟，敢做敢当的杜严，文采斐然的李小铃等。这其中汪永基、倪伟、李小铃等人还是叶克冬的发小，同是新华社大院的子弟，又是同学，又是发小，见面又是在远离家乡的北大荒，时间又逢"十一"，大家自然是十分高兴。互相寒暄之后倪伟把我们铁道附中的一一介绍给叶克冬。在倪伟介绍完每个人后，叶克冬都会叫着被介绍者的名字后说你好你好，表现得真诚、大方有礼貌。

叶克冬给我留下了很深的印象。

一个多月后，工副连第一个没请假就逃跑回北京的知青苗全受到连队的处理：被发配到7连。从营部到基层连队，这是那个年代对"犯错误"人的一种通用处理规则。面对即将前往的艰苦的农业7连，天性乐观开朗、能说会道、拉得一手好二胡的苗全的心情可谓糟透了。何况他几天前刚刚和7连两个北京知青干了一仗，这不等于自投罗网吗？他缓慢地打着行李，我们也默默地帮助他收拾着。离别的哀愁就像大石磙子碾轧着每个人。

有大哥风范的倪伟率先打破了沉闷的气氛。他说没有事，7连有叶克冬啊。我给叶克冬写封信，你去了就找他。说罢倪伟就给叶克冬写了信。大意是苗全是我们的好朋友，去你连请多关照。看到倪伟的信，全宿舍的人都露出了笑容。寒冷的夜晚因为这封信而变得有了些温暖，离别的伤痛也相应地减少了一些。

第二天上午，我们送别苗全，大家几乎都说同样的话：别把信丢了。苗全从棉袄的上兜里掏出来那封信朝大家晃晃，一步步消失在路的尽头。

倪伟的信果然管用，叶克冬在7连有威信，在他的照顾下，苗全渡过了最初那些困难的日子。没有谁敢跟他过不去,和他打过架的那两个北京知青后来也和他成了朋友。

除了人缘好、有威望,叶克冬还有一个让我们敬佩的地方,那就是他的才气。他写过一个短篇小说叫《逃亡者》,讲的是发生在北大荒的一个故事——两个女知青在新年前夕扒火车逃跑回家,结果冻死在飞驰的货运列车上。当然是手抄本,而且故事的人物和背景只能虚构为前苏联。这篇小说在6团知青中广为流传。到后来手抄本已不知去向,只留下口口相传的故事情节。

那时很多知青都爱写作,特别是老三届的。他们有文化,有经历,写文章不难。而69届一般都学识肤浅,连作文都写不利落。而作为69届的叶克冬,写出的小说能在知青中流传,由此可见其写作的水平。

一营部分北京69届知青合影,
前排中间为叶克冬。摄于1971年。

在兵团这个环境里,北京69届是不被看好的,再优秀也很难受到重用。叶克冬和大多数北京69届一样,无论怎么有才,也无论怎么勤奋,仍然没有被推荐上大学,也没有担任什么重要的工作。甚至在类似于"灾难"的支援6师事件中,叶克冬也被发配。那是1973年初夏,叶克冬正在北京休探亲假,过着"阳光灿烂的日子",突然接到连队一封通知书,通知书写着:"叶克冬同志,你已被调到六师,请速回连队办理有关调动手续。"对此叶克冬十分愤怒:为什么不事先征求本人意见?愤怒之下他自找门路调到内蒙古生产建设兵团,在那里一干就是5年。是金子总会发光的。1977年国家恢复高考,叶克冬考上了大学,因学业优秀毕业后分配到团中央,从此开始了他一路高歌的人生。

身居高位,叶克冬仍然保持着他谦逊朴实、热心助人的一贯风格。过年过节,战友之间互发短信祝福,他总会以最快的速度回复,而且绝不用套话和现成的段子。更可贵的是回复的时间绝不超过5分钟。想想他公务那么繁忙,认识的朋友又那么多,迅速地回复短信不是大事,但是可以以小见大,得知叶克冬的为人。

张庆华是原海淀中学69届初中毕业生,1营2连农工。张庆华回京后能从街道工厂到《中国少年报》报社当编辑记者,曾得到叶克冬的鼎力相助。而当我向叶克冬求证此事时,他说,庆华调去《中国少年报》当记者,我固然有点推荐之功,但这是经过团中央组织部和报社的严格考试和考察录取的,关键在于庆华的实力和人品,确实是不二人选。

还有许多这样的事例。对战友,对朋友,叶克冬始终是满怀热情,真诚对待。

在一次聚会上,一位战友说到,克冬是哥们儿中最有成就的。在大家心中,克冬就是一个好哥们儿,用书面语言形容叶克冬就是温润如春的君子。

第二章
名至实归第一连

兵团最有名的团是6团，最有名的营是1营，那么最有名的连队是哪个连？

无可争议，兵团第一连非6团2营11连莫属。这个300余人的连队，其中百余人的北京69届，走出了专家、学者、博导、劳模、教授及官员多人，这在黑龙江生产建设兵团是独一无二的。

从这个连队走出的有：

胡鞍钢，经济学家、博士生导师；

宋朝武，中国民事诉讼法学研究会副会长、博士生导师；

张安生，首都师范大学声乐系主任；

杨铸，北京大学教授、博士生导师；

卢炜，北京大学教授、博士生导师；

聂桂英，优秀教师，大学毕业后在黑龙江任教；

王渡，国家体育总局水上中心主任；

还有专家、教授、企业家等等。

为什么11连出了这么多人才？

第二章 名至实归第一连

胡鞍钢：
"因为路过你的路，因为苦过你的苦"

胡鞍钢，著名经济学家、博士生导师。北京123中学69届初中毕业生，黑龙江生产建设兵团1师6团2营11连副指导员。

一位部长说过，胡鞍钢的建议几年后就会变成为政策。

为什么胡鞍钢能够先于国家有关部门发出建议呢？

《牵手》中有一句歌词，"因为路过你的路，因为苦过你的苦"。用这句歌词用来解释胡鞍钢的成功原因，是有几分贴切的。他在兵团8年，认识了中国农村，对农民、对农业有着深刻的了解。称得上是"路过农民的路，苦过农民的苦"，所以能站在最广大人民利益上，为人民说话，为民族兴盛建言。胡鞍钢曾说过，北大荒是他认识中国国情的大学，认识了真正的农村，才有可能认识真正的中国。

不仅为人民利益鼓与呼，胡鞍钢还一直为北大荒知青以及北京69届鸣不平。

与某些成功的知青不同，他们从不提及自己的知青经历，偶尔提起，也是轻描淡写，回忆一下农村的秀丽山川，讲述自己如何接受锻炼最后成了人才。胡鞍钢却相反，他怀念那片土地，惦记着并肩屯垦戍边过的战友，并且为知青、为北京69届说话。

对于年龄最小，错过受教育机会的北京69届，胡鞍钢评价道："69届这一届学生大多数没有上过学，被社会边缘化了，多不公平啊！当你正在接受正规教育时，被迫停课闹革命；当你需要获得人力资本时，你又不得不上山下乡了，有的人还留在那里，或者是终身致残；当改革开放开始之际，农民都解放了，但这些人变成了待业青年了；当国企改革、亚洲危机、结构调整，这些人又变成了下岗失业人员了；随后又进入退休年龄，又变成弱势人群，这是多年的积累的不公平所致，历史的错误却付出长久的代价。"

说起兵团岁月，11连的人们都会想起"油灯下的胡鞍钢"。那时的胡鞍钢是连队副指导员，白天他要带头劳作，夜晚他还要灯下苦读。一盏晃动的油灯，闪烁着求知和奋斗的火花，在寒冷的深夜瞪着眼睛坚守着。8年的时间里，他把能找到的马列书籍全部读遍了，初高中的数理化课程全部掌握了。

无论是表现还是职务便利，胡鞍钢都是有机会上大学的，11连好几位北京69届都上了大学，如张安生、杨铸、宋朝伍、王渡等。这是全兵团最重视北京69届的连队，自然也是北京69届上大学比较多，后来出人才最多的连队。能在这样的连队当上副指导员，这就说明了胡鞍钢的优秀。作为连队领导，去上大学相对容易，其他大多数连队的知青领导有很多都上了大学。但是胡鞍钢却一直坚守在艰苦的兵团。他觉得自己是连队领导，上大学的事应该先紧着别人。

1977年恢复高考，此时的胡鞍钢已经离开兵团，在河北勘探系统。他对领导说要考大学。领导告诉他一个特大喜讯："你已经在涨工资的名单里了。"

这确实是一个巨大的喜讯。自1957年以来，这是第一次涨工资。那

第二章
名至实归第一连

时的一级工资能提高生活质量,那一级工资的重要性是今天的人难以理解的。

"把这个名额让给别人,我考大学。"胡鞍钢斩钉截铁地回答。那时他的工资是42块钱,能涨一级就是每月50多块钱了。

如果是会算计的人大概会计划:那就先涨工资,然后第二年再去考大学,两不耽误。但是胡鞍钢不是这样的人。他的一句"让给别人"就说明了他的无私。他是兵团对北京知青认可的"讨论大事,热爱学习,胸怀宽大"的典型。

胡鞍钢以优异的成绩考入了唐山工学院,成为400多名考生中的佼佼者,幸运的追赶上了时代的列车,并且不停地加速前行。大学毕业后他考取了北京科技大学工学硕士研究生,1988年获得了中科院自动化所的工学博士。

10年的加速跑,让胡鞍钢跑到了时代列车的车头。他在那里瞭望着远方,观察、辨认着前方的路,并且提出分析、建议。用他的经历、知识和责任感报国、为民。

胡鞍钢在中学就读的是123中学,这个名字很有意思,在要求奋进的人眼中,就是前进的口号:1、2、3冲!

宋朝武：
为在兵团被推荐上学的69届正名

宋朝武，中国政法大学教授、博士生导师。现担任中国民事诉讼法学研究会副会长兼秘书长、中国行为法学会执行行为研究会会长、中国国际经济贸易仲裁委员会仲裁员、北京市海淀区人民法院专家咨询委员会委员、最高人民法院执行特邀咨询专家和最高人民检察院民事行政诉讼监督案件专家委员会委员。北京清华园中学69届初中毕业生，黑龙江生产建设兵团1师6团2营11连农工。

在兵团，有极少数的北京69届被推荐上了大学，从而成为那个时代的幸运儿。他们上大学后是怎样学习的，在改革开放后又是怎样继续拼搏的？宋朝武的经历做出了回答。

由于宋朝武工作繁重，作为第一首席专家正在主持编写马克思主义理

第二章
名至实归第一连

论研究和建设工程重点教材《民事诉讼法学》。该教材是国家重大项目,现系全国政法院校本科生通用教材,他还要带博士生,还要处理研究会的许多日常事务,以及数不清的仲裁案件。虽然已经过了退休年龄,但他的工作安排依然满满的,难得空闲,我们约了好几次才见面。

1969年8月下旬,宋朝武来到黑龙江生产建设兵团,先被分配到2营10连,年底又被调到警通排。警通排是持枪的单位,能分配到这里扛起了真枪,宋朝武的第一步比大多数知青都幸运。警通排驻地就在团部,这里有火车站,有医院,有商店,有大礼堂,有招待所,有饭馆。如果探亲回家,走十来分钟就能上火车。相对各偏远的农业连队,这里就是"大城市"了。但人生没有一帆风顺的,宋朝武接下来就遇到了挫折。因为站岗值班时踢球把冲锋枪的枪把摔碎了,领导不高兴之余把他调到了电话班。虽然没有了威风凛凛,可是这里"风调雨顺"四季如春,也是许多人梦中的福地,比起那些在大田里累得死去活来,最终收获了一身疾病的一些北京小69来说,还是幸运得高耸入云般的美好。可是又一次的好景不长,因回家探家超假,领导失去了耐心,直接把他发配到11连,让他去干农活,享受风吹日晒下大田、天寒地冻修水利的"待遇"。

比起警通连,比起电话班,农业连队那可是太苦了,既没有拿枪的那份荣耀,更没有电话班的舒适、便利。经历了短暂的不适应后,宋朝武很快从曾经的舒适工作环境中走了出来,各项工作都十分积极,夏锄时锄地全连第一,夏收时割麦子名列前茅,秋收割黄豆又是领跑。近200斤的麻袋扛着就上跳,这样的表现自然得到了全连的认可。

1975年,宋朝武被推荐上大学,就读于北京师范学院俄语系。

由于有兵团的底子,宋朝武在学校也是各个方面的佼佼者:担任民兵连长、校田径队的运动员,还在上学的第二年入了党。那个日子很好记——1976年的10月6日,党中央一举粉碎了"四人帮"的日子。

1978年7月,三年大学生活结束,宋朝伍被分配到门头沟区三棵树中学教俄语。半年后调到北京师范学院二分院政治处。

粉碎了仇恨知识的"四人帮",知识和知识分子像盛开的百花呼啦啦开满了大街小巷。有文凭的大学生不管新老一律开始吃香,就连中专生也成了建设祖国的栋梁。但是社会上有些人却对工农兵大学生,即"文革"期间上学的有着各种看法。认为他们是靠着手上的老茧或是走后门才上的大学,来路不正,学校也不认真教,文凭自然注了水。面对社会偏见,宋朝武没有抱怨,而是产生了忧患意识:随着社会的发展,就算有了无可争议的本科文凭,那也是绝对不够用的,何况自己的专业是俄语,要想不被淘汰,就还要学习。不单是为工农兵学员争口气,也是为今后的前途争口气。经过分析,他认定法律专业将是大有作为的,于是决定报考法学专业的研究生。

一个学俄语的要考法学专业的研究生,这不是一般的难。别说学俄语

第二章
名至实归第一连

的，就是学了4年法律的应届毕业生，都不敢轻易报考，但宋朝武铁了心要考。当年项羽在与章邯对垒时，采用破釜沉舟的策略，下决心3天内战而胜之。最终是以弱胜强，变不可能为可能，消灭了秦朝的主力，为第一个强大的稳定的朝代诞生奠定了基础。用3天的时间考取法学研究生不可能，那就用3年的时间。计划已定，如同军号吹响，宋朝武向着目标开拔。

1981年2月，宋朝武在紧张地复习了6个月之后，报考了中国人民大学法律系的民法专业研究生。考生中除了他这个"门外汉"外，基本上都是学法律的考生。这一次他自己也没有抱多大希望，是先探探路。考试结果早就未卜先知了，那就是榜上无名。可是也还有让他高兴的，就是分数和考上的差得不多，大概在毫厘之间，没有外人认为的天地之别，他的信心大增。随后的一年间他到处听课，参加各种辅导班。只要有时间，他还会像学生一样，在本校听课并完成老师布置的辅导作业。

1982年，宋朝武卷土重来，接着报考北京政法学院民事诉讼法的研究生。考试后自觉得还行，确实也还行。可惜的是人家招收两个，宋朝武没有考进前二名。两次失利没有打消宋朝武的决心，他有把握在下一次拼搏中考取。

1983年，宋朝武第三次发起冲锋。为了一考中的，宋朝武春节不回家，别人介绍对象不见，整天待在学校图书馆和政治处的办公室。为了考政治，他把5年的《半月谈》问答题全都背了下来，其他的科目也准备充分。考前传来了好消息，这一年北京政法学院改为中国政法大学，民事诉讼法学研究生的名额增加到8个。这可是千载难逢的好时机，可谓天时地利人和，不考上都不容易，天遂人愿，这次他考了第5名，如愿被录取为中国政法大学民事诉讼法学专业研究生，进入中国政法大学研究生班，成为著名法学专家杨荣馨教授的弟子。

1986年毕业时，学校党委动员党员带头留在学校任教。宋朝武因是研究生83级3班党支部书记，自然就要遵守学校规定，按学校要求留校。可是部委来招干部的人对宋朝武热情洋溢，希望他前去。

留还是走？这个问题为难着宋朝武。思前想后，他明白，去部委是为报效祖国，还可以实现个人抱负；留校是培养学生，也是报效祖国，并且能培养更多的学生，让更多的人报效祖国。二者相比，个人的抱负就算了吧。宋朝武说服了自己，坚决执行学校这一规定，学校的这一规定阻断了宋朝武广阔的仕途晋升之路。本来联系好的几家部委的工作只能作罢。

如此一来，69届的行列中少了一位高官，却多了一位专家学者，也是大好事。

第二章
名至实归第一连

杨铸：
奉献是69届的特质

杨铸，北京大学中文系教授、博士生导师。北京清华园中学69届初中毕业生，黑龙江生产建设兵团1师6团1连农工。和同连队的张安生一样，杨铸也是从11连被推荐上了大学，都是去的北京师范学院，也就是现在的首都师范大学，不同的是他比张安生晚上学一年。

杨铸中等个子，和善、风趣、开朗。第一次相约在报国寺，电话里他告诉笔者，就是一个穿绿衣服的白发老头正往南走。及至见面，才知道，那白发只是伪装，伪装成一个表面的老者，就像是冬天的白雪，好像是季节长出了苍老的白发，其实掩盖的是一个生机勃发的春天。杨铸思维活跃，行动活泼，和其年龄不符。大概是和长期在北京大学教书，接触的都是来自全国各地的青年才俊有关吧。更让我赞叹的是，翌日要第一次自

驾到海南，带着他的夫人。两个持老年卡的人从北京开车到遥远的天涯海角，听着都让人称赞。

他为即将开始的自驾游而激动，也为曾留下青春热血的北大荒岁月而惆怅。

"16岁第一次坐那么远路程的火车到北大荒，没有想到65岁又开车到更远的海南。"杨铸微笑着对我说道。因为翌日要出发，所以有许多准备工作要做，尽管如此，他依然是拒绝了我要去找他的提议，而是从城北的北大赶到我这里来。谦逊、低调，为人热情，这是11连北京69届的共同点。

杨铸是1953年12月3日出生的。这样的出生日只能在1961年入学，因为过了9月1日的招生日期。可杨铸的父亲是北大的中文系主任，为了让杨铸提前一年上学，老人家第一次走了后门，费了很大的周折，把杨铸补进了北大附小，从而成为后来的69届初中毕业生。当时是成功了，可是命运却因此发生了变化，69届全都到北大荒，晚一届的70届几乎全部留北京。

那时的人不会计较这些个人得失，当然，提前入学的计划成功之时并不知道会有这样的变故。但是即使知道，也不会后悔。早一点为中国革命乃至世界革命做贡献，是那时多数人的固定思想配置。

别人这么说可能有唱高调的嫌疑，可是杨铸的父亲，北大的中文系主

第二章
名至实归第一连

任杨晦,却就是这样的一个典型。杨晦是一级教授,每月工资345元,他作为党员干部带头提出减薪。那时减薪的幅度是10%,杨晦减薪后的工资是300元出头。这事在如今的一些贪官心中是不可思议的,贪污受贿还嫌步子小呢,还在昼夜大声吆喝"步子再大一点,胆子再大一点"。前不久,杨铸把老父亲的工资条以及其他珍贵的资料全部捐给了北大,就连父亲原来的房子也一起退还给了北大。半栋小楼,又是在北大,该值多少钱?

杨铸的作为有其父的风范。

对此杨铸只是一笑而过。"是有点傻吧?"

语气间没有丝毫的后悔,貌似自嘲的背后是几分自豪。

不傻,我回答。我很理解,那个年代盛产这样的"傻子",比例高达90%以上。退房子、让房子,甚至不要房子,这在我认识的北大荒知青特别是69届中有不少呢。就在本书中也有好几个这样的。过千万的房产说不要就不要了,这在那些"将争父母房产进行到底"的人看来,怕是不可理解到寝食难安。

有这样的境界,再来看杨铸及11连的北京69届的成长,那就比较好理解了。

刚刚下乡,杨铸直接融入了兵团的环境。在那艰苦的大田劳动中,杨铸力争所有的农活都第一。下乡的第二个年头,实际上还不到一年,也就是1970年夏天,杨铸就第一批入了团;1972年,他又第一批入了党。到过黑龙江兵团的人都知道,这要付出多大的努力,要有多么出色的表现,才能取得如此成就。更何况是年龄小、体质弱的北京小69。

杨铸付出了比别人更多的辛苦。一个不到16岁的孩子,描述他怎么咬牙怎么流汗的形容很是空泛,一个与众不同的数据最能说明问题:杨铸刚刚下乡时身高一米七六,在那个年代算是比较伟岸了,可是他后来却变成一米七三了。别人都是到了北大荒长高了、长壮了，唯独杨铸却被劳动压矮了。还有他的腿，单脚站立都难以支撑，也不能坐久了，坐久了又腰疼。

"那时一心想的就是多出力、多打粮食好支援世界革命，什么苦都不在乎。比如在农田干活，看着一片云过来，接着就是一阵暴雨，千里平原无处躲藏，只能任凭风吹雨打。那雨很有特色，把你浑身浇透了，雨才停或是转移，好像专门就是为我们量身订做的一样。雨过天晴，劳动的热加上天气的热，把湿衣服、湿头发烤干了。这样的气候对人是有很大影响的，然而有时还是一天两场雨，衣服是湿了干，干了湿，其艰苦可想而知。但是我们都是咬牙坚持，雨下得时间短还好，忍忍就过去了，要是遇到那种中小雨，下它个一两小时可就惨了。即使这样，我们也还是坚持干农活，没有往回跑的。秋天割大豆，在冰雪里劳作，一不小心一刀砍在了指头上，自己跑到团部去缝针，缝好后回来接着干。那个年代有了伤病，讲究的是轻伤不下火线。还有干机务也十分辛苦，表面上风光，许多人都觉得是大好事，其实并不像想象中的惬意。我们打夜班是对头接，时间比农工长不说，还更脏、更累。噪音震得耳朵老是嗡嗡响，那灰尘呛得呼吸困难。现在都说空气不好，可是那时我们干机务，空气也不好。"

尽管工作这么苦，杨铸却没有退缩，时时事事冲在前。他的表现得到了连队领导和战友们的认可。除了早早入团提前入党，1973还被推荐上大学。这一年与前两年不同，要推荐加报名考试。杨铸报考了北京航空学院火箭专业。考试也考了，可是被"白卷事件"搅黄了，考试不算了。幸运的是，这一次命运的天平偏向了杨铸。考试成绩虽然不算了，但是不影响上学。他幸运地进入了北京师范学院。

之所以上了这所学校，是因为负责招生的军代表的"功劳"。他很得意地对杨铸说道："是我把你招来的。我看到你是党员，你爸又是北大中文系的主任，我是代表师院来招生的，所以就优先把你招来了。"

军代表的好意造就了杨铸的失意。

后来得知，这一年6团有两个去北航的名额。1营的一个北京69届到北京航空学院（即现在的北京航空航天大学）学习火箭发动机专业，最后学业有成，成为我国行业科研的领军人物、部长一级的领导干部。

1973年秋，6团的两个北京69届同时被推荐上一所大学，却因招生军代表的个人喜好，两个人走进不同的校门。相同的是，两个人都十分优秀，都成为国家的栋梁之才。

谈起那段生活，杨铸唯一的缺憾就是没有能学习火箭专业。

"兵团的生活既有负面的，也有正面的。剑是双刃的，刀只有一面刃。虽然吃了苦，但是对人生的艰难有了了解，知道了生活的不易，基层的状况。回城后就知道珍惜，上学后就格外努力。付出的比别人多几倍，几乎所有的时间都在看书，工资也都用来买书了。年轻时为了学习没有要孩子，年纪大了也无法要了。"

同样是69届的《中国旅游报》总编辑马力对杨铸极其佩服。他说："杨铸做学问非常认真，兵团出来的人。"上世纪80年代，作为大学生的马力曾听杨铸讲授的写作课，因此有此感受。

奉献、付出，是北京69届的特质。杨铸如此评价这一届中学生。

卢炜：
那时最想得到中学毕业的证书

卢炜，北京大学二级教授、博士生导师，国务院特殊津贴获得者，北京大学医学部学术委员会委员。北京123中学69届初中毕业生，黑龙江生产建设兵团6团2营11连农工。

和11连的小69一样，卢炜也是从城北找到我这里来，他和他的战友杨铸、张安生、宋朝武都不愿意让我奔波。他们都有着同样的标签：谦逊，低调，儒雅。

1969年9月1日，这是本该进学校读书的日子，可是历史原地后转，又一次把倒退当成前进。卢炜和同校同学被塞进"时代"的列车，运往北大荒。后历经坎坷，努力拼搏，成为北大医学部药剂系主任、博士生导师。有关部门对他的介绍是，卢炜主要致力于定量药理学方向的研究。领导的团队得到了国家自然科学基金。卢炜在输出

第二章
名至实归第一连

知识时，注重培养学生对科学的热爱，注重健康人格的培养，用他的为人、为师、为学为学生言传身教。

上述官方的评价四四方方，很有原则。而北大医学院的学生有一篇文章倒是温柔亲切。标题为《谦谦君子，大师风范》。文中说道，卢炜"师恩深似海，桃李满天下""一米八五的修长身材，儒雅文静的学者风姿，和气从容的言谈举止，使他有一种让人敬仰的魔力"；"他将国外的知识带回祖国，弥补空白，定量药理学得以发展。在学生眼中，他既是科研导师，亦是人生导师"。

这并非是学生对老师的无原则吹捧。能为这段话做证的是，2016年，卢炜获得了北大第四届"良师益友"奖。相比于国家级的各种大奖，这个奖名气不大，可是对一名一心教书育人的教师来说，这才是最希冀拥有的。

在兵团第一连——11连的北京69届中，卢炜是有些"另类的"。除了和胡鞍钢同是北师大实验小学的同学以外，他们的"音乐之声"中学——北京"斗来米"中学毕业的学历也都是相同的，其表现与待遇，和其他11连人才完全不同。

在11连，胡鞍钢、杨铸、宋朝武、张安生等人都是一路高歌猛进，很早进入了状况，入团入党上大学好事成群结队而来，可是卢炜却在灯火阑珊处独处。他总是为一件事郁闷：为什么要上北师大的实验小学呢？谁发明的又是谁建立的实验小学呢？由于精力都用在了郁闷上，前进的步伐就很沉稳了，众人眼中的好事和他天各一方。在郁闷中度过了4年，卢炜实在看不到希望，于是在家人的安排下到安徽宿县地区转插。能从北大荒转插到安徽，那是因为父母所在的单位，北京政法学院的"五七"干校在这里。

离开寒冷的北大荒，来到温暖的南方，最初的日子是快乐无比的。身体不用一层层的包裹得像粽子那样了，思想也任性地从脑海里冒出了新芽。可是新的烦恼也顺着阳光诞生了：转插没有工资，原先已经自食其力的卢炜还要向父母伸手。一米八五的大个弯腰还是不舒服，再加上当地那些淳朴的农民会问，你都挣那么高的工资了，怎么还跑到农村来干呢？言外之意，卢炜要么傻，要么犯了错误。在当地农民看来，放着每月32块钱的工资不挣，却到不挣钱的农村挣工分，这不是天大的缺心眼吗？

回答只能是一笑了之。

由于转插的村庄就在火车道边上，那火车的轰鸣也就成了卢炜每天的福利。特别让卢炜激动的是，这是京沪线，火车是从北京开来的，火车是到北京去的！每当列车从远方驶来，卢炜就会兴奋地直起腰，两手拄着锄头，用目光迎接来自远方的长龙。列车驶过，只留下久久不散的白色烟雾。

当白烟也撑不住那虚假的高傲默默散去后，激动的卢炜感叹自己和火车没有半毛钱关系。已经从时代列车上的乘客，变成了车下旅途上的一个看客。更郁闷的是有一天他发现，村里的农民也在看火车，也把火车的往来当成最美的风景，借以消除繁重劳动的疲劳。但他们都是蹲着看火车。问他们为什么蹲着看呢？生产队长说刚刚开始也很激动，也是站着看火车，可是后来就没有激情了，就蹲着了，就演变成蹲着看火车的老农民了。后来卢炜曾多次对学生说到，如果不是改革开放，他就是在铁路边上蹲着看火车的老农民。

著名作家路遥在《平凡的世界》中塑造了一个叫孙少平的农村青年，他就是盼着火车看着火车，立志要做火车上的乘客，想着去西安、北京。这一点卢炜与孙少平相同，不同的是，一个原来就是乘客，一个从来就是看客。

一年后，宿县地区开始招收大学生。这里也像兵团那样要群众推荐。

第二章
名至实归第一连

由于知青的人数不像兵团那样密集,想上大学的人很少,竞争也就软绵绵的,没有那种你去他留,你升天他入地的惨烈场面。卢炜幸运地被推荐上榜。本以为可以

上大学了,可是招生办的人说,你是小学生,不能读大学,只能读中专。这个地区招生办是全国唯一一个不把69届当成中学生的!

怎么是小学生?明明是中学毕业生啊,国家认可的69届初中毕业生,也有中学毕业证书啊。虽然没有学到多少知识,有些假冒伪劣的成分,但哪那么认真啊?在兵团那么正规的地方都没有说69届是小学生,被推荐后都能上大学,在这里怎么就变了呢?卢炜赶紧给北京和兵团的亲朋写信、发电报,询问、寻找中学毕业生的证明。一番折腾过后,结果是既没有找到中学毕业证书,也没有原来中学的证明开来。

其实就是能找到中学毕业证书,在那个地区也难以读大学。不怪兵团歧视69届、农村歧视69届,北京69届初中生骨子里、血液中、本质上就是小学生,这个真理放之四海而皆准,走遍天下势如破竹,谁阻挡谁辩解也是螳臂当车徒劳无功。当然除了后来又上大学或是坚持自学的以外。无奈之际,卢炜就忍受了小学生的历史事实,忍痛上了当地的卫校,也就是中专。虽然与大学失之交臂,但是这也不错了,比起还在地里劳作的同龄人好得不知道多少倍,再也不用蹲在地里为来往的火车激动了。

经历了这些挫折,进入学校的卢炜万分珍惜学习机会。加之天资聪

颖，尽管中药学不是他喜欢的专业，但是依然成绩优异。两年后的1976年毕业，因其学业优异，被分配到了宿县地区卫校担任教师。

1977年10月，教育部宣布恢复高考。这次考试没有出身限制，更没有学历要求，是良种，是闹钟（孬种），是中学生还是小学生都没有任何的所谓，考卷面前人人平等，大学门里不看出身。

没有任何限制，卢炜可就有优势了，他早就有了中专文凭。两年的专业学习和一年的教书，卢炜无异于完整、系统地读了初高中。

两个月后，卢炜在当地参加了高考。他以优异的成绩考入全国重点大学——北京医学院。

终于坐上了从上海到北京的京沪特快。这次不是旅程，是归程！也就是说今后不用再站在麦子地里看火车驶过了。

从此以后，人生的风暴远走他乡，只剩下了风景，只留住了风光。

自北京医学院毕业后，卢炜直接考上了本校研究生，而且是出国研究生，是那种公派的留学生。学校按当时的国家规定还给发了700元钱的置装费。一下子拿到这么多钱，卢炜发愁怎么花得完？到指定的红都制衣公司做了两套西服，还剩下许多钱。可以说，这置装费是对知识分子多年挨整的一点补偿。对卢炜来说，就是对兵团知青的一点安慰。洋装在身的卢炜东渡扶桑留学。两年研究生读完后接着读博士，5年后的1988年回国回到北医任教。两年后成为学校比较年轻的副教授，1995年成为正教授。随后升为药剂系主任、博导、二级教授。

回忆起兵团，卢炜说道："人到了那里，就不会心存幻想了，就剩下自己想办法一条路了。可以说兵团就是一个催人奋斗的地方。她告诉你，人生就是要努力。这就是兵团。"

第二章
名至实归第一连

聂桂英：
为读书两次放弃返城

聂桂英，北京昌平一中高级教师。曾获优秀班主任、优秀教师等荣誉称号。北京123中学69届初中毕业生。黑龙江生产建设兵团1师6团11连武装排3排农工。

介绍别人都是写某团、某营，有的写连，而在这里却具体到了排，为什么？

在1师6团，大家都知道有个著名的11连，在11连最有名的是3排。这是一个武装女排，就是持枪排，全团仅有两个，另一个不太出名。对于多数知青来说下乡只是屯垦，戍边就是花衣服上的金边，属于装饰。可是对于武装连队来说，屯垦戍边则名副其实。11连3排是6团的样板，人员以小69为主，都是精心挑选的，团里有什么大活动都会叫上3排。一群青春靓丽的女子担任大型活动的警戒，颇有"飒爽英姿五尺枪"的豪壮。聂桂英就是这个光荣集体的一员。3排不仅是在万众瞩目下出风头（6团人数近万），更重要的是要在军训及劳动中带头。她们确实不负众望，谱写了一曲"女子军垦战歌"，成为11连的骄傲，6团的自豪。

1970年，11连要盖400米的大食堂，3排立下军令状，一个月拿下大食堂。很多人认为是不可能的。3排的女子为把不可能变成可能，她们开始了拼搏。聂桂英和3排的战友们，每4个人一组，挑着360斤的大砖上三级跳。这已经是很危险了，还有更吓人的，一个人挑着两篮湿湿的混合土上跳。稍不留神就会掉下来，后果不堪设想。在全排的努力下，一个月盖成了大食堂。这在当今不算什么，可是在完全凭借手提肩扛的年代，又是一群16岁的女知青，这就是奇迹了。至今回忆起来还让那些曾经的3排战友热泪盈眶。在农活中，3排也是巾帼不让须眉。春播、夏锄、秋收，无论是干什么，女豪杰们都冲在前面的第一方阵，很像军事检阅时走在前面的那一个队伍——军官教导团。而聂桂英则是打头的那一个。

因为表现出色，1975年仲夏，聂桂英被推荐上学。这本是大好事，但聂桂英却展不开眉间的锁。因为她去的是鹤岗师范，这是中专，而同是北京的同校同学却是到南京航空大学。都是一样的努力和拼搏，都是一样流血流汗的兵团战士，却有如此之大的差别。一个在天寒地冻的本省小城市，一个是去"江南佳丽地，金陵帝王州"的江南名城。那里是"千里莺啼绿映红，水村山郭酒旗风。南朝四百八十寺，多少楼台烟雨中"的美景。

套用现在的一句话，那就是"都是上大学，差距咋那么大呢"？就好像都是出国旅游，一个是去周边游，一个是去欧洲游。那时上大学的有一个统一的名称就是"工农兵大学生"，可这去的根本就不是大学，只能算是"工农兵中专生"。好说不好听啊。

而还有更让聂桂英纠结的是，家里已经给他联系好了办回北京的手

第二章
名至实归第一连

续，只要她填个表，就可以回北京了。这个诱惑可比上学大多了，不仅比鹤岗师范大，也比南京航空大学要大很多。论帝王之气，论山河锦绣，在中国哪里可以和北京相比？那时候不重视旅游，还不知晓北京的旅游资源，改革开放后才得知，北京仅是森林公园就有38处。即使不说这些，父母在北京就是最大的诱惑，谁不希望回到家乡？谁不盼望着依偎在父母身旁。对于16岁就远离家乡、父母，告别京城的北京69届，更是盼着回北京。许多69届没有能上大学，除了各种外部的原因，就是他们一心想的是回北京，而不是上大学。所以他们决心不强烈，手段不弯弯曲曲。以致在这一个环节成为群体失败者。

聂桂英在徘徊中度过了凌乱、漫长的一个夏天。在错过学校报到日期一个月后，最终她做出了一个沉重的决定：去上学，去上学。读书的渴望胜过了乡愁，学习的念头盖过了中专和大学本科的鸿沟。错过回北京的机会可以，不能再错过学习的机会。聂桂英是123中学的69届毕业生，是9月1日从北京出发的，本该是上学的日子却来到了北大荒，所以他们对学习的渴望尤其强烈。这也是123中学出了不少学者的一个原因吧。

离开6团的那一天已是9月底了。过了报名日期一个月，按说学校已经不再接收新生了。此时的北大荒已是寒风瑟瑟，第一场雪已经集结完毕，就在黑龙江北部待命，准备向南方的6团出发。如果往北边的鹤岗走，大概能迎面相逢。

比第一场大雪先到的是团长。团长对聂桂英说道："去吧，中专和大学不是绝对的，以后还可以改变的。"

对于给6团增光的3排女战士，对于为北大荒建设拼劲全力的69届，团长给予聂桂英的是精神鼓励。这鼓励还真的有道理，后来聂桂英又上了牡丹江师范学院，算是应验了团长的话。

踏进学校大门，聂桂英开始了正规的学习。就当她逐渐适应了学校的生活之时，1976年，知青返城的大潮又带来了冲击。不少知青学生要求退学，为的是返回兵团按照知青身份返城。兵团还真够意思，居然还能接收"嫁出去的闺女"，并且又一次"梳妆打扮"，打扮成"原装"的知青，再一次"嫁出去"。由此看来，兵团对知青真是仁至义尽。由于有这样的好事，当地的一些中专学校掀起了一股"退学潮"。本来中专就没有什么意思，许多人都是勉勉强强上的。特别是北京、上海、天津等地的知青。现在有机会回城，就铁了心要抛弃这个"鸡肋"。学校对此也是无奈地支持，刚刚开始还是做了一些薄如蝉翼的抵抗，但是退学之人的决心坚如磐石，有原单位兵团接收，有首都接收，根本就无法阻挡。学生都不去上课了，教室里都空荡荡的了，还有什么必要阻拦呢？于是学校"破涕为笑"，转变为谁申请退学，学校都是爽快同意。面对大多数同学的返城劝说，聂桂英也动了心。是啊，大家说得对，中专在哪里都能学，更何况学完了就不是知青，是国家小级别干部，这个级别的干部没有什么权力，却不能算知青回城了。可如果回北京，来之不易的学习机会就失去了。

思来想去，聂桂英最终做出决定继续学习。聂桂英再次放弃了回北京的机会。

因为成绩好，聂桂英毕业后被分在了鹤岗一中。这是全市的重点中学。看到那些怀着崇敬目光的孩子，聂桂英一瞬间觉得自己的一切决定都是正确的。她安心在这个北方的小城市教书，把全部精力都用在了孩子身上。很快她就适应了环境并取得了成绩。化学教学拿过全市前三名，生物教学拿过全市第六名。1985年获全市先进个人。第一批评上一级教师，以及先进、模范等多种荣誉称号。

1989年，聂桂英回到北京，继续着她热爱的教育事业，同样取得了收获。

第三章
君子以自强不息

张键：
为中国建设铺路

张键，香港豪银有限公司董事长。北京育才中学69届初中毕业生，黑龙江生产建设兵团1师7团某连农工。

我们经常说为祖国建设铺路，这里并非是指拿起铁锨装满土洒在路面上，而是指做好自己的工作而已，就是说一般情况下铺路是形容词。可张键真的是为祖国建设铺路，绝不是形容。20世纪末，张键把特立尼达和多巴哥共和国境内的优质沥青引进到国内，北京长安街改造、二环、三环、首都机场高速、110国道、八达岭高速、上海的南浦大桥、虹桥机场等许多地方都在使用这种沥青。

成功地开发出"黑金"，张键继而又开发出"白金"，即帕米尔冰川矿泉水。如今这款饮料已经牢据北京、上海、广州等地的高端市场，并走

向国际市场,逐渐成为国际品牌。张键也因此被商界被称为"黑白两金"掘金人。

张键的眼光从何而来?凭什么取得这么大的成就?

看似偶然,实则张键早就有了经商的蓝图。

踏上北大荒的第一步,多数人都是想着怎么打仗,为收复失地如何与苏修殊死搏斗,可是张键却满脑子是经济建设的远景。他暗自规划着,小麦可以磨成白面,平时做馒头,节假日做面包,高粱除了能蒸高粱米饭,还可以酿酒,黄豆可以榨豆油,花生可以榨花生油……

这算是张键最初的商业意识吧。

虽然头脑中有经济远景,但是身在兵团,还是要干农活,工业也要有农业做基础。在艰苦的农业劳动中,多数人很难马上适应,尤其是北京69届,身体没有长好,还细嫩着呢。面对着把人累个思想不能自理的农活,多数人时常哭天抹泪。可张键是个例外,不知道是否因为他心中涌动着食品工业的美好未来,所以有的是干劲,干起活来样样第一。

割麦子是让知青崩溃的第一项考验。谁说这里是北大荒?哪里荒啊?在无边无际的麦地前,哪里还有什么荒凉之意?麦地给人的感觉是几辈子都割不完,能给胆小的吓个半死不拉活;小咬组成了黑色袭击队,钻进知

第三章
君子以自强不息

青的头发里狂咬,咬得小69龇牙咧嘴。这小咬有着准确的进攻定位,就是瞄准北京小69进攻。也不知它们是如何准确找到目标的。是根据连里文书的花名册?还是外貌?

大的,吓人心脏;小的,咬人脑袋。

别人都停下脚步双手挠头发,割麦子的进度就放缓了。张键把上衣脱下来包住脑袋,以防小咬的进攻,只露出两只眼睛,然后一个冲刺就当了第一。

在随后的各种农活中,张键同样是名列前茅,还在收工时带领大家高歌。因表现优异,张键先是被领导提拔为"车老板",后又被任命为畜牧排长。

畜牧排400余匹马,多数性格刚烈,不容易驯服,就连老军垦也没办法,特别是编号62119的顿河马。这匹马白鼻梁,四个白蹄子,一身黑亮的毛,奔跑起来犹如雪上的一道黑色闪电。大概是自知其美,根本不把张键这个新排长放在眼里。从张键给它戴嚼子开始,它就对张键打出一套"咬、挤、窜、甩"的组合拳。目的是不让张键骑上,骑上了也再甩下去。

在努力和惊恐中结束了第一次的驯马,张键用鞭子狠狠教训62119。可是没有用,62119摇着头表示不服,响鼻更似乎是在嘲笑。

心地善良的张键不忍心再用力鞭打,只得一声叹息、席地而坐;62119却数声嘶鸣昂首向天。

面对从没有人能驯服的烈马,一位老军垦建议张键,可以试试和烈马交朋友。听了老军垦的指点,张键开始和62119交朋友。他为它轰蚊蝇,挠痒痒;为它洗澡,梳理皮毛,在马料中掺上发酵的麦芽、生鸡蛋,并看着它吃。天气冷了,张键还用手把嚼子焐热了再给它戴上。这样的交朋友的"组合拳"感化了高大刚烈的62119。"精诚所至,烈马为开",62119见

到张键，会主动卧倒，跑起来又快又稳。更让张键感动的是，在一次救火中，62119，不，这位朋友救了张键一命，还救了一匹卡巴金马。和顿河马一样，卡巴金马也是前苏联的优秀军马。

驯马是张键印象深刻的一段经历，是大多数人不具备的。农活锻炼身体，驯马锻炼心智。这段经历让张键明白：对谁、干什么都要真诚、用心。

除了驯马这一段独特经历，张键还创造了一个全兵团甚至可能是全国的纪录，那就是因为他优秀四次被推荐上大学。前三次是在兵团被推荐，可是每一次都是因连队工作需要而没有去成。直到他转插去了辽宁昌图县农村，又一次因表现优异被推荐上学才得以成行。他上的是大连工学院，专业是金属材料。这时已是1975年年底了。

第一次被推荐上大学是1971年，那一年18岁，正是人生的大好年华，可惜他没能坐进著名学府的课堂。到最后一次被推荐入学，他已是23岁了。好在一切又补了回来，晚上也比不上强，何况他才23岁，为时还不算晚。学校虽不理想，没能回北京上北大、清华、北师大，可是总比不上强。专业不满意，不是喜欢的经济类，但是总比不读书好。

第三章
君子以自强不息

由于在兵团当过五好战士、排长，入了党；在转插后进工厂当过民兵营的营长，学校十分看重张键，先是当班长，接着又是当学生会主席。张键没有辜负校领导的信任，把学生会的工作搞得有声有色，在当地高校中名列前茅。不久后又成为辽宁省的学联副主席。

四年后，张键以优异的成绩毕业。学校要求他留校，省里几个部门也都给他预留了位置。

可是张键一门心思想回北京。已经离开北京11年了。11年间，他无时无刻不在思念北京！还有他不想从政，志愿是实业报国。所以他婉拒了各方的盛情，坚决要求回京。

遗憾的是学校这一年没有分到北京的名额。好在张键是省学联副主席，曾为高校学生工作做出过贡献，省教育部门动用了省里的机动名额，张键才得以回北京。

回到北京后张键先是到机械部机械研究所，承担的课题设计的产品相继获得局一级、部一级的奖励。虽然在这条道路上迅步奔驰，可是张键还是想搞实业。恰巧光大集团招人，张键在1700人中脱颖而出，成为录取的3人当中的一员，进入光大集团大项目部，也就是王光英副主席的技术秘书部。从此在王老的指点下开始了国际贸易业务。张键走过了许多国家和地区，为光大取得了效益。

随着经验的增多，张键离开光大，自己成立了公司，开始了人生的又一次拼搏。

一直优秀，一路优秀，这就是张键。

孙奇：
软胎玩具驱坚硬年代

孙奇，北京市优秀合资企业家。北京78中学69届初中毕业生，黑龙江生产建设兵团1师7团砖瓦厂农工。

在兵团读书、自学，是不被允许的。除了学习报纸社论、领导人讲话，看其他什么书都是不学好，都要受到批评乃至批判。所以想读书首先要有勇气，要有反潮流的精神；第二是不能贪图小利，许多人为争个好工作，当个班长、排长，或是不下大田而绞尽脑汁，精力放在这上面，哪还有心思学习？然后是要有理想，心要憧憬着未来；还要有持之以恒的耐心。小69就有上述的全部特点。他们中的很多人坚持学习，最后回到城里有所作为，也算是自我救赎吧。孙奇就是其中的一员。

孙奇逃跑回家后的兴奋很快就消失了，北海去了，小船划了，可没有资格戴红领巾了，那个无忧无虑的少年时代结束了，再怎么荡起双桨，也无法排遣现实的忧虑。老莫吃过了，那短暂的虚荣和奢求只是一个水中花镜中月的片段，一闪即过。看到人家都在忙碌，刚刚回家时的那种"我在边境保卫，才有你们幸福的"心情烟消云散。

这种心情也是许多兵团知青特别是北京小69共有的，当他们无论以何种方式回到北京的时候，就会有一种功臣的自豪和骄傲。他们认为是自

第三章
君子以自强不息

己用青春的力量保卫了首都的安全，苏修才没有轻举妄动。很多年以后，当回想当年自认为"有功之臣"的这种感受时，大多数人自然就是一笑了之。

孙奇当年没有沉浸在自造的功臣情结中，他从北京直接去了贵州，那里有他大学毕业的哥哥，他想看看在大西南的大学生们是如何面对农场那艰难困苦的环境的。

孙奇怀着对温暖和前途的向往，来到了大西南的农场。与死板和寒冷的北大荒相比，西南农场的自由与温暖让孙奇异常开心，大哥所在的农场里都是毕业于北医、北航、清华的才子。他们这里没有北京69届，对于来自严寒又冷漠的北大荒之地的69届，他们表现出的是无限的同情。他们认为，让小学毕业生到那么偏远的地方，与一群比他们强势许多的老三届相处，这是否欠考虑？

当他们听孙奇讲述不少北京69届在北大荒冻坏了耳朵及手脚时，他们忍不住为孙奇和他的69届们一洒同情之泪水。

当他们得知在那里极个别人为了脱离繁重的农业劳动，排挤、利用69届的时候，他们愤怒地举起了双拳。

这里和北大荒不太一样。

农场的管理，尤其是大西南农场的管理比兵团松得多，在这里有对社会现象的批判，有对国家方针政策的研讨，那深度是北大荒没有的。而让孙奇惊讶的是，大学生们一致建议孙奇抓紧时间学习数理化，没有知识，只能做一个农民，只能在那里寒冷一辈子。这让孙奇很惊讶，因为在孙奇和多数69届心中，知识早已成为反动的代名词。

"有了知识，你就不孤单，就不会惧怕寒冷了。"孙奇的大哥对孙奇说。临别时，大哥和他的大学同学到车站为孙奇送行，这让孙奇想起在北大荒，那些人到路上和车站阻止北京知青回城的场景，两相对比，不禁泪下。车要开时，他希望大哥做他的辅导老师，把作业寄给大哥，大哥批改后寄回来。大哥一口答应。

"学不让上了，但书要读，假若你们69届的不自救，你们将是新中国成立以来最没文化的一群人，将要被淘汰。"孙奇大哥再次重复自己说过的话。

流着感激的泪水，带着坚强的自信，孙奇回到了北大荒，从此他不再沮丧和沉沦，不再迷茫和悲观，而是从初一数理化课本学起，和同班的同学琢磨，能自学明白的欣喜若狂，反复思考不能弄懂的，就写信给远在贵州农场的大哥，大哥和他的同学很快就会寄回来答案和讲义。

读书开阔了视野，自学排解了忧伤，孙奇和他的69届伙伴们，把批评和嘲讽当成动力，在那些日复一日的粗糙的夜晚，他们从初一的课本学起，几年后系统地学完了全部初中及部分高中的课程。1978年国家恢复了高考，孙奇以优异成绩考入北京一所大学。

大学毕业，孙奇被分到了北京市钟表元件公司。不久后孙奇担任了北京民政局所属的生产玩具的米奇公司的总经理，这是一家合资企业。

在新的形势下，玩具厂该生产什么呢？那些传统的积木、铁皮汽车早已没有了市场，在商场里灰头土脸的缩在一角无人问津。玩具本该是最有亲和力的商品，可是我们却按照斗争哲学，把玩具变成了意识形态的延伸，当成了教育下一代当接班人的工具。无论从材质还是内容上，都太落后了。国际上早已流行软胎玩具，就是那种毛茸茸的，可以与之零距离接触，抱在怀里、握在手中、搂着睡觉的。更主要的是，软胎玩具不受年龄限制，真正的老少皆宜。

软胎玩具好是好，但是那时的观念很难接受新鲜的事物。受那时的教

第三章
君子以自强不息

育，每个人都是以天下为己任，心里想的都是解救那些吃不上饭的国家的穷人，谁要是讲究吃啊玩啊，那就被认为是资产阶级的作风。心怀天下的中国人，在公开场合应该是一手拿着红宝书，一手拿着枪，或者是拿着一种劳动工具，开口就是我们的各种发明吓坏了美国，西方都赞叹我们的各种伟大，各国都要向中国来朝拜的，怎么可能是抱着玩具的小资产阶级形象呢？那个年代的《大众电影》刊登了一幅两个演员接吻的照片，没有想到的是几十万封读者来信，怒批这是黄色的下流照片。这就是那时的中国国情。

有人事后调侃，说这些写信的人就是当年的义和团。现在又有人讽刺，说这些写信的人就是当年的红卫兵。

孙奇不在乎这样的民情。墨守陈规不是他的准则，越是新潮的事他越有兴趣尝试。从下乡的经历来看，成功的人都是自己闯出来的，都是不走寻常路的。如果下乡时也是天天读报纸听从那些假大空的所谓理论，而不是去补习文化课，怎么能在1978年考上大学？

孙奇认为，那些过时的玩具从来就是工具。带给孩子的不是人与人的信任和快乐，而是枯燥和刻板，甚至是冰冷和严寒。他力排众议，坚持做国际上流行的软胎玩具。他要打破几十年的惯例，给孩子们一个温暖的有爱和笑容的童年。

可是软胎玩具是老式玩具价格的10倍，北京市场能接受吗？

没有时间考虑什么风险，孙奇带领职工做出了第一批软胎玩具，却没有人敢去跑销售。虽然做了几十年的硬玩具，却没有坚硬的性格。孙奇亲自去商场推销产品。在百货大楼，他利用原先在一轻系统的关系，把新产品全部摆上柜台，又跑到柜台前，把一只毛茸茸的小狗熊送给了售货员。小姑娘乐得抱着狗熊不松手了，就连给顾客找钱都要抱着。一个青春洋溢的小姑娘，一个毛茸茸的可爱的玩具熊，这两个形象一下子吸引了大批顾客。在那个一切视觉形象都是冰冷无比的年代，突然出现了这么温暖亲近的形象，引起的那种欢乐是压不住的。本来就天生不是青面獠牙的所谓"革命者"，一旦有了机会，温良、平和的一面就无法掩饰了。

孙奇不经意间把握住了时代的进程，用一支小小的毛茸茸的玩具打开了国人原本就温柔善良的心扉。从此让笑容代替了冷面，用你好辞退了国骂，用友善代替了狂妄，用自信驱逐了自卑。

一个小小的玩具熊，送走了一个与人为敌、与自然为敌的时代。仅一个小时，百货大楼就卖出1箱毛茸茸的玩具熊。这在过去的玩具行业是从没有过的。在过去，一箱玩具少则卖两个星期，多则摆放几个月。孙奇还没有回到在北郊（德胜门往北三站地）的公司，百货大楼的要货电话就打来了。孙奇顾不上吃饭，立即组织送货。

百货大楼这一天卖出5箱包括玩具熊在内的软胎玩具。这个喜讯对孙奇来说是大喜过望。但来不及庆祝，就像当年在兵团指挥小69和某地知青打架一样，孙奇实施下一步的计划。他第二天没有去百货大楼，而是转向去了西单商场。

作为当时北京商业的两大领军企业，西单商场与大楼（百货大楼简称大楼）两家企业一直是较劲，比着谁的销售额多，谁的服务态度好。当西单商场听说百货大楼一天卖了5箱软胎玩具后，经理当即拍板快进货，多进货。"他们把软胎玩具放二楼，我们就放一楼；他们放一楼，我们就放在大门口。"经理决心在与大楼的第二回合较量中打个翻身仗。

大楼和西单商场卖上了软胎玩具，这消息就是号令，全北京的商业部门立马跟上。软胎玩具成了新宠和时尚，不仅儿童需要，成人也羞答答地开始抢购。软胎玩具不仅送走了一个到处强硬的时代，让披着狼皮的羊脱

第三章
君子以自强不息

掉了"狼皮";还使一大批人"返老还童",变得年轻可爱了。

软胎玩具不仅开启了国人温柔善良的源泉,而且向外国客人展示了"有朋自远方来不亦乐乎"的真诚。

1991年的亚运会给孙奇提供了一个更大的平台。

首先是建起"三道防线",用米奇的软胎玩具来"拦截"各国运动员。第一道是机场免税部和五星级饭店的商品部;第二道是各大商场;第三道是亚运村的购物中心。其次是米奇公司制作的大熊猫盼盼的大模型矗立在北京所有大商场的门口。百货大楼门口率先竖起了5米高的大熊猫形象,接着其他的商场也紧紧跟上。一个又一个大熊猫广告都露着可爱的笑容迎接宾朋。当然,所有广告的底座上都有北京米奇玩具公司制作的字样。

搭亚运会东风销售产品,要交5000元的认证费,可孙奇对有关方面说道:我给每个大商场都做一个熊猫盼盼的大模型,烘托亚运会的气氛,怎么还向我要钱啊?对方无言,孙奇就没有交钱。不仅没有交钱,孙奇还拿到了钱。百货大楼鉴于大熊猫的轰动效应,还给了米奇公司1.2万元的制作费用。

亚运会在万众期盼中开幕了。亚洲健儿到北京的第一眼,见到的就是毛茸茸的熊猫及米奇公司的其他软胎玩具。到了饭店,到了赛场见到的还是这些喜人的玩具。三道防线发挥了奇效,运动员们没有"漏网之鱼"。几乎是人手一个,还有的是自己买一个,再给家人带一个。有人开玩笑,说亚运会成了孙奇的销售黄金周了。

借亚运会的东风,米奇玩具冲出了国门,米奇公司也走上了快速发展之路。企业人均利润3万多元,成为北京市企业中的佼佼者。米奇的企业管理经验被当成是管理的优秀模式,被许多企业仿效;税务、工商等部门都把米奇公司当成先进典型。

对孙奇的表彰当然是必须的,除了评选孙奇为北京市合资企业十佳党支部书记外,上级还给出了大奖:一个三居室。孙奇把这个三居室给了别人。他说自己有地方住。

能把三居室让给别人,这不是一般人能做到的。

孙奇为什么会这样做呢?他说道:"在北大荒给我印象最深的是连长。下乡的第二年夏天,我因为打篮球后又去游泳,出水后站不起来了,连长背着我走了7里地去医院。到了医院连长也站不起来了,脸色刷白。看着平时批评我最多、可是现在为我累倒下的连长,我忍不住落泪。这些年我经常想起连长和那里的老职工们。是他们的无私无畏的精神影响着我们,让我们也成为他们那样的人。他们在那样艰苦的环境里终身劳作,没有怨言,没有沉沦,过着平凡的枯燥的生活,是真正的屯垦戍边,年年岁岁,一代又一代,献了青春献子孙。我们和他们相比,已经是好得太多了,还有什么不满足呢?还有什么好计较的呢?"

第三章
君子以自强不息

王启新：
守土有成复开疆

王启新，原中国建设银行悉尼分行行长。北京育英中学69届初中毕业生，黑龙江生产建设兵团1师6团4营24连农工。

歌声是艺术的，人生不会像歌声那样豪放与高昂。比如说屠洪纲唱过的歌曲《精忠报国》中，有一句歌词："我愿守土复开疆。"再比如："革命人永远是年轻。"这就是这么一唱罢了，谁能守土还捎带着开辟了数千亩的疆界？谁能总是黑发永不白，腰直总不弯？

就连歌词也说是"我愿"，而不是我"能"，我"已经"。可以这样理解，守土开疆，只是愿望、理想而已。

王启新把"愿"变成了"能"，"我能守土复开疆"；也实现了"无白发、无皱纹、无龙钟"的年轻态，以相貌做了"革命人永远是年轻"的证人。

身材高大魁梧，走路疾如风动，让人联想到奔驰的列车。

屯垦，是和平年代的战争。能到最遥远的塞外——北大荒去戍边，已是值得赞扬的，而到6师去开发那沉睡的、冰冷的冻土地，在只有严寒和野兽出没的荒原上住下来，在保存自己的情况下开垦出万亩良田，该有多难，绝对值得敬佩。

就像开国军人和军人是两个概念一样，去过6师的和去过兵团的也是两个概念。

王启新是主动报名去开发6师的，还是"走后门"。这在当时是极少极少的，可谓寥若晨星。

1972年，全兵团支援6师的工作山呼海啸般地开展起来。去6师，成为个别领导"锻炼"北京69届的机会。许多人想方设法不去6师，个别的也掌握了走后门的技巧，走上了送礼拉关系的这条泥泞小道。

6团是支援6师的主力。全兵团近70个团，为何6团能够独享此殊荣？大概是6团的北京69届多，又都是北京海淀区的，到兵团后"娇骄"二气独占鳌头吧。王启新所在的23连（修完水库后24连取消，王调到23连）有一个排的指标。王启新不在这个"倒霉"的排里，况且此时的他休假回家，正在北京过着同样是总后大院子弟后来拍摄的、反映他们生活的《阳光灿烂的日子》，如此说来应该是躲过了"一劫"。可是王启新最要好的育英学校的哥们儿都在这个排，哥们儿走了，剩下自己就没有意思了。于是他火速赶回兵团，找到连长要求调入这个排。几乎是在大部队开拔的前一刻，王启新才办好了手续，赶上了去6师的末班车。虽然看起来还是有那种"相逢意气为君饮"的少年情谊，江湖味道很浓的那种，可毕竟是到

第三章
君子以自强不息

了最艰苦的地方。

6师可不是1师，那里的一切都要白手起家。在那里王启新终于彻底明白了什么是垦荒了。"在这里，报纸真的是抱纸，就是抱着来的纸。半个月看不到报纸，听广播又瞬间即过。"后来王启新回忆道。

6师艰苦的环境龇牙咧嘴地教训着所有初来者。再也没有精力像在6团那样，和各地知青、北京知青打架了。育英学校要在6团占头把交椅的"雄心"已被近零下40度的严寒冰冻了，被大烟泡刮跑了。在冰冻大脑的支配下，只剩下想方设法离开这里的一条思路。王启新虽然是军人家庭出身，可是父亲的问题没有解决，当兵就不可能，只能靠自己努力。而唯一能走的路就是上学。有了目标就有了干劲，他从此开始读书。

1973年，"白卷事件"搅乱了上大学的程序，这一年是耽误了。1974年，连队推荐了一位本地青年上学。那是哈尔滨的一所铁路中专，学的实际上是火车司炉。尽管后来他退学了，但是他是连队第一个通过上学离开的，这给了王启新极大的启发。

1975年的推荐上大学工作如期进行。由于表现好，平时爱学习，和大家的关系也好，全连一致推荐王启新上大学。材料报到营里，领导发现了"破绽"，怎么这么优秀的、主动要求来最艰苦的6师的人连团员都不是？营里火速发展王启新为团员。既能上大学，还加入了团组织，这样的好事来的有点突然，王启新还没有缓过劲来，又一个巨大无比的好事凭空降落在他头上。他的一个亲戚是佳木斯医学院的院长，而这个学院的一个干部被委派到6师担任招生小组的组长。亲戚已经给这个组长打过招呼关照王启新。听到这个消息后，王启新徒步走了30多里到团部招待所，他要面见这个组长，要把上学的事再狠狠地落到实处。

其实他完全可以不去，假如不去，他就可以"白日放歌须纵酒，青春作伴好还乡"了,就可以堂而皇之地回到北京,就是75届清华大学化工系学生了。可叹的是,他这次去"走后门",不仅没有帮上忙,反而彻底把事情搞砸了。

找到招生小组的办公室,王启新推开房间门,不管还有一屋子人,开口就问谁是组长,并告诉组长自己是谁谁,报考的志愿第一是清华的化工系,第二是北外的英语系。这下等于是告诉所有人,他是来走后门的。这种事,岂能这么干啊?虽然走后门始于那个年代,并如火如荼地席卷神州大地,但那都是暗地里盛行的,谁也不会义正言辞地走后门啊。要干只能悄悄地干啊。当然,明着和暗着都不对。

说完了,自己放心了,全然不顾一屋子人的看法。王启新还没有回到连队,营领导如伞兵出现在他面前,问他怎么回事,并沉痛地转达团里最新的决定:这次推荐不算了,要连队重新选拔。

即使是重新推荐也还是推荐了王启新。但是留给王启新的就剩下了谁都不愿去的某某师范学校了(不提名字是怕那所学校的人不高兴),而且专业很谦虚很低调很接地气——农业基础专业。

从被推荐上北京的最好的大学,到最后改为上本地的一个小中专,王启新难过、气愤,他不想去了。一直到办手续截止的最后半天,他才犹犹豫豫,往前走一步,又往回退两步地到军务股办了手续,踏上了求学的末班车。

可能没有人像王启新那样,在两年的学习期内有一年半闹退学。为什么要退学?其实一开始就没有想上,因为上了学就是干部了,就不能回北京了,而他上学的1975年是知青政策开始松动的第一年,特别是下半年,也就是他入学后。困退病退回城的风已经由一二级转三四级,已经有不少发小们像闪电一样窜回了北京。王启新盘算着,退了学,回到原连队,来

第三章
君子以自强不息

个"知青复知青,还我知青身",就可以办回北京了。对于王启新退学的要求,学校坚决地不予理睬。本来就没有人愿意来,这来了又退学,学校还怎么办下去?还靠这个人高马大的北京学生撑门面呢。领导吓唬王启新,说要是退了学,就要写进档案,将来走到哪都不能重用了。

1977年夏天,王启新终于熬到了师范毕业,被分到哈尔滨油漆燃料厂子弟学校当老师。就在这一年的10月份,教育部宣布取消推荐上大学,恢复高考。这消息让王启新大为振作,是不是可以通过这样的途径考回北京?可是他又因教育部的一条规定而无缘参加。那条规定是,中专生在毕业两年后才可以考大学。

除了教育部的规定,当地教育局也自己悄悄定了规定:中专生只能给这一次机会,考不上明年也不许考了。理由斩钉截铁:国家培养教师不容易。

北京教育部的规定、哈尔滨教育局的章程截住了王启新上学的路。猛一看觉得都在难为王启新,实际上却是好事。教育部的规定给了王启新两年的复习时间,而教育局的章程则是激励王启新,回北京要下手早,要出手快,机不可失!

1979年的夏天,王启新报名参加高考。本该大学毕业一年了的他要与应届的高中毕业生一起竞争大学名额,成功才能回北京,失败就只能终身在这里教书了。

考试前几天,由于压力太大,几天都睡不好觉。高考前夜校医给了他两片药,吃了药倒是睡着了,可是清晨醒来后头疼得厉害,还忍不住地吐,就这样不稳定不安分地晃进了考场。

第一科是数学,这是王启新的强项。由于有两年中专的铺垫,考试、考场都不陌生,不像一些69届,离别考场十余载,连答题写在哪里都不知道了。但是在答题半个小时后，头特别疼，又想吐，于是王启新要求去卫生间，监考老师早就明察秋毫，看到这个高大的考生疑似"醉考"，于是同意他去。一同意，麻烦来了。

从厕所归来，恰恰赶上省里考试监察人员降临在王启新的考场教室门口。他们苦于没有成就感，郁闷之中看到了返程的王启新，顿时有如获至宝的狂喜。无论王启新怎么解释，也主动自翻其兜以证明清白，可是监察人员就是不让王启新回到考场。

数学由于没有答完，考了36分，其实这在当时也算是可以了。

尽管出师不利，赶上了倒霉的事，却没有打消王启新的信心。这么多年了，什么倒霉的事没有遇见过，早就"曾经沧海难为水了"。

接下来的考试是地理。这门科目比较活，看着考题都仿佛是"发小"，很熟悉很熟悉的感觉。王启新一气呵成。最后的考试成绩是99.9分。等于是把上午的损失补回来了。

以后的几门也都还顺利，考完后自己估计着考得不错。果然，王启新的高考成绩是哈尔滨太平区的第三名。这个成绩可以上北师大和中国政法大学。但是王启新的兴趣在金融，还有就是假如去了这两所大学，毕业不能留在北京可怎么办？经过多方打探，得知辽宁财经学院基本建设系是建设银行拨款，综合成绩前5名的毕业生直接进建设银行，也就是回北京。王启新放弃了去北师大和政法大的机会，进了这所大学。

在大学里，王启新拼命努力着，他要做到各项都最好，必须是前5名。他要回家，他要回北京。为此他"按计划"担任了学生会主席，入了党，学习成绩也名列前茅。

1983年秋季，王启新以优异的成绩毕业。由于他所学专业是"基本建设经济系"，这个系是建设银行每年拨款资助的，所以毕业生中的前5

第三章
君子以自强不息

名必须要到建行工作。本来王启新想去总后财务部，那里既是他长大的地方，也是他理想的单位。继承父辈的光荣，在"梦开始的地方"建功立业，那是多么引以为傲的事情。

在建行总行的投资二部建设经济处，王启新开始了不同于父辈的"激情燃烧的岁月"。

这个处负责中央单位对外承包劳务出口及人民币贷款和财务管理，是个重要的对外部门。这个部门让王启新树立了开阔的视野，他拟定了"开疆"的规划。

1985年春，王启新第一次走出国门，而且一下子就去了三个国家——刚果、法国、突尼斯，成为那个时代极少的出国看世界、考察国际金融的佼佼者。这次出国，为王启新"开疆"打下了基础。

在海外开展金融业务，必须外语好。本想攻克外语关的王启新却被调到了总行值班室，也就是给行长当秘书，只不过那时还不这么叫。给领导当秘书，日后也多是领导。别人羡慕王启新有升官的机会，但是他却对此不感冒，想法参加了专业的英语培训。

1992年，建行海外第二个代表处——东京代表处成立，一心立志做国际金融、外语又好的王启新终于得以如愿，他任代表处副首席代表。在这3年内，他学以致用，初露锋芒，业绩得到了领导的认可。1995年，行长派王启新去新加坡代表处，职务是首席代表。1998年新加坡代表处升格为分行，王启新任副行长。这两地的任职，使王启新积累了丰富的经验。

鉴于欧美市场一直打不开，领导派王启新去澳洲开拓市场。53岁的王启新没有二话，打起背包就出发，"万里赴戎机，关山度若飞"。同样是先成立悉尼代表处，经过3年的打拼后，2010年代表处升格为分行，王启新任行长。随后又开设了两家支行。

北京 六九届
BeiJingLiuJiuJie

　　在兵团留下了"开疆"的美誉，而回到北京后，王启新受命开拓难以打进的欧美市场，在金融行业真正地实现了"开疆"的愿望。他所创建并任行长的悉尼分行从负数到盈利，最终成为建行海外最大的分行。为了悉尼分行按时开业，他曾经连续16个昼夜没有合眼，创下了一个拼搏的奇迹。而创造奇迹的那一年是2007年，王启新已经53岁了。

　　谈起对北京69届评价，王启新认为：北京小69第一是有永远不服输的特点。遇到困难时、绝境时有拼劲。第二是小69的人很正直。第三是在兵团得到了劳动锻炼，身子骨结实，能吃苦。第四是北京小69一直在追赶末班车，所以是为了生存，有紧迫感，有奋进的动力。

第三章
君子以自强不息

刘孔喜：
创作生命印记的《青春纪事》

刘孔喜，首都师范大学美术学院博士生导师、教授，著名画家，被称为"最优秀的知青艺术家"。北京156中学69届初中毕业生，黑龙江生产建设兵团4师39团政治处电影队放映员。他创作的反映黑龙江生产建设兵团知青生活的系列油画《青春纪事》，被誉为"饱含浓情与诗性的青春绝唱""最优秀的知青画作。"

关于这组系列油画的创作动机，刘孔喜说道："我在触摸我过去的生活，自己曾经经历过的一切，也是在触摸一代人的灵魂和情感。这一代人的集体命运虽然已经过去四十多年，但是不该忘记这一代人。我们这一代人是特殊的一代人，是绝无仅有的一代人。在那种逆境下走到现在，其间充满了各种复杂的感受。但是现在回忆起来，还是真实美好的东西多。

所以真实记录这一代人的经历，记录下我们曾经年轻时男孩子、女孩子与今天男孩子、女孩子不一样的面貌、神情。这是很有意义的。"

正是因为"真实和美好的东西多"才让刘孔喜对那片土地，对那一代人有着烈火一般的激情。这种感情从他一下乡开始就燃烧，几十年绵延不断。

生命在哪里留下印记，哪里就值得终身怀念和珍惜。刘孔喜最怀念的就是他的第二故乡——北大荒。他在这里留下了生命的印记。

全兵团没有第二个人像他这么勇猛、刚毅的了。

他夏天光着膀子抡大锤，让山风吹，让烈日晒，让暴雨浇；在冬天他不生炉子，在零下20多度的屋子里过冬，为的是锻炼身体和性格，为的是有朝一日上阵杀敌，为的是多打粮食报效祖国。

他上老林伐过木。这是一项危险的工作，特别是在那个年代，在那个环境。因为那时不把人的生命安全放在第一位，出事故受伤是常事，甚至还有死人的。在没有任何培训的条件下，刘孔喜和同学们不顾连队领导的劝阻，积极报名并与老军垦一起出发。他与所有人一样，左手拎着"快马子"锯，右肩上扛着利斧，好像是一名传说中的青年近卫军，不，应该是少年近卫军。无论是清林、采伐、规楞、装车，刘孔喜一概是冲在前面。

他也上山采过石。这是比伐木更危险的工作。与伐木不分彼此的是没有培训，没有上岗合格证，领导的嘴就是合格证与证上面的章。嘴一张一合就算是证照齐全了。采石危险的是经常出现哑炮，人要冒生命危险去排炮。还有那碎石也满天飞舞，不知哪块石头就假装无辜地飞向了人群。这么危险也拦不住刘孔喜和他的战友们。采石队员在领导的一声命令下，像当代的"三无人员"，轮着锤头扛着炸药就冲了上去。刘孔喜不怕危险，到了工地，他脱下外衣光着膀子抡大锤。烈日暴晒，蚊虫叮咬，山风撕

第三章
君子以自强不息

扯，大雨倾盆，都不能让他穿上外衣。他说这是为了将来上战场。

为了团里的宣传工作，他几次不参加上大学的推荐角逐。即使4师领导推荐，39团也认可，北京师院的军代表考核同意招他入学，就要登上列车之际，他还是服从了领导的挽留，为了工作而留在了北大荒。

因为表现优异，才能出众，刘孔喜两次被推荐上大学，都被领导以工作需要为由而未能成行。当1977年的夏天来临，团领导郑重承诺，"今年一定让你去上大学"的时候，事情发生了彻底的变化，教育部门取消了推荐上大学的方式，改为考试入学。领导对刘孔喜的承诺成了空头支票。

命运又一次和69届们开起了玩笑。该上中学了，你们说要搞"运动"，说这是关系政权永不变色的千秋伟业，让小学毕业生荒废了近两年的宝贵时光。然后听你们的话到了北大荒，在那么遥远寒冷的地方从事最苦最累的工作。按你们的要求做到了最好，可以上大学了，可是你们以工作为名不让去；你们也觉得必须该让优秀者去上学了，但机会不会永远在那里等着谁，教育部取消了推荐上大学。人的一生有几次系统学习的机会？为什么每次都是69届受伤害？难道上级有计划要培养出一批只会卖力而不会动脑的愚民？拿69届做第一批实验品？难道说培养一批只有小学文化的接班人的传言是真的？

好在教育部宣布恢复高考，这让刘孔喜从沉痛和无奈中见到了曙光。他不顾领导的阻拦，报名参加了高考并开始了两个月的复习。

12月初的北大荒已是冰天雪地，但是刘孔喜心中却激情澎湃。他带着自己发表的美术作品，带着对高考必定成功的信心，带着69届对学习的渴望，登上了开往北京的火车。9年的北大荒生活，吃遍了苦，受全了各种委屈和倒霉。9年的生活，就是一部《小69的委屈和倒霉是怎样练成的》大全。不考上大学，对不起受苦受难的自己，对不起一直在努力的69届。

"你一定能考上,你必须能考上。在兵团,所有人都称我们是老职工,只有你,一个从北京来的孩子称我们为老军垦。每当听到你这么叫我们,我都热血澎湃。我们也是曾经的军人,也是奋战沙场的勇士,可是在这里我们只是被称为老职工。你是个尊重人的好人,所有知青中,我们觉得你是最可亲的。你不上大学,天理难容。"一位老职工,不,一位老军垦在送别刘孔喜的时候流着泪水说道。

刘孔喜坐了两天一夜火车赶到了北京中央美术学院,人家给了刘孔喜当头一棒:今年中央美院不招本科生,沈阳的鲁美招本科生,快去吧,去晚了,有可能连名都报不上了。

来不及悲伤和抱怨,来不及喘口气,歇歇脚,刘孔喜马上又奔北京站,买张票再回东北。

69届上个学太难了,连报个名都要反复折腾,多花许多钱。要知道,从北大荒到北京那一趟的火车票是近一个月的工资,来回就捐给铁道部将近两个月的工资。而当时高考的报名费仅仅5毛钱。难道美院也接到了阻碍、刁难69届上学的通知了吗?

幸运的是,刘孔喜赶在最后一刻报上了名。

虽然报上名,但是情况不容乐观。因为1977年全国只有这一所美院招本科生,自然吸引了有近万名考生从天南海北聚集到这里,而名额只有50

第三章
君子以自强不息

个。这些考生有许多是专业美术工作者，还有一些美术学校的毕业生，他们受过专业训练，系统学过文化课，发表过许多作品，参加过各种画展，甚至出版过作品集。近万名人才竞争50个名额，抢过一座独木桥，最后能成功的概率太小了。从北大荒出来的刘孔喜，能否在这巨大的考生队伍中战而胜之呢？有着钢铁般意志和无私奉献精神的他，是否也拥有出众的才华呢？

能吃苦是钢铁汉，有智慧才是真男人。令人欣喜的是，刘孔喜顺利通过所有考试，成为50名成绩优秀者之一。

也许读者会发现问题了，为什么不是录取者之一？他没有录取？

那个年代学生入学还有一个奇特的程序，那就是要学生原来的单位出鉴定意见，多数单位为此还设立了专门的机构：高考政审组。按说政治表现是刘孔喜的强项，这个为北大荒奉献了所有青春力量的先进模范，是最可以信赖的。可是没有想到，就是在这个问题上出了意外。

鲁美按规定把外调函寄到了39团。由于团里还没有来得及成立专门的高考政审组，所以刘孔喜的政治表现由原单位领导填写。这位领导比较含蓄，只是填写了"一般"二字。他认为这不是入党，政治表现写一般就应该没有问题。可是在那个年代，又是万人竞争，"一般"的表现怎么能被录取？

在全院的招生录取会议上，有教授依据"一般"的政治表现，反对刘孔喜入学。在那个极左思潮还没有肃清的年代，这样的反对意见得到了不少支持。就在要举手投票之时，一位老教授站了出来。他为刘孔喜打抱不平。"一个知青，在那么艰苦的地方待了9年，这还不够优秀吗？再说这个鉴定是否有人为因素？有多少可信度？"

这位老教授叫许荣初。他的一番话得到了多数人的共鸣。是啊，一个听从国家召唤，16岁就离开首都，告别父母和家乡，奔赴塞外的荒凉之地，在边疆渡过了9年青春的北京孩子，怎么会不优秀？可怜可敬的他们没有书声琅琅，没有花前月下，只是日复一日地服从着上级的安排，坚守着边疆领土，干着最苦的农活，却吃着粗茶淡饭，住低矮小屋，进行着屯垦戍边的伟业，还不够优秀吗？古往今来，有多少人会做出如此的奉献呢？那些住在城里，享受着舒适生活的人，可曾到这荒凉的地方去过一天？更别提落户9年如一日了。

这些孩子在坚忍中即将老去，在没有未来中行将老去。现在"文革"结束了，还要让他们承担错误路线的后果吗？难道不该采取一切措施，救救这些可怜的孩子吗？

许教授的话引发了正义和良知的喷薄。所有人一致举手通过了刘孔喜的入学决议。

1978年3月5日，在这个学雷锋的特殊的日子里，在渡日如年的等待中，刘孔喜接到了鲁美的通知书，同时接到了病退回北京的通知书。在两个巨大的喜悦中，刘孔喜选择了读书。

4年后，刘孔喜以优异的成绩毕业，随即又考上本校的研究生，后留校任教，又因教学优秀被首都师大以高级人才引进。

回到北京，刘孔喜继续学习，后来成了博士生导师，在教学和创作上取得了巨大成功。

"在北大荒那么艰苦的地方待了9年，这还不够优秀吗？"许荣初的话是对刘孔喜也是对知青最好的评价。

回忆起高考经历，刘孔喜说道：1977年恢复高考，那不仅是我，也是一代人的解放，我们终于捞到了一个最后的机会，那对我来说意味着个人命运的一次解放。

他从到边疆的第一天起，直到现在，他都尊称老职工为老军垦。而不

第三章
君子以自强不息

是像多数人那样称"老职工"。他觉得这样称呼是对老职工的尊敬。

一些人在北大荒留下的是怨和恨，刘孔喜奉献给北大荒的是血和汗。在"我爱第二故乡"的大合唱中，肯定混进了数量可观的南郭先生，但是刘孔喜的歌声绝对是发自内心的。他青春的血和汗水都洒在了这片热土上，所以不是在大合唱时才会心动。只要想起北大荒，想起那白雪覆盖的满腔热血，那一望无际的青春岁月，他就会激动，他就会一个人唱起《革命人永远是年轻》。

歌声牵引出9年的军垦生活，往事像士兵列队走来。士兵又转换成战友、同学、发小。每当此时，刘孔喜就忍不住在心底发出呼唤：昔日的战友们，你们今日在何方？可否还记得北大荒那艰辛难忘的峥嵘岁月？如今我们天各一方，在各自打拼的事业中，是否还像年轻时那样充满激情？

对北大荒无际的热爱，终于使刘孔喜在1991年夏重回北大荒。

故地重游，一切都那么熟悉而又陌生。完达山继续着沉默不语的庄严，乌苏里江还是那样夜以继日地激荡。熟悉的麦浪在风的吹拂下席卷而来，一股股的麦子香味似乎传来了昔日的笑语喧哗。这一刻仿佛时光倒流，在怀旧的终点，刘孔喜和1969年的兵团重逢。

然而山水依旧，物是人非。收割麦子的已不是一字排开的十五六岁的北京69届，战旗猎猎的场景只存在于记忆中。一切都过去了，一切都变了。但是在刘孔喜的心中，那些曾经满怀理想、抱负，立志把生命献给祖国的北京孩子们却依然是那么高大，永远值得尊敬。

和兵团重逢，就是和激情重逢，就是和当年的战友北京69届重逢。他唱起了《革命人永远是年轻》。

"革命人永远是年轻，他好比大松树冬夏长青，

他不怕风吹雨打，他不怕天寒地冻，

他不摇来也不动，永远挺立在山巅"

　　……

　　当年的北京69届，还有那些老三届的大哥哥大姐姐们，是永远年轻的革命人吗？还挺立在山巅吗？刘孔喜思考着。他的结果是：是，这些战友们是永远的年轻人，还挺立在山巅。

　　泪水在孤独的歌声中落下，英雄主义的情怀却在思考中升起来。

　　"如何评价那场屯垦戍边的大潮，对于每个亲身经历过的老知青来说，已经并不重要。一切都已经过去，而青春是美好的，不论是身处边陲要塞或是穷乡僻壤，不管是面对困顿迷惘还是雨雪风霜，都会发出动人的光彩。现实与未来的一切均根植于过去的土壤，它规定并影响了我们这一代人感情与人格并始终保持着千丝万缕的联系。从这个角度看，过去未必不是一个新的伟大事物的准备和前奏。二十年后，旧地重游，回首往事，就会发现这一代人那一条不断挣扎、碾转、奋斗、追寻的生命轨迹。"

　　在第二故乡的天空下，刘孔喜得出了这样的结论。

　　有了这样的结论，刘孔喜有了强烈的表现知青生命轨迹的创作激动。这种冲动让他躁动、兴奋，以致寝食难安。回到北京后他就利用闲暇时间开始构图、创造。

　　9年之后，《老歌——革命人永远是年轻》的草图画出来了。但是经过审视，刘孔喜感觉画面太单薄，不够深厚，没有显现出对历史的思考和对未来的追问。于是画面变大，人物增加，从大半身变成全身。在开始落稿时，这个场面演变成纪念碑式的群雕组合，人物的形体动作追求统一中的变化，去掉多余的形体身姿，赋予他们某种象征甚至是宗教意味，尽可能地在人物形态和神情上着力刻画。创作进入这个阶段对古典绘画潜心研究的心得与影响开始发挥作用。那种静穆与单纯、庄重与永恒的精神气质融

第三章
君子以自强不息

入了刘孔喜创作的画面。

尽管画面上的一切都是熟悉的，情感也是真实的，但是绘画的过程并不轻松。除了表现手法的困惑，还有繁重的教学任务。白天他是教授、博导，晚上独自在画室，他又是兵团战士、农业工人、团政治处干事、放映队员。依然是小咬组团轰鸣，麦浪滚动着炎热；照旧是光着膀子在采石场抡大锤，在原始森林中高喊顺山倒……

就在这样的角色的转换中，感情的沉浸里，激情岁月的冲击下，经过多年的创作、修改，怀念青春、表现兵团知青的顶峰之作《青春纪事》组画完成了16幅。

看看对《青春纪事》的评价吧。

超越了同类作品单纯的纪事，具有思想和认知的高度。中央美院教授余丁谈道："在刘孔喜《青春纪事》系列作品里，能感到超越了叙事情景，已经从原来的叙事情境中试图中脱离出来，除了叙事本身的含义，还在追求一种艺术的唯美效果。"

在叙事手法上把叙事与抒情结合起来，在精细和宁静中表达知青的苦涩、迷茫。首都师范大学教授刘守安评价道："知青们曾经满怀激情，但是经过若干岁月，他们仰望天空，俯瞰大地，感到无边的寂寞与无奈。孔喜先生把叙事和抒情结合起来，把个人经历和社会发展结合起来，这种表达是非常有意义的。"

展示了知青内心的忧郁与责任，也表达了知青自强不息的缘由。梁晓声评价道："在知青脸上我可以看到忧郁，一定也包含着对这个民族和对这个国家的大忧郁，至少是我读懂了。我认为孔喜理解这代人，他的理解和我是一样的，他把这些都呈现出来，呈现的令我感动。"

一位同是北京69届的部长评价道：《青春纪事》之所以受到好评，是因为作品并没有沉溺在痛苦和伤痕中,而是展现了逆境中的知青人性的善良和坚韧。作品中洋溢着一代人对往昔的回忆,对今天的珍惜,以及对未来的向往之情。这也是所有知青历经磨难之后,那段生活赠予我们最宝贵的财富。

正如刘孔喜所说的:"我把回忆留给原野,我把幻想带给未来。"

油画"革命人永远是年轻"。　　刘孔喜作。

第三章
君子以自强不息

李海江：
硬汉加才子

李海江，中华清风书画协会常务理事，龙脉温泉书画院艺术总监，海峡两岸书画家协会副主席。北京123中学69届初中毕业生，黑龙江生产建设兵团1师6团26连农工。

刚强、谦逊、勤奋、正直，永不停歇奋斗的脚步。这就是李海江。

经历了最初的失落和困惑后，李海江渐渐地熟悉了北大荒，了解了兵团，习惯了艰苦与严寒的环境。李海江夜里站岗兢兢业业，白天劳动也冲在前面。在麦场上扛麻袋，李海江不听劝阻，咬着牙往上冲。

16岁的身体还没有长成，拼命的结果是扛麻袋压坏了脖子。一天下班，李海江突然脖子不能动了，连走路都困难了。在战友的搀扶下赶紧到医院，检查后确诊是外伤造成的颈椎病骨裂增生压迫神经。当地医院无法做这种手术，只能到北京三院。做了手术又住了两个月的院，李海江走路才好多了。

尽管李海江很努力，可是他正直，不会喊口号。还有一个"硬伤"，那就是出身资本家。所以所有的好事都与他无缘。他回忆起这些时有些伤感地说道："入团、入党，努力了，门槛太高，体质太弱，没有迈进去。"

既然体质弱，可以办病退回北京啊。对此李海江回答道："累病了休息，有伤了歇工伤，这不是办病退的理由。"这与一些人弄虚作假装病办病退回京，差距太大了。

1973年夏天，李海江被调到了6师，这是许多北京69届共同的遭遇。尽管他们告别了最初的散漫和清高，变得踏实、勤奋，成为大田的主力，军训的中坚，但是他们还是没有迎来命运的垂青。

命运假装睡着了，眯着眼睛看69届向荒凉进发。

新建点没有住房，风像剪刀一样在荒原上奔跑着，颇有横扫一切的骄纵。新搭起的帐篷被剪得四面漏风，突发的大雨把鞋冲走了，小咬蚊子高叫着，集体扑向细皮嫩肉的知青。没有路，如果你在天黑之前无法回到帐篷，那就只能就地在荒原上露宿。

所有的苦，都会成为未来胸前的勋章，去过6师的人，为后来的成功打下了基础。就是在这里，李海江又拾起了画笔写生。在小学时，李海江就喜欢画画，只可惜"文革"打断了学业，这一爱好也一同中断。

与大多数知青不同的是，李海江在兵团结了婚。知青在兵团安家不新鲜，但是69届中却极少。因为他们岁数小，一心想回北京，一般都不在兵

第三章
君子以自强不息

团结婚,甚至连朋友都不找。李海江听毛主席的话,知青要扎根边疆;听妈妈的话,妈妈说你找个朋友就结婚吧,我也就放心了,于是李海江就在兵团找了对象结了婚。

1979年,李海江办回了北京,爱人则办回了天津。回城后的工作还不错,在北京政法学院房管科。可是两地分居的劳累,为事业拼搏的压力,都重重地砸向了李海江。

白天送孩子上学,然后去上班。李海江又当爹又当妈,夜里还要整夜画画。他感觉比在北大荒还累。

因为喜欢中央美院郭传璋老师的画,李海江拜其为师。老师对这个学生倾其所有,把看家的本领都教给了李海江。比如,一幅画完成了,但没有那种气质,以及所需要体现的山魂和秀丽;应该表现的墨色的焦、浓、干、湿、淡,在画上也缺乏,怎么办?老师告诉李海江,还要等到彻底干了,喷湿后再用淡墨染,所有的山水气质,山魂云飞都是靠这个方法完成的,这是最难的,染不好这张画就白画了。这个方法要用一辈子,所以要学一辈子。

记住老师的话,每天晚上7点钟,李海江进入画室,画到凌晨3点。这样的日子他持续了7年，再加上有郭老师的指点，李海江的水平有了飞速的进步。各种书画活动邀请他去参加，或是当评委，或是当场挥毫以助雅兴。

李海江画作的艺术特点是纯水墨丹青，不上一点颜色。为此他在笔墨浓淡上下了多年的功夫。练到只要一根毛笔，浓淡虚实都不换笔。画画完了，笔洗里的水还是干净的。李海江的经验是墨画到纸上都是黑的，你一定要知道干了的墨是否是你要的墨色，如果到了这一步，画就容易了。

就在李海江的事业策马奔腾之时，一个消息如同晴天霹雳：医院诊断，李海江不幸得了膀胱癌，不久又检查出得了结肠癌！

还没有结束，心脏也出了问题，不得不搭了三个支架。

一切都因为他太勤奋了，太拼命了。多少年了，他很少好好地睡个觉，也没时间去公园名胜散散心。他白天勤奋工作，脚步穿梭在偌大的校园。房管科管着整个大学的家属宿舍、学生公寓、教学大楼、办公用房，哪里有问题就要立刻维修，从早到晚几乎都是在校园里奔跑。特别是到了寒暑假，房管科的人要把学生宿舍粉刷见新。一个假期下来，真如同是一次长途负重拉练，腰酸背痛无精打采不说，还有严重的污染，那刷墙的涂料再环保、再优质，也是对人体有害的。夜里他要连夜学画，即使后来不用整夜用功，可是怎么也要研究到后半夜才入眠。这样的劳累，对身体是有极大的伤害的。

得了两种癌症，这是多么残酷的打击，李海江能受得了如此打击吗？

李海江不愧是一条硬汉，兵团受到的锻炼让他有着极坚强的意志。

年轻时扛麻袋压坏了脖子，有人以为李海江以后不能走路了，但是他没有一丝忧伤地挺了过来；别人上大学离开了边疆，有人还在为北大荒受苦而哭泣，李海江却谈笑风生；当多数人都以病退的名义回了北京，李海

第三章
君子以自强不息

江却在兵团结婚，做好了扎根农村的准备。除了这些锻炼和考验，李海江还见证了死亡。最让他难忘的是，当年由于违章作业，一个北京69届被高压电线夺去了宝贵的生命。当时正在洗衣服的李海江第一个抱起了战友，大声喊他的名字，叫他说话，可以转告他的爸爸妈妈。但是这位同学、同乡已经无法开口了，更让人泪下的是这位同乡到兵团后还没有回过家。1969年秋天离开北京竟是与北京、与故乡、与爸爸妈妈的永别。

面对重病，经历了磨难，见证了生死的李海江的态度是，不把自己当病人，也不想自己是癌症病人。把不愉快的事放下，心情总是好的。他一不化疗，二不放疗，三不吃药。每天当太阳升起，他都是快快乐乐地去上班，去参加各种书画活动，晚上还是坚持锻炼基本功，就像什么也没发生过。他记着老师告诉他的话，画画也是锻炼身体，一站几个小时，就相当于站桩。

十几年过去了，现在的李海江依然还很好。他的目的是，用手中的画笔歌颂祖国的大好河山。

关于怎样认识北京69届，李海江认为："小69是最不该下乡的，都不够18岁。可是却以接受再教育的身份下乡。再，就是第二次接受教育，那么第一次的教育在何时？明显是矛盾的。但是小69虽小，却是不怕苦、不怕累的，是最能闯的！这大概是与没有接受'第一次'的教育有关。回城后仍然是这样。小69赶上的年代是失学、下岗、下海、内退、自谋职业。几乎倒霉的事都让他们赶上了，可是看看他们当中的许多人，自强不息，做出了不懈的努力，收获了或大或小的成绩。我希望后人读到这段历史的时候，也会为这些当年十五六岁的孩子，屡经磨难却奋然前行的北京小69感到骄傲、自豪！"

李海江感慨地说道："历史不该忘记这些小69。"

王铁军：
黑土地执教16载

王铁军，北京市海淀区优秀教师。北京铁道学院附中69届初中毕业生（如今的北方交大附中），黑龙江生产建设兵团1师6团2连农工。

许多人在回忆起兵团生活时都会说，我的青春献给了北大荒，我对得起北大荒。这话没有错，北京小69小学毕业就失去了读书的机会，16岁又被动员奔赴边疆，到离家3000多里的最北方，以半文盲之水平，以未成年之身躯，以童工之年龄，经受着严寒，忍受着歧视，承受着落寞，为保卫边疆建设边疆贡献了宝贵的青春。回城后又自强不息，努力拼搏，做出了成绩，取得了成功，确实对得起北京孩子的称呼，更对得起北大荒这个地方。该为他们点赞。

如果说谁最对得起北大荒，也就是说把"对得起"进行量化，那么非王铁军莫属。不是常听人说嘛，"十分对得起某某"，这"十分"就是量化的刻度。

第三章
君子以自强不息

"十分"对得起北大荒的人中就有王铁军。王铁军不仅把青春献给了北大荒,还把中年也献给了北大荒;他用人生最有创造力、最有智慧的16年的大好光阴,为黑土地培养出了那么多人才,而他自己却是韶华老去。更让人难平的是,就这样一位不讲报酬的北京知青,回北京之后却不能算工龄,在单位时分房子没有份,但是吃亏习惯了的北京69届没有计较,依然是全身心地投入到教学中。很快他在北京又培养出许多优秀学生,他又被评为优秀教师、学科带头人。

1974年初秋,王铁军因表现好被推荐上大学。在兵团能被推荐上大学很难很难,而北京69届能被推荐就要再加一个"更"字。本以为可以上大学深造,可是王铁军不会拉关系送礼,他以为上大学是凭着全连的投票,用不着去做什么暗箱操作。下乡时只有一个箱子装衣服的,没有装别的空间了。北京孩子的正直乃至傲气又一次帮了倒忙。在"众人皆送礼我独静待"的一周后,被推荐的学校去向确定了,虽然得票数名列前茅,该上大学,可是给王铁军的却是中专的通知书,而且不离开黑龙江,在本省东部的一个小城市读师范。那些票数还不如他的都离开了黑龙江,到北京、上海上了大学。最不好的一个去了江南某省。多数上大学的人在临行的火车上声嘶力竭地高喊"我爱你北大荒""回来建设北大荒"。那声音ko了汽笛声,红色的决心把嗓子变成了纱窗,高耸入云的口号被撕裂成无数的小针尖射出来,直扑向送行的人群。这声音吓得列车员不敢查票,表个决心怎么像是要打人呢?就连西伯利亚的秋风也蜷缩在远方不敢冒进。事后证明这表面慷慨激昂实为咬牙切齿的口号其实就是掩耳盗铃。他们是想用这一声声怒吼,做最后一次表演,更主要的是把身体里的北大荒元素都抛出去,从此和边疆一刀两断。当火车一开动,他们就化决心为行动,把热爱边疆这件服装的最后的一块遮羞布——从连队带回的一包黑土,抛向车外。然后就泥牛入海无消息，再也没有回来。

同学都为王铁军打抱不平，可是有什么用呢？在那时的1营，6团，乃至全兵团，69届就是垫背的，就是分母，就是马前卒，就是万丈红尘中的一粒尘埃。不满？生气？没有用。

王铁军无奈地去读师范。毕业后"就近"分在这个城市里开始教书生涯。而那些上了大学的都留在了大城市。说好的学成归来继续建设边疆、保卫边疆成了一道雨过的彩虹，闪了一下就永久地消失了。他们很潇洒地挥挥衣袖，不带走边疆的一片云彩。狠狠地来了，又狠狠地不回来了。

现在都说社会风气不好，假话盛行，不少人甚至是一些去过兵团的老人厚古薄今，认为过去的年代好，人实在，讲诚信，可是他们还记得不记得当年那些高喊扎根边疆的人？他们有几个大学学完后回到了边疆？那些人不就是在堂而皇之地说假话吗？他们不就是在毫不掩饰地抛弃诚信吗？

只有王铁军坚持了多数人高喊的誓言，学成后留在了边疆。

当然，我们也没有必要为王铁军拔高，其实他也想回北京读大学，可是，一个正直善良的北京69届，在那样的环境里，除了被歧视被排挤，还有什么办法吗？

16岁被迫离开家乡，终日与黑土地打交道，拼着命换来了样样农活的第一；靠自己的努力被推荐上大学却又被人顶替，改成了中专——鸡西市师范专科学校体育班，还是一年制。毕业后经过几年自学，又考上鸡西市数学大专班，成为一所学校重点班的数学老师。当别人全部返程回到家乡，"漫卷青春喜欲狂"，可是王铁军只能在那个偏远的小城市担任中学老师。还需要穿着厚厚的冬衣，在与严寒和思念的双重压力下拼搏，他一直坚持了16年。

由于在6团待过，更由于在1营待过，回城的北京69届们多数都取得了

第三章
君子以自强不息

王铁军与教过的学生及合作过的教师合影。

傲人的成就。那一封封来信就如同是频传的捷报。某某当了全国劳模，某某当了著名导演，某某成了最年轻的部长助理……这些消息既让王铁军高兴，同时也有些难过。高兴的是同学们都在北京施展身手，成就事业，难过的是只有自己还在黑土地上渡日。假如当年自己也回北京上了大学，会是什么状况呢？谁会知道呢？呼呼怒吼的北风好似为他鸣不平，倾盆落地的大雨似在不停地替他垂泪……

人生没有假如，尤其是北京69届，他们的每一步都是艰难的，真实的；他们的每一个成绩都是在不断的质疑、嘲笑、刁难中拼出来的。

看着南归的大雁，王铁军只能裹紧他那厚厚的棉衣领子，在心中立誓：北京的同学在北京为69届证明，那么我就在这里独自做69届在北大荒的代言人吧。

同学的成功鼓舞着远在塞外的王铁军，他一个人扛起了奋斗的大旗。

他在这里没有亲朋好友，孩子就是他的全部，他的精力全部给了学生。清晨他第一个走进教室，生好了炉火，迎接着孩子们；傍晚，他又最后一个离开，然而他不是回到那间窄小孤单的教师宿舍，而是去家访，去补课。一年又一年，就在这边陲城市付出了他的大好年华。偶有闲暇，他回忆起的全是在兵团的时光，那时虽然苦，可是全班同学在一起，还可以互相照顾。那本来是艰苦的时光竟然成了王铁军最美好的回忆。

像在北京的同学一样，日复一日的拼搏也换来了收获。王铁军的学生中有不少人考上了大学，其中还有人先后考上了西安交大、西南交大、哈医大、哈师大等重点大学。在这个祖国北部边陲的小城市，能考上大学就不易了，能考上重点大学那是多么值得骄傲啊。

王铁军被评为鸡西市优秀教师、鸡西市青联委员。

直到40岁，王铁军才回到北京。他恐怕是6团最晚一个回到北京的知青。走时是一个英俊的北京少年，讲着清亮的北京话，回京时已是一个有着白发的中年人，话语中有着浓浓的东北味。真正是"十五里正与裹头，四十归来还戍边"。

归来的日子正逢玉兰盛开，三月的长安街暖风飘浮，走在街上像有一只大手托着你滑动。王铁军从北京站下了火车，他没有坐公交，而是在暖风的助力下步行到了天安门广场。他倚在金水桥畔的栏杆上，仰望着巍峨的天安门，多少回梦见的天安门此时是那么亲切、真实。于是他唱起了《北京颂歌》。

"雄伟的天安门，庄严的广场，各族人民衷心敬仰的地方……"

泪水开始坠落，心却满是欢笑。

王铁军用24年的酸甜苦辣和乡愁换回了一张回北京的车票。

回到了北京，在强手如云的海淀区教育界，王铁军后发先至，以兢兢业业的工作态度和较强的能力被评为学科带头人。要知道，这个区是全国的教育重点，能立足已是不易，获得带头人称号可以算得上是优秀了。

第三章
君子以自强不息

李秀人：
商界精彩打拼，武界辉煌传承

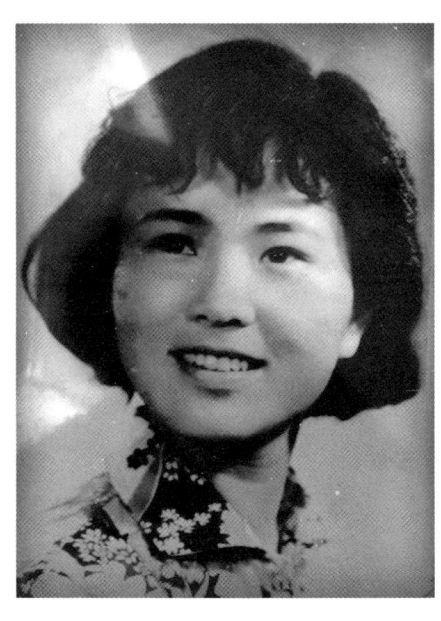

李秀人，北京华英仁家广告有限总公司总经理，八卦掌第四世门人、北京市武术协会八卦掌研究会常务副会长。著名的长篇叙事诗《大荒辞》《六九届我为你歌唱》的作者。北京女十中69届初中毕业生，黑龙江生产建设兵团4师37团文艺宣传队创作员。

文静秀丽，与其名字相符。但这只是表象，她实际上性格刚毅，为人率真，且文武双全。了解她之后就会有一句老话天上地下地盘旋：谁说女子不如男？

1969年8月25号，李秀人和20多名同学离家奔赴北大荒，所有的同学们都哭得响遏行云，李秀人却没有掉一滴眼泪。不是她没有忧伤，而是当时所谓的出身问题早就让她背上了包袱，受歧视的时光让她一直很难过。如在眼泪这个行业里论资排辈，李秀人有资格号啕大哭。可是她展现给所有人的却是微笑。

在那哭声的风暴里,她是那支悠扬的笛声,在亲情的沙漠里,她是那株绿色的嫩芽。在"自古伤离别"的北京站,她是那朵傲雪的红梅。

就连已经习惯了"父母送未成年的孩儿赴边疆"的凄凉场面军训教官,也忍不住了。他含着泪向李秀人伸出了大拇指。军人通常都是让别人感动的,能让军人掉泪还竖大拇指,年仅16岁的李秀人该是多么坚强。

坚强的性格在兵团延续。因为北京69届年龄太小,农活又太重,不少人因干不动农活而垂头丧气,从北京带来的离别的泪水不仅没有消失,还升级为泪雨凄凄。李秀人却仗着从小习武的好身体,艰苦的农活都能应对。锄地烧荒,水中捞麦,雪中扒豆,上山打石,样样工作都表现出色,她不仅比一般的女生坚强,就是和男生相比,也毫不逊色。

坚强只是一个基本素质,在人生的路上成功还要有才华。为参加全团的业余文艺汇演,李秀人彻夜不眠写了一首长诗并上台朗诵。声情并茂的朗诵,诗意甚浓的文笔,让团宣传股领导看中,一纸调令让她到了团宣传队,此时是1971年的春季。到了人才汇聚的宣传队,年龄最小的李秀人还是骨干。除去演出,她的主要任务是搞创作。也就是人们常说的"主创人员",和她搭档的是北京景山学校的老高三女知青。一个是读了小学6年的女孩,一个是读了12年书的才女。在这段日子里,李秀人向大姐学到了知识,增加了才干。最让她得意的是,团宣传队拍了整场的样板戏《海港》。这在全兵团60多个团中是唯一的。

一次下连队公干,没有汽车,领导让李秀人骑车去。李秀人本不会骑车,可是要强的她不愿意说不会骑,而是爽快地答应下来,微笑着推上车就出发了。别人问她为什么推着车而不是骑上。李秀人笑着说考虑点事,骑车不便于思考。一脱离了团部人员的视线,她就开始学车。一路上骑上摔下,摔下骑上,到了连队也学会了骑车,不过腿上青紫交加。

第三章
君子以自强不息

要强，什么都不肯落后，在各项工作中表现极为突出，这样的表现换个人早就当了干部或是上了大学离开了边疆。可是因为年纪小，再加上家里的"问题"，处境就像大多数北京孩子一样，好事总是与李秀人无缘。1978年，在兵团表现优异的李秀人回到北京。几经周折，1995年她自己创办了一家装饰公司。在最初的5年期间，她一天都没有休息过。创业的艰难无以言说，可是好强的她总是面带微笑。就像当初离开北京那天，所有人都哭了，唯有她一个小姑娘在那里微笑。

42岁办公司，就已经很不容易了，套用那个年代人们爱说的一句诗，有些"已是悬崖百丈冰"的意味。没有想到的是李秀人至今已经坚持了23年。公司从默默无闻到成为北京市定点采购单位，从四处揽活到客户慕名而来，从势单力孤到为几百人解决就业问题，从为房租发愁到每年为国家上缴几十万的税收。24年的光阴见证了李秀人的坚强与智慧。

除去经营广告设计公司，为兵团的各种庆祝及文艺演出活动做主持，李秀人还有一项重要的工作，那就是利用自己武术世家的条件，开展八卦掌的研究与传承，促进传统武术文化的发展。

2013年，李秀人创建了第一个民间八卦掌博物馆，免费向社会开放。许多年轻人从参观博物馆后爱上了这项传统武术。

2003年至2005年，李秀人主编了记录八卦掌大师的文集《一代宗师》。这部著作倾注了李秀人对传统武术的理解和敬意，以及对其父——一代大师的敬仰与爱戴。随后中央新影音像出版社出版《一代宗师》光盘，其中还采访了25位武术界领导、名家等。为武术界留下了一笔宝贵的历史资料。

2012年春，为纪念八卦掌研究会成立30周年。北京市武术协会要求出版纪念文集。鉴于李秀人对传统武术的热爱及超众的能力，协会把这任务交给了李秀人。在一年多的时间中，她每天工作十余个小时，200余页的书稿逐字逐句审核校对了十多遍。当图书定稿时，她视物模糊，咳嗽不止，连着打了7天点滴病情才缓解。

2010年至2012年，李秀人获北京市武术协会年度先进个人称号。

2015年，李秀人被评为国家级非物质文化遗产八卦掌区级代表性传承人。

66岁的年纪早该是悠哉游哉地度日了。君不见那些大爷大妈们广场里随意起舞，超市里任性试吃；或是膝下绕孙，乐享天伦。而李秀人却还在人生的路上奋进。她担任过北大荒知青文艺演出的主持人，虽然没有了少年的容颜，但是她的底气十足，美妙的声音还传递着青春的活力，还体现着花季的纯粹；她全力培养八卦掌的接班人，尽管不能像年轻时风驰电掣般地来上一套拳脚，可是对中华武术文化的热爱，让她依然如一面旗帜引领着习武的下一代；她还有许多的规划和打算，却唯独没有停止奋斗的安排……

文、商、武三条大道策马奔腾。每一个领域都有成就，可是她却格外低调。

这就是当年那个在火车站微笑的北京女孩。

从单纯的坚强，到自信的刚毅。

50年过去了，时光还在与青春牵手；李秀人还在拼搏，没有时间去想，该不该回头。

第三章
君子以自强不息

赵惠民：
"槌"起京城民拍一片天

赵惠民，国家注册拍卖师，2018年12月荣获"执槌20年成就奖"。中国人民大学画院特聘教授，北京东风艺术区艺术总监。中央民族大学（原中央民族学院）附中69届初中毕业生，黑龙江生产建设兵团54团4营25连农工。

岁月昂首前行，往事不会尘封。在京城众多收藏界人士的心中，报国寺曾经的200余场民拍的槌声是最动听的乐曲，已经结晶成为记忆中的珍珠。

清脆的拍槌送走了寒冬。

阳春三月的北京，是一个玉兰、海棠、樱花、桃花竞相开放的季节。各种花的花香活蹦乱跳地组团来到北京报国寺的后大殿。因为这里要举办一场"民间拍卖会"。大殿的空间很高，大约有三层楼，有足够的广度容得下四九城来的竞买者，也有富余的高度适合扑鼻的花香们绕梁。

9点钟，衣着笔挺气宇轩昂的拍卖师赵惠民走进拍卖场。会场上目光搭就的桥随即转化成掌声铺成的路。

风度不是冷峻的闺密。拍卖师用微笑和双手与竞买者打招呼。一口纯正的京腔与拍卖会严丝合缝，更是拉近了与买家的距离。

由于拍卖师一米八五的身高，几乎半个身子都展现出来，肢体和身体语言就更丰富。有些像将军指挥战斗，像艺术家演奏乐曲。随着拍卖师槌起槌落，会场也开始由静而喧哗，由观望到出击。3个小时左右的拍卖会，拍卖师始终如一的精神抖擞。他不仅让买主全神贯注，还要让大家放松情绪。没有语言的幽默，知识的丰富，身体的健壮，是很难做到这一点的。

1969年8月19日，在比别的北京孩子更紧张的气氛笼罩下，赵惠民和他民族学院附中的同学来到了北大荒。

为什么要比别的孩子紧张？因为赵惠民他们去的地方叫克山。这地方有一种病就叫克山病，这种病亦称地方性心肌病。患者有生命危险，病因到现在都没有最终确定。直到1980年前后，这种病才基本得到控制。

虽然有些怕，但那时提倡一不怕苦二不怕死。况且所有人都相信，医学已经很发达了，预防、治疗克山病已经不是难事。

在连队，确实也没有看到听到有关克山病的消息。少年们紧张的心自然放下了。

地方病的警报解除了，可是"出身不好"的包袱却压在了赵惠民的身上，一压就是七八年。

出身教育家庭的赵惠民写得一手漂亮的毛笔字。这源自他从小学一年级就开始练习大字。凭着一手好字和较深的文学功底，他进入了连队业余报道组。无论是写大字报还是出黑板报，抑或是那些内容虚幻的大标语，年少的赵惠民全包了。他的部分作品至今还雄伟地屹立在25连的地盘上。那些大字好像是坚守在阵地上的士兵。下命令的上级早已不知何处去了，

第三章
君子以自强不息

士兵却依然死死坚守。既为当初的承诺，也为一代人的青春作证。

有一年赵惠民回连队，看到了那些大字，像是见到了老战友，忍不住眼眶湿润。那几个大字是"一定要把粮食抓紧、一定要把棉花抓紧、一定要把布匹抓紧。"

一个16岁的孩子无法抓紧粮食、棉花和布匹，要求上进的赵惠民能抓紧的只是下班后的那点时间。赵惠民每天都要在劳动之余为连队出板报或是习字练画。能成为连队的报道骨干是光荣的，但他知道，目前的水平还差得远，所以抓紧一切时间学习。可是努力换来的却是嘲讽。

为了画好人像，赵惠民照着一本杂志上的女农民画了一张习作。这个画上的女农民肩宽胯大，四方型扑克牌身材；浓眉不打弯，目光满是恨，粗大的手上骨节坚硬，插在同样牢固的胯骨上。明目张胆的有几分李逵的风貌。如果不是那一嘟噜短发，还真不知道这是个女性。

自己看着还行，赵惠民便把习作贴在了二层铺的箱子上。没有想到，这个让人辨不出男女的习作拉开了赵惠民倒霉的序幕。

"五七年的右派都这样。"指导员首先定了基调。仅凭一幅描摹的习作，就被说成是右派行为。于是赵惠民就轻而易举半真半假地成了所谓的右派。

赵惠民的哥哥曾是右派。他知道右派这个称呼的含义，当了右派，意味着没有前途乃至度日如年，所以他格外悲愤。他的愤怒虽然让轻浮者闭上了发声器官，但是在那个特定的时代，极左潮流势不可挡，对老实人、不谄媚者、不听错误指挥者的正派人的打击也是时有发生的。

人们称记者为"无冕之王"，那时的赵惠民就是"无冕右派"。既然享此殊荣，自然难免受到一些排挤。

1973年上大学的推荐工作开始了，谁也没有想到赵惠民榜上有名。其实这也好理解，特别是去过兵团的人都知道：领导不待见的人群众欢迎，回城后成才；而那些当时很红的人返回城市后，倒是也有早早下岗内退什么的。这在兵团知青中不是新闻。

虽然赵惠民被群众推荐了，可是群众没有权啊。领导对赵惠民说，你去不了，你们家不行，你哥哥是右派，你属于先天不足。

人之所以能够在极端的艰难困苦中坚持，就是因为有未来。没有了未来，努力也就是流云，理想也不过是落花。

赵惠民低落的情绪引起了领导的重视，他们不希望69届有自己的想法，更不要说不满了。既然人是国有的，那么思想和情绪也是国有的，就连表情，也必须是国有的！那就是让你干嘛就干嘛，不满意也得高高兴兴。

全连大会上，领导大声讲道："北京高楼大厦有的是，就是没有你们的地方！"

随即有部分人附合着："没有！没有！"

什么没有啊？是北京没有高楼大厦，还是高楼大厦里没有69届的地方？

这次会议彻底打消了赵惠民和北京69届的梦想。原来还是半梦半醒之间，现在是全醒了。知道兵团就是不让你抱幻想的地方，就是让你自己去努力、去拼搏的地方。

赵惠民从此一边忙着工作一边读书，几年之内他读遍了能找到的所有书籍。罗曼·罗兰的一句话给了他启迪：最坚强的选择，是接受人生中的身不由己，依然在自己信仰的路上保持努力。对啊，再艰难还是要做一个有用的人。

1976年仲春之际，赵惠民随着潮流自己给自己办了病退，戴着"无冤右派"加上一顶"高血压病"的帽子回到了北京。虽然没有人再计较他的

第三章
君子以自强不息

两顶帽子，但到现在他还是经常调侃："回来的方式不大有派，无奈，无奈。"

适逢1978年高考，赵惠民勇敢报名参加，可惜的是，由于时间仓促，再加上数学太差，这门课仅得了1分，总分距离录取线差20分。几个月后他参加了北京西城职工大学的考试，这次他轻松中的。4年后的1983年，他获得了中文系的大专文凭。1985年4月赵惠民乘势考取了北京经济函授大学，学习经济新闻专业。这次学习弥补了他经济方面知识的欠缺。1992年，39岁的赵惠民竟然脱颖而出，在众多的考生中胜出，考取了欧阳中石先生主持的首都师范大学书法专业，三年寒来暑往，他获得了毕业证书。

1994年底，赵惠民调入中国商业出版社，3年后，单位将办公地——报国寺大院辟出地方办收藏市场，并成立拍卖公司举办拍卖会。谁来主持拍卖公司、拍卖会的工作？知识渊博、精通书画的赵惠民成为不二人选。报国寺民间拍卖会在促进民间收藏、引领收藏界的方向上起到了重要作用。一位收藏家回忆：那个年代有两个地方排队，一是驻美大使馆等签证，还有一个就是报国寺民间收藏拍卖会送拍品。

赵惠民主槌的报国寺民间收藏拍卖会，始终热情又平等地服务于每一位客户朋友。由于立足民间、接地气，价位合理，赢得了良好的口啤，被称为"有乐儿、有漏儿、有真情"的拍卖会。

赵惠民退休了，仍有不少人前来探望他。一位收藏家还亲手为赵惠民做了一个十分精美的黄花梨木的拍槌。

北京 六九届
BeiJingLiuJiuJie

赵承德：
年华给边疆　才华献社会

赵承德，书画家、股评家。北京清华园中学69届初中毕业生，黑龙江生产建设兵团1师6团2营13连农工。

他高高的个子，匀称的身材，清秀的面庞。看外表，他不像下过乡的，不像干过体力活的，倒像是一直在大学或是科研单位工作的。

"大好的年华都给边疆了。"这是赵承德对8年兵团经历的总结。虽历经磨难，却无丝毫怨言，话语平静、平淡。

与别人不同，赵承德一下乡就表现优异，一到兵团就当上了班长。好像一个运动员，没有热身，一上场就超常发挥，就领先别人一大截。一米八二的个头，部队大院干部子弟的身份，待人接物的大方热情，比同龄人更多的文化知识，一手漂亮的毛笔字和有基础的绘画水平，这一切，让赵承德得到了连队上下的好评与认可。

第三章
君子以自强不息

谁都以为，赵承德会成为知青中的领跑者，会一路顺风，可是仅仅三个月后，一切奔跑就停下了脚步，那些期盼也同样化作了西伯利亚的云。

1969年的年底，13连上报了6个新团员，其中当然有赵承德。他是其中年龄最小的，也是唯一的到兵团3个月就被发展入团的北京69届。

营里的批复下来了，批了5个，唯独赵承德没有批准。原因是他的父亲是部队内所谓的"反动学术权威"。这样的出身不属于"红五类"，是黑五类，是二等公民。既如此，共青团的大门也就对赵承德关闭了。

被出身不好的"包袱"压垮，可是赵承德并不知道反动"包袱"里装着什么，甚至不知道父亲是具体干什么的。他只知道是在部队里做研究的，只知道父亲穿过黄军装，也穿过白兰的军装，现在又穿灰军装。很多年后，他才知道，父亲所在部队大院是搞航母的。

这一次的打击让赵承德明白了自己的未来是什么状态了，一是已经被打入另类，属于"可以教育好的子女"，二是什么好事都别想了。好在赵承德继承了父亲的军人气质，知难而上、勇往直前的军人品质已经刻在了他的心中。不能入团入党，还可以做一名优秀的兵团战士，还可以以少年之躯保卫祖国的北疆。最主要的是赵承德能写会画，在书画的天地里，可以安放他的理想，也可以排解他的委屈。

不让入团，可是不耽误在繁重的劳动之余指使赵承德加班出黑板报。这时候没有人想起他的出身问题。连里用起来不手软，营里借调也雷厉风行，团里需要也是不能耽误。往往是这边还没有忙活完，那边的车就等在旁边了；那边没有结尾呢，另外一头又浮出水面，拉拉扯扯地要"绑架"赵承德去写材料、出简报。

如果此时有人主持"正义"，在连队或是营部高喊一声"赵承德出身不好，不能让他占领无产阶级的舆论阵地""他连团员都不是，怎么能在团营连负责宣传？"赵承德就会停下旋风般的脚步，安心干好农工的工作，下班就能正常休息、吃饭。可是这时候的领导都十分的宽厚、仁慈，对出身的事闭口不提，这样"正义"的喊声从来没有出现过，就连平时以背后议论人为爱好的"老婆舌们"，也集体得了健忘症。

那时兵团一些地方流传着一句针对北京69届的顺口溜，那就是"对他们只利用，不重用，连欺带骗加糊弄；学历低，没文化，又傲气，还娇气，只配打杂当苦力"。被利用的赵承德没有怨言，不嫌工作比别人多，不嫌苦和累，他觉得能多干工作是本分，是对得起连队和自己。所以他除了经常加班出黑板报，还盼着为连队为边疆多做更多的事呢。

多做贡献的机会来到了。1972年的初春，每年都有的打火工作"闪亮"开始了。因为打火工作非常艰苦、危险，没有吃住不说，关键老是出事故甚至是死人，年年打火年年死人。所以一些知青们也学得"聪明"了，不像刚刚到兵团时那样往前冲了，一听到打火的消息，或是刚刚到了打火的季节，好多人就提前储备、库存了各种疾病和理由，领先大火一步乃至多步，都奔向了安全的地方，然后鼓舞着那些还不明白的人前冲。

去打火的一个拖拉机满打满算才装了24个人，空荡荡的车厢不甘心，还在等着人上来。负责组织打火的领导为了招呼大家去打火，把胳膊抡成了电风扇的叶片，旋转得出了风声，也没有计划内的人去。传来的却是张三李四临时突发疾病的各种"喜讯"。赵承德看到这样的场景，二话不说就上了车。指导员见此情景马上高喊让他别去并企图把赵承德拽下来。指导员明白，所有人都知道，赵承德因过度劳累，患上了严重的急性黄疸型肝炎，还被送回北京治疗，昨天才刚刚返回连队，目前正处于恢复期当中。此时去打火是很容易出事的。可是赵承德就是不下来。他心里想，不就是危险吗？危险的时刻就该冲上去啊。赵承德坚定地站在车上，那高高

第三章
君子以自强不息

的个子矗立在人群中,好像是旗杆,提示大家,怎么平时老高喊口号,现在却不见人影了?

这个时候没有人高喊口号了,也不讲究出身了。有的只是议论:"25个人,也许只能回来24个,赵承德够呛能回来。"

当然,赵承德还是回来了。除了干农活、出板报、写材料、写大标语以及布置会场等没完没了的工作,赵承德也像多数小69一样,开始了自学。因为他们都知道,上大学、上中专的好事永远与己无缘。要想有前途,其实也不知道前途长什么样,就要靠自己,当然怎么靠也不明白。许多69届以为看几本马列的书就能够改变命运。1972年春,赵承德像大多数69届一样,"为改变命运",买了一个半导体,开始学英语。他和另外一个北京知青在大食堂对着听。因为这样才能证明不是在收听敌台。那个年月,收听外国电台就是收听敌台,那是犯罪。

北京知青卢中原(他后来成为国务院发展研究中心副主任)组织了一个学习小组,赵承德成为其中一员。他读的第一本书是《反杜林论》。这本书听着像是反对中国的一个什么人物,似乎和中国人有着联系,是不是和杜十娘有什么瓜葛呢?所以引起了69届们的关注。尽管这本书其实与中国无一毛钱的关系,甚至到老了从来也没有弄明白过。但是这个外国的老杜却是一个旗帜,在他莫名其妙的带领下,赵承德和大多数69届从此就开始了漫无边际的自学道路。读外语,练书画,学习文史哲,声势浩大。

别的连队的报道员陆续都上了学,或是入了团入了党,要么就是返城回了城市,可是赵承德却什么实惠也没有得到。就连父亲所在的部队从1970年开始招兵,到6团的40多个海军干部子女,陆续走了30多个,也没有赵承德的事。1975年团部调赵承德去团里报道组,连里就是不放,指导员的意见是连队离不开。

也不能说一点好处没有。赵承德想起来了，那就是躲过了去6师。6师是新建师，条件无比艰苦，没有住的，缺少吃的，不少人在那里得了病，甚至落下残疾，更为悲惨的是，还有个别人长眠在那里。领导因为赵承德的书画技能，不舍得放他走，所以还留在了6团。这算是赵承德在兵团得到的唯一的一次"好处"。

回到北京，好运就来了。在多数人为工作发愁时，赵承德进了中国科学院109厂，这是一个产研结合的局级单位，待遇也好。多少人都想进来而不得的一个特好的单位。赵承德的特长也得以发挥，在兵团学到的经验和知识有了用武之地。后来他又被领导相中，进了中国科学院空间研究中心。这里比原单位还要高精尖。许多人羡慕赵承德"高升了"。也许是在兵团搞宣传太久了，他对于按部就班的工作没有兴趣，于是他改行为单位跑起了销售，后来又成立公司。人品好，讲诚信，还是大才子——书画皆精，很快就熟悉了商场的套路，生意做得红红火火。后来社会上流行炒股，赵承德又对此产生了浓厚的兴趣，也尝试着炒股，没有想到，一下取得了成功。然后他去给人讲课，讲出了知名度，北京电视台、中央电视台都请他去讲怎样炒股，这一讲就是十多年。为此他还出了两本专著。许多读者还找他请教炒股的策略。真是那句话，一不小心俨然成为了股评专家。

在某种角度上说，这也是在兵团那种环境下的收获吧。

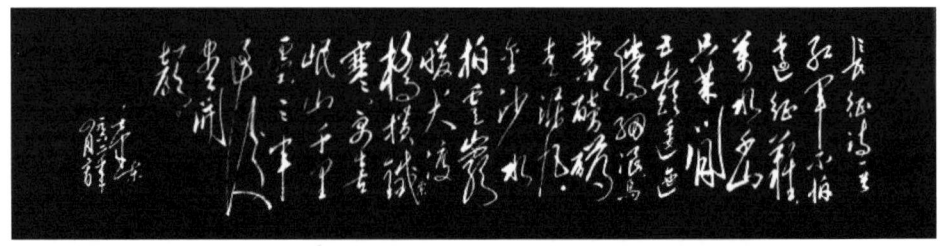

毛泽东诗：长征。　　赵承德书。

第三章
君子以自强不息

姚居亚：
包出人生精彩的包装工

姚居亚，原国防工业出版社发行部主任。北京13中学69届初中毕业生，黑龙江生产建设兵团43团13连农工，后调到43团文艺宣传队。

北京69届的大多数人的处境就是一个字，难。姚居亚对此颇有感受，几十年间他和这个字亲密无间，结伴而行，不离不弃。直到中年以后才与这个字友好分手，各奔前程。

大多数69届回京后，开始并没有好工作，但是他们不管是在什么样的单位，都能够踏踏实实。姚居亚就是从包装工做起，他在这个留不住人的岗位上做出了成绩。

1976年1月，姚居亚回京，进了国防科工委的印刷厂，当时这可是好单位。姚居亚满心欢喜去报到，人家告诉他工作是打包，就是用16开的牛皮纸给书打成捆。这活儿没有一点技术含量，长双手就会干。人干着干着就和那包好的书一样方方正正地呆板了。当年种地是一望无边的迷茫，如今这打包还是迷茫得一望无边。别人在这待不住，来了就走，可是姚居亚却能够坐得住。去过了北大荒，干什么都不计较了。他第一天掌握了要领，第二天就熟练了流程，第三天就进行了改革：那就是一张纸原来包两包书，现在改为包三包，换算一下就是纸张节约了三分之一。这在那时可是大事。那个年代纸张奇缺，本来就不多的纸张都被"四人帮"用来印政治类读物了，一个普通人手中都有几本甚至几十本政治书籍。节约纸张的这件事虽小，但是在当时意义重大，引起了领导的注意并对姚居亚重点培养及使用，因此姚居亚也迈开了进步的步伐，后来担任了出版社多个部门的领导。

看着好像挺顺的，其实不然。一路走来，处处是难。

到兵团难。1969年8月下旬，13中的69届初中毕业生都兴高采烈，不能说明正当来源的傻笑就像风一样在校园奔跑。要离开家了，要去前线了，要与苏修开战了。在今天看来，这三点哪一个不是该仰天大哭，怎么就值得大笑呢？

可是姚居亚没有乐。不是他看出了这笑声里的破绽，而是他没有资格这样笑。原因是学校接到了父母所在劳动部"五七"干校的长途电话，决不能让姚居亚到兵团。干校有何权力阻止姚居亚上兵团呢？

早在3月底，姚居亚就单独随父母到了位于河南周口地区的干校。父母的意思是不想让他去插队，插队太苦况且姚居亚太小，实际上才15岁。他出生于1953年11月，应该是1961年入学，也就是后来所说的70届毕业生。可是父亲不想为两个月耽误一年，于是就把户口改了。11的中间加了一横，变成了4月，这样就符合了入学的条件，姚居亚就在1960年的9月1日进入了小学。后来姚居亚曾经问过母亲，是不是他们给学校打的这个电话，母亲的回答是忘记了。

第三章
君子以自强不息

　　姚居亚找老师找军代表，又是哀求又是保证，费了好大力气才算是登上了北去的列车。

　　融入环境难。1969年8月31日清晨，姚居亚到了北大荒，此时的边疆已是深秋，没有见到传说的"棒打狍子瓢舀鱼"中的三个角色：棒子、狍子和鱼，却被寒冷迎头一棒子，沉浸在亢奋和梦想中的少年彻底被打醒了。原来寒冷就是那个棒子，那被打的"傻狍子"，就是十五六岁的北京孩子自己。"瓢舀鱼"就是把十五六岁的69届用一个大瓢子（火车），一起舀到黑龙江里去啊。

　　从小就被灌输的美景美餐："棒打狍子瓢舀鱼"，终于从书本来到了现实。原来其中的两个角色是靠北京孩子自己扮演实现的。

　　面对苍凉的蓝天，凄凉的荒原，心也就被染成了冰凉。姚居亚捧着父亲的来信，想着远在千里之外的父母亲那温暖的笑容，那和善关爱的目光，他的眼圈湿润了。他终于理解了"家书抵万金"的含意了。他没有敢在光天化日之下撕开信封，因为他的泪水已经在脑海里吹响了集结号，向着眼眶汇集，有生以来的痛哭势在必行，如红日那般喷薄欲出。

　　于是他跑到远离连队的水

甸子边，在那些性格内向不怎么善于表达的塔头的相伴下，留着泪读完了这第一封家书。信很短，忧伤很长；塔头无数，却比不过姚居亚的失落多。

那些塔头温柔善良地站在水中，陪同着姚居亚大哭。

无法融入环境的姚居亚感到极度的孤独，极度的失落，这二者又有新篇章，如易经所说一生二，二生三，那就是极度自卑。好在他不甘心这样沉寂，又有一批优秀的北京同学开导他，那些同学给了他走出孤独的力量。

这些人都是北京69届，有的比姚居亚还小。

他们中有后来成为著名学者、人大常委会常委、法工委副主任的郎胜，中央文献研究室的副主任董宏，还有《人民日报》的高级记者潘衍习，《中国校园》杂志主编寒小风等。

学习难。在兵团读书学习是严格禁止的。姚居亚想看书却无处寻觅，既无时间，也无好书。好不容易借到一本名著，还要偷偷摸摸地看，把书包上红皮看，防备那些靠踩着别人往上爬的人告密。

进步难。北京69届缺乏社会经验，虽然工作卖力气，可是不会来事，人情世故都属于"门外汉"，所以入团入党难，当什么管理人员、技术人员更是难。

上学难。虽然在上小学时很提前，很有办法，但是在上大学的问题上却始终没有任何进展。

返城难。来时不易，回京也有坎坷。1976年1月4日，姚居亚办好了一切手续准备回京。本来是要在1975年底就开拔的，可是团长要求姚居亚演出完"迎元旦汇演"后再走。这一耽误就是两个年头，好在还能赶上1976年的春节，姚居亚踏上了返乡的旅程。

团政委也惦记着春节呢。他想的是春节的文艺汇演，这姚居亚不能

第三章
君子以自强不息

走,必须要演完"迎春节文艺汇演"。政委一个电话打到了师部,要求把已经到师部的姚居亚扣住。

这样下去何时才能离开兵团?春节完了还有"三八",还有"五一"、"六一八"批示、"七一"、"八一"……这一年就别想了。好在接电话的是已经担任4师师部参谋的北京小69郎胜,他伸出援手,设计帮助姚居亚登上了南下的列车。那一天是1月6日,一个特殊的日子。

找工作难。回到北京的喜悦很快就消散了,因为找不到合适的工作,心里空荡荡的。但是姚居亚并没有闲着。

他在天安门广场找到了落脚处。那时那里天天有集会,人们大胆放言,矛头直指那几个台上的红人,那几个红人后来被中央定性为"四人帮"。那些集会是北京市民借悼念周恩来而表示对"文革"不满的。姚居亚对"四人帮"恨大仇深,在广场上他有一说一,不避讳跟踪者。他奋力控诉"四人帮"各种倒行逆施的罪行。那时多数人都留着小平头,姚居亚也随大流理了个小平头。后来"四人帮"镇压了这次"四五"运动,在报纸公布了一个演讲的"小平头"的照片,报刊号召群众揭发寻找,一时间小平头成了坏人的标志。许多小平头吓得马不停蹄连夜改成了秃子。43团的北京知青还以为那个"小平头"就是姚居亚呢。

提干难。由于姚居亚工作出色,他从打包车间被调到了出版社的管理部门任职,由于是工人,当干部只能是"以工代干"。这是那个年代的一个现象,没有文凭、学历,不符合干部的要求,暂时以工人的身份干着干部的活。姚居亚当干部好几年,特别是在组织部门管干部时,为不少人办理了干部的指标,可是他自己还是一工人。直到1983年,而立之年的姚居亚才因科工委的一纸文件转成了干部。如果不是这次机会,他就要转行了。

自学难。转成了干部，但是还要有个文凭，没有文凭怎么能立足？今天能给你"转干"，明天也可能给你"转工"，由于工作繁忙，姚居亚不可能脱产或半脱产去学习，只能参加最难的高等自学考试。其艰难无以言表，有一门课程竟然去考了三次才通过。

北大荒的经历给知青的启迪是什么？姚居亚的观点是：

一、世界观。我们的人生观在形成时期遇到了老三届、老军人、老职工、复员兵，甚至是劳教人员，他们是我们的榜样，他们的言行对我们有很深的的影响。

二、友情。兵团与插队不同，我们是军事化的管理，这么多人在一个大炕上滚爬，奠定了一生的友情。

三、身体。几年的大强度劳动，让我们在后来的工作中有了坚强的耐力。去没去兵团大不一样。

四、品质。兵团战士普遍勇于担当。因为在16岁的时候，就有了"国家有难我们冲上去"的经历。这种经历已经变成一种素质，只要企业有难，国家有难，这些人还会冲上去。

姚居亚认为：兵团战士是中国的优秀群体，先进文化的组成部分，中国精神文化的高地。无愧于天地，无愧于父母，无愧于子女。

第三章
君子以自强不息

邓德才：
让"肃然"变成"欣然"的讲解员

邓德才，原北京大钟寺博物馆展览部主任。北京铁道附中69届初中毕业生，黑龙江生产建设兵团1师6团2连农工。

别的同学一路上欢歌笑语，到了北大荒后又哭天抹泪，时时刻刻想着逃跑回北京，然而邓德才却有着与同龄人不具备的忧伤。他的父亲是黄埔军校的毕业生，尽管已是起义人员，但不知为何还是算有历史问题，家庭也被列为监视的对象，在这样的家庭条件下，邓德才比同龄的孩子多了几分郁闷，少了些许欢笑。心灵的孤寂使邓德才爱上了写字画画，也许是父亲的遗传，也可能是邓德才艺术家的气质。北京铁道学院的老人都知道，1951年建院后，因邓德才父亲写得一手好字，刚成立的铁道学院的所有科室名称，门牌号码都由邓德才父亲写就。虽然父亲在1957年被错划为右派，被发配到北大荒的兴凯湖劳动改造，但艺术的种子，孤傲的气质已经在邓德才的心中扎下了根。

父亲因所谓的历史问题被发配到北大荒劳动改造，已是悲剧；然而儿子既无历史问题，也无现行错误，就被剥夺读书的机会，小小年纪也被"分配"到北大荒屯垦戍边，接受贫下中农的再教育。

如果说北京69届在北大荒是弱势群体，那么邓德才就是弱势群体中的弱势个体。

耍嘴皮子不会也不屑于，靠拼体力干活找出路身体又不行，再加上有"出身问题"，有什么出路呢？

邓德才在同龄人的泪水中率先找到了自己要走的路，那就是读书学习。紧张的劳动之余，他把从北京带来的书拿出来偷偷地看。

邓德才带的是《怎样出黑板报》《美术字练习》《北京旅游指南》《般若菠萝密多心经》等十余本书，这些书在当时实属少见，属于没落的、封资修的糟粕，基本上是禁书。这些禁书却给邓德才带来了新的天地，越看越精神。当别人累得进入梦乡，邓德才依然在灯下苦读能找到的有限的书籍，暂时没有书读了，他就手抄从北京带来的书，或是为书设计插图。为了读书，他可以一宿不睡，也可以跑几十里路去借书。借书、抄书、背书，便是邓德才全部的业余生活。

没过多久，邓德才因字、画好进入了连队的报道组。报道组的工作通常是在下班后。干完一天的活儿，人人都累得翻白眼吐白沫，吃过晚饭就躺下不愿意再起来，谁还愿意再去出黑板报？那些能写能画的高中生们没人愿意干这项工作，这才有了邓德才的"被重用"。单纯、实在的邓德才明白这项工作的艰辛后没有后退，他反而觉得这是机会，可以利用自学的知识，在这个阵地上展现出来。"出黑板报尽管很辛苦，却能鞭策我不断的自学。"在后来回城的一次同学聚会上，邓德才如此说道。

1970的春节让北京69届记忆犹新。这不仅是他们到北大荒的第一个春节，还因为他们很多人逃跑回家了，一些连队的北京69届甚至集体出逃。火车站上挤满了目光凶狠加脾气暴躁的69届。思念本是一种美好的事情，但在认为上当受骗并被歧视的69届那里，思念已化成类似复仇的情绪，最后转变为大规模的逃跑。

第三章
君子以自强不息

一些连队到车站来抓逃兵，更多的连队对此种违纪行为默不作声，甚至暗中鼓励，开往哈尔滨的列车上挤满了逃兵。他们来自黑龙江的生产建设兵团的各师各团各营，乡音让他们一见如故，愤怒让他们从几个月前的少年进化成"愤青"。

邓德才谢绝了铁道附中同学的邀请，悄悄送走了逃跑回家的同学，劳累了一天的邓德才准备着黑板报和写灯谜，他要用所学的知识让全连400余人过一个丰富的春节。在天寒地冻中出完了五彩缤纷的春节特刊黑板报，邓德才又开始为连队的老职工写春联。春联写好贴牢，邓德才又用彩纸写下欢庆春节的标语以及百余条谜语，并为每条谜语配上一幅小画。在临近春节的前几个夜晚，为布置食堂和贴春联，邓德才每天晚上睡两三个小时，年三十的晚上他仅睡了10分钟。

大年初一的早晨，鞭炮声把沉睡的邓德才惊醒了，领导们说这是连队最热闹最像过节的一个春节了。

从这个受表扬和赞赏的春节开始，邓德才制订了自学的计划。不知道在这条路上要走多久，也不知道将来是否能用上刻苦所学的，但是学习给邓德才以希望和慰藉。

10年后，邓德才带着自学的丰硕成果回京。

一个偶然的机会，邓德才当了小学教师，6年后，这个时间很巧合，好像是小学毕业了的时间，1985年春天，邓德才考进刚刚成立的大钟寺博物馆，当了一名讲解员。

听起来讲解员很简单，实际上要求是很高的。没有较深的历史、地理、政治、文学知识，没有一定的美术绘画技能，没有播音员般的口才和声音，想做好，难。就是想做得一般，也不容易。在专业博物馆当讲解员，既要有综合历史知识，更要有专业知识。

而邓德才却在这个岗位上做出了优秀的成绩，不仅得到了观众的认可，还将讲解工作提升到一个新的境界，那就是把观众参观博物馆的心情，由"肃然"变为"欣然"。换言之，也就是要让观众从屏住呼吸的一本正经，变成轻松愉悦的豁然开朗。

过去，许多人参观完了博物馆，脸上闪烁着青铜的余晖，眼中泛滥着远古的沉静。外人一看便知此人刚刚从博物馆出来，会发出一个诗意的问候：阁下，君自唐宋故乡来？乡音无改鬓毛衰，应是绿肥红瘦。

而许多人在听了邓德才的讲解后，绝对是一派"柳暗花明又一村"的欣然。

一个上了6年小学的"小学本科"毕业生，一个在农村10年种地的兵团战士，凭什么在展览讲解这个岗位上创新？

邓德才有深厚的书法绘画基础。这个是他从小就喜好的，在兵团10年，他一直是连队业余报道组的主要成员。除了艰苦的农业劳动，所有的业余时间他都在与书画打交道，要么出黑板报，要么研习书画，同时他还阅读了能找到的一切书籍。

刚刚下乡的第一个春节，1营的大多数69届都在谋划逃跑回家过春节，而邓德才却连夜奋战，写了100多条谜语并配上图画，还写了几十幅春联，把连队装扮得喜气洋洋。大年初一的早上，全连的人都在对这些图画及春联着迷时，两天只睡了10分钟的邓德才却在大炕上沉沉地睡着了。

在小学校当老师，需要口才好。6年的教书生涯，使邓德才的音色更加厚重悦耳。

考入博物馆，是这两点起了作用，现在创新，还是要靠这两点打基础。

进了博物馆，邓德才把自己当成是小学生，虚心像每个人学习。他每

第三章
君子以自强不息

天提前两个小时到单位,先是练一个小时的绕口令:"牛头鹿角眼如虾,鹰爪蛇身狮尾巴,要想画得真龙象,九曲三弯永不差。"随后他就在需要讲解的古钟前开始复习,也就相当于热身。他不仅记录别人的讲解精华,还把自己的讲解也记下来,两相对比,以利提高。晚上下班后他还要了解钟的历史背景及外形特征,并把这些相关数据都记录在工作日志上。回到家已是很晚了,但是他依然不休息。他查阅《中国工艺美术史》《青铜器纹饰》《金文集联》等书籍,与白天记录下来的资料进行佐证。他用了3年的时间,把每一口钟的纹饰都画了下来。

通过学习和探索,邓德才很快就找到了讲解的诀窍。他写出了《讲解的技巧》一文。文章详细阐述了如何运用声音、眼神、手势和观众交流,如和让观众喜欢听你的讲解。他在文章中提出,要根据不同的观众进行不同的讲解,可分为一般性、针对性、专业性。决不能千篇一律地去背诵,铁面无情地去叙述。

比如说针对小学生,就要多增加趣味性,故事性,还要采取提问的方式。而相关专业人士来参观,就要靠近学术和争议性,通过馆内的大钟加以说明。如果是外地的观众,就一定要结合北京城建史、变迁史来讲。如果是外宾,那么就要注重数据,用翔实的资料讲解这些大钟的历史。

邓德才的总结和观点得到了认可。馆领导除了推广他的经验外,凡是有外宾来参观,一律都由邓德才出面讲解。丰富的专业知识,妙趣横生的语言,宽厚沉稳的声音,恰到好处的肢体语言,让外宾对他交口称赞。

由于讲解出彩,还差点让邓德才改行。有一年北影到大钟寺拍片,该片导演大名鼎鼎。他趁休息时听了邓德才的讲解,赞赏有加,当即邀请邓德才去北影做配音演员。邓德才感谢大导演的赏识,但是婉拒了邀请,还是坚守在自己喜欢的岗位上。

孙燕福：
给清洁工递上一杯茶的经理

孙燕福，现任北京未名蓝海商贸公司经理。北京铁道学院附中69届初中毕业生，黑龙江生产建设兵团1师6团1营工副连农工，后调入3连持枪连。

69届中的大多数人学历低，没有背景，但是这些"大多数"并没有因此失去信心，而是不屈不挠，坚持奋力前行。在普通的岗位上，从头做起，兢兢业业，最终也收获了成功。孙燕福就是"大多数"中的一个优秀代表。

在兵团8年，孙燕福虽然表现不差，但是他不会来事，也不会唱高调，结果是"无言的结局"，和众多的69届一样的雷同："来去全是白丁，往返皆为苦力。"

没有学历，家庭也不显赫，回城后的孙燕福被分到了一家食品厂。相比之下，这个工作还算不错，起码比那些糊鞋盒、扫大街的要强许多。

由于在兵团养成了老实勤奋、不怕苦、不怕累的习惯，孙燕福从最基

第三章
君子以自强不息

层的车间工人干起，很快就到了厂里销售科工作，厂里对外的业务都由孙燕福负责。销售科的工作不仅给了孙燕福存在感，还给了他独当一面乃至海阔凭鱼跃的自信。

就在孙燕福干得风生水起之时，食品厂搬迁到清河了。在那个年代，清河是遥远的代名词。一说起上班远，就会说"在清河上班""差不多就相当于清河那么远吧"。说这话时眼睛很累，因为都是瞪着眼眶子说的。好多人甚至是文艺作品都爱说是"瞪大了眼睛"，这是错误的。眼睛是多大就多大，不过是眼眶子扩张或是收缩而已。家住西直门外的孙燕福不想每天奔波，再加上他有了自信，想自己大干一场。于是他不顾领导及好友的反对，递交了辞职报告。

去过兵团的人大多数都求稳，有了工作后很少辞掉。孙燕福不甘心就这么平平淡淡地渡过一生，所以他选择了挑战自我，看看脱离了单位，自己还有多大能力。这半辈子，从幼时进幼儿园，大一点进小学，然后进中学，到了中学毕业分配，这些事都是上头安排着、决定着，69届们还从没有按照自己的意见决定过呢，也该自己做一回自己的主了。

孙燕福第一次自己做主，安排了自己的未来。他费尽周折，在北方交大开了一个烟酒销售部。他每天天不亮就开始营业，直到天黑得快亮了，他才关门。因为顾客都是几十年的老邻居、老朋友，还有许多是一起长大的发小，孙燕福不仅要提供优质的商品，还要有热情的服务态度。假如工作中出一点差池，那么全院马上就都知道了。当然，你要是做得好，大家也会立刻传扬。

诚信、善良、正派、能吃苦，这是经商的必要条件，孙燕福具备这些特点，成功也是自然的了。他为了保证商品的质量，全北京到处奔波；为了让街坊们满意，他做了服务登记册，对行动不便的顾客，有特殊需求的老人，他亲自登门拎着油上五楼，背着米送到家。他的付出得到了认可和回报，大家都喜欢到他的小店来买东西。小卖部开业不久，孙燕福就"好友缠身，知己绕梁了"。

到后来，大院里的许多人就是不买东西，也愿意和他聊聊天，也要拐个弯到孙燕福的小店前走走，为的是和他打个招呼，提醒他注意身体别太累着什么的。

从北大荒回来的人还怕什么累着吗？和在兵团时的劳累相比，北京的工作都跟玩似的。孙燕福没有考虑"累不累"着的事，而是琢磨着干得再大点，不能守着一个小店过日子啊。

恰巧北京大学在招标社会力量进校服务，内容包括食品销售、洗衣、复印等等。孙燕福动了心。

北方交大，北大，虽然名称上只少了两个字，可是二者之间的差距太大了。北大的学生是各地来的精英，按老话说是"人中吕布"，好打交道吗？还有经营的范围也扩大了，增加了洗衣和复印，自己在北方交大的食品销售经验能用得上吗？

在北方交大，都是几十年的老邻居、老朋友，在北大，那是举目无亲啊。

比这些更不利的是，听说已经有几十家颇具实力和影响的企业参加竞标。他们"磨刀霍霍"，准备一举拿下。谁不想在北大里一展身手啊，就算是不能上学，也可以在这里上班啊。

这一切都没有让孙燕福胆怯。想想在兵团扛麻包，那一咬牙不也上了三步跳吗？冬天零下30多度，也一样上山炸石头，人冻得比石头都硬，那也过来了。北大荒咱都去过了，还怕什么啊？孙燕福被往事感动得热血沸腾，越想过去信心越大，激动之后他开始写招标书。

第三章
君子以自强不息

在行家的指引下,前后折腾了一个星期后,孙燕福把招标书交给了北大的后勤处。

没有想到,孙燕福一举中标。超市、洗衣房、复印点等商业经营,都是由孙燕福来负责,每天上万人的生活服务,全归孙燕福打理。

这可不是小事,孙燕福能担起来如此重担吗?

温暖宽厚的北大,君临天下的北大,让多少人崇敬的北大,一个曾经的北大荒兵团战士,一个实际只有小学文化的人,从一个比你多了个荒字的地方来了,你会怎么对他?

依然英俊、依然豪情的孙燕福,你今天迈进了北大,你会填写一份怎样的考卷?是被北大的傲然压倒,还是在北大的灿烂中绽放?

学校要求商业服务部门早上7点半开门,晚上10点半关门,孙燕福早上7点到校,晚上11点离校。一天下来,孙燕福又累又困,经常是坐在汽车站的椅子上睡着了,错过了最后的末班车,然后他就走一个小时回家。

学校要求热情为学生服务,孙燕福制定了许多措施,如组织员工到学生宿舍去收衣服。对身体不方便的,有特殊情况的,他就带领员工上门收,洗好后上门送。而加服务却不加钱。夏季的烈日下,寒冬的冷风中,都留下了孙燕福骑着三轮车收衣服的身影。

学校要求超市的商品必须优质价廉,孙燕福就到处去寻找大企业的名优产品,能自己直接与企业联系的,绝不单靠中间商。这样做,不仅能保证商品质量,也能降低成本。学生学习不易,不能再给他们增添负担。

更令人称道的是,孙燕福告诉员工,如果有清洁工人在店铺附近休息或是工作,一定要主动出门,工作中的,给他们送上一杯水;休息的,让他们进来坐一会。孙燕福自己带头,看到了清洁工人,他会迎上去打声招呼,热情地递上一根好烟,然后亲自给人家点上,一起坐在马路牙子上,天南海北地聊一会。后来，越来越多的人都说：孙总是个好人。

虽然没有经验，可是孙燕福有良心，有诚信。他的经营很快就得到了学生的满意，学校的认可。

自1994年进校到今天，二十多年过去了，孙燕福依然还在校园里工作着。其间有无数的人和企业想打进来，可是都没有如愿。为什么？

"我学历低，没有背景，上世纪90年代去学过一个工商管理的中专。但是我知道经商先要有良心，要讲诚信。不该赚的钱不能赚，就是该赚的，也悠着点。"

这番话说出了孙燕福成功的经验。

在北大，还有一个同是69届的初中生，同是6团的北京知青杨铸，他是这里中文系的二级教授、博士生导师。

同一所校园里，飞出了同一首歌。

借来的军装美一美。

第三章
君子以自强不息

王俊善：
两件大衣与一路奋斗

王俊善，某部委下属企业领导。北京太平路中学69届初中毕业生，黑龙江生产建设兵团1师6团1营6连农工。

1971年的春天来了。熬过了人生第二个北大荒的冬天，也是最冷的一个冬天，王俊善和他的伙伴们迎风放歌。春天的白桦树也收回了叹息，不再呜咽，摇晃着苗条的腰身为知青的歌声打着节拍；柔曼的讷莫尔河水蜕去了坚硬的外壳，像洁白的哈达与白桦树共舞。

在那些寒冷无比的寒夜中，北京69届们曾经多次抱怨学校的老师，为什么要把自己分到这么个艰苦的连队呢？这个没有电，没有交通工具，去一趟团部要走40里的偏远连队，怎么就轮到自己呢？别的同学的连队有电，有拖拉机，同样是下乡，区别太大了。

在五彩缤纷的春天里，一位北京知青不出意外地走后门去当兵，军人家庭出身的他不甘心在此浪费时光。临行前把他从北京带来的，他父亲的马裤呢军大衣留给了王俊善。他到部队当兵，带着这样的大衣不合适。会让部队的人想起他的干部子弟身份。而王俊善也因表现优异，被选调到持枪连——3连，因此即将离开6连。王俊善接到馈赠，当即收下，就算是替哥们保管吧。

来不及与众多的北京哥们儿们道别，就匆匆奔向了永远是春天的军营，以致后来大家找他费了好大周折。王俊善也荣幸地上调到3连，1营唯一一个持枪连队。他带着两件军大衣，一件是这位北京知青留下的，另一件是兵团发的，满怀欣喜地前往新单位。

到了3连，王俊善做的第一件事就是把两件大衣寄回家，还有他攒下来的30斤全国粮票。持枪连生产军训十分繁忙，动不动就拉练野营什么的，行李是越简单越好。

3连是个大连，人多地大，既拿枪又拿锄头，还有大轮子拖拉机，又挨着营部，也经常有文艺演出，比在6连好多了。王俊善很是愉快。

好日子突然在一个早晨中断了。

连长拿着一封外调信，审问王俊善大衣从哪里来的？全国粮票从哪里来的？

原来是王俊善寄回家的大衣和粮票惹出了麻烦。

很多年后才知道了事情的原委。

那时虽然没有监控，可是无数双警惕的眼睛就是不用电的监控器。那时对那些警惕的人们——她们全为上了年纪的老太太，又是封建社会要求女子缠足的牺牲品，人人都有一双小脚，都有个形象而又亲切的美称——小脚侦缉队。当然这有些不严肃。但是那个年代的人确实是这么叫的，我没有资格"为尊者讳，为小脚者隐"，只能实说，也算尊重历史吧。

几个小脚侦缉队员看到了王家人从邮局往回取邮包。她们，用一个主

第三章
君子以自强不息

持人的话说，就以迅雷不及掩耳盗铃下载之势打听到了邮包的内容，虽然身体不能自由奔跑，可是对好人的质疑却能一日千里。怀疑让她们怒目圆睁，脑瓜仁飞转。"怎么回事，大衣哪里来的？粮票又出自何方？一个十几岁的孩子，怎么竟有如此巨大的财富？这不是偷的吧？"

疑问在第一时间报告给了街道办事处。街道办的领导经过研究，立马在第一时间给6团写了一封信，信中要求调查王俊善，怎么会有两件大衣和30斤全国粮票。

6团领导接到信已是一个礼拜后了。领导还是第一时间转给了3连。于是3连领导就拿着信找到王俊善。无论王俊善怎么解释领导都不信，喝令王俊善先去写检查彻底交代问题，如还不说实话，就要从重处理。

王俊善被人看押着回到宿舍，又在监视下拿出笔和纸。在一遍遍地催促下，他如实写了事情的经过。本以为这样可以通过了，可是领导不信。原因是唯一的证人，那位北京知青不在。而且在什么地方也不知道。领导的逻辑是，你和他那么好，怎么连他在哪里当兵都不知道？

王俊善确实不知道那位北京知青在哪里。那时走后门当兵都是秘密的，不敢说去了何方。没有证人，这事就说不清。那个年月是"有罪推定"，即"疑罪从有"。领导秘密决定把王俊善关起来送到团部，理由是不老实，不交代问题。

与第二天清晨的阳光一起到来的是领导的密谋。王俊善和大家一样，都在擦枪。听到了这个小道消息，王俊善气得把枪一扔，就步行前往30里外的火车站，并且赶上了每天一趟的去哈尔滨的列车。那里有他的舅舅，在那里先避避风头再说。

大衣粮票的事虽没有最后确定，弃枪逃跑的罪名是百分之一百。弃枪可是大错，加上逃跑更不得了。连队紧急上报营，营上报团，团上报师，师上报兵团，最后居然报到了东北地区最高权力机关——沈阳军区司令部，惊动了一把手。他签署了逮捕王俊善的通缉令。

王俊善跑到了山东亲戚家，家里人给他安排到生产队当农民。

奇怪的是，虽然有通缉令，可是也没有见到什么具体的措施。比如到北京去蹲守，到祖籍去抓捕，通缉令如同一纸空文。后来得知，兵团的人把主要注意力放在了北边，也就是认为王俊善可能往苏联跑了。一个十几岁的知青，再认真点地说，还是个孩子，跑到苏联干什么？

王俊善优哉游哉地在传统文化茂密的农田里锄地，把汗水洒在齐鲁的大地上，好像什么都没有发生一样。《兵团战士之歌》可是不敢唱了，改成了偶尔哼哼《沂蒙小调》。

为家乡奉献了一年多以后，推荐上大学的工作开始了。农村知青很少，想念书的更少。王俊善很轻松地获得了上大学的名额。1972年秋天，王俊善愉快地踏进了山东农学院的大门，成为农机化专业的大学生。

王俊善毕业后分到了济南的一家单位。他成了国家干部，再也不用面朝黄土背朝天了。

1977年，大批知青返城，此等大好事却与王俊善无缘。他与兵团没有任何联系了，可是要回北京的心也还是坚定不移。为了回到家乡，他居然把工作辞了，什么都不要地回到了北京。

不是知青，街道不给分配工作；不是正式调动，大学生、国企单位待遇都没有了。一无所有，就是一个白丁。人生的又一次考验来了。

这难不倒王俊善。再难，也比当年的"逃犯"强吧。他自己开起了一个小卖部，卖些烟酒茶之类的食品。因为他的诚信和热情，小卖部很快就规模扩大、效益大增。在那个假冒伪劣得意的年代，王俊善的店铺就是一面诚信的旗帜，就连许多大单位也慕名前来。

第三章
君子以自强不息

机遇总留给那些有准备的人。一天，常来采购的某部委的干部与王俊善闲谈，说起该部委下属公司在招干部，但是要大学文凭。可惜你王老板没有文凭，不是大学生。他以为眼前这个诚信、朴实的俊小伙只是一介小商人，顶多有个初中文凭。王俊善说他有大学文凭，并提出要前去报考。这位干部将信将疑地带着王俊善去考试，结果是轻而易举地考入了这家单位。

攒了这么多年的精力和经验，王俊善毫不保留地用在了新的工作上。很快就开始担任各种职务，荣誉也是纷至沓来。单位认可王俊善的努力和能力，于是又费尽周折帮他办理各种手续，恢复干部身份，办理人事关系。一番两地往返，王俊善又成了北京人、国家干部。

因两件大衣30斤粮票，王俊善从兵团战士成为"通缉犯"；从插队知青到工农兵大学生；从国家干部到"三无人员"；从私营业主到国企经理，王俊善的经历可谓独特坎坷，但是无论多难多险，他都挺过来了，虽然其中有被动和无奈的成分。

"是兵团这个特殊环境让我有了战胜困难的勇气，让我成长。"

这是王俊善对兵团经历的总结。

第四章
冰壶秋月担道义

新闻界也有从兵团回来的北京69届,他们同样干得出色。其中表现优异业界内闻名的有:

中国商报新闻出版总社社长石肖岩;

《中国图片报》总编助理、新华社记者、文物专家汪永基;

《人民日报(海外版)》记者潘衍习;

《中国建设报》总编辑王秋和;

《中国工商报》副总编辑苏菲;

《中国旅游报》总编辑、中国散文学会副会长马力;

《中华读书报》总编辑梁刚建;

《中国少年报》记者、作家张庆华;

《中国烹饪》主编孙春明;

《北京铁道报》记者韩立伟。

……

第四章
冰壶秋月担道义

以上是新闻界69届的优秀代表，他们无愧优秀新闻出版工作者的称号。

他们有着许多的共同点。他们热爱新闻事业，勤奋努力，多数人都获得了各种先进称号；才华横溢，几乎都有著作问世，其中还有的成了学者、专家；敢于为百姓利益秉笔直书，大都写过批评报道。他们为人低调，一心扑在新闻事业上……

那是什么原因让这些曾经文弱、文静的小学生，变得如此仗义执言、刚直不阿呢？

他们没有受过初中的教育，没有过多的偏激意识的影响，心地纯正；在兵团时处在最底层，阿谀奉承的那一套始终不屑，溜须拍马的丑行也是极为厌恶；他们在兵团受到了歧视，对正义、公平、真理有着格外强烈的追求；北大荒寒冷的气候让他们的性格变得粗犷，在永不服输的奋斗中他们内心变得坚强。

以上这些就是新闻界69届坚持新闻理想为民鼓与呼的原因。

新闻界的69届们几乎每个人都有过写批评报道的经历。有隐瞒身份进入矿难现场，冒险揭露矿难事实真相的；有写内参揭露高官贪腐事实的；有深入案发地采访数月，揭露拐卖妇女儿童内幕的；有自费购买大商场假货拿去鉴定，取得证据后揭露真相的……

新闻界的69届是沉稳、安静的。世俗的喧闹无法打动他们，他们坚守着自己对新闻的忠诚，对读者的忠诚，对事业的忠诚。他们不仅在忙碌的记者岗位做出了出色的业绩，而且利用业余时间笔耕不辍，因此许多人留下了诸多佳作。

汪永基：
大爱在心记民情，激浪人生写传奇

汪永基，原新华社记者、《中国图片报》总编助理。北京玉渊潭中学69届初中毕业生，黑龙江生产建设兵团1师6团3连农工。用"传奇"二字形容汪永基的新闻经历，恰如其分。

要求记者要勤奋的那句话，"记者永远在路上"，汪永基是完全做到了。没有要求记者做的，他也顺便做到了。比如成为了学者、收藏家、探险家。

作为新华社的记者，汪永基报道的都是大事，采访的多是大家；他曾陪同国家领导人出访，他曾采访百多位大师及文化名人。其中有赵朴初、吴冠中、沈从文、李可染、罗尔纲、侯外庐、孔德懋、萧乾、吕叔湘、戈宝权、张岱年等等。一般的记者可能连上述的一位也没有采访过。就是同在新华社的记者，因分工不同，也鲜有如此幸运的机会和业绩。

汪永基曾经现场报道了我国黑瞎子岛的回归仪式；曾经随科考人员两

第四章
冰壶秋月担道义

次穿越无人区可可西里；也曾全程跟踪报道达喀尔拉力赛；在罗布泊追踪拍摄沙尘暴；与科考人员钻进原始森林寻找大树杜鹃……

采访多位大师名人，汪永基收获的不仅是对自己新闻报道的赞誉，更主要的是学到了大师们的仁爱与包容。这更加坚定了汪永基关注普通群众的生活，敢说真话的初心。所以在那些大事件、大人物的报道任务后面，更多的是对基层百姓冷暖的报道。

只要没有指定的采访任务，汪永基就会"泡在"基层，"混"在第一线。

他曾经八赴汶川地震中心映秀镇采访报道。大概很少有人能超过他的这一纪录。谁愿意冒着危险第二次去呢？就是一次也有人不愿意去。遇到危险，撤到安全的地方已经成为某些记者的从业原则。

当汪永基第一次从汶川采访归来，心就留在了那片震后的土地上，留在了那些灾民的身上，特别是那些失去父母的孩子身上。余震的危险及瘟疫有可能发生的恐怖，吃喝不上的艰难，吓退了许多记者。很多媒体人的关心只停留在同情的层面，只有军人大批地涌向灾区，还有就是汪永基。这个曾经的兵团战士也往那里冲锋。虽然兵团战士不是真正的军人，但一样都有军人魂。军人的勇敢和奉献，已经在汪永基身上，在北京小69的身上扎根开花。第一次从灾区归来，他以后踏上震后的破碎的土地，一次比一次带的钱多，为的是在报道震区人民的坚毅之时，也把自己的工资捐给那些孤儿。他为失去父母和家园的孩子们擦干泪水，给他们信心和温暖以及希望。

他也曾多次奔赴矿难的现场采访。但是这种采访却是不受欢迎甚至是冒着风险的。那些发生事故地区的领导为了保官升官，不愿意让人知道他们的失误乃至渎职，因此而被削职为民，所以他们采取种种措施阻止记者采访，许多记者知难而退。汪永基不怕，只要他知道消息就会马上赶赴采访。

1999年夏天，某省发生矿难。汪永基知道这个消息后，马上"淡妆"前往，没有带记者证也没有带相机。他要了解真实的情况，替那些受难的矿工们说话，就不能暴露记者的身份。经过一天的奔波，他赶到了矿难现场。机智地躲过了"嫌疑人"的跟踪，看到悲惨的矿难现场，他也忍不住泪水，陪着矿难家属痛哭。饿了，他只能买一包方便面干嚼着下咽。深夜的寒风不仅吹得他打寒战，也是他下饭的佐料。困了，在街边找个小旅馆栖身，蚊虫的叮咬让他难以入睡。

想改变这种状况很容易，只要他说是新华社的记者，马上就会有人高规格接待，可是那样就无法了解矿难的真相，更别提为百姓维权解忧了。

如今的社会，有多少记者愿意冒风险去采访弱者？有多少人能够忍受脏乱的小旅馆？不仅少见，还有一些把自己看成是高人一等的人物。曾有报道，几位记者在国外要享受特权，违规办事，人家按规定制止，她们不听劝阻并高声大喊：我们是记者！是中国记者！这几个人不守规矩并理直气壮，直到警方到来才制止了她们的行为。

第二天一早，汪永基又去现场暗访。因为说一口标准的北京话，还因为没有身份证明，矿难家属们以为是政府来搜集资料以便日后报复的，于是他们围住了汪永基要打他。无论怎样解释都无济于事。这时有人突然站出来了，说是他肯定不是政府派来的，因为他就住在那个最小的旅馆，政府的人怎么会住在那里？昨天就看见他住进了小旅馆，没有和政府的人接触。也就是说，他昨天就被怀疑，被跟踪了。

是啊，在这些普通善良的矿难家属看来，政府的人怎么会住在那个小旅馆？只有有良心的记者才会住的。因为有良心的记者要躲避某些部门的

第四章
冰壶秋月担道义

纠缠、企业的拉拢,他们要在第一线了解事实。就像早先凭着《国际歌》就能找到自己的同志,这一次,凭着"他是住这小旅馆的"一句话,让人们相信了汪永基,大家就像见到了亲人,争相和他诉说矿难真相。掌握了第一手的资料,汪永基写出了最翔实的矿难报道,揭开了被某个部门极力掩盖的真相。最后事故得以妥善处理,家属得到安置,责任人受到处理。

汪永基去过许多贫困的地方,甘肃东乡给他印象最深。提起那里他会叹息也会掉泪,泪水被叹息声包裹着,像是爱心的琥珀。

那里有一个最贫穷最缺水的村庄,去那个村没有大路,只有一条踩出的崎岖的细若游丝的小道。宣传部门的人说起那里时噤若寒蝉。"那里不通车,从没有记者去过。本省的都没有去过,别说你们中央的了,就不要去了吧,反正就是穷。"颤抖的声音似乎是临时搭建的一堵墙,阻止汪永基去的墙。这个人哪里知道,汪永基曾经上过海拔6000米的喜马拉雅山,也曾在罗布泊追踪拍摄沙尘暴,曾经和萨米人一起在北极的冰湖里游泳。

汪永基坚持去。既然定了那里是采访范围内地,怎么能不去呢?从没有记者去过就更应该去了。在当地人的陪同下，汪永基翻山越岭走了多半天才到达。这里的贫穷令人吃惊，不单是因为人吃水要赶着毛驴，走上一天去拉水，还因为这里的年轻人连名字都不愿意取了。一个在晒太阳的美少女，姣好的容貌却散发茫然的目光，风沙和黄土是她的动与不动的两种状态。汪永基问这个少女的名字，少女说叫黑妞，没有正式的名字。她的母亲说有正式的名字有什么用呢？反正这一生都在这里渡过。汪永基给她们母女讲外面的世界，试图让她们走出荒凉和孤寂，可是她们只是那么单纯和苍白地傻笑着。汪永基无奈地把钱包里所有的钱和巧克力都给了黑妞。

很多年后，汪永基常常和朋友谈起此事，他说他后悔没有想办法让黑妞上学。

从此以后，帮助被采访者解决困难，是汪永基除采访外的最主要工作。几十年来，他已经从他的工资中拿出了6万多元钱给贫困的家庭和失学的孩子们。自己捐助贫困地区，也说服企业家捐赠，以期更多的人来关爱贫困地区和那里的孩子。

2005年的初夏，汪永基说服一家企业去延庆深山区捐赠方便面。虽然都是在北京，可是山村与闹市有着巨大的差别。深山区的村子多数不通车，把车停在山的皱纹里，汪永基就和企业家背着方便面挨户赠送。汗水把他们洗了几遍，骄阳又烤了他们几遍，直到汗水已经干涸，骄阳失去了烘干的作用后，他们才到了淹没在大山深处的小村庄。偏僻的村庄如同潜伏的暗堡，没有外人来，更没有捐赠的人来。

走进一户人家，只见7个小孩挤在炕上玩耍，他们没有最瘦，只有更瘦。看到村干部和汪永基等人的到来，吓得挤成了一团。当他们明白来人是送方便面的时候，又二话不说就抢，甚至连塑料袋还没有完全撕开就吞了下去。不知道他们是饿了许久呢还是没有吃过油炸的方便面。

汪永基从口袋里掏出准备好的钱，颤抖着递给孩子们的父母。他对孩子们说："吃饱了去上学。"

就是从那一次捐赠开始，汪永基积极地与企业家联系，说服他们到贫困地区去捐赠。一些企业家被汪永基的精神感动。他们不需要报道，不希望借此事出名，甘愿和汪永基一起走向周边的不富裕、或是被遗忘的角落。他们一起为贫困地区做好事。悄悄地奔波，默默地捐赠，静静地归来。

尽管汪永基的记者生涯有许多堪称传奇的纪录，但是他最惦记的还是那些报道过的普通人。就是与那些普通人分别许多年后，他依然记得清楚，还和他们保持着密切联系。这一点有几个记者能做到呢？

汪永基在1998年与其他学者共同出版了画册《天下第一家》，这本书对研究孔氏家族有着重要的价值。2012年，他又与同事合作出版了记载达喀尔拉力赛的摄影作品集《铁骨激情》。两部著作反映了汪永基学识、视野的广度。从古老的东方到遥远的西方，都是他关注和研究的对象。

王秋和：
无愧领军人才　不惧威胁反腐

兵直26团特务连警卫班长王秋和　摄于1974年8月

王秋和，原《中国建设报》总编辑，享受国务院政府特殊津贴，中国新闻出版行业领军人才。北京丰台二中69届初中毕业生，黑龙江生产建设兵团兵直26团特务连警卫班长。

在任《中国建设报》社总编辑之前，王秋和是《经济日报》的记者。除了报道祖国经济建设外，他也曾多次写过批评报道，其中的一篇批评报道为反腐工作做出了贡献。

一次在某省采访之余，王秋和已经准备回京，临行前突然有人向他反映说，当地的一个能源部门作风霸道且损害百姓利益。已经疲惫不堪的王秋和听后怒不可遏，他立刻退掉车票深入采访，采访中不断遇到阻力，但是他冒险完成了采访，回京后写了一篇内参。内参尚未发出，这个部门领导生怕问题被揭开后受牵连，于是通过北京的行业主管机关某领导找到王秋和，又是邀请吃饭又是送礼送红

第四章
冰壶秋月担道义

包,目的就是不要报道这件事。王秋和坚决退回了礼物和红包,按原计划发出了内参。内参在该省引起了轰动,省委书记批示核实并尽快解决问题。本以为事情就算解决了,悬着的一颗心也就放下来了,然而没有想到的是,那个能源部门在北京的主管机关的某领导不干了。他怕地方纪检部门查出问题后会牵连到自己,于是授意所管宣传部门领导打电话威胁王秋和,这个领导还曾经出面邀请王秋和吃饭,算是有一面之交。在电话中对方说:"你既然不听我们的劝告,非要发出这份内参,那我们就公事公办了。你们报社领导很快就会收到我们的调查结果,你们报社领导会严肃处理此事的。"面对对方的威胁,王秋和的回答是我等着你。

一周后,报社收到一份公函,该公函称,已对《经济日报》内参反映的情况做了调查核实,记者撰写的内参与事实不符,使某某(该单位名称)公司及所属部门领导和工作受到损失,希望报社调查内参作者的情况,其在写作过程中是否存在违规或违法行为,是否存在有偿新闻问题。

报社领导找到王秋和了解情况,并劝说以后尽量不要碰这种敏感事件,免得麻烦。在压力面前,王秋和没有退缩,自己堂堂正正,什么都不怕。报社组织了调查,调查结果证明王秋和没有任何问题,而不久后就传来消息,就是这个领导携巨款叛逃海外,此事震惊了中央领导,该公函的内容也成了诬告记者的证据。虽说这件事给王秋和带来了麻烦,也有好心人劝他以后不要再写批评稿件，可是再遇到了类似的事情他还会冲上去。他始终认为，一个记者，不敢为国家、为人民的利益仗义执言，那他就不配在这个行业里。

"我的社会知识是在兵团积累的，我上大学是用命换来的。"谈起如何被推荐上大学，王秋和笑呵呵地说道。

下面就说一说王秋和的"九死一生"换名额的故事吧。

王秋和所在的26团是武装团，实弹射击是常事。1970年夏的一天，连队打靶，王秋和负责验靶。一位上海知青没有听到停止射击的口令，磨磨蹭蹭地打出了最后一枪。他怕枪声震坏耳朵，在耳朵里塞了棉球。王秋和刚刚数完前两枪的环数，第三靶还没有数出来，上海知青的子弹就飞向了王秋和的头皮。像一股极强的又极细的寒流穿过。王秋和意识到自己被击中了，应声倒下了。其实是条件反射，后来才在大家的呼叫声中醒来。

同年夏天，王秋和与战友们武装泅渡。瘦小的王秋和一进水便乱了方寸，一个浪打来险些被浪冲走，幸好战友拉了他一把，否则就是"滚滚长江东逝水"，一度夕阳红了。

同年9月，王秋和参加战备工程施工。因为和班长排哑炮，在离炮眼20米的地方，哑炮突然爆炸，王秋和和班长扑到在一个小水坑内。炸起的石头如扇面飞向天空，几秒后又似流星雨般地落在王秋和和班长的身上。其中一块碗大的石头离王秋和的脑袋仅5厘米，把水坑又砸进去一个小坑。这要是砸在头上，一定是惨不忍睹。

1971年3月，王秋和在井下作业。本该吃饭了，可是他还是想着多干一会儿。井上摇辘轳的上海知青把最后一桶水泥摇到了井口，然后伸手去拽桶，可是他脚下一滑，手没有拽住泥桶，辘轳也脱手了，刚到井口的一百多斤泥桶呼呼地又落入井里。上海知青大喊躲开，随后号啕大哭。十

第四章
冰壶秋月担道义

几秒后,井下传来王秋和的声音:"我没有事。快拉我上去吧!"

没有事的原因是,王秋和累得实在不行了,就贴着井壁喘息,等着最后一桶把自己拉上去。那个水桶顺着他的后脊梁掉下来,砸在泥水里,溅起的泥水有好几米高。万幸的是,王秋和除了受到惊吓,毫发无损。

1971年12月20日午夜,与特务连相隔5公里的一营3连突失大火,本来该休息的王秋和赶去灭火。失火的整排房子都烧了,窗户往外喷着火舌。在几次冲进屋救人后,领导大喊不能再进去了,房子要塌了。王秋和想到里面可能有人,救人要紧,和战友卜士国又往里冲,刚到门口,屋顶忽地坍塌下来,整排房子全都烧着了。如果早一步进屋,那就葬身火海了。这次火灾使11位年轻的兵团战士丧失了生命。

1972年3月初,特务连筹建木材厂买来了带锯。为安装带锯打地基,施工人员三班倒,王秋和是班长,主动承担了最艰苦的夜班任务。一天晚上,王秋和与鹤岗知青小张来到地下室,发现突然多了个探照灯,且角度不好,直射到休息的地方。他上前去调整方向。就在他手刚刚触摸到探照灯外壳的一刹那,他触电了,直挺挺地往后倒下去,后来被大家摇晃醒了。电工班长对他说,幸亏是新接班,穿的大头鞋是干的,手触电时身体是绝缘的,如果是收工时调整探照灯,那时鞋是湿的,手触电源就不好说了。还有私自接探照灯的电源是220伏的,如果他们接的是那边380伏的,那就直接完了,怎么摇晃也醒不过来了。

1972年5月的一天中午,王秋和和战友们调试带锯,由于是拼命干了一上午,都有些筋疲力尽了。电锯上方的王秋和刚刚推过去一根木头,便想靠在护板前休息片刻。没有想到电锯下方的人没有拽住切割开的木板,那木板像一支标枪飞了出去。王秋和正叉开双腿休息,那标枪正刹在王秋和的围裙下摆,两腿膝盖中间,将围裙刹破后又将后面的电动机护板刹穿，最后落脚在电动机外壳上。所有人都吓得说不出话来。那标枪假如再高点，他两腿若不是因休息刚刚叉开，那后果……

　　1973年3月初，王秋和去2连修理厂加工传动轴，回来时已是4点多的天黑时分了，加上大雪，他迷了路。好不容易找到了大路，发现一条"大狗"跟在身后不离不舍的。王秋和心想在这茫茫的雪原上，有只狗来陪伴，也能排遣孤单。为表相伴之谢，还把硬邦邦的馒头扔了过去。可是"狗"对此不感兴趣。只是"踩着不变的步伐"跟着王秋和。王秋和背着20斤重的传动轴越走越慢，那"狗"没有任何负担，反而越走越快。眼看就要和王秋和站在"同一条起跑线上"了，忽然后面驶来了一辆大卡车。强烈的灯光撕破了漆黑的夜幕，也制止了"狗"的前进脚步。王秋和兴奋地向司机招手，司机马上打开车门大喊快上车。司机的声音有些哆哆嗦嗦的。

　　"把这只狗也带上吧？"王秋和怀抱感恩之心。

　　"你不要命了？那是狼！"司机的声调全变了。

　　王秋和顿时头脑发懵，然后一个起跳蹿上了驾驶室。司机是26团汽车连的，和秋和彼此相识。"我要是晚到一步，你就有可能成了狼的美味佳肴了。"

　　1974年8月初，正是麦收季节，团领导要到各连队指导麦收。团政委带上警卫班长王秋和，到最远的3营机枪连去查看麦收情况。由于车陷进泥地里，二人改为步行。快到连队时，一条河沟横亘在面前。王秋和拿出一贯的遇危险就上的勇猛劲，不顾政委阻拦，用木棍试探着就下了河沟。才走两步，那水就淹没到了肚脐眼，他想往回走，可是刚一动那水又淹没到了下巴、嘴边，他仰着脖子艰难地呼吸着。林政委把自己的棍子递给秋和，引导着王秋和一点一点地挪动，最终把王秋和从淤泥里拔了出来。瘫

第四章
冰壶秋月担道义

软在地上的王秋和没有出水芙蓉的潇洒，却有与"淤泥共脸庞一色"的凄凉。这件事让他铭记住了两个成语：不能自拔，灭顶之灾。

这样的表现还不算优秀的知识青年吗？能不上大学吗？1974年推荐上大学的工作开始了，在王秋和不在团里的情况下，大家一致同意他上学，这是极为少见的。

一位老知青曾经说过，在兵团上大学，除去走后门的以外，干得不好的想浑水摸鱼很难。你想，大家都日日夜夜地在找离开北大荒的出路，那么多双眼睛盯着一个上学名额，没有超人的业绩，上大学比登天都难。尤其是北京69届，他们上学更难。毫不夸张地说，他们能上大学，是用青春的血和汗水换来的，甚至是用生命。

王秋和在新闻行业几十年多是担任领导，他写作要付出比别人更多的辛苦。从《经济日报》文艺部主任到《中国建设报》总编辑，再到中国建筑工业出版社副社长，就是在这样忙碌的条件下，王秋和撰写发表了数百万字新闻作品，获得十余个新闻一等奖，还出版了十余部专著，如《当代名人剪影》《名人与机遇》《中国当代报业研究》《革命的事儿》《建设新闻笔记》《新闻采编十讲》等。

因为出色的业绩，王秋和获得了"全国新闻出版行业领军人才"的称号。

马力：
心清拒红包，心静写华章

马力，原《中国旅游报》总编辑，中国作家协会会员，国家一级作家，高级编辑，现任中国散文学会副会长。北京丰盛中学69届初中毕业生，黑龙江生产建设兵团4师43团5营30连农工。著有《炼狱和天堂》《鸿影雪痕》《南北行吟》《中国现代风景散文诗史》等十几部小说、散文集与专著。

本书中的所有主人公都是地道的北京孩子，他们谦逊、奋进；他们经受过狂风暴雪，忍受过歧视排挤，但是他们没有被击垮，而是在压力面前挺直了瘦弱的小身板，一直不屈不挠地前行着，直到迎来朝阳满天的黎明。即便如此，他们还是低调，甚至比当年还谦逊。

著名的歌曲《让我们荡起双桨》，里面有一句歌词，"迎面吹来凉爽的风"，这句话对大多数少年儿童来说，只是一句歌词，那风从哪里吹来并不知道，凉不凉爽也是稀里糊涂，而对于马力来说，却是真实的场景，

第四章
冰壶秋月担道义

是一段幸福的时光。在那个宝贵的少年时代，马力和小伙伴们做完了一天的功课，从学校穿过马路到对面的北海公园，划上小船，迎着从九龙亭吹来的凉风，一路欢歌笑语向北荡舟。因为马力就读的小学，就在中南海的西墙边，就在全国最大的图书馆——北京图书馆西南边，就在北海公园的南边，即原来的丰盛小学，现在的张自忠小学。那时的丰盛小学是实验小学，北京市五所实验小学之一，九年一贯制，小学毕业后进入丰盛中学，毕业后直接进入大学。有人说，《让我们荡起双桨》的作者乔羽先生就是去了丰盛小学以后，才挥笔写就的这首歌。

1969年7月兵团到北京招人，年仅14岁的马力被"不拘一格""唯才是用"的兵团选中，马力花2分钱销了北京户口，然后唱着、迎着"凉爽的风"来到了北大荒。

1972年夏天，推荐工农兵大学生的工作开始了。来43团5营招生的是北大哲学系。能回北京上大学，几百知青的心都沸腾了，并为此展开了激烈的各种角逐。没有想到平静如水的马力获得了全连的一致推荐。

就等着回北京上大学了。回到那个红墙绿瓦围绕的北海，回到那个朝思暮盼的京城，演绎一个北京少年的"少小离家大学回"的诗篇。

"迎面吹来凉爽的风"旋律已经从九龙亭启程了，南下的列车就要在密山车站为马力停留，没有想到，抢在"风"和"车"前面一步的却是领导。他们很轻描淡写地告诉马力，说你年纪小，明年还有机会，先让哈尔滨知青某某去吧，他岁数大了。

岁数大了四个字后面是无尽的赞美和同情，好像就是一枚"四字勋章"，可以随时颁发给那些年纪大的人。在领导的眼里，大学好像不是读书的地方，而是养老院或者是休闲娱乐的场所，最适合年纪大的人。

岁数大了，这四个字在全兵团都好用，成了别人所向披靡战胜69届的理由。除了马力"享受"到这样的"待遇",还有许多北京69届有同样的命运。

大学是养老院啊?岁数大是第一条录取原因吗?是录取原则的重中之重吗?工农兵上大学的规定不是群众推荐、领导审核吗?既然群众一致推荐了年龄最小、工作最拼命、几年来手不释卷的马力,怎么还有岁数小而不够上大学的理由啊?其实谁都明白,岁数大了其实是幌子,真实原因是无法启齿的,用现在的话就是"你懂的"。

明明知道是猫腻,可是年少力单的北京孩子还能怎么样呢?习惯了听从领导吩咐的马力无可奈何,只好在寒风凛冽中盼着明年的春天。

第二年的招生工作开始了。没有想到的是,上级改了章程,变成考试入学了。这么大的事居然一年一个样,纵观世界教育界,没有这样善变的。改就改吧,马力不怕,几年来不断地读书学习,已经具备了一定的水平。考上大学更硬气,省得让人说三道四。

经过了推荐关后马力参加了考试。考卷上的题都显得面目和善,似乎是故交重逢,它们默默地和马力打着招呼。答题的过程如同老友叙旧,滔滔不绝,相见恨晚。出了考场与大哥哥大叔叔们一对题,马力更放心了。

没有等来上大学的通知,却传来了这次考试不算的消息。原因是有个考生对考试发出质疑,认为这样不公平,他担任生产队的干部,没有时间复习,考试成绩所以不理想,而考试成绩好的都是那些平时不认真工作有时间复习的人。他在考试卷后面写了这些牢骚,先是当地报纸刊发了这篇反教育战线复辟的"檄文",随后全国各报刊电台铺天盖地地一同转载,千报一声,通称他为反潮流的白卷英雄。

反对考试的成为英雄,那考试成绩自然也就不算了。马力空欢喜一场,大学又一次没有上成。

第四章
冰壶秋月担道义

　　第一次上大学顶替马力的某地知青也没有如愿，人家北大就是要一个北京知青。既然你不给北大看上的表现优异的学生，北大宁可浪费一个名额！招生老师昂首怒放空手而回。这是北大自古成立以来（我们特爱说自古以来，这个古不知道是从何算起的，春秋？秦朝？汉唐？其实这是个极不准确的说法，在此使用只当是强调语气吧）及其辉煌的一页历史。

　　大学梦被严寒冻成了一个雕塑，屹立在漫无边际的湖水边。夏天不会化成水，冬天更比钢铁坚硬。

　　10年后马力回到北京，在北京159中学教导处工作。因工作关系上大学的想法更加强烈。他报考了北京教育学院，在半年刻苦的复习后再一次走进考场。这一次他的考试成绩还是名列前茅，如愿考入。

　　马力经历了推荐、推荐加考试、高考三种形式，最后进入大学。马力的求学之路既是那些年教育界不靠谱到靠谱的写照，更是北京69届奋斗不息的凯歌。

　　马力自己写的一段话或许比我的介绍更为精彩。

　　在《碧水留痕》一文中，（这是马力著作《走遍名水》一书的跋）马力写道：

　　我读书的那所小学，院墙同中南海相依傍，五年间，春水秋波、红墙金瓦就成为常常映目的风景。及长，总是也不到弱冠之年吧，未效终军请缨、贾谊为博士，而是辞别北京远赴北大荒，做了一个兴凯湖上打鱼人。到今天也还记得，初至湖边，眼前飘来一片蔚蓝，好似从天边涌来的云浪，使少年的我兴奋无比，只想舞之蹈之，有所抒发。即使是远离家园，未能承欢膝下，也是"少年不识愁滋味"。

　　十年渔民生活所得，是我对汤汤之水有了难以割舍的感情。移于心性，也能"汪汪若千顷波，澄之不清，淆之不浊，不可量也"。尘飞岁远，湖水照样碧蓝，人却老了。好在还有往事和故人留在记忆里，供我在静夜里默默咀嚼，也就不能不时常想到那座北方的湖，心里觉得亲切，好像又"遥见一叶浪中来"，且嗅到锅中扑鼻的鱼香。

在《神女峰之恋》中马力写道：

"岁月不能挽留，多少年后，我也许还会走峡江，还会获得美好的重逢。那时我的额头大约已爬满藤蔓般的皱纹，像无法摆脱的影子。但你的双眸依然亮如深潭，目光的柔辉送过纯净的羞涩，满山枫叶被阳光染得一片火红，霞影般浸醉了秋天的江流。越过遥远的相隔，我们依旧袒露着灵魂的天空，让歌声飘飞，叫心弦奏鸣，七彩的旋律回荡在梦的峡谷。我们凝视天边的弯月，我们遥望闪烁的星光，献上温馨的祝福，倾吐爱的絮语。"

这段话，完全可以用来形容马力对北大荒的留恋。

马力曾经说过："心清，文未必美，心浊，文滑向丑，倒挺近便。茫茫世上，做到心静其实不易。"

著名作家汪曾祺对马力的作品有过高度评价。汪先生说马力所写游记：约而能深，博而不腐尤重风景的人文意义，非只记山川、述里程。文笔亦清丽，其文具文化性和文学性。

一位著名评论家写道："一边让读者领略祖国山河的壮阔瑰丽，一边感念历史人文厚重，人杰地灵、物华天宝，由此强化文化哲学审美和地域文化含量。"

心清，实际上就是心静，就是对世俗的抵御和排斥，是对新闻的热爱和尊敬。

马力是新闻界少有的心清、心静之人。

我很早就认识了马力。大概是在1987年初春的一个新闻发布会上。

第四章
冰壶秋月担道义

那时新闻发布会盛行，各地企业进京大都要召开各种新闻发布会，各大中饭店里时常会有企业的包场。一些记者的工作地点就是在报社、饭店。去报社报个到然后直奔饭店。中午在饭店就餐后，下午再赶回报社。一天下来十分忙碌、紧凑，由于也是奔波在路上，还显得很有"成就感"，因此有一种"没有虚度时光"的虚假自豪。那个新春的发布会让我牢记，就是因为马力。他不太爱说话，而且中途离场。这中途离场，使他失去了一个机会，一个领红包的机会。大伙悄悄议论，这不是白来了吗，连红包都不领。后来听说他就是为躲避而走的。再后来看他的文章，才知这应该是他所说"心清"的体现吧。得知他也是曾经的北大荒知青，于是多了几分亲近感，再有相关活动就想叫上他。遗憾的是请过他两次，他都没有答应，理由是工作忙。朋友告诉我，他基本不参加这种活动。如果是因工作关系不得不去，他也是露个面就走人，不见他四处发名片拉关系。能在有偿新闻的浊流中独善其身，做到心清、心静，极难，一般人难以做到。

再后来，听说马力出版了诗集、散文集，又获得了许多奖，然后是加入作协等等消息。为他高兴之余去找了他的大作。一读之后便不忍释手，于是搁置案头成为经常阅读的书籍。

因为敬业、勤奋，更因为出色的业务能力和行政能力，马力从报纸的最后一个版面，进步到第一个版面，就像新闻界的另外几位小69，也是从副刊的编辑当到了报纸的总编辑。这在新闻界是很少见的，一般的情况都是从新闻部提拔总编或是由上级指派。马力的能力由此可见一斑。

马力对得起这份信任。当总编没有时间搞创作，尽管马力在在创作上已经取得了很大的成就。他推掉了各种约稿各种笔会各种座谈，转而全心扑在了报纸的采编上。从布置选题到美化版面，马力使出了浑身解数。每天签完大样，他会带上小样骑车回家。签完大样，此时一般都是晚上九十点了，他不愿意麻烦司机，还有就是能在慢慢骑车时在头脑中再过一遍大样，虽然已经看过多遍了，也签过字了，可是他依然不放心。二环路上昏黄的路灯目送着疲惫的马力，他细细回想着报纸的标题，有疑惑的地方他马上掏出小样，就地借着灯光推敲修改……这样严细的作风，保证了报纸几乎从没有出过差错。熟悉报业的人都知道，无错不成报，像马力这样的成就是很不容易的。

能做到这点，最主要的是心清。

谈及青春无悔的看法，马力有自己的认知。"悔是因错而生出，下乡和每个人对错无关。个人因素很少，只能说是青春有憾，那就是人生没有接受教育。"

说起对兵团战友的看法，马力提到了同是兵团战友的北大教授杨铸。"他的学问和治学态度令我敬佩，从兵团出来的人都极其认真。"

第四章
冰壶秋月担道义

马永强：
栽花更"栽刺" 打假为维权

马永强，北京111中学69届毕业生，黑龙江生产建设兵团5师47团2连农工。1984年，马永强被评为北京市高等教育自学考试的优秀代表。

1955年，中国人民解放军实行军衔制，在中南海怀仁堂举行了军队元帅和将军们的授衔仪式，30年后，还是在这里，国家给第一批自学考试通过的人颁发考试合格证书。马永强就是这第一批自考通过并在这里领取文凭的。

这是马永强的荣誉，也是北京69届的骄傲。马永强如今回忆起来还是那么兴奋和激动。"人家都说我们享受了开国元勋的待遇，享受什么待遇只是开玩笑，但是国家对知识和知识分子，也像对待功臣那样绝对是真的。"

第二次自学考试的颁发证书是在人民大会堂，第三次就是在各区县的自学考试办公室了。后来的自考生虽然也努力了，可是没有享受到马永强、张冲（下面就是描写张冲大律师的文章）他们那两批的待遇了。

北京 六九届
BeiJingLiuJiuJie

1969年8月初，15岁的马永强和同学一道，奔赴到了北大荒。

由于聪明好学，以及对自然科学的偏爱，马永强很快在北大荒找到了努力的方向。那无边无际的森林里，那如绿地毯一般的草甸子上，有数不清的各种草药。这些草药让马永强心花怒放，他赶紧写信回家。他写信不是诉苦，不是闹着要家里走后门去当兵（后来他还是走后门当了兵，下面再介绍），而是让家里寄来了中草药方面的书籍。别人休息了，他拿着书去采草药，从小练就的绘画技艺也有了用处（后来他还给连队画了一幅巨幅毛主席的画像）；结合采药，他还向老职工学习推拿正骨、针灸。白天抢着镰刀收庄稼，夜晚捏着银针找穴位，一天忙到晚不得闲。没有多久，马永强就掌握了针灸技术，从此开始了他短暂的业余行医生涯。如果是在当今，他绝无治病资格，可是那个年代没有规章制度，只要领导点头，一句"革命需要"就可以了。领导的话就是合格与否的标准，领导的嘴就是上岗证书。

好在马永强有真本事。除了给本连的人行医，还不经意间扩大了治疗范围，就像一首歌唱的"我愿守土复开疆"，别的连队卫生员治不了的病人也来找马永强。就连哺乳期的妈妈奶水匮乏也慕名而来。16岁的马永强也不含糊，只要你敢来，他就勇于接收，大胆治疗。更为奇特的是，就连团部的医生都被人抬着找马永强。那个医生因工作太忙而累到了，上吐下泻没有停歇，在团部医院夜以继日地打了三天点滴，病情不见好转，反而愈加严重，卧倒爬不起来了。从地里赶回来的马永强带着一身土两手泥，以及一颗无知者无畏的心，二话不说就给医生扎针，扎完又从容不迫地返

第四章
冰壶秋月担道义

回地里干活。第二天早上马永强去看医生，医生已经立起来了，正独自洗脸呢。

如果不是爱才心切的连长阻拦，马永强本来可以成为一个名医的，大概是怕全团医生及卫生员失业吧。连长先是派马永强去陶瓷厂学做水缸，又派他去四师学烧玻璃，学成归来却没有学以致用，又开始学习土地丈量、土壤保护、林业技术培训、连队规划培训、通讯报道培训……

虽然不断地学习，比其他知青多了许多知识，可是都没有用上，还因为耿直得罪了连长，马永强被发配去放羊。恰恰是这次被放逐，使马永强学到了真正的知识。

从过去的被重视到现在的被歧视，从被派往四处学习新技术到一个人与羊为伴，巨大的变化让马永强明白了什么是人生，什么是社会，什么是兵团。

放羊的工作极其孤独，好在有先贤的智慧陪伴着马永强，他们的智慧汇集到两本书里，一本是《唐诗三百首》，另一本是《古文观止》，这两本书驱散了荒原上随时冒出的乌云。

先贤带给后人的不仅是文学的功底，更是给了晚辈英雄主义的情怀。他们的思想，他们的华章，能给人们最为正义的、向上的力量。正因为熟读了这两部书，马永强才有了日后在新闻界写批评报道的才气勇气。

1981年初，教育部出台了新的培育人才的措施：在北京市试行高等教育自学考试，学生自习，国家统一考试，考试通过一门发给一门单科结业证书，专、本科考试科目全部合格者颁发国家承认的专、本科毕业证书。

这则消息如同晴天下起了太阳雨，解救了干旱、困惑中的马永强。他兴高彩烈地报了名。在报名者中，大多数是老三届的高中生，还有"文革"前的老中专生，作为小学生报名参加自考，实在是凤毛麟角。所有认识的人都夸赞马永强，不是别的，是夸他胆子大。

1981年6月7日，中国教育史上第一次高等教育自学考试在北京举行，开考的第一门功课是哲学。共有2686名考生参加考试，有1124人考试合格。这是合格比例最高的一次，以后就大幅消减了。马永强轻松地考试及格了。

半年后的12月中旬，两门课程同时开考：语文和政治经济学。许多考生都报考一门，可马永强却同时报考，坚持他胆大的一贯作风。考试结果两门及格。由于前两次考试全部及格，马永强增添了巨大的自信。1982年开考4门课程，马永强全部报考，结果是4门全部通过。两年期间7门课程及格，这在考生中引起了轰动。1983年，自考委又一次提速，开考5门课程。这次马永强掉队了，5门课程3门及格，其实不及格的两门都很可惜，都是59分。

那两门补考的课程确实有难度。一门是"中国古代文学史及作品选"，从先秦文学到明清小说，纵贯两千多年；另一门是"中国现代文学史及作品选"，作家多作品繁。这两门课程在大学里要学上几个学期，经过分段考试累积完成，而自考的只能一次考试定成绩。许多人都在这两门课程面前摔了跟头乃至告别了自考，陪着老婆孩子热炕头过小日子去了。

1984年，自考委也累了，又把开考课程减少到4门。似乎是让马永强有个喘息的机会，这一次马永强全部报考，再加上上年未通过的两门课程，他在这一年的考试科目达到了6门。本来是减轻压力的，却被马永强改变成更大的压力了。但是马永强顶住了压力，到1984年10月，他通过了高等教育自学考试中文专业专、本科16门功课的考试。

自考有多难，现在的人恐怕难以想象。用数据说话就知其之艰难。2011年教育部门举办纪念自考30年纪念活动，会上有专家指出，自考30

年，参加自考的人数为2.1亿，获得专科和本科文凭的考生为980万，及格率仅4.66%。而本科文凭获得者2%不到。

1985年1月7日下午3时，马永强和自考生走进了怀仁堂。在乐曲声中，马永强接过了王震将军颁发的中文专业毕业证书。王震曾经当过农垦部长，是北大荒农垦的奠基人、带头人，兵团就是在原农垦的基础上建立的，1976年兵团取消又变回农垦，马永强也从兵团战士变成了农垦职工，由当年的农垦部长为后来的农垦职工、北京市高等教育自考毕业生颁发证书，是巧合？是天意？

在那个人才急缺的年代，自考毕业生成了抢手货。国家工商局、《中国消费者》报社都向马永强抛来了"秋天的菠菜"。最后他选择了到报社当记者，在新闻行业，他留下了正直和正义的足迹。再一次为当年不被看好的69届争了光。

1985年夏，自学考试取得文凭的马永强考进了新成立的《中国消费者报》。最难的自考成功，这已是人生一大喜，又考进了国家工商局所属的报社，这是那个年代的大喜。双喜临门，马永强自然是豪情万丈。他立誓把在北大荒积蓄的能力和能量都奉献给新闻事业，都奉献给消费者。在此前，他婉拒了中国消协机关要调他的好意。

就像多数69届进入新闻界一样，都被分在了副刊，如王秋和、马力、潘衍习、孙春明等人。马永强也是如此。因为他们都有着极强烈的新闻敏感，同时又有着过人的体力，在办好副刊之余写新闻稿就成了常态。报社自然把这些人前移，然后又是新闻部主任、总编室主任，然后，然后就是当了报社领导。马永强毫无创意地也走着同样雷同的路。

雷同的路忽略不提，仅提马永强那三篇轰动一时的报道。

第一篇是1986年马永强写了《6岁儿童触电死亡系列报道》的报道（此

报道获1986年全国维护消费者好新闻一等奖），一时间引起强烈反响。因为当时刚刚开始经济建设，一切向钱看的思想颇有市场。不少企业只知道赚钱，不管产品质量甚至是用户的生命安全。假冒伪劣遍地，以次充好横行，真是毒草丛生。特别是电线生产企业劣质产品格外多。而让人遗憾的是，不少记者都去"栽花"，而少有人去"栽刺"，去揭露那些黑心厂家的劣行。马永强抛弃了面对企业提供的旅游和红包，选择了群工部提供的线索，深入采访多次写出了报道。报道刊发后不仅多家报刊转载，还引起了国家工商局、质监局、电力部等多个单位的高度重视。随后这几个部委联合进行了对全国电线、电缆生产企业的大检查。

一篇报道引发了几个部委的关注并展开全国大检查，这对一个记者来说，是值得自豪的。

第二篇杰作是揭露某名牌自行车忽视质量的报道。北方的一家大自行车企业为了钱，没有限制地拉拢加盟厂，虽然收了大量的加盟费，可是自行车质量却一落千丈。富裕了的消费者有钱买名牌自行车了，却没有想到买的是劣质的产品。骑行中会出现不少质量问题，消费者的投诉如雪片飞向新闻单位，但是多数人都置若罔闻。对这样一个老、大、强的名牌企业，有"大局观"的记者不敢去碰，"心地善良"的记者不忍去触碰，二者殊途同归，本质都是怕给自己带来麻烦。马永强向领导报了选题后就开始采访，历经30余天，排除阻力，写出了《假冒××自行车案系列报道》一文（获中国广播电视学会好新闻一等奖、第二届首都产业报好新闻一等奖）。随着稿件的刊发，那家企业及加盟企业的产品销量剧降。后几经周折，质量低劣的自行车被赶出了市场。

第三篇报道是揭露人体增高器的虚假宣传，马永强更是直接上阵，以个人名义申请撤销了人体增高器的专利。至此，马永强在新闻史上留下了

第四章
冰壶秋月担道义

一段独一无二的佳话：记者既揭露假冒伪劣，又参与打击假冒伪劣并且成功。

20世纪80年代中期，刚刚富裕了的中国人有了与世界同步的审美，不愿意再做涉嫌互相抄袭的"产品"，而是希望自己有一个高大健硕的外表的俊男或靓女，从而木秀于林，人秀于群。人体增高器这样的产品应运而生，并且获得了国家专利。由于对高度的极度渴望，再加上没有文化，更由于人体增高器的铺天盖地的宣传，这个如今看起来很"幽默"的产品当时却异常销售火爆。

以维护百姓权益为己任的马永强岂能沉默？他又一次单枪匹马上阵，详细采访后报道了人体增高器的真实情况，写出了《人体电子增高器事件》一文（获1989年第二届全国维护消费者好新闻一等奖、第三届首都产业报好新闻一等奖）。文章还要求国家有关部门撤销其专利。报道发出后受到报社好评，可是撤销专利的申请却引来了争议。有人认为，报社揭露假冒伪劣该提倡，可用报社的名义去申请撤销专利，与报社的身份不符。几经讨论，报社要求马永强以个人名义申请撤销人体增高器的专利，这样就等于是马永强一个人与对方战斗了。失去了后盾，孤立无援的马永强没有后退，依然是"扛着炸药包"向前冲。几经较量，最后的结果是国家有关部门撤销了人体增高器的专利。这是有专利以来第一例被撤销的专利。

灭掉一片生产劣质产品的小作坊，灭掉一群只知道挣钱不知道进取的加盟企业，灭掉一个虚假宣传的产品并使其撤消专利，这是马永强记者生涯中的"三大战役"。

张庆华：
阳光渗进我的灵魂，青草味道与我相伴

本文的标题是张庆华诗歌《我的田野中》的两句。

张庆华，原《中国少年报》主任记者。北京海淀中学69届初中毕业生，黑龙江生产建设兵团1师6团1营2连农工。他的长相很像意大利足球教练萨基，二人的雷同度极高。光头，高鼻梁，特别是那深眼窝，让人想到望远镜，看得远，有洞察力。在北大荒7年，他不仅在在荒原耕作，也在思考的天地中游荡，沉思。每年的秋天他和战友们收获着庄稼，也在一个黎明或黄昏里放歌。

张庆华"出道"很早，仿佛才华是他身上的一个部件，不像有些人，回城后才功成名就，他是在刚刚下乡不久就以诗歌闻名6团1营，成为荒凉年代的精神奢侈品，温暖了那些枯燥的寒夜。回城后的知青聚会，大家还

第四章
冰壶秋月担道义

是会朗诵起他写的诗,跟着他的诗歌,知青直接回到了旧日时光。因为他的诗,就是那段生活的底片。

早就想把张庆华写进本书中,可是直到快截稿了,还是一字未见。多次联系,他回回婉拒。写他确实不易,不单是因为他的忙碌和低调,更在于他的广博与纯然。记者、作家、教育专家,每一个领域都极有成就。仅是他跑过一千多所中小学,被教育部长称为"跑基层最多的专家",就有许多的内容要写。他现在依然忙碌着,开办讲座、授课、写作,继续走访中小学,关注教育改革,读古诗和中外名著,开公众微信号,写淡雅和卓尔不群的文章……退休对于他来说,只是又一次吹响了冲锋号而已。

既如此,就把他的诗,50年来写知青的诗摘录在此,虽然挂一漏万,但也算是他独立、孑然和诗意盎然的剪影吧。坚持用诗歌表现、记叙知青生活,反思、剖析一代人的心里路程,张庆华可以说是唯一的,空前的。在这一点上无人能与之匹敌。

命运之歌

我热爱人生

却憎恶命运

我热爱生活

却不知什么是真正的青春

我想学鹰

高飞俯冲

却没有看到挽弓的猎人

我要做海燕

搏击在高高的浪尖

却也没想到勇士也有残朽的
晚年

吹驰过坦阔平原的
是浩荡的风
在巍峨秦岭面前
却轻得只能动水中大的芙蓉
高尚的是身躯瘦小的蜀国
杜鹃它叫得猴头出血
却不知饥渴停歇

   写于1969年冬天

十六岁的除夕夜

烛光以外漫漫的黑夜
 一个人在歌唱
全世界都在歌唱
铺板上
个个凝滞而且徜徉
烟头明灭，压抑的年轻激流
在看不见的地方汪洋

他倚着提包
微笑里，泪光明亮
没有和一个异性单独说过话

第四章
冰壶秋月担道义

歌声满是怀念他的姑娘

好像真的是在等他

懵懂离开的时候

城市的场景

一下子转换成白茫茫的雪原

雪凛冽，布满他们苍凉的心灵

除夕夜的歌声

是他们长大和飞驰

辽阔，流放的气息

侵入他们的骨髓

歌里的姑娘

是他们的温柔和力量

那些歌啊

相逢在异乡

相逢是这样偶然

别时竟默默无语

月台上是羞涩、热烈的凝眸

车厢里是依依挥手的怅然

车轮转得飞快

哎，一腔诗一般的情感

她为什么来 冥思苦想 费我琢磨

唯有埋怨那神奇的生活

看吧，晃晃而逝的是苍凉的田野

就像我微弱的心孤独、荒漠

在这　冰凉的世界　谁来同情那微不足道的我

　　写于1971年春天

我是讷漠尔河冷水泡向着嫩江回流的鱼

屹立荒原

风吹展衣襟的声音

秋阳涂抹一切

层叠的草，柔软于北疆天际

巨大的微语

最大的是茫茫草尖

齐齐回首

飞龙般，一条条

漫过辽远

风霜雨雪，毫无保留

来路一片迷茫

飘飘荡荡

洒落一代人苍白的履历

放歌和惆怅

喜欢和憎恶

全部呈现在被秋阳

镀得紫酱的皮肤

空无一人

第四章
冰壶秋月担道义

四声空洞

我是讷漠尔河冷水泡
向着嫩江回流的鱼
不知道终点
我的青春和矫健
时不时闪烁和隐现
看不见的的忧伤

战友、作家邹静之点评：

他一直过着一种老派的生活，优雅而不失意趣，独自而不被左右。几次见到他都有那种从前朝悠然荡出的感觉，他如诗一般的活着。

他成长的年代是从南方一直向北，从南方的那种优雅细腻到北方的博大粗犷，他都经历了。在这部诗集中我们可以看到他写知青时的力量，和写江南时的婉约。但从骨子里庆华还是有江南的，而且是童年记忆的江南，这让人感到了双重的诗意。

战友叶克冬点评：

庆华的诗文，在北大荒那个年代圈子里是出了名的。亲切，自然，如潺潺流水带着少年的浪漫和非少年的深沉。与当时社会上的狂热和躁动格格不入。那时我们能看到的真正的文学作品很少，每每看到庆华的诗文便竞相抄阅，有些至今仍能背下来。时光流水，如今的媒体满天飞，阅读的速度远远赶不上信息发布的速度，所以庆华写的和写庆华的文章，我多是在夜深人静时才得空拜读。这些文章洗去了年轻人的多愁善感，多了份岁月流金的反思与感悟，却依然保持着纯真的爱心，保持着对生命的敬意，依然使人甘之如饴。

庆华写人物，文字多是淡淡的、柔柔的，字里行间却又渗出浓浓的韵味，三画两笔便勾出一幅栩栩如生的暖意。邹静之一句"真好文字"，是最中肯的评语。

庆华的诗中，美丽与谎言，快乐与忧伤，光明与黑暗、感性与哲理始终交织在一起。一位饱经风霜的长者，对青葱岁月的回望与思考，常常会五味杂陈，自然带有丰富的色值。

诗人就是诗人，灵感如同清泉般淙淙而流，永不干涸。亦诗亦画，亦歌亦酒。大至山川湖海，小至花鸟鱼虫，泛若人间百态，细若一颦一笑，信手拈来皆可入诗入文。只在一念之间矣。

第四章
冰壶秋月担道义

苏菲：
勇敢的麦田守望者

苏菲，原《中国工商报》副总编辑，优秀新闻工作者，新闻界为数不多的女总编辑之一。她曾获"全国百佳新闻工作者""总编辑金笔奖""新媒体创新奖"等多项荣誉称号。北京中央民族学院附中69届初中毕业生，黑龙江生产建设兵团5师54团1营5连农工。

1951年，美国著名作家塞林格发表了他唯一的长篇小说《麦田里的守望者》。作家不仅塑造了一个有深度的艺术形象，还提供了一个富有真实内涵的词汇——守望者，以及一种社会状况，一种社会渴望，一种社会目标。

这部书在50年后才被翻译到中国。有人据此把新闻工作者称为"社会正义的守望者""麦田里的守望者"。苏菲的经历和担当与这部书名有些相连。

当年下乡时的苏菲是不可能看到这部书的,但是她看到了麦田。54团所在地是克山县,这里是著名的小麦产区。每到夏季,金黄的颜色让北大荒有了那种祖传的富贵的气息。不知疲倦的麦浪涌向天边,似乎是力争与梦想中娇艳的红霞相拥。苏菲在兵团6年,从麦苗青青到麦浪滚滚,她都守在麦田里。后来回到北京进入新闻界,苏菲就像当年她在兵团的麦田那样,一直向前冲不回头,一干就是28年。

苏菲从一个普通记者,成长为报社领导,不单是凭借着才气、勤奋,更让人佩服的是她的正直、正义、担当。她能在困难时、危难时勇敢地冲向前。一如在兵团时割麦子,弱小的女子竟然名列前茅。这一方面,许多记者,包括少数号称优秀的男记者也往往知难而退。他们的报道随着时间的推移,甚至是还没有见报,就已经是文字废品。他们自己看了都会脸红,当他们在夕阳下回忆职业生涯时,会羞愧得无言吗?所以记者很少有出版回忆录的。书里有什么经得起时间考验的东西呢?

"发现美好,鞭挞不公,书写真相",这是社会对记者的要求和希望。能达到这样要求的人不多。就连有这样理想和勇气的人都不多,有的人只是把新闻当成了自己人生的过渡和跳板。这就是一些报纸发行量成断崖式下降的原因之一。

苏菲从走上新闻行业开始,就抱着那十二个字的理想。她也实现了这样的理想,从而被称为"勇敢的麦田守望者"。

1995年底,报社将创办《非公有经济专刊》的任务交给了苏菲。虽然改革开放后个体经济高速发展,外资也风起云涌地刮进中国,可是公开的办一份这样的报纸,还没有。

这在全国2000多家报纸刊物中是唯一的一份。这唯一的一份专刊由一

第四章
冰壶秋月担道义

个女记者来创办并担任主编,自然也是唯一的。

欲戴王冠,必承其重。创办全国第一张宣传非公有经济的报纸的使命光荣,也沉重。没有先例,一切都是空白。而且最不利的是,这样的报纸有政治风险。一旦牵扯其中,那就要影响喜爱的新闻生涯,甚至要搭上前途。去过北大荒的苏菲没有丝毫胆怯,她迎难而上,在各方支持下,只用了半年时间就把报纸推向了社会。

办这样的报纸充满了酸甜苦辣,为非公有经济呐喊的风险如影随形。有政治上的风吹草动,还有黑恶势力和贪官的阻挠和叫板。以致苏菲常常有"做一个选题就像上战场"一样的感慨。同是记者,一样办报,却是天壤之别。就像当兵,有人在首都站岗,也有人在唐古拉山风雪哨口执勤。

这不是煽情。那次唐山之行就是一次"上战场"。在她和两个同事去唐山之前,她捧着女儿的小脸说道:如果妈妈不回来了,也就是为工作奉献了。这也绝不是制造紧张空气,在此之前,一个掌握此次事件相关证据的工商所长突然出了车祸故去了。

事情的原委是:唐山某县一个私营业主辛辛苦苦建起了一个建材厂,经营有方,赚了不少钱,村支书上门敲诈钱财,甚至公然把私营业主的家人打伤。私营业主告到县里,可是县里领导和村支书称兄道弟,根本不管。私营业主告到北京主管部门,主管部门把材料转给报社,希望报社能通过舆论监督的方式解决问题。接到上级的材料,又进行了详细调查,苏菲主笔的专刊很快刊发了报道。报道没有收到效果,还引起村支书的反扑:将报纸告上法庭。并扬言有的是钱,可以从北京选10个最好的律师。比这更吓人的是前面所说,掌握事件全部证据的工商所长不明不白地被撞死了。

报纸没有钱请律师,转信的主管部门的人也说很忙,实际就是推卸责任。

在担当和挺身而出面前,"竟无一人是男儿"。一切都要由苏菲这个女主任来解决。怀着对遭遇车祸战友的怀念,对伸张正义的担当和对黑恶势力的愤怒,她和两位编辑前往。事后她笑谈:"车进河北界,有一种到了前线的感觉。"虽紧张,却大义凛然。苏菲的气势和正义镇住了对方,结果以对方的撤诉结束。

在非公有经济的发展中,《非公有经济专刊》为非公有经济鼓与呼,为私营业主叫好,为企业再上台阶出谋,也为私营企业受到的不公大声呼吁。

《麦田里的守望者》中的主人公霍尔顿说道:"麦田里有着千千万万奔跑的孩子,他们随时有可能掉下山崖,我要提醒他们。"在非公有经济的麦田里,也有千千万万的奔跑的孩子——无数私营业主。而苏菲仿佛就是个守望者。她提醒着、帮助着那些奔跑着。

与书中不同的是,苏菲是个女守望者。

第四章
冰壶秋月担道义

孙春明：
我的仗还没有打完

孙春明，原《中国商报》记者、《中国烹饪》主编，北京55中学69届初中毕业生，黑龙江生产建设兵团2师8团3营23连农工，后到8团宣传队。

他给人的印象是平和、低调、谦逊，所以当他突然说"我的仗还没有打完"，并且说还在工作，还有许多的计划时，我感到震惊，震惊之余就又平静了。退休了还在工作，还在像当年下乡时那样，斗志昂扬，充满了上战场打仗的英勇，这也是许多北京69届的状态。

在我认识的人中，没有谁比孙春明更为低调的了。沉默寡言是他飘扬的旗帜，快步如飞是他沉默寡言的借口。在报社一殿看见从三殿相向走来的他，本想和他说点什么，却嗖的一下错过了，只留下我们互相发出的嗨声撞成一团。盘点一下和他说过的话，最多不超过20句。和他一个单位近20年，不知道他是通过最难的自学考试获得的文凭。别人考4年拿下了大学文凭，他只用了两年就抱得文凭归，更厉害的是他每一门逢考必过。他看不起补考，不屑于补考，绝不补考。这样的骄人业绩他却从不提起。还有一条，他1996年就加入了北京作协，后又成为中国作协会员，对于这样的一个可以举在头上转腰子显摆的头衔，孙春明也是秘而不宣，暗藏多年。让我想起来张爱玲的那句"卑微到尘埃里"，只是这里要改一下，改成"低调努力到尘埃里，然后开出花来"。

自从1969年离开校门，孙春明已经有13年没有进过学校了，甚至没有参加过补习班、辅导班，已经完全忘记了学校以及与考试有关的一切。当他第一次坐在自学考试的课桌前，面对那张久违的考卷时，竟然不知道答题是写在卷子上呢？还是老师再发一张纸，答题写在另发的纸上？记得小学时是写在卷子上，可是这是大学的自学考试啊，不会和小学考试一样吧？

不怕被嘲笑，孙春明请教监考老师。尽管有心理准备，可是那嘲笑的笑声还是很悠长，从前到后，又从后到前地来回晃悠。幸亏老师制止了，又幸亏那些考题不难。古汉语对于大多数人来说都是难啃的骨头，但是对于自小喜欢读书的孙春明来说，卷子上的考题却很柔软。当别人都愁眉不展做悲惨状时，孙春明却笑了。他一挥而就，顺利答完了所有考题。

考试成绩发布了。孙春明的成绩是79分。孙春明不相信就这么点分，以他自己的评估，怎么也得97分啊。别人告诉他，这已经是相当不错了，而且这是全北京3000多自考古汉语的第一名，还有，考生大部分都是老三届的。

最难的功课都考了第一，这无疑是给了孙春明极大的鼓舞。原先考考看的想法变成了必须要拿下的誓言，原先摇摆的思路转化成了锋利的决心，他报了当年所有开考的科目。

第四章
冰壶秋月担道义

其他的课程没有古汉语考试成绩那么优秀，分数多为中等，个别课程还有将将及格的。因为作为北京客车厂党委宣传部的干事，有很多忙不完的事。那时的客车厂是个大企业。孙春明既没有时间学习、补习，也没有地方去找那些规定的课外阅读书籍。例如现代文学，要求课外阅读的资料都是古今名著，这些书在那时很难借到，要买又很贵。孙春明只能想尽办法四处求借。往往是白天借了晚上还，头天借了第二天还。好在所有考试都是一次通过了。两年后，他拿到了文凭，成为众多考生中为数不多的佼佼者。

这个花不是温室里的花，而是迎风怒放能战严寒的花。

孙春明解释"仗没有打完"的含义时说道：当年去兵团说是打仗，到了那里老军人布置工作也说成是打仗；回城后当记者也相当于打仗；不停地创作也是打仗；退休后依然在新闻战线工作，比起老同学、老同事多干一份活，多担一份责任，还是像在打仗；还要照顾93岁的老母亲；计划中的长篇都在进行中，更是"打仗"的一个部分，哪一个都要投入大量精力、体力和时间。

"这些'仗'打得好不好，不敢说，但是我会尽力去打完。"

既然是"打仗"，那么就一定有针锋相对的时候，也就是会有批评稿。

就像新闻界的小69大多都写过批评报道一样，孙春明也把矛头对准了那些丑陋的事件。针对社会上流行的三大现象即"大赛""大师""大宴"，孙春明和他的同事，在他任主编的刊物上无情而又连续地发起了"冲锋"。

揭露烹饪"大赛"金奖漫天飞的真相。在外人看来某些隆重正规的烹饪大赛（说的是某些），实际上参赛要交钱，获奖要花钱。主办单位要实

北京 六九届
BeiJingLiuJiuJie

现利益的最大化,竟然出现了金奖多于银奖,银奖多于铜奖的倒金字塔现象。有的甚至不再设立银奖、铜奖,参赛者人人都是金奖,全部都是第一。自己花钱参赛,自己花钱买奖,无异于手指头卷烙饼,自己吃自己,纯粹是自嗨。

曝光烹饪"大师"车载斗量的内幕。由于中国饮食文化的灿烂,烹饪界也成为盛产"大师"的良田,评比也和大赛情况一样,大师,成了钱的交换品。只要有钱,谁都能评,评谁都行。大师如同一年收获三次的南方水稻,隔几个月就会成群成堆地涌出。乃至于前面一批的"大师"名单还没有在报刊上登完,新出炉的"大师"又粉墨登场了。一个平均文化水平不是很高的行业,居然是大师最多的行业。

批判"大宴"的铺张浪费之风气。一个时期以来,许多地方热衷于大宴,其实为奢华腐败之宴。这些地方不以为耻反以为荣,当作炫耀,当作创新,当成业绩。其中有不少是破坏生态滥食珍稀野生动物之宴,价格从

第四章
冰壶秋月担道义

几万、十几万到几十万不等。

作为一个行业的新闻单位,一般都是隐瞒行业的问题,歌颂行业的成绩。如老师课堂不教课却业余时间收费补课,都是由教育系统外的媒体披露的。很少有行业内的媒体揭露自己行业的问题的,这需要的是正义、良心、勇气,甚至是丢掉工作的危险。孙春明和他的优秀团队做到了。

作为《中国烹饪》的主编孙春明不仅要指点"舌尖上的中国",做好本职的工作,还致力在自家文学的花园耕耘劳作。2010年、2013年,他先后出版了50余万字的《北大荒,后知青时代》《后知青时代,北大荒》两部著作。这两部著作让孙春明再也无法低调了。

过去许多知青文学基本上等同于回忆录、苦难史、眼泪汇,可是孙春明的著作却是打破此窠臼,把目光聚焦在知青回城后的学习、奋斗,通过他们组织的几次活动,反映了兵团战士独特的风采,以及情怀与担当。虽然落笔在回城的场景,但是也回顾了北大荒的生活,让读者全方位了解了北大荒知青的过去和现在。有不少读者找到孙春明,告诉他是含泪读完的,感谢他写出了这样的好作品。

"后知青时代的记录者",这顶民间制作的大帽子被大家追着扣在了孙春明的脑袋上。

他无法低调,却还试图藏在谦逊的盾牌后面。"我想,不是我的文笔多么出色,是书中的人和事,触动了他们心中那团永不磨灭的东西。"其言谈像是在推卸责任。

有观点认为,知青题材的写作几近山穷水尽,但孙春明不这样看。"当年的卫国战争,至今仍不断地出现在当今的文学作品中,常写常新。我想,有1700万知青直接参与,涉及千万个家庭,独特而复杂的知青生活,更应该成为一个多视角、多维度、常写常新的题材。"

已经工作了49年还不算"打完仗",还要继续,孙春明不仅是后知青时代的记录者,同时他自己也是后知青时代的创造者。他就是其著作中的一员,是无数当年失学后来一生苦学永不停步的北京小69。

他不仅要继续推出他的知青系列著作,还要有反映中国饮食变迁的巨著。据我对他的了解,他有记者的采访能力,可以挖掘出许多细枝末节;又有作家的才智,思维漫无边际,加之他主笔《中国烹饪》多年,早已经熟知饮食界纷纭变化,人事往来,再写出一部反映饮食文化的大作毫无疑问。

像许多北京69届一样,孙春明虽然已经办了退休,但没有停止工作、写作。他现在是一家文化集团的副总编辑,肩上的担子比原来还重。可他还是那样腰杆挺直,脚步匆匆,还是那样奋力而行,只是当说起今后的计划时,儒雅的他才罕见地爆出豪言。

我是"枪迷",喜欢足球的都知道,英超足球队阿森纳的简称是"枪手",所以喜欢这支队伍的球迷就称为"枪迷",并非是那个武器的枪。阿森纳的口号是,"一日枪手,终生枪手",而我借此改变一下,那就是"一日记者,终生记者"。说容易,做难。孙春明是做到了。

记录者、创作者,本为一体;小学生、大作家,实为一人。

第四章
冰壶秋月担道义

戴书宏：
一切靠自己努力

戴书宏，原《中国日报》办公室主任。北京和平街一中69届初中毕业生，黑龙江生产建设兵团1师3团武装连50连农工，后到兵团炼油厂催化车间任副主任。

刚刚下乡的时候，戴书宏的身高就达到了一米七八，在那个年代，这是大高个了。高字前还要加个大字，一是表示他是高个中的高个，二是他高而不瘦，反倒是膀大腰圆。到边疆后他还不满足，又悄悄地长了几厘米。艰苦的农业劳动撕碎了同班同学的梦想，可是却奈何不得戴书宏。无论是播种、锄地、秋收，还是烧砖、炸石头、伐木，他都是一马当先。有战友开玩笑，说地里的活他像收割机，基建的活他又像推土机，军训的活他像是轰炸机。甭管什么机，总之就是他不怕苦、不怕累的意思吧。这样的表现让他得到了连队领导和老知青的好评。下乡没有多久,他就入了团,随后被提拔为炮排副班长、班长、副排长。照这个势头下去,戴书宏很可能要成为一名优秀的军事干部。

可能的事没有出现,戴书宏却成了石油战线的一个尖兵。

1971年,兵团组建炼油厂,厂址地处大庆西部的一个小村镇——林源。炼油厂计划年处理量为50万吨(为小型规模,是大庆炼油厂的十分之一)。炼油厂建成后将是兵团最大的工业企业,产品将实现兵团内部的自给自足。

建厂急需建设大军。为此兵团决定:6个师各抽调一个工程连的人员参加基建大会战。1师决定从3团选派人员。面对这样的好事,不争不抢的戴书宏入选了。从前线黑河来到后方萨尔图市所辖的林源,从此他放下锄头、步枪、炮弹,改为手推独轮车搅拌混凝土打地基,手持瓦刀砌砖抹瓦建设生产车间。

那时正是三月,迎接基建大军的是皑皑白雪的盐碱地。这里的条件比农业连队艰苦得多,劳动强度比农业连队大得多。农业连队再苦再累,也都是白天干活晚上休息,在这里,似乎不分白天还是黑夜。白天拼命干,夜里随时要起来卸货车。有时候一晚上起来三四次,这就等于是彻夜未眠。

在戴书宏的记忆中,那时候晚上或半夜经常响起广播:"请全厂指战员注意,请全厂指战员注意,专运线来了水泥,请马上去卸车!"这时就不分群众干部,不分老弱病残,不分机关连队,不分严寒盛夏,一律必须全体出动卸货车。遇到小件物资、器材还好办,遇到大型建材或是机器设备,又没有大型运输工具,完全靠人背肩扛,真正体会到了大庆精神。

"在农业连队说学大寨,到了兵炼讲学大庆,后来明白了,不管学谁,学大寨、学大庆、学大军,其实本质一样,就是拼搏和奉献。"戴书宏回忆道。

从农业连队到现代化的工业建设,戴书宏依然是那个表现最抢眼的。推独轮车运水泥,他飞奔而来,又呼啸而去;盖车间厂房,他运来的砖堆满了一地,让砌墙的大工连喘口气都没有机会。后来领导只好让戴书宏去当大工砌墙。

在全兵团的支持下,在兵团主管工业的副司令员的指挥下,1972年的"十一",兵团炼油厂按时出油了。

戴书宏因表现优秀被选调到催化车间,而且还是在分馏岗位。

了解炼油的人都知道,催化是最重要的车间,反应和分馏是最重要的岗位。当黑色的原油进入炼油厂的管道,一切就归反应岗位的操作员调度、掌控。催化裂化的过程结束,合格的油品生成,就算是大功告成,下一步是把产品油灌入分馏塔,再由分馏岗位细分,也就是分出汽油、柴油、蜡油、沥青等等。分馏操作员和反应操作员一样是一线指挥官,也是培养技术干部的摇篮。

能进入这么重要的岗位,能在"摇篮"里摇晃,戴书宏自然高兴。但是他没有机会和资格休闲,尽管他是建厂的元勋。现在不同了,同岗位的都是在大庆的催化车间培训过一年半的,有着相当过硬的操作技术。也就是说当基建大军不分白昼地建厂房时,那些人同步在大庆——我国工业战线的老大那里,全天候地、专业地在学习。

虽然进了催化车间,又到了最重要的岗位,可是用现在的话就是"压力山大"。一个小学6年级的人,连化学都没有学过,数学只学了一元二次方程,能否在没有培训的情况下,在最短的时间内掌握复杂的岗位技术?能否掌控催化车间的生产系统运转?

能干体力活不见得能干好技术活，大家都看着戴书宏交出怎样的答卷。答得好便罢，出了纰漏，有人就会说，靠家里的关系走后门去的，小学生就是不行。

其实学习正是戴书宏的强项。他找来了初中、高中的课本，从头学起；拜去过大庆的人为师。上班时到室外查仪表液面的活，搬动阀门控制流量、温度的活他都包了。反应塔、分馏塔几十米高，夏天还好办，小心再小心就可以了，冬天就是危险的工作了。因为塔梯、塔身上有冰，那是滴漏的水造成的。人在上面走，不小心就会摔倒出事。尤其是夜班，危险性极大。每到需要出操作室的时候，戴书宏经常是抢着去。

时间很短，戴书宏就掌握了岗位技术，同时赢得了不信任者的信任。经领导考核，他开始独立操作。当上了那个领导偶尔不在也没有所谓的"大拿"，同时他加入了共产党。当上了带班的班长、车间副主任。领导为了培养他，还派他去在大庆的东北石油学院进修。

本来戴书宏是有机会回北京上大学的，可是他觉得领导这么培养自己，离开不合适吧？每次上大学的推荐工作，他居然都不报名。

之所以这样做，除了想着报答领导对自己的培养，还有一个重要原因，那就是催化车间的技术员、北京知青李泽对戴书宏的影响。其实李泽当时已经不能算是知青了，是国家干部了。他是北京一中的66届初中毕业生，1968年赴黑龙江建设兵团2师8团，在兵团因表现突出，被推荐到东北石油学院读书，毕业后又回到了兵团。无论从学习成绩或是家庭条件上，按说他完全可以回北京。他的父亲是石化部的一位主要领导。兵团申报了两个重大项目，一个是兵团炼油厂，另一个是兵团化肥厂，这两个项目都是李泽的父亲批准的。尽管如此，李泽1974年大学毕业后仍是回到了北大荒。虽然这在当今是不可思议的，就是在当时也是令人赞叹不已的。利用权力去北京上学,这在李泽的父亲来说是轻而易举的;而毕业了又坚决留在兵团,李泽又一次给知青们树立了榜样。

如此发展下去,戴书宏很可能成为石油战线的一位行家,可是没有多久,形势变化,兵团取消,恢复农场;炼油厂划归了石化系统。屯垦戍边也就不再提起了。1978年,戴书宏随着返城浪潮回了北京。军事专家和炼油专家都没有当上。

好在北京有的是机会,就看你是否有所准备。1980年,上级决定成立英文版的《中国日报》,经过考察筛选,戴书宏进入了报社。为了办好这张报纸,有关部门在全国各地招收人才。年轻的戴书宏拿着中组部的调令,通过省委、团委去调人。

报社的工作更需要学习。1984年,他考上了电大经济管理专业,两年后以优异的成绩毕业。1992年,戴书宏去中央党校中直机关分校学习。2002年,适逢单位改革,局级干部竞聘上岗。戴书宏竞聘办公室主任。几轮删选,最后剩下5个人,又是一番对垒,戴书宏胜出。

回想当年的上山下乡,戴书宏认为,在兵团10年,既有农业连队那一望无边的春种秋收,也有武装连队的军事训练;后来到工厂,有近乎疯狂拼命的大会战,还有现代化大型工厂的严谨和规范,通过这些锻炼,自己逐渐成长起来。

"在兵团10年,一直坚持一切都靠自己努力;不管干任何事情都认真、拼命。"戴书宏总结道。

第五章
金榜题名同风起

　　1977年，国家恢复高考，这一消息在全国掀起了巨澜。被耽误了10年的各种青年人都亢奋不已，人人鼓着眼球涌向报名站，力图抓住改变命运的稻草。那表情就像10年前撕毁书本打倒老师时一样夸张。那些被烧毁的书又开足马力重新印，那些被打倒的老师也一洗愁容，笑嘻嘻地站在了讲台上，围在他们身旁的人又露出了突发的笑脸。师道尊严重新成了全社会的准则。仅仅10年，中国人来了个180度的大反转。1966年是"知识越多越反动"的年代，学生们谁也不愿意当反动分子，都想弄个先进、积极什么的当当，大多数人都抢着烧毁书籍，与知识划清界限，为的是过上好日子；现在也是为了个人前途，全部都抢着报名考大学，他们知道，将来没有文凭，就过不上好日子了。

　　不是对知识和真理的追求，而是对利益和享受的追逐，所以才会出现特殊年代那样对知识和老师的戏弄和暴揍。除了政治的原因外，还和我们这个民族的部分人逐利有很大的关系。怎么做，是爱还是打，那就看是否

第五章
金榜题名同风起

有好处，是否有利益。有好处，在老师的栽培下，孩子可以成才成龙，那老师就犹如亲爹。如果知识不能给孩子带来名利，那老师就肯定是垃圾，就是臭老九。这就是为什么现在有些地方依然没有真正树立起对知识、对老师尊敬的原因。

尽管不少人对老师不尊敬甚至有打骂前科，但是要说明的是，多数69届是没有这样行为的。在他们心中，对知识有强烈的学习愿望，对老师有无尽的尊重和崇拜。社会逐利、轻视知识等负面影响，尚未对69届形成影响，他们就被分配到条件艰苦，又没有对知识的厌恶、对教师的仇恨的北大荒。尽管兵团也非世外桃源，但是起码那种直接的破坏书本殴打老师的场面是没有的。在兵团的日子里，大多数69届是渴望回到课堂的，是真心要学习的。

由于少年失学，北京69届对学习的渴望非常强烈，他们当中涌现出许多勤奋好学、刻苦钻研的典型。

张世琨：
十五赴边疆，回京考北医

张世琨，原国家卫计委司长，黑龙江生产建设兵团1师6团农工。回北京后参加1978年高考，考入北京医学院。

在一次北京知青的聚会上，我看到一位美丽端庄的女士，她看起来比我们要年轻，静静地坐在那里微笑着，别人说话她认真地听着，并不时点头。她的那种专注让人觉得她一定很有修养。我以为她不是我们的荒友，大概是和哪位荒友一起来的吧。参加聚会的人到齐了，聚会召集人陆康勤介绍到这位女士时说道："这位是咱们知青的骄傲，15岁下乡，后回京，任国家卫计委司长。是兵团55万知青中为数不多的女司长。她叫张世琨。"

是她啊，早就在编辑6团知青文集《远方的白桦林》时拜读过她的文章。她记述了她是如何考上大学的。只是文章中并没有介绍她后来做什么工作，对于读者来说留下了点遗憾。没有想到在这次聚会上见到了她。由于我的《十五六岁闯大荒》已经送出版社待出，来不及采访她了，和她说下次出书把她放进书里。她微笑着说，那么多优秀的人，你去采访他们吧。她不接受采访，但好在她曾经在《远方的白桦林》中写过她是如何考上大学的。

第五章
金榜题名同风起

现在摘录如下。

在"难忘参加高考那份感觉"一文中，张世琨写道："我是在隆隆的机床旁听说恢复高考的，当时别提多兴奋了，那是只有经历过那个年代的人才会有的那种兴奋。人人都可以参加考试，当时我最强烈的感受就是平等，一种前所未有的平等，然后就是难言的痛苦。

"我这个六九届的初中毕业生，其实也就是小学水平，只在初中的教室中坐过3个月，便打点行装，奔赴了黑龙江生产建设兵团，在茫茫的黑土地上，经历了北国的冰天雪地、干打垒、草筏子、帐篷、蜡烛、蚊子、小咬……

为避免不安心之嫌，我从此不再读书，整整8年，一片空白。如今，在机会面前，我一筹莫展。可我实在渴望迈进学校的门槛，于是决定试一试。

"我从新华书店抱回17本一套的《高考自学丛书》，开始了迈向知识大门的行程。高考共有6门课程，我几乎是从零开始。数学的起点是一元一次方程，物理是从来没有摸过的东西，化学从背元素表开始，走路都背'H_2O是水……

我永远也不会忘记复习中的那次考试。那是参加复习班补课的一次物理考试，我考了67分。下课后老师很郑重地对我说：好好努力吧，我看你很有希望。就是从那以后，我更加发奋了。当时我还是工人，有必须要完成的生产任务，只能是上了白班晚上学，下了夜班白天学。我如同上满了弦的钟表，昼夜兼程，竟不知疲倦。那是我此生最为勤奋的时光。

经过半年的努力，我终于如愿以偿，考上了北京第二医学院。当我拿到大学录取通知书的时候，只觉得天是那样蓝，树是那样绿，太阳是那样璀璨。那种感觉，那种高兴的心情，在我一生中再也没有出现过。

"我至今还珍藏着那套17本的《高考自学丛书》，因为那里有我当年的梦，高考现在年年都进行着。我常想，高考只是一种经历，高考使人完成的是一个台阶的跨越。可30年前的那次高考所赋予人的那种精神动力，却会让人受益终生。因为，那是一个时代的象征，是整整一代人的宝贵财富，那是刻骨铭心的的记忆。"

张世琨迈进了大学的校门，成为那个年代以及兵团55万知青中的佼佼者和优秀代表。一个小学生，用了半年的时间学习，面对老三届、新8届的中学毕业生的竞争，最后能考上重点中的重点院校医学院，那该付出多大的努力，该有多高的天分啊。

她写道："回望北大荒。那时，天真、烂漫、单纯，苦不怕，累不怕，大风雪也不怕，甚至是有点儿'山山水水任我走，走遍全球是我家'的豪迈。后来，我回到北京。在工厂，终日与机器声相伴，但对生活依旧充满了遐想。1977年恢复高考了，面对招生简章只有满心的困顿和迷茫。我们这一代人，生活在鄙视知识的年代，大学的门坎对我们真是太高太高了。感叹着生不逢时，诅咒着世界的不公平，同时又义无反顾地投入了高考的队伍中。"

第五章
金榜题名同风起

金建方：
经济学家的"大学三部曲"

金建方，著名经济学家，现任世界生态社会科学协会会长，兼任上海超序系统研究所研究员。北京39中学69届初中毕业生，黑龙江生产建设兵团4师39团农工。

相貌清秀、风度翩翩的金建方精力充沛，成果颇丰。他一人兼二任，既是学者，也是企业家，这一点在中外学界罕见。办企业，既有兴趣，也是为了能够更好更深入地了解社会经济状况，从而为学术研究提供丰富的现实支撑。至于经济效益，金建方并不看重。办厂为治学，治学为社会，为社会经济发展出力，这才是金建方的大目标。

2018年初，金建方出版了两本新书。一本是《生态主义新主张》，另一本是《人类的使命》。书中不仅提出了全面改革的理论与政策，还提出了在新时期人类在精神层面的"信仰"，在意识层面的"价值观"，以及在思想层面的"伦理和道德"。在新书发布会上，有关专家对这两本著作给予了很高的评价：

"金建方的经历不同凡响。这种经历在国外有马克思、恩格斯，一边实践，一边立说；在中国是墨子，自己经商，自己上前线打仗，然后著书。"

"他提倡把文化自信，形成共信、公信。"

"中国人缺乏科学思维、缺乏逻辑，金建方的新书不仅提出了改革的理论和政策，还提供了科学思维、逻辑思维的依据。"

金建方所在的43团地处兴凯湖和乌苏里江畔。那里风光秀丽，水土肥美，视野辽阔，自然禀赋非常好，也是满族的发祥地。

兴凯湖水宁静，却无法按捺住少年的烦躁，乌苏里江昼夜奔腾，却带不走他那"拔剑四顾心茫然"的忧伤。

岁月像一把冰窟里的梳子，梳理着每个人的思想。知青们从最初的狂热和盲从，到逐渐的降温和失望，乃至疑问和反叛。多数人根据自己的内外部条件暗暗做着计划，又据此悄悄走着自己的路。大多数的计划没有深度，只有相似度。都先是以苦肉计开路，玩命工作后上调，从而挤进不下大田的部门工作。要么就是争取当个班长、排长，虽然这工作也不脱产，但是也有成就感，也能发号施令训斥别人，从而在其中攫取一些小快感，减轻自己的劳累。个别家里有条件的直接去当兵或是调回城里。

这些都不是金建方所追求的。出身学术世家、父母均为博士的金建方认定，对于自己而言，只有学习才是正道。于是他制订了自修和争取上学的计划。特别是"9·13"事件之后，更坚定了他自学的决心。在政治上他有意退避三舍，而在劳动和自学上却是勇往直前。自学不过瘾，干脆又与几个北京好友组成了自学小组。随着学习的深入，小组的名称也嫌小了。升级为"共产主义劳动大学"。史上规模最小的大学就此诞生。

第五章
金榜题名同风起

1973年的夏季，金建方因劳累过度休病假。到兵团后从来都是不得空闲，学习只能是零敲碎打，此时有了大块的时间，金建方自然是利用这个机会系统地学习初高中的数学，还自学了逻辑学、语文等课程。他这边学得兴高采烈，那边一直对知青自学文化课有意见的领导再也忍不住了。

在全连大会上，早就心怀不满的指导员厉声批评道："有的人在休病假，不好好休息，还想学习，考大学。告诉你，我不批准，你也考不成。"

虽没有点名，可是都知道是说金建方。从此金建方出了名，成为带病还想考大学的典型。

这可以算作是第一部曲：自办大学。

第二部曲是被人顶替。

1974年夏季，大学招生工作照常进行。金建方以优异的表现获得了全连一致的推荐。年少单纯的他以为就此可以和边疆拱手作别，到从小梦想的大学里读书。可是领导不想让他去，于是派文书出面，告诉金建方，说是金建方父母在"文革"中受到了审查，还没有结论。

这样的答复让金建方很惊讶。因为在这之前，金建方曾经拜托文书给金建方父母单位发文，索要已经有的政审结论。那结论明确表明：金建方的父母没有任何问题。文书当时满口答应，可是看来她是什么都没有做。在这关键时刻居然说政审没有通过，很明显这是有预谋的。

这件事让一心想上学的金建方明白，以自己的心态和表现，在兵团是没有可能上大学的，既如此还有什么必要在这里空耗时光？

1975年，金建方通过家里的关系，正式调转到天津新港，在渤海石油勘探指挥部工作。这里的领导对能吃苦耐劳的金建方格外重视，马上发展他入了团，并培养他入党。但金建方未改初衷，在政治上进步的同时也还是坚持要上大学。

第三部曲是考上南开大学。

一心想上学的金建方终于迎来了曙光。1977年教育部宣布恢复高考，早有准备的金建方自然不会放过此良机。

对于大多数69届来说高考只是挂在天边的一片彩霞，而对于金建方来说却是一条大道——通向理想和未来的大道。

12年间，金建方学了初高中的数理化课程，读了大量的文学作品及政治著作。积累了知识，种植了信心。特别是经历了那些不如意后，心理素质更好，有了几分"一览众山小"的心理优势。1977年12月中旬，金建方参加了粉碎"四人帮"后的第一次高考。

考数学，一道大题不会做，金建方没有一丝慌乱，从容地做完他认为容易别人头疼的题目，又回到难题上来，还是无解。他平静地欣赏起了窗外的雪，张望着树上蹦来跳去的喜鹊。灵机被喜鹊带出来了，有了想法，题解开了。

考史地，金建方就更有把握了。考试时间也是两个小时，他只用了半小时就答完了。耐着性子又检查了半小时，实在没有改动了，只得交了卷子。提前一个小时出了考场。

其他科的考试也很顺利。

高考结束后体检，老师告诉他北大新开了法律系和图书馆系，以金建方的成绩，完全可以填这两个专业。但金建方的兴趣在经济，为了喜欢的专业，金建方报考了南开大学的经济系，成为南开大学的大学生。

1982年，金建方大学毕业。因在校期间表现好，学习成绩优异，被分配到国家工商管理总局工作；同时在国务院法规中心参与制定国务院16个经济合同条例。1985年8月，金建方出国读研究生。

第五章
金榜题名同风起

赵群：
1977年高考前的60天

有一些人在回忆录中，说他们是恢复高考后的第一年，也就是1978年考上的大学，其实是记忆出现了偏差。1978年实乃第二年，第一年考试是1977年的冬天。在1977年10月初教育部宣布恢复高考，在两个月后就组织了一次高考，那才是真正的第一次。赵群，北京铁道学院附中69届初中毕业生，黑龙江生产建设兵团1师6团2连农工。他就是第一次高考的参加者及成功者。

在那个寒冷的冬天，赵群留下了一个春天的童话，创造了一个北京孩子励志的传奇。在60天的北京、河北两地的奔波中补习高中课程，最终一举金榜题名。

在兵团煎熬了8年后，几乎是所有的人都被一锅端端回了北京。大多数北京69届虽然依然是白丁一个，但是能回北京，再次获得北京户口，这就万事大吉了，此生无憾。如同实现了伟大的中国梦一般自豪。可是6团1营的赵群赶在知青可以大规模名正言顺地回城之前先办了转插，转插到了河北邯郸的一个小村庄。行李没有铺开，就传来了连队的好友们左拥右抱拉拉扯扯地组团回了北京的喜讯。昔日的荒友们回到出生的地方，回到日日夜夜思念的北京。他们洗去了堆积在身上酿造数年汗臭的沉年老泥，掩埋了过去苦难的日子，把苦难和辛酸打包埋在黑土地里。他们摇身一变，变成了比原装还原装的北京爷们。走在北京的大街上，看不出他们身上有一丝的北国残留。只是不经意间露出的目光，带出了冰冷坚硬咬牙切齿般的原产地的印痕。

像所有转插的北京69届一样，赵群在最初极不适应。原来还有每个月的32块钱工资，现在一分没有了；原来还叫兵团战士，现在叫农民。青春付出后，就得到了一个真正的农民的身份，从不正规的战士，到实打实的农民，那种失落比在北大荒还要沉痛。

好在赵群有"文化"。小学6年级在兵团算半文盲，在这里却是大知识分子了，于是理直气壮一马平川地当上了村办教师。孩子们纯真的笑脸暂时缓解了赵群的苦痛，他每一天都认真地教孩子们读书，开心地带他们做各种体育活动。高低不平的操场上流动着像苹果一样红红的童稚笑脸，东倒西歪的课桌前是明亮单纯的眼睛。这一切让赵群暂时忘了北京也忘了未来。他的脸上也泛出了久违的红光，失联多年的笑也衣锦还乡，像奖章一样挂在了他的身体的窗口部位。

但是没有根基的快乐还不如追逐流水的浮萍。当孩子们在赵群的带领下朗读课文"我爱北京天安门"时，赵群的泪水就砰的一声打开了闸门。原来悲痛从没有走远，就在不远处等着赵群，它知道会有归来的机会。它也厌倦了漂泊。孩子们虽然年纪小但是他们也知道，老师想家了。他们举起红肿的小手踮着脚尖给赵群擦泪水，可是老师心底的忧伤怎么能抚平呢？

充盈着思乡的泪水走在晚秋农村的泥泞小道上，寂寞了许久的寒冬已经开始摩拳擦掌，打算扑倒前任的一切。但是一阵声音抢在了寒冬前面，村里的老杨树梢的大喇叭传出了恢复高考不分出身的消息，赵群激动地停

第五章
金榜题名同风起

住了脚步。但是由于村长家里两条狗的狂吠声,那广播的声音也变得像是喧嚣。两个喧嚣几乎难辨雌雄。赵群第一时间制止了狗的犯上作乱,那广播才与狗的吟唱区别开来。原来是教育部决定恢复高考,不管什么出身,也不管多大年纪都可以参加考试。这个消息把赵群打回了春天。他感觉机会来了,他要参加高考。赵群是有底气的。在兵团那些苍白重复的日子里,赵群系统学了高中的数学以及其他课程。身为大学教授的父亲就像是函授老师,给远在千里之外的儿子辅导功课。父子两地书就是师生在交流学业。

离考试只有60天了。荒友们都认为赵群没有考上的可能,应该明年再考。对于每一天都是煎熬的赵群来说,等不到来年了。那时流行一句诗:"一万年太久,只争朝夕。"而赵群是"明年太久,只争60天"。

可喜的是,赵群考大学的想法得到了村里及村办小学校领导的支持。在他们眼里,赵群不是小学生,是大知识分子,是北京的代表。体格健壮又英俊的北京来的老师怎么会考不上大学呢?学校给他调了课,每周一到周三集中上课,周四到周日不安排课。这样赵群就可以回京参加铁道学院开办的辅导班。从此在两个月的时间里,每个周三的下午下课后,他都是穿过寒冷的夜色,飞速跑向火车站,赶上夜里的火车,站7个小时到北京。车上没有座位,赵群只能延续白天讲课的姿势继续站着。下了火车,已是第二天的黎明,他来不及回家,直接进了高考辅导班。在300多人的补习班里,他是第一个来的,是最后一个走的。即使辅导班关了门,赵群也要靠在教学楼门口的门上,借着灯光再学习一会。听了辅导,做了作业,4天时间转瞬即过。星期天晚上他又从辅导班直接到北京站赶回去。还是没有座,因为他买的是站台票,上车后补一张站票。又是艰苦的7个小时。

尽管赵群很结实，可是在这样的奔波下，他也露出了疲态。特别是从北京回到乡村小学教室的时候。三天的站立讲课，两个夜晚的火车站立来回，四天高度的听课做题，这些极度劳累的后果，都集中在了周一的早晨：两条腿肿得老粗，还配以面容憔悴，嗓音沙哑。就是这样的造型，赵群也还是要给孩子们上课。自第三个星期后，赵群实在支撑不住了。他用愧疚的口气对孩子们说道："老师累了，要坐一会。"让他没有想到的是，孩子们齐齐地回应"老师辛苦了。"这一句话让他眼眶湿润，硬是没有坐下来，而是用手撑在讲台上，从而减轻腿的压力。

在这两个月中，赵群复习的重点是物理和化学，除了上大课，父亲的两个老友——铁道学院物理系和化学系的主任亲自到家里来辅导赵群。客厅的地板上成了一个大黑板，上面写满了推导公式。理解力和记忆力处在巅峰状态的赵群，经过这样魔鬼式教学训练和吃小灶，水平有了大幅提高。语文和政治主要是靠硬背，这不难，在给孩子们上完课后就可以完成。

1977年12月7日9时，赵群高举着准考证走向了公社中学内的考场。

先考的是数学，这是赵群的强项。看着那些试题，赵群的心情只能用狂喜来形容。大部分试题都会做，尤其是后面的两道高分考题更是父亲反复让他练习的类型。狂喜之后是一口气做完了所有考题。放下笔他没有马上走出考场，他想多坐一会，慢慢享受课堂的安静，仔细倾听笔在试卷上的沙沙声。8年没有进学校了，11年没有参加考试了。从1966年开始，一直到1977年，就再也没有拿笔答考卷。多坐一会，享受学生、学堂的那份安静和心跳，迎着老师的目光，体验学习的快乐。

首战告捷给了赵群极大的信心。但是接下来的理化联卷却遭遇了"滑铁卢"。虽然下了很大的功夫，可是毕竟时间短，只掌握了基本概念。看

第五章
金榜题名同风起

着那些似是而非的考题，赵群有些手足无措。无奈中答完考题，自觉是考砸了（到大学后他专门对这两门功课重点攻坚，竟然成了这两门功课的课代表）。接下来的语文和政治是赵群的强项，也像数学那样顺利地通过了。

1978年1月下旬的一天，赵群接到了河北农业大学的通知书。面对这样的结果，赵群既高兴又不满足。高兴的是，毕竟考上了大学，补习班300多人只有极少的人考上了大学。可是还不是全国的重点大学，只是省里的重点。几经思考，赵群决定先上。被历次政治运动吓坏的知识分子恐惧思维占了主导：万一明年或许又有变化，不让考了怎么办？能上就赶紧上。这样的事不是没有过。

好在第二年没有变。第二年补习班里的大部分人都考上了重点大学，如果赵群再坚持一年，一定会考上一个更好的大学。可是已经没有如果了。4年后，赵群以优异的成绩毕业分配回北京，为此他放弃了考研的机会。回到北京的赵群如鱼得水。搞科研屡获大奖，搞管理效益大增，没有多久就被选为北京市一级的干部，第三梯队候选人。但是赵群不愿意做官，于是辞职下海，走南闯北，谱写他那精彩的人生。

"回顾大半生，每每不禁一笑，五行八作，我尝了个遍，不如意之处十之八九，然而已淡忘。得意之笔一二点，常让我开怀。这次高考，就算是其中的得意之作吧。"赵群还是那样洒脱、淡然。

王胜利：
"二外"名额被顶，回京考上大学

王胜利和本书中的程亚力、高二江是发小，他们在同一个小学读书，又一同去了黑龙江生产建设兵团屯垦戍边，一同经受了锻炼和磨难，当然也同样取得了成就。不同的是王胜利去了5师46团。除了北京铁路文化宫主任的头衔外，王胜利还是一位书画艺术家。

王胜利在两个领域都有建树。

中国书法家协会会员、北京书法家协会会员、北京铁龙书画协会主席、全国"五一"文化奖获得者、北京市职工艺术家、铁道部"火车头职工艺术家"、跨世纪艺术人才等。书画作品在各种中外、国内大展中获奖。

作为北京铁路局文化宫主任，对内，全局38万人的文体生活要出彩出成绩；对外，要为铁道部（现在叫公司）争光。因为你是全部里最大的一个局，部里指着你出头露脸，让铁老大继续稳坐在老大的位置上。

无论是北京铁路局的职工体育比赛，还是铁道部的文艺演出，乃至全

第五章
金榜题名同风起

国的职工汇演及赛事，或者全国"五一""十一"的大型活动，王胜利都组织得完美精彩，拿个名次受个表彰信手拈来。

文化宫主任的工作做得好，为单位争了光，这本是好事，可是也带来了另一个问题，那就是领导舍不得让他离开这个岗位，一直让他干到退休。错过了提拔的机会，王胜利心绪平和，无咯噔咯噔的响动。去过北大荒的人，在名利面前，还有什么看不明白、想不透的呢？心灵早就被委屈和不公平抚平了。

想想当年被顶替了大学名额的冤屈，那一批上了学的，早都是司局级甚至省部级了，既如此，还有什么不能接受的呢？

那是1972年，北京第二外国语学院到46团来招生，这消息搅得方圆多少里地都不安宁。因为据小道消息，这是给外交部、外贸部培养人才的。后来这个小道消息摘掉了小道的帽子，转正了。这次招生确实是给这两个威名显赫的部门培养人才的。这样的消息让人心荡漾。在激烈的明争暗斗后，连队一致推选王胜利。论工作，他是连队文书兼枪械员。这可是两个重要岗位。等于是文武他都管了，既管文件档案，也管枪支弹药。表现不好能有这么大的权力？再说论能力，他书画皆优，一手漂亮的毛笔字营团闻名，论长相，也是那种给中国人增光的类型。这都符合北京二外的招生条件。

可是，又一次的可是，让王胜利的命运和许多小69一样发生了转折，就在别人要出发之际，王胜利接到上级告知，政审不合格，原因是他父亲年轻时参加过三青团。上大学的名额被人找借口顶替了，从迈向前途无限的路上被抛向了泥泞的乡间小道，从早春二月吹回了风雪交加的寒冬腊月。

面对不能上学的理由，王胜利想不明白。他从小接受的教育是看出身不唯出身。他的经历也是这一政策的写照。小学四年级就代表北京市少年

儿童去天津参加华北地区联欢大会，五年级因品学兼优代表全国的少年儿童登上了国庆节观礼台。他的身旁是全国各行业的劳模、优秀教师、运动健将、解放军官兵，看着游行队伍从长安街走过。而他的少数同学们高举着鲜花（实为纸花）在广场上组字。上中学后他又是排长，也就是现在的班长，还是年级的学生负责人。到了兵团，管着全连的资料和枪支，也没有说是出身不好不能管啊。从小一帆风顺的王胜利遭遇了他人生的第一次挫折。

王胜利不仅没有上二外，当上传说中的外交官，他还从大红人、大能人直接转业到"可教育好子女"行列中了。从而完成了他人生的一次"非华丽"的转身。

一片来路不明的薄雾走进了盛夏的原野，用它擅长的迷蒙麻醉了早就半麻木的少年。迷雾消失后，人们才发现，南下的列车载着这片迷雾，载着最后胜出的骄子们飞驰而去，荒原上只留下那个少年失落的目光和坚硬的凄凉。

王胜利没有能力走出这一次的挫折。在那将近半年时间里，他都是心灰意懒。

在王胜利的回忆里，那一年的北大荒无奈地脱去了绿油油的帽子和衣衫，仓促间换上了枯黄的风衣，那衣领还没有潇洒地竖起，大雪就撑开了

第五章
金榜题名同风起

白色的大幕,不是投降而是占领,并就此宣告,寒冷的地盘雪做主。

好在有个好指导员,他要用温暖为无辜的王胜利做主。在他的指点帮助下,王胜利找到团里,希望对家庭问题做一次外调。指导员的意思是,这点小事不是事,但是要有一个结论,有了结论,出身就不再是问题,以后就会一帆风顺。团里爽快地同意进行一次外调了。没有利益之争的事,还是可以秉公办理的。外调结果很快就出来了:王胜利的父亲虽然参加了三青团,但是没有参加任何活动,只是一般成员,不算是有历史问题。

这一纸结论比上大学还让人兴奋。暂时不能上大学是一时之难,以后还能上,可是出身不好却是一辈子的事。如果不解决,那将终身受累。

北京二外的上学名额是没有了,正好有招兵的名额,王胜利当仁不让地穿上了军装。这军装草绿色的,比兵团战士穿的蛤蟆绿色的棉袄棉大衣强千百倍。这一次,王胜利是华丽转身了。他离开了四不像的兵团,到真正的部队锻炼去了。那里只拿枪,不拿镰刀。

复员回北京后,王胜利以优异的成绩考上了首都师范大学书法专业本科班,成为欧阳中石的学生。

很多人都爱说"有了北大荒这碗酒垫底,什么困难都能战胜"。王胜利是"有了那次上大学的那碗酒垫底,什么困难都能战胜"。

党大建：
三次考大学　两次中金榜

党大建，北京外交学院退休教师，现任北京理德涉外翻译有限公司经理。北京通县一中69届初中毕业生，黑龙江生产建设兵团1师6团3营 39连农工、团部组织股干事。

说起考大学的事，党大建的经历可谓独一无二。

1973年，连队推荐上大学，党大建因为表现优异而榜上有名。这本是高兴的事，上大学，以荣耀的方式离开偏远寒冷的异乡，坐在北京的暖气缭绕的大学里弥补知识，藏匿在花前月下吧唧那迟来的爱，其快意在那个年代、那个环境下是比天高、比海深的幸福。用今天的话说就是爽歪歪。可是党大建高兴不起来，无法达到传说中的"爽歪歪"，却是直立在暴雨中犯愁。这是为什么呢？

好事轻易不会落到69届头上。这一年的推荐上大学已经变了章程，由推荐上学改为推荐加考试，最终的录取完全以考试成绩为主。前两年都是推荐就上学，1973年以后也是推荐了直接去读书。就1973年是考试上大

第五章
金榜题名同风起

学,这一难得的"好事"让党大建赶上了。以他小学本科的水平,考试是不是以卵击石?一位老三届对取得推荐资格的69届声色俱厉地说道:你们69届不适合上大学。国外古人云:推荐价太贵,考试更糟糕;若为前途故,二者可永抛。

这话有一定的杀伤力。有几位69届精准中弹。虽然被推荐,可是他们放弃了考试。他们说不想做那螳臂挡车蚍蜉撼大树的"壮举"。

因为辽宁的一位考生交了所谓的白卷(其实有答案),引起了"四人帮"的注意,一番运作之后考试成绩又不算了。这是后话。"四人帮"演绎了又一次大范围的不诚信活动,为以后的人心灰意冷夯实了基础。

经过思考,党大建一脚踢开了胆怯,双手拨开了愁云,迎着从考场上下来的"逃兵",瞪着他那双大眼睛赤手空拳地走向了考场。他不是一个人在考试,而是代表着69届在拼搏。

考试结果是事先预定的:那就是怎么来的就怎么走的。有勇无谋的梦想就是梦想。不过党大建并没有气馁,一梦醒来反倒是信心百倍。通过考试知道了差距,更刺激了他迎头赶上的决心。他四处寻觅各种书籍,借来了《论一元历史观之发展》《个人在历史上的作用》《心理学的哲学基础》《天演论》《哲学词典》等大部头、中部头、小部头的多部书籍。还订阅了当时全国仅有的两本自然科学杂志《科学与技术》《自然辩证法》。这是他姐姐在北京订阅然后寄到北大荒的。这种学习热情在6团是唯一的,在全兵团也应该是唯前十的。那个年月,吃饭尚需精打细算,买不起衬衣只能买个领子,谁还舍得花好几块钱订杂志?每到月初,两本散着油墨香的杂志带着北京的温暖来到寒冷的塞外,像两个姐妹花,为党大建带来一个崭新的世界。又像两艘小船,托着党大建邀游在知识的海洋里。

1977年，知青返城风已呈星火燎原之势。那会儿兵团只有两种人：第一种是回到了城市的人，第二种是正在办理回城市的人。就在这时教育部的一个决定又制造了第三种人。这一年的9月

底，教育部发出通知，要在年底进行高考。所有人都可以参加，不管出身好坏。于是兵团凭空诞生了第三种人：考大学的人。党大建既想回城，又惦记着考大学。游走在二和三之间。他一手办理了回城手续，一手准备参加高考。这次和1973年一样的地方在于，进考场的69届极少。

没有复习资料，没有复习的文化课本，离高考只有两个月的时间了。党大建从上海知青那里借来一套上海出版的文化读本。那是上海在"文革"中新修订的中学课本，每本都是红色封皮。他没黑夜没白天地开始复习，其实不叫复习，只能算是临阵磨枪。以前没有学过，何来复习？就像说是接受"贫下中农再教育"，可是第一次教育有吗？何时？何地？

兵团已改成了农场。农场先于全国高考举行了一次初考。二龙山农场几百考生参加，最后200余人获得参加全国高考资格。党大建幸运地通过了初试。这样的方式也是不对的，教育部规定是人人可参加高考，你一个地方农场凭啥自设关口？

高考的地点在二井子农场。二龙山农场的200余人坐着卡车、拖拉机奔向考场。一路的颠簸摇晃弄丢了考生的信心。再加上那天奇冷，钢笔不用嘴哈气就写不出字来。这是北大荒考生们比南方考生倒霉的地方。还因为仓促上阵，考生考得普遍不好。

第五章
金榜题名同风起

党大建自觉考得还凑合，但是也没有抱多大希望。人家那么多老初中、老高中的出了考场都是垂头丧气的造型，自己一个69届还能怎么的呢？

1978年2月底，党大建办回到了北京。在兵团考试的事早已淡忘了，他准备着找一个工作，还准备着参加夏天的高考。在北京考试，在7月考试肯定不会寒冷，再也不会冻得写不出字来。

随着玉兰花的绽放，一封来自二龙山农场的信也飞至党大建的手中。信很厚，像是怀胎十月的架势。拆开后果然还"怀"有一封。落款是"哈尔滨师范学院"，再拆开，原来是录取通知书。哈尔滨师范学院把通知书寄到了农场，农场转寄给党大建。

狂喜之后是自信和平静。已经回到了北京，再也不愿意回那冰天雪地的东北了。想上学还有机会，还有几个月就要高考了，到那时再努力，考上北京的师范学院。能在高手如林的农场高考中中榜，在北京也应该获得成功。很多年后党大建得知，1977年高考，二龙山农场有200余考生参加。录取情况：大专院校录取24人，中专录取27人。总计51人。

也就仅仅这么点人考中。这就是号称"兵团第一团"，出了近10位部长的6团。

经过4个月的复习，党大建第3次走进考场。面对那些紧张得变了形的脸庞，党大建稳如泰山。考试结果平均70分，这对一个只有小学文化的人来说已是高分了。只是数学拉了平均分，才考了50分，其他门都是80余分。

没有多久，北京师范学院的录取通知书寄到。党大建进入师院政教系学习。毕业后，他因成绩优异，被分配到北京外交学院当老师。

三次考试，两次考入两地的师范学院，这样的经历，不单单是独特，更是反映了69届对学习的渴望和执着。

燕军：
靠自学成为北京最年轻的工程师

燕军，北京社会路中学69届初中毕业生，黑龙江生产建设兵团5师52团6连农工。在兵团是好样的，他以最小的年纪，最弱的身体，抢着干最苦最累的工作，多次受到表彰。1974年，燕军因劳累过度而腰肌劳损，还有胃切除了三分之二，已经无法适应艰苦的北大荒工作和生活，甚至连坐火车都很困难。

因为拼命工作而累垮了身体，这在52团甚至是5师都是罕见的。

燕军是真正的病退，这与后来的知青以病退的名义返城完全不同。在中国，任何事情刚刚开始都是认真的，严格的，而到了后来，多数走向了反面。这病退就是一例。1977年粉碎"四人帮"，中央决定知青可以返城，但是又不能否定上山下乡的正确性，于是找个理由，允许知青办"病退""困退"，以病人、家庭困难为由离开农村。此时的病退成为公开回城的借口。

第五章
金榜题名同风起

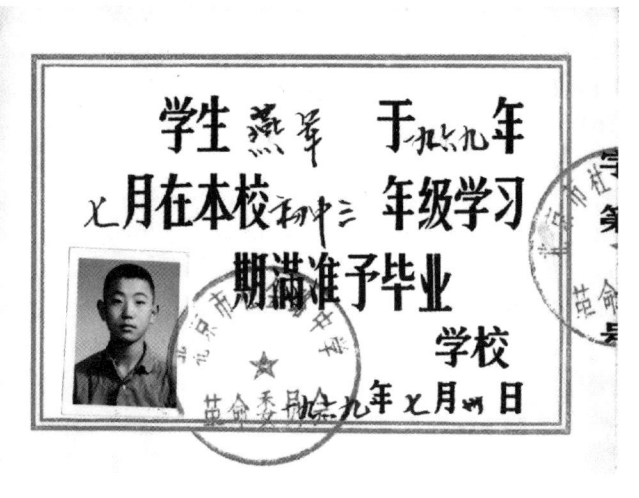

燕军是5师52团第一个办病退的,他是真正为建设边疆累病的。

16岁的燕军长得白白胖胖,稚气未脱,再加上他的父亲时任国家计委的办公厅主任,许多人就凭空觉得他娇气、傲气。原因是北京孩子必定娇气,干部子女必定傲气。其实还真不都是这样,起码燕军就不是。

为了证明北京69届和老知青一样不怕苦不怕累,任何工作燕军都往前冲。炸石头出了严重事故,有人害怕了,要么借故不去了,要么就是在排哑炮的时候假装腿疼,缩在后面,燕军却依然打冲锋。拉沙子的时候不会挖,因此出现了塌方,把人给活埋了,又有不少人找各种理由,可是燕军还是抢着去。他觉得这才是到兵团来的目的呢。不吃苦,人生有什么意义?连队要组织人去查哈阳修水利,没有几个人愿意去,谁都明白,数九寒天,零下30多度,连个住的地方都没有,也吃不上饭,去那里差不多能搭上半条命。再小心怎么也得掉几层皮。开会的时候都低着个头像是木头人,开完会要报名了头更低了。一眼看去就像是一片大问号在反思人生。要不是燕军第一个报名,那领导的脸简直就丢光了。领导觉得那里太艰苦,怕燕军受不了,出于关心他,婉言拒绝了。

燕军坚决要去。此时他表现出69届的果敢和坚毅,甚至是傲气:我是北京来的,我不带头谁带头?

修水利实在太艰苦了。没有地方住，只能住在一个四面透风的临时仓库里。燃料极度缺乏，当作火炉子的汽油桶总是"罢工"，如同是一个大冰桶，似乎看一眼冷气都会增加几分。屋里的温度和室外差别不大，睡觉时还要戴着大皮帽子，戴着大棉手套。就这样，半夜还经常要被冻醒了。醒了就再也睡不着了，为了取暖，燕军就和大家背靠背地坐在一起，把被子和大衣全都压在身上，一直熬到天亮，迷迷糊糊地起床，晃晃悠悠地上工。去抡大镐，去炸石头……吃得也不好。不指望品种多，营养丰富，就想吃个热饭热菜，这都难以办到。特别是中午饭，送到工地的馒头都冻得硬邦邦的，要想吃，只能用筷子穿起来在火上烤。结果是外头黑了热了，里头却依然是冰凉的。睡在零下20多度的屋子里一天两天可以，吃冰凉的馒头一顿两顿凑合了，但是绝不可以长时间在这种状态。尤其是还要进行炸石头，挖土方的工作。一个是神经高度紧张，随时都有危险，一个是体力严重透支。挖土方是要抡大镐的，那土地冻得像水泥，镐刨在地上，只砸出一个白点，收获不大，却把人的胳膊震酥了，虎口震裂了。一天下来，抡镐的那条胳膊疼得不能动弹，没有一丝力气。因为营养不良，不少人开始走面黄肌瘦的悲情路线。他们藏起了腮帮子，突出了两排

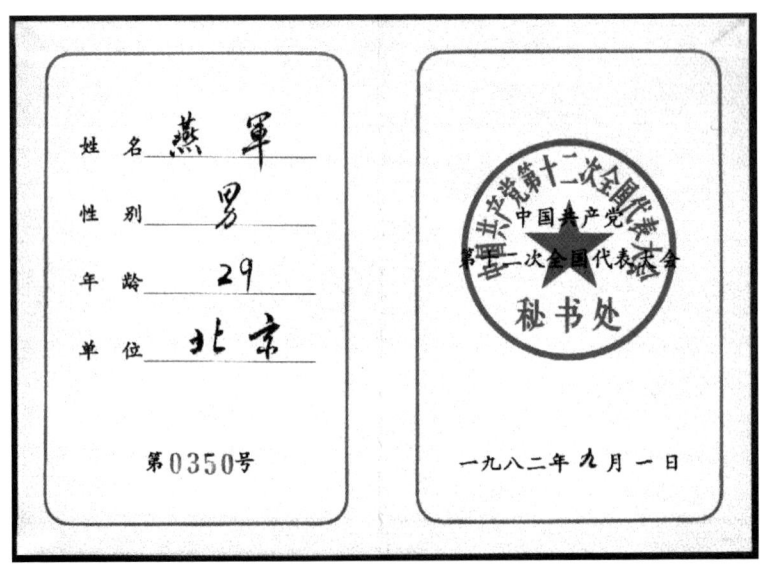

第五章
金榜题名同风起

牙。同时洗掉了白里透红的原配，刷上了绿油油的伪装春色。于是有人让家里邮寄各种好吃的，如肉松、香肠、月饼、糖果等。家境较好的燕军却坚决不让家里邮寄任何食品。

不少人撑不住了，因病或是找了个理由回到连队。而年纪最小的燕军一直坚持到工作结束。他认为修水利就如同是上战场，岂能临战脱逃？一个战士当逃兵是最大的污点；一个男人在艰苦面前撤退是一生的耻辱。燕军几次病倒，但是从没有休息。

精神可嘉，但是繁重的工作还是给刚强的燕军带来了伤害。回到连队没有多久，一天早上燕军突然胃出血晕倒在地。大家赶紧把他送到了在哈尔滨的兵团医院。经检查血色素只剩下5克了，还查出有严重的腰肌劳损。燕军的父母从国家计委的"五七干校"赶到了哈尔滨王岗兵团医院。

1971年2月，燕军因胃溃疡引起胃穿孔必须做手术，而黑龙江无法做这样的大手术，只能回北京做。更令人遗憾的是，那时的规定是没有北京户口就不能住院，也就不能做手术。正在万分焦急之时，燕军的一位同学的母亲伸出援救之手，她是人民医院的副院长，在她的关照下，燕军才住进医院。一位老专家主刀，18岁的燕军的胃切除了三分之二。

在医院的这段日子里，燕军每天早上都长时间地遥望着北方，心也飞向了那片他洒出了青春热血的地方；还有就是看战友们给他写的信，看着信，仿佛又回到了战友中间。

无论有多热爱北大荒，无论多么想为69届争气，燕军都无法回去了，此时的他走路困难，下楼困难，坐公交车困难，坐火车回北大荒更困难。兵团方面给他办好了病退手续，在下乡4年后的1973年，在奉献了青春的热血和拼搏后，燕军病退回京。

"我不后悔。"燕军回忆起那个拼博拼命的4年时，他坚定地说道。

燕军是我的荒友中最热爱北大荒的人之一。他在向我叙述那些往事时所流露出的真情让我感动。他不是那种当时哭着喊着要回北京，如今又泪水涟涟地说北大荒是第二故乡的人。他对北大荒的爱是真诚的，是始终如一的。

回到北京，燕军还是好样的。在自学成才的道路上，他依然是领跑者，成为全兵团回城后的第一个自学成才的典型。依然给8万小69争了光。

燕军先后获得北京市劳动模范、全国技术革新能手、全国新长征突击手、优秀共产党员等北京市及国家级的荣誉称号。

更令人称道的是，1981年的12月，燕军获得了全国自学成才先进人物称号。

一位兵团战友曾经这样谈道："燕军是我最佩服的同龄人之一，他没有在兵团被推荐为工农兵学员上大学，也没有参加1977年后的高考，他在工作之余完全是靠自学，靠着自己的勤奋和智慧成为那时北京最年轻的工程师。他的成才与那些'大官、大款、大腕'的成功是不可比的，他的成功更令人敬佩。"

另一位战友说道："有些从兵团回来的人事业无成，便总是怨天尤人，埋怨没有赶上好时候，埋怨没有当官的好爹好娘。其实当年的条件都是大体一样的，甚至许多人比燕军条件还要好，读过正儿八经的初中、高中，回城后却无所事事，就是因为不够勤奋，没有燕军那种精神——勤奋学习，奉献社会的那种精神。"

回到北京，燕军被分配到到了无线电元件三厂。三厂在德胜门外，燕军家住在三里河的计委宿舍。按说也不算太远，尤其是对一个20左右的小伙子来说。笔者曾经在北郊的祁家豁子上班8年，那个地方在北三环外一站地；而笔者的家在计委宿舍南面的三里河二区商业部宿舍，两头都比燕军远，但天天都是骑车上下班，无论刮风下雨。可是燕军的身体不好，第一天上班，一路上走走停停的。就这点路他骑了一个半小时，用时是健康人的2倍。

不能用强壮的身体保卫祖国，那就用知识建设祖国。为这一目标燕军开始了艰苦的自学。每天除了8个小时的工作以外，其余时间都用来学习文化知识和业务研究。下班先去夜大听课，回厂后（工厂有宿舍）已是10点多钟了，他还要再学上两三个小时。逢年过节，他干脆就在宿舍里不出来。几年中，他不仅系统地学习了高中及大学无线电专业基础课程，还结合工厂的实际需要，平均每半年就设计出一台新设备。其中有4台数控绕线机都达到了国际水平。

6年的工作和自学，使燕军成为工作上的劳动模范，业务上的带头先锋，尽管他具备了很高的水平，已然成为电子行业公认的专家，可是没有文凭，又没有学历，怎么评定职称？没有职称，怎么担任更多的科研任务？

那时格外重视人才，尤其是对那些经历坎坷又自强不息的69届们；时代绝不会让南郭先生、口头革命者们长期得意逍遥。有才，哪怕你身居陋室独在远山，也会把你找出来、请出来。

1981年4月13日。北京无线电元件三厂的会议室里正举行着一次特殊会议：北京电子仪表局和国务院科技干部局联合为燕军举办职称评定会议。

为一个自学成才的青年工人单独进行职称评定，体现了政府对知识的尊重，对人才的渴望。而背后飘扬着的是科技兴国的大旗。

经过考试和答辩后，评委会委员们发表了看法：

"从考试和答辩情况来看,燕军的基础理论和专业知识掌握得很扎实。"

"燕军发明的数控绕线机和探膜片自动测试机,在技术上是属于比较尖端的,数控绕线机还是国内首创。"

"定工程师完全够格!"

"根据他实际掌握的理论知识和技术水平,已经符合工程师条件。"

评审委员们一致通过了《燕军同志评定为工程师的决定》。

1981年5月5日,北京市电子仪表局和国务院科学技术干部局正式授予燕军《中华人民共和国工程师》证书。

由于业务精湛,能力出众,没有多久燕军就当上了科长、厂长。工厂的生产和销售红红火火。

在兵团,燕军是一面旗帜;回北京,他依然是榜样。

燕军完全可以称得上是北京69届的形象大使。

北京69届知青60岁生日宴150平方米蛋糕。

第五章
金榜题名同风起

张冲：
18年自考写传奇，小学生成研究生

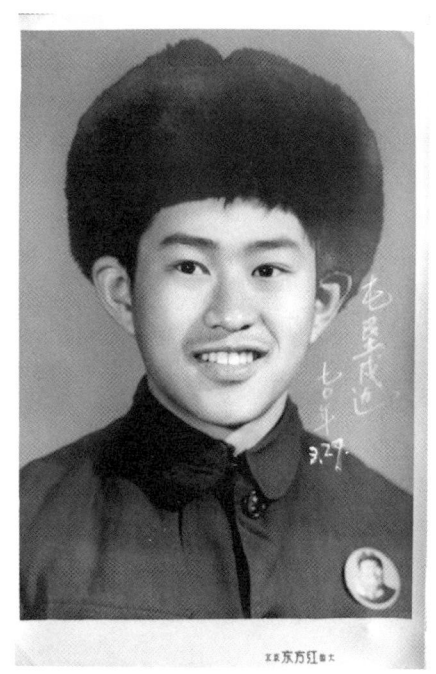

张冲，北京112中学69届初中毕业生，黑龙江生产建设兵团5师52团7连农工。北京市景运律师事务所著名律师、优秀共产党员。他也是自学成才的杰出代表。他18年坚持自学高考，最后获取了研究生文凭，谱写了一曲69届顽强拼搏的凯歌。

他第一个自考的文凭是在人民大会堂领取的，比马永强晚了一年。

1977年恢复了高考，许多人都摩拳擦掌，准备一试高低，梦想有机会进入大学。张冲也想登上大学那艘大船驶向未来，可是领导却不同意他参加考前的辅导班。理由很简单：工作离不开。

不让参加考前的辅导班，对于69届来说，那无疑就是没有考上大学的可能了。只有小学水平的69届们，完全靠辅导班这个磨刀石临阵磨枪呢。

247

对于15岁就到兵团，接受半军事化教育、锻炼，后又到部队接受完全军事化训练的张冲来说，虽然想考大学想得眼冒金星饥肠辘辘，但是多年受到的教育起到了作用：那就是下级服从上级，个人服从组织。

上级决定的是服从了，可是上学的想法却与日剧增。看到别人欢天喜地地参加高考，生长在书香门第的张冲除了羡慕还有无尽的惆怅，难道今生就永远是"一介小学生"吗？

在自学和不甘心中迎来了1981年。这一年的春天教育部推出了高等教育自学考试。考生自学后参加相应的单科考试，考完所有规定的科目后，由教育部门发给相应的大专、本科文凭，国家承认其学历。张冲不听所有人的劝阻，毫不犹豫地报了党政干部专业基础科。

一个小学文化的人，要在工作之余的三年之内自修十几门课程，从而取得大专文凭，这可是比考上大学还难啊。

张冲原来不叫这个名字，是为了有股冲劲后改的。文质彬彬的他绝对有着钢铁般的决心和勇气。"我的工作不允许我脱产学习，只能采用这样适合我的学习方式。当年我15岁到兵团，都说我小，可是在那也干得好好的。自学考试难，那才看真本事。"自从踏上自考之路，他就再也没有过闲暇时间，几乎每天都要学习到深夜二三点。节假日更是足不出户地苦读，幸亏在兵团和部队打下了身强力壮的底子。

1983年4月的第一个星期天，高等教育自学考试的第一门课程——政治经济学开考。考前的夜晚，张冲过度紧张，反复复习，直到天快亮了才休息片刻。没有想到，这样的努力反倒造成了不好的效果。

站在考场门口，由于紧张，张冲心中就感觉忐忑不安，处在没有把握的状态。待进入考场接到考试卷的一瞬间，他头脑中竟一片空白，不知道如何回答答题。随即就是头疼，几至痉挛。

第五章
金榜题名同风起

自12岁小学毕业考试后（6岁上学），17年没有进考场了。面对这如顽石般坚硬冷峻的试卷，加上长期过度的劳累，在5分钟的时间里，张冲竟然一个字也写不出来了。但他没有慌乱，而是默默地安慰自己：别急，别急。慢慢地他想起了考题的回答思路，头也不疼了，或是没有感觉到疼。张冲开始答题，越答越顺利，试卷的每一个空白都写满了答案。

两个月后，自学考试的成绩单寄到了单位。拿着信，张冲的头又疼了。他小心翼翼地拆开信封，看到考试成绩为68分后，他的头马上不疼了。

初战告捷，张冲"胆肥了"，一直考到底的信心成倍剧增。他明白了"万事开头难，坚持扬风帆；迈过第一步，日后好行船"的道理。有了第一次的经验，张冲学会了合理安排学习时间和课程进度，再考试时习惯性的头疼退却了。历经千辛万苦的3年后，张冲全部通过了党政干部基础科的10门考试。

1986年1月初的一天，张冲收到北京市高等教育自学委员会寄来的一封信。请他于1月13日下午3时到人民大会堂参加颁发毕业证书暨自考开办5周年大会。

1月本是北京最冷的季节，可是张冲却迎来了他人生第一个无比温暖的春天。13日下午，冬日暖阳洒满了天安门广场，手持请柬的张冲缓缓地走上了人民大会堂的台阶。

史上最牛的颁发毕业证书典礼名至实归！国务院总理出席典礼，教委主任亲自颁发证书，盛况空前绝后。

毕业证书上有两个鲜红的大印：中国人民大学，北京市高等教育自学考试委员会。

按照常规的套路，取得如此的成就，该歇歇了，但张冲还要冲。当时自考委又开设了法律自考专业。从小就崇拜施洋大律师的张冲马上报了名。

"我们这届学生失去了读书的机会,但是不能失去奋斗的信念。少小离家去种地,那是没有办法,现在有这么好的良机,岂能错过?"张冲的这番话是他坚守的准则。

1986年4月,张冲开始了中国法制史专业的自考之路。这个专业更难,完全是一个新的领域。而党政干部专业和工作沾边,学习起来相对容易,但是越难越能激起张冲的劲头。经过5年的寒来暑往,1991年初,他又取得了法律专业的毕业证书。再次手捧来之不易人人羡慕的毕业证书,张冲显得异常平静。心憧憬着未来,就不会在眼前的风景驻足。他又立即报名参加律师考试。

这次可是真正的最难考试,及格率只有3%。

在学习的道路上飞奔,在事业的道路上冲锋。他从组织干事,党委秘书做起,冲到了党委办公室副主任、主任,党委宣传部长、公司党委委员。职务变了,工作更多了,可是时间更少了,而考试却更难了。没有想到,因为一次意外,使自考之路变得更加艰难。

1992年1月,张冲和领导前去海南为分公司剪彩。在三亚通往海口的路上,阴雨天路滑,张冲乘坐的吉普开进了路旁的排水沟,汽车先是翻转180度驾驶室朝下砸在地上,随后又弹起来180度后四轮重新着地。张冲

第五章
金榜题名同风起

严重受伤,经医院检查,颈椎压缩性骨折,来不及回北京治疗,只能在当地医院做了颅骨牵引手术。尽管最及时做了手术,情况也很难说。医护人员告诉张冲,你要配合治疗,否则的话你可能高位截瘫,永远也站不起来了。过了好多年后,张冲才知道,受伤的部位和桑兰一样。

真正的考验来了。张冲仰面朝天地在病床上躺着,不能翻身、不能下地,吃喝拉撒全靠他人护理。病床被摇成了头高脚低的一个斜坡,没有枕头。治疗依靠身体下滑的自重,以及与配重铅块的重量之间的像拔河一样的抻拉,使骨折的部位慢慢分离,其痛苦程度非亲身经历难以言表。就这样在海南的医院里躺了6周。

幸运的是,6周后张冲奇迹般地站了起来。在医护人员的指导下,张冲边治疗边做恢复性锻炼,仅3个月就出院回了北京。医护人员都感叹,骨折如此严重,却恢复得如此之快真是福气大!

带着颈椎护具回到北京,张冲继续病休和治疗。在7个月的休息和治疗期间,他克服了常人难以忍受的疼痛,靠着极其坚强的毅力依然天天复习考试内容。

1992年10月底的一天,张冲如期走进了全国律师资格的统考考场。像以往一样,他又一次顺利地通过了考试,获取了律师资格证书。他是所有小69中唯一一个通过律考的。只是这一次他不能尽情地挥舞手臂庆祝了,他的伤还没有完全好。

得知张冲有了律师证,北京机电设备总公司聘请他担任常年法律顾问。随后张冲又注册成为兼职律师。多年的梦终于实现了。

文凭、职务、职业都有了,还需要再学习,再考试吗?

没有问号,只有向前冲。已经45岁的张冲没有停下自学的脚步,又报考了中国政法大学的经济法系法律硕士研究生进修班。

2001年的7月,张冲通过了研究生班的13门功课的考试,并提交了论文,最终取得了研究生文凭。从1983年开始参加党政干部自考,到2001年拿到法律专业的研究生毕业证书,张冲用了18年自学、自考。是什么原因让张冲有如此强大的动力坚持奋斗并取得了成功呢?

"少年失学的苦痛成为我们学习的最大动力,兵团生活的磨炼给我们这一届学生以长久的毅力。那一望无边的麦子,你要一刀一刀地割,一垄一垄地割,在刚开始的时候你几乎没有希望了,但是当你在大家一起的努力下,终于割完麦子后,你的信心就有了,耐心就有了。相信任何一个去过兵团的人都有这样的感觉。"

这就是张冲的回答。

18年的自学使张冲获得了知识和文凭,也为他事业的腾飞打下了基础。他代理的诉讼案件胜诉率高达95%以上,为企业挽回过亿元的损失。

他为当事人坚持9年,挽回157万元损失;他为当事人坚守12年,挽回本金150万元利息320万元共计470万元。他根据生产许可证上的法人代表名称,发现对方的破绽,为某新闻单位打赢了官司,为舆论监督起到了推动作用。他在所出图书的版权页上找到了突破口,使一起著作权案件有了转机……

为了公平公正,为了法律的尊严,张冲还在奔跑着,就像当年在自学的道路上永不停歇。

第五章
金榜题名同风起

高二江：
无缘师大天文系，自考8年夜读书

高二江，原北京铁路运输检察分院检察长，北京57中学69届初中毕业生，黑龙江生产建设兵团1师6团4营25连农工。

1973年的夏末与往年不同，一是西伯利亚的北风按兵不动，迟迟没有来到二龙山，二是西南方向总有红云悬挂。西南方向，不就是北京的方向吗？

这引起了从小就喜欢天文的25连养猪班班长高二江的注意。不是他要强行模仿诸葛亮的观测天气，而是要对连队的猪负责。身为连队的养猪班长，手下有好几百头猪，而且还不是平头猪，都是比较有身份的，是见过世面的。是经常参加上级组织的现场会、同行组织的观摩会的主角。他虽只是个班长，却因手下"猪多猪广"也是"实力派"。不仅有为连队伙食提供猪肉的重任，还有为连队争光的职责。养猪班已经是全团、全师的先进典型，一点都不能马虎。所以高二江格外关注气候变化。

高二江从小就喜欢读书，尤其喜欢《三国演义》，不少章节烂熟于心。于是也在一天夜里模仿诸葛亮披衣起身，先是夜观天象做个大致及全盘的概括，然后是细察北斗，由面到点。发现天芮星光芒耀眼，这颗星是主授道交友、讲学修德的，莫不是有关学习方面的好事要来临吗？果不其然，几天后北京师范大学到6团招生，名额给了4营，专业是天文学，人家还说就要北京知青。这不是为了高二江准备的吗？连队一致推荐表现最好长得最高的一米八二的高二江上大学。有人开玩笑说学天文就要个子高，看天就比矮个子方便，玩笑反映了民意。材料送到营里，营里同意，卡上大章后把材料送到了团里。

按以往的惯列，营里过了就过了，团里也不认识连队的人，一切由营里决定，团里就是办个手续。按照常规，高二江就等着团里通知回北京上大学了。

从业绩上来看，高二江完全有资格上大学。他是全师独一无二的养猪状元。别人养一年猪上交40来头猪，他一上任就涨了4倍半，上交180来头。这样的业绩惊动了团里甚至是师里。团里师里的同行和领导轮番来参观学习，对于北京孩子能干出这样的业绩普遍的反映是震惊。参观的人抱着一半是学习一半是质疑的心态往25连跑。如果说是真的，那么吃肉不愁了，如果是假的，也能乘机玩几天，少干几天活。当然啊后果很美妙：是参观的人都信服了，团里、师里都在连队召开了现场会，两级领导单位推广高二江的养猪经验。这样的成就在1师独一份。推广会上，高二江侃侃而谈，介绍他是怎么把喂猪熟食变为喂生食的，怎么由圈养改为散养的经验。

从知识能力上讲，高二江上北师大也是上之无愧。虽然他只是小学6年级的学历，可是他的实际能力早已折合于中学生了。在小学四年级他就

第五章
金榜题名同风起

阅读四大名著，"文革"期间上级不让小学生参加大革命，这四大名著也被"四人帮"定性为四大"毒草"，号召革命人民群起而烧之、毁之。高二江革命无门，求学无路，好在家中尚有潜伏的多株"毒草"，无奈之下他就继续与那些"毒草"为伴朝夕相处。"毒草"的芬芳熏晕了年少的大脑，于是他又到处找那些漏网的"毒草"。在"毒草"的熏陶中愉快地过了3年。在兵团的4年期间，他也没有放弃读书，除了四处"寻花问草"，又增加了背诗写诗。因为有了生活和感想，所以就有了表达的欲望。一群小学生尝试着写诗，每天晚上都要写诗、赛诗。几年下来，高二江和北京的发小们都有了相当深厚的文化基础。

这样的人不上学还有什么人能上呢？

在那个不正常的年代，这样的人就是上不成大学。

高二江没有等到大学录取通知书。在全连人愤怒的质疑和鼓励下，高二江去团里讨个说法。他和所有被顶替上学名额的69届一样，是两手空空地去的。北京69届们不好好想想，两手空空就想办成这么大的事吗？到北京上大学，带着工资，这是多大的好事啊！你们以为就凭着连队推荐，什么也不付出就想拿到通知？特别是家庭有点问题的，你们更应该"懂事"啊。你们不会办事，有的是人会办事，那你的名额就没有了，就被顶替了。

既然你没有"付出"，那么你也不会是满载而归。

在一步登天与重回苦难之间，只隔着薄薄的一层纸。只要北京的孩子能给上级领导送上礼物就行，一切就都解决了。遇到那些胃口大的，烟酒不行，就给半导体，还不行，那就咬牙给块最珍贵的上海牌手表。用三四个月的工资换来一生的前途，那还是大大的合算啊。

主管招生的军人告诉高二江，你的出身不好。他身旁站着个女知青，接着说道，你连个团员都不是。衔接的紧密度与语速宛若天作之合，好像"台上一分钟，台下十年功"的感觉，似乎一切都早有排练。大概这一套早就运用自如，打发过不知道多少北京69届了。

高二江不知道怎么回答，出身怎么了？不是团员怎么了？党的政策从来都是看出身更注重表现啊。自己虽然出身右派家庭，可是表现好，做出了成绩，又有群众推荐，这都符合上学的条件啊。面对那两张提前挂满冬天冰霜的脸，高二江不知怎样回答，只觉得被他们带进了冰窖。他不甘心，又去找北师大招生老师。北师大的老师态度很好，眉眼间还带着夏天的火热和明亮，她笑呵呵地说我们不管，听你们团里的。就像足球场上的后卫，一个大脚把球踢向了前场。女老师一句话把责任推到了团里。

高二江没有办法了，该找的都找了，没有用啊。对老师鞠躬后说声谢谢。招生老师被感动了，说了句北京孩子真有礼貌。

北京孩子就是有礼貌，可是没有带礼物啊！

在礼物面前礼貌分文不值。可惜高二江不明白这个道理。那个被誉为没有走后门的年代，其实充满了以权谋私以及各种暗箱操作。

可喜的是，后来高二江明白了这个道理，却依然不带礼物。

很多年后，北京69届们明白了这个道理，回忆起往昔的失败，他们庆幸没有走那样一条不正当的路。他们仍然坚守着自己的那份单纯和清廉。比他们自己的坚持更让人高兴的是，北京本就是一个机遇多、风气正的地方，再加上改革开放，中央提倡唯才是举，营造出一个凭本事靠能力的时段。在那个时段，正气高扬，狗苟蝇营之举的人和事没有市场，请客送礼溜须拍马被耻笑。

那个年代的可惜，在这个年代，在69届身上变成了可喜。

当然还要补充一句，69届们能够在正确的道路上坚持下去，不是他们

第五章
金榜题名同风起

有多么坚强，而是他们别无选择，也就是被动的坚强。

可以挤掉高二江上大学的名额，可是无法阻止他读书求知的欲望。几经周折回北京后，高二江参加了中文专业自学考试，这是极难的一种学习方式。3年努力后所有的考试都得到了通过，获得了他的第一个大学文凭。随后他又参加了北京电大经济法专业自考。这比中文专业难度更大，有不少人折戟沉沙，高二江却跃马扬鞭，高奏凯歌。但是他还不满足，他又考取了西南政法大学相当于研究生学历的刑诉法班。

虽然上的不是名牌大学，但是努力学习刻苦付出却是值得一提的。为了学习这些知识，高二江前后用了8年的时光。在这些苦读的日子里，他每天晚上8点开始自学，直到夜里两点，8年时间无一例外。古人曾说过"秉烛夜游"，而高二江是"秉烛夜读"，到后来单位看到他学出了成绩，于是"开恩"，在要考试的时候放假三天备考。除了第一次他考古汉语没有及格，考了50多分，第二次补考考了70多分外，其余的课程都是一次通过。

学习上刻苦，工作上拼命。高二江从检察院的书记员干起，经历了所有的台阶，干出了出众的成绩。那一年在刑检科，他一个人就办了80%的案子。他的仕途扬起了远航的风帆。他有时正常提拔，有时连提2级。2010年，他被任命为北京铁路运输检察分院检察长。

"去过兵团，铸就了两个特点。那就是不张扬，不气馁。"高二江也和大多数69届一样，对于那段平凡苦难的日子没有抱怨，只有感激。

他的态度、语气几乎和程亚力一样。大概是因为俩人都是发小，又都是在北京铁路系统，还都在司法战线工作的原因吧。

高平：
先补初高中，再叩大学门

高平，原北京市卫生防疫站干部，高级医师职称。北京四中69届毕业生，黑龙江生产建设兵团兵团炼油厂材料科干部。

多数知青返城回到北京，不少人都是直接考大学，一年考不上第二年再考；正规的考不上就考电大、夜大、函授大学。这一批人中的多数（少数除外）都不具备中学水平。仿佛走路还不稳的人，他们本该去练走的，却参加马拉松比赛，还誓言夺冠。在为他们叫好的同时，也不禁替他们担忧。即使他们考上了，可是没有扎实全面的高中文化水平，以后的发展还是要面临各种阻力的。事实确实如此，不少人开始势头很猛，后来就停滞不前，上演了虎头蛇尾的戏码，其中有一个重要原因，就是功底不足。

但是也有个别人走了另一条路：踏踏实实地补习初高中的课程，3年过后，甚至是5年过后，有了系统的初高中知识，然后再参加各种大学的考试。这样的做法听起来有点"傻"，但是体现了对知识的渴望，而不是对文凭的需求。

能做"这样的傻事"的就是高平。他就是先上了两年卫校，又补习了3年高中后才考上的北京职工医学院。

按照高平的文化水平，考正式的大学不太好说，但是完全可以考上文

第五章
金榜题名同风起

科类的各种电大、夜大、函授等等，获取个文凭不难。但是他要的是真正的知识，而不是拿一张纸。

高平出生于教育世家，姥姥是校长，妈妈是北师大著名教授，可以说是家学渊源。他5岁半就考入北师大实验小学，成为人人羡慕的实验生。那时他家住在新街口，每天早上挤22路公共汽车到北师大东门，中午就在师大学生食堂吃饭。午休期间，高平在偌大的校园里游荡。大学生的活力，大学校园的氛围，是小学校园不能比的。尤其是那些各地来的大学生们手里拿着饭盒，边吃边读书的场景，让他难以忘记。在大学校园里读小学，这样的环境与经历让高平受到了比同龄人更多的启迪，学习也就更加刻苦，学习成绩也很优异，知识面也很广，比同龄的学生要强很多。假如不是"文革"，高平应该能考上一个很好的重点中学。下乡后在兵团炼油厂8分队时，他在实验小学的功底就显现出来了，他以文学、历史、社会科学等方面的知识闻名连队，不仅能给大家背得出、讲得清唐宋文学大家的诗词，也对哲学、历史、军事感兴趣并有独立见解。

尽管高平有才，可是在那个环境里，因为自身和环境的原因，北京孩子不太容易轮到好事，特别是上大学只是一个梦想。当青春的时光远去，高平也同自己的伙伴一样，讲着一口普通话为主东北话为辅的话返城。幸运的是，高平很快就找到了一个好工作，在卫生系统上班。事业单位，待遇很好。比起一起回城的同伴们好多了。这样的单位需要文凭，不管是什么文凭，有一个就能转干，成了干部，相应的待遇就有了。

是要一个文凭用来改变生活现状，还是真正地考一个大学学习知识？对于那个年代的大多数人来说，显然是选择了前者。这不能怪那时的人势利、俗气，那个年代需要文凭，一切待遇都和文凭挂钩，饥饿了许久的人要吃饭，生存权是第一位的啊。所以那时无数的人都去学习中文、历史、哲学，这些专业可以不考数理化，对于没有正式上过中学的人来说是容易考上的。考上了，不管是什么夜大、函授、业余大、电大，只要是教育主管部门认可的大学就都发文凭，国家一概都承认，一律都按干部待遇，可以从企业到事业单位，从街道小厂到部委机关，那时是缺乏人才的年代，是求贤若渴的时光。

本来已经被单位保送去卫校学习了两年专业课程，可以直接考专业医学类院校了，但是追求知识的高平却出乎同事的预料，做出了一个惊人的决定：报考高中夜校，补习高中3年的课程，然后再去考大学。

高平认为，自己要想在公共卫生领域里立足并有所作为，就必须踏踏实实地补上这缺失的文化课。上3年高中夜校，值。

1981年的秋天，高平踏入了高中夜校的大门，开始了系统学习高中课程的求学之路。白天上班，晚上上课。也许是因为累，也许是这高中上的没有劲，不少人半途而废，班级也与时共退，岁岁合并，年年减少。但高平始终是那个风雨无阻天天上课的好学生。能有这样的学习机会，高平十分珍惜。不单是学到了真知识，还有那种在学校的快乐，和同学一起做作业的快乐。3年过去了，一起报名补习高中课程的100多人，就剩下二十余人了，谁也没有想到，当初年纪最大的高平竟然坚持到了最后。他把高中的课程全部、干净、彻底地收入囊中了。

通过卫校两年、高中三年共5年的学习，1985年，高平报考了北京职工医学院。尽管这不是什么全国闻名的大学，但是一样的高要求，一样的竞争激烈。许多在医疗行业的资深人士都争着报考而不得。

此时的许多兵团战友已经读完了大学本科，个别的激进分子还读了研究生，更极端的快手已经奔跑在读博士的羊肠小道上了，而高平则是刚刚踏进大学的校门。并不是高平比他们差，只是价值观不同。

第五章
金榜题名同风起

高平的经历与一句老话握手言欢,那就是"起个大早,赶个晚集",6岁就进了实验小学的大门(和本书中胡鞍钢、卢炜一个小学),可到了31岁才跨进大学校门,正可谓是起早贪晚。有人认为他这么做不值当,还不如弄个社科类的本科文凭乃至研究生证书划算、实惠。

对此高平的回复是,"兵团对我们的影响是很大的,那就是培育了我们脚踏实地认真做人、做事的特点,什么事都不能投机取巧"。

高平对于北京69届的总体评价是:"把父母当成榜样,在吹嘘出身的同时也给自己带来了动力。我们没有机会崇拜老师就下乡了。我们太小,还处在崇拜父母的时期,逆反心理被劳动和艰苦的环境彻底压制住了。"

谈起兵团生活,高平说道:"回来后与在兵团不一样了。有外人时从不聊北大荒的事,心里认为那是美好的,不愿意和外人分享。他们也享受不了。虽然那时很苦,但是却是最值得回忆的一段往事。"

十五六岁的兵团战士扛着160斤粮食麻袋走上颤颤悠悠跳板

刘骥：
曲曲弯弯求学路

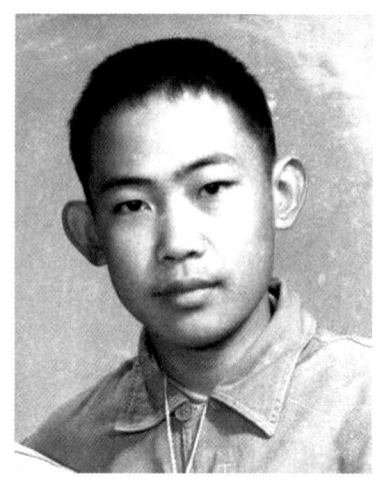

16岁下乡时的照片。

刘骥，原某电视台编导。北京93中学69届毕业生，黑龙江生产建设兵团1师6团22连农工，后调到兵团炼油厂49分队。

说起在兵团上大学，没有比刘骥更冤枉更憋屈的。大部分69届被人顶了名额，领导只是随口说个"光明正大"的理由，找个"冠冕堂皇"的借口，显得很业余。而刘骥是被人算计的。也就是常说的"有计划"的，是动了心机的。

个别领导知道，要是推荐上大学的人选，名额非刘骥莫属，于是就当机立断，提前一个月把他外调，来了个调虎离山。一个月后，外调任务完成，刘骥披着一身沉重的秋风回连队时，才知道上大学的工作已经结束，上学的人一只脚已经踏上了去哈尔滨的小火车，从哈尔滨再换直达北京的火车。一只细嫩的小手在寒风中逆时针抡摆，向欢送的人告别，由于手的转速过快，仿佛是一片白雾围绕团结在他的脸上。不晃动的时候就像一节白香肠。

第五章
金榜题名同风起

刘骥去找领导，领导没有说出个所以然来，突然说要给刘骥补偿。补偿？是明年让上大学？还是送到大庆的石油学院进修？领导揭秘了补偿的内容：给刘骥调到外连队去。

这是补偿？

从小生活在大学、一心想上大学的刘骥明白，在这里想上大学是绝无可能了。

1978年9月，刘骥回京。一年后他分到了人民教育出版社印刷厂当工人。这里的学习气氛很浓，不是比拼谁的嗓门高亢明亮，嘴大声高，更不是看谁给领导送了二两奶糖三两花生米，而是看谁工作认真，学习努力。良好的环境复苏了刘骥想学习的愿望。正好厂里举办高中补习班，为的是让青年工人参加北京市的高中文凭考试。与此同时，社会上的各种函大夜大以及电大也都粉墨登场陆续出笼。无数无缘正规大学的青年"一江春水向西流"，都奔向此路。一边是简易大学，但是国家承认学历，毕业后按干部处理；一边是高中班，毕业了还是外甥家族系列，照旧归工人，虽无大学文凭和实惠，可那是真实的文化水平。思前想后，朴实、老实、真实的刘骥选择了读高中。厂里参加补习的小青年都是高中毕业，人家补习是为了高中文凭和第二年的高考。和他们同堂读书，刘骥突然觉得时间的珍贵，再不抓紧学习，以后就没有机会了。

为了给学院的子女提高文化水平，以备高考，刘骥所住的学院——北京钢铁学院也办起了高中补习班，由于是许多教授讲课，教学质量冠绝海淀，而在时间上正好和厂里的补习班错开。刘骥也报了名。

在厂里的补习班，刘骥算是"元老"级的人物，在院里的补习班，刘骥已然是"老一辈革命家"了，但是他学习是最认真的。第一个来，最后一个走。

厂里的补习课听完了，赶紧往钢院的补习班跑。好在家就在钢院，路程不是问题。但是两边的作业却是重重地压在了刘骥的身上。还有每天的工作，还要照顾孩子……

有人劝刘骥推掉一个补习班，刘骥觉得两边互相补充，缺一不可。有人说凭你的能力，直接考上个国家承认的夜大学没有问题。刘骥说没有什么比学到真知识更重要的，现在再不抓紧补习初高中的文化课，这辈子就没有机会没有能力了。

战友们考取各种夜大、函大、电大的消息不断地传来。除了为风雨同舟的伙伴们祝贺，刘骥没有任何动摇。他沉浸在学习知识的满足中，他享受着在课堂上老师写板书的沙沙声。

他知道，文凭何时都可以补，即使是白发如同白雪的时刻，而在课堂上补习初高中的课程，这就是最后的机会了。他就这样不分春夏秋冬地努力着。

1984年，两个高中班的补习前后脚结业。刘骥以优秀的成绩拿到了两个高中毕业的结业证。

为了不留遗憾，刘骥报名参加高考。

这一年的高考很难。因为所有参加高考的都是实打实的高中毕业生，自1978年改革开放起，人家足足上了6年，拼了6年，他们几乎都是尖子生。不像1977年、1978年的高考，整体的起点相对低一些。

拿着准考证，有几分"风萧萧兮易水寒"的苍凉悲壮。古人说"三十而立"，可是现在还要与十几岁的孩子，不，是优秀的高中生，一同参加考试，决定未来的命运。

考场不相信眼泪。由于18年没有参加考试了，本该是强项的语文却考砸了。缺乏经验，时间没有安排好，作文没有写完。在兵团时，刘骥是4

第五章
金榜题名同风起

营报道组的骨干,写文章是拿手的,原本还指望语文挣分呢。

虽然接下来的科目考的还可以,但总分没有上去,一致被寄予厚望的刘骥以很小的分差没能考取大学,而补习班上一个成绩稍差的却榜上有名。

虽然失利,刘骥没有在遗憾、惋惜的圈子里打转,而是期冀着明年卷土重来,"蓄芳待来年"。刘骥又开始了艰辛刻苦的复习。

没有想到,1985年的高考换了一副模样。好像是村姑趁人不注意冷不丁穿上了旗袍,不是给人惊喜而是给人惊吓。这一年,有关部门做出一个决定:社会青年不许考正式的大学,只能考夜大、电大、函大。刘骥精心的准备被这样的决定毁灭了。

这个决定不应该是针对69届的,估计他们也不知道刘骥参加了两个补习班;阻挠、禁止69届入大学之说欠证据。但是这一届北京学生时时倒霉处处碰壁的命运是不容置疑的,是有目共睹的。

刘骥依然是笑眯眯的,他不觉得这样的决定有何不对。既然只让报考夜大、函大、电大,那他就选择离家最近、名气最大的北师大夜大中文系。他以优异的成绩考取,同样以优异的成绩毕业。

说起在兵团被"算计"的往事,刘骥说:"我没有恨,生活就是这样,你会遇到各种各样的人和事,那都是经历。没有一帆风顺的,我只当它是考验吧。"

李炎：
同是自学，待遇不同

李炎，北京某企业负责人。北京玉渊潭中学69届初中毕业生，黑龙江生产建设兵团1师6团6连农工。

到兵团短短的半年，李炎因表现好以及其他原因侥幸当上了通讯员。成为北京69届中"混得好的"开山鼻祖。

6连是6团里名列前茅的艰苦的连队，在这方面勇冠三军，独占鳌头。不仅是全团最偏远的连队，离团部那样的"大城市"40多里，还是唯一没有电的连队（后来有了），除了这两项得天独厚外，还有一个任何连队不具备的"优势"：那就是没有一台机械化交通工具、农用机械（后来有了）。全团所有连队再怎么穷，也都有台大轮子拖拉机或是迷你型的小收割机、压面机什么的。

没有交通工具，这通讯员的成色和荣誉就大打折扣，如同黄金，不是纯金，是合金了。

6连离营部20里，离团部40里，别的连队的通讯员可以坐本连的汽

第五章
金榜题名同风起

车、拖拉机去营部、团部取邮件,可是6连不行。6连只有牛车,牛车跑运输慢不说,关键是牛车也是奢侈品,每天的工作排得滴水不漏,根本也不可能让通讯员用啊。去营部取信,或是到团部邮局给大家寄包裹,6连的通讯员要么就拦别的连队的车,拦车没有得逞就要走着来回。

于是这个"好事"砸到了李炎头上。

后来当连队不再让李炎担任通讯员时,李炎没有任何的不愉快。他倒是很高兴,能和同学又在一起了。即使是下大田,他也不在乎。

干得好好的,李炎怎么就被削职为民解甲归田了呢?

一位资深老知青曾经专门研究过这个问题,并写出了一本未出版的专著。他最爱说的就是:我自古以来就是知青出身,祖上有许多人担任各个朝代主管知青的官员。大家说那个年代没有知青,老知青说哪个年代没有戍边?戍边者就算是知青。

大家开玩笑说老知青是"知青文化"传承人,"知青秘方"持有人,并送他外号是"世家"。"世家"认为,李炎被解职,重要的原因为他老看领导不让看的书。

在那个年代,又是在兵团的环境里,需要的不是你有多少文化,需要的是读上级指定的书,是看上级规定的报,由此来培养你对上级的忠诚。李炎作为连队领导班子的成员之一,必须与上级要求高度一致,所以不能读自己喜欢的书,更不能有学习文化知识的爱好。

兵团是不会任由知青私自读书的,想整治那有的是机会。不是不整,是时机未到。

机会跟在春天的后面来了。1972年春,全兵团大规模支援6师的工作开始了。1师是支援大军的主力,而下属6团是近万人的大团,是成立十几年的老农场,人多地广,兵强马壮,不少人都以自己的团队为自豪,走路也都是臀耸肩横的造型（据一些心地不纯的其他团的人说，现在也还有6团的人保持这一习惯。当然这肯定是夸张，当年有可能横着膀子走路，现在应该是站不稳的节奏了）。

6团下属1营有8个连，是规模最大的大营，支援任务就重重地落在了1营。6连的自然条件不好，本该是加强的，可是不知道为什么，上级领导举贤不避亲，给6连赠送了不少名额。李炎很"幸运的"榜上有名。

"刚到6师，只看见漫无边际的荒原和低矮摇晃的帐篷，这时才知道什么是艰苦，相比之下敢情原来的6团是天堂了。"李炎后来回忆道，"下了汽车活动一下身体，呼吸一下新鲜空气，忽然觉得嗓子憋得慌，原来是吸进了一嘴蚊子，以致说不出话来了。"

唯一让李炎高兴的是在这里遇到了大批的北京69届。

好像这里是北京69届专场。他们同样是不被"待见"的。别的省市知青都是入团入党上大学，出纳会计卫生员，文书机务（指开拖拉机）炊事员，而这些69届们却越来越"惨"，混到6师聚齐，从砖瓦房搬出，改为住帐篷的地步了。

在真正的"北大荒"，李炎和1营来的荒友们已经麻木了，既不愤怒，也不忧伤。因为他们习惯了被歧视、被打压。好在他们有了读书的习惯和能力。是读书陪伴着李炎渡过了第二次的磨难。1976年，李炎随大流才得以脱离6师回城。

回城后的境遇还算不错，李炎和2连的汪振耀被分到了北京长城风雨衣厂。那时的长城风雨衣厂是闻名的大企业，在北京乃至全国服装行业赫赫有名，能进这个单位也是值得高兴的。可是李炎和汪振耀还有理想，就是不满足于现有的状况，还希望能学到知识并做出成就来。于是他们商定报名北京红旗夜大学学习外语。这个夜大学离单位很近，而且也是国家承认

第五章
金榜题名同风起

学历的。

报名考夜大需要单位开介绍信。单位办公室的人显然有些惊讶，说是你们还挺爱学习的。这话不知道是支持还是讽刺，但是介绍信开得挺痛快。李炎和汪振耀琢磨着，在兵团就是因为读书被排挤、打击，最后被发配最艰苦的6师，现在的领导对读书是什么态度呢？会不会又心生记恨，再找个机会报复呢？北京海淀有个六郎庄，不会再发配到那里吧？

三天后，二人接到了通知，让去厂部办公室一趟。报复这么快吗？在兵团可是在读书一年多以后才被发配的，这次才三天啊。北京不愧是首都，效率就是高。

"西边"出来的太阳是个什么样呢？厂长热情地接待了李炎二人并表扬了二人的学习劲头。这是李炎下乡以来第一次听到表扬，也是小学毕业后十余年的第一次。过去因为读书被撤职、被排挤、被发配，如今居然因为爱学习得到了表扬。

更让李炎和王振耀没有想到是，厂长说要把他们二人调到质量科、技术科。

是真的吗？同样是读书，在兵团遭打击，在北京竟然被重用。同样都是"姓北"，这差距怎么这么大呢？

李炎和汪振耀分别到了质量科和生产科后，很快成为业务骨干，并迅速同时升为科长。作为质量科长，李炎看到规章制度的缺失，他参考国内外企业的资料，利用休息时间写出了一份质量注意事项。没有想到的是厂领导十分重视，稍加修改后成为了全厂的质量规章制度。要求各部门严格执行。不久后，各兄弟企业前来取经，重点就是这个规章制度的建立和如何落实。由于行业以前从没有过标准，这个标准成了全行业的标准。李炎一下子成为行业的专家了。北京企业前来取经，外地的企业请他去做讲演。

给别人讲课，也是自己学习的最好时机。李炎的视野开阔了，在提高风雨衣质量方面做出了突出成就。他还主笔起草了风雨衣国家标准并获国家标准局批准颁发全国。不久后，他因业绩出色，被调入行业的最高主管单位——纺织部。

在部里工作，这是很多人奋斗的目标，可是按部就班的日子李炎不适应。几年后，他辞职，去和朋友开办自己的公司，其中风风雨雨，有起有落，但是他很愉快。

同样是自学读书，可是在北大荒和北京完全不同。一个是对他处处无视，8年的光阴都是在不被信任中渡过的。北大荒虽大，却无处安放尊严放飞理想，留下的是失败和落魄；一个是对他无限信任，让他自由发挥，最终得到了收获，留下了一串串的精彩人生记忆，让他的脑门闪着永远的笑意。

6团部分69届知青合影，左三为李炎。　　摄于1971年。

第五章
金榜题名同风起

寒小风：
变大荒为大学堂

有单个北京69届自学的，也有组织起来共同学习的。他们自己创造条件，抱团学习，一起成长。寒小风，北京34中学69届初中毕业生，黑龙江生产建设兵团43团农工，原《中国校园文学》杂志社主编。寒小风就是集体学习的组织者。一些知青回家探亲，无论是逃跑或是正规探亲假，都是先好好地游山玩水一番，玩够了再去采购，等到回兵团时大包小包，咸菜黄酱，挂面奶糖，装得满满的好留着回北大荒开小灶。可寒小风与别人不同，他回到北京哪里也不去，只是一头扎进了父亲的几百本中外文学名著中。父亲在军队从事文化工作，名著是必备的参考书，所以全部保存下来了。

为了能在北大荒继续"开读书小灶"，寒小风探家归来带回两提包中外名著。

那个年代除了八个样板戏和两个写农民的长篇小说可以看外，其余都是大毒草，那两个作品写了两个农民：一个是历史上的农民——李自成；另一个是当代的农民——高大全。

寒小风带回来的书与农民不沾边，自然都是上面认定的"大毒草"。此前已经有不少人因为传看、传播"大毒草"而遭殃。

没有想到的是，连队领导并没有把"大毒草"当回事，可是一些老知青却很生气，这些69届太狂妄，谁都不服，还老挤对别人，现在竟然公开带"大毒草"。他们在大会上批判寒小风，说他"散毒"，说他就爱"大毒草"。

"看这些大毒草是革命的需要。"面对突如其来的发难，寒小风早有准备。一句高喊让会场静下来。

"看这些大毒草是为了批判。要打败敌人，就要知道敌人在哪里。要想批倒大毒草，认清封资修的本质，就得看，不看书，你们都不知道这些毒草怎么放毒，毒在哪里，怎么批判？就凭你们在这里高喊口号吗？"寒小风一番话语让质疑者无语，更加上连队领导的开明，反对者也没有掀起预想的浪潮。

寒小风庆幸赶上了好领导，他不知道，袒护他读"大毒草"只是小菜一碟，连长还给他们预备了一个大惊喜。

多年以后，当寒小风回忆起这件事的时候，同是兵团战友的同龄人都为这位连长点赞。

干了什么事，让北京69届如此敬重？

连长让寒小风牵头，成立一个连队图书室。

惊喜过后，寒小风全力以赴筹建"北大荒北京中学"。这是他们自己命名的。除了奉献出自己的部分图书，因为有不少书当时正在受批判，实在无法全部拿出；寒小风又到分散在各连的同学那里筹集了一部分，近百

第五章
金榜题名同风起

种图书已经是规模庞大了。更让寒小风感动的是连队还拨出几十元钱，他用这笔钱自作主张买了一套《史记》。

"为什么要花那么多的钱买那么厚的《史记》？"有领导不理解，认为《史记》太贵，不如退了多买几本通俗易懂的小薄册子。

寒小风灵机一动，想出一个理由，这套书是毛主席他老人家推荐的，他的床头就放着《史记》《资治通鉴》。

这个理由是最有说服力的，在那个年代，毛主席的话谁敢不听，听到寒小风如此强有力的解释，连队的领导们如释重负，因为他们有了抵挡的借口了。

这个图书室其实就是专门为69届办的，他们对这些从没有看过的书有强烈的兴趣。劳累了一天的老知青回到宿舍就倒头不起，很早就入睡，偶尔去一次图书室也是蜻蜓点水，因为他们大都学过了。而69届们却对这些知识如饥似渴，读起来彻夜不眠，直到被连长强行关灯，关图书室，69届才意犹未尽地回到宿舍。

69届被书中的知识与学问所吸引，他们明白了自己的无知与幼稚，他们也明白了自己与老三届的差距。书籍改变了北京69届，初来时的骄傲与浮躁，后来的焦虑与不安，再后来的沮丧与沉默，都因为读书而消失了。

"在北大荒的那些日子里，我们一直坚持读书，读书让我们充实、自信、强大。回城后我们看过好多描写北大荒的作品，大都是写苦难，磨难的生活，然而我认为并不是北大荒生活的主流。其实北大荒的生活是一种体验，是一种快乐，我在那里待了9年，从苦难中体验到无尽的快乐。"当年图书室的创建者，《中国校园文学》主编寒小风如此评价当年的北大荒经历。

寒小风所说的快乐，就是指这种读书的快乐。他和北京69届的同学们失去了上学的机会，却用图书室的方式弥补了被耽误的读书岁月，实在是不幸中的万幸。

当1978的春天来临，知青开始名正言顺地返城后，寒小风甚至不想回北京，他想在这里继续劳动、读书、成长。因为他和图书室和北大荒建立了浓厚的感情。他甚至创立了开荒计划，打算把连队的耕地面积再扩大一半。

一天傍晚，当寒小风还在离连队50里地之外开荒时，通讯员送去了他回城的调函。可寒小风只是慢慢地将调函放进口袋中，他不像大多数的69届那样，接到调函后涕泪滂沱，或仰天长啸。朝思暮想回京的寒小风舍不得黑土地，更舍不得那办了9年的图书室。9年间，不管工作多苦多累，大家都会在这里聚齐，默默地读书，有时竟忘了吃饭，打的饭放在书旁；有时是困得趴在书上睡着了，为了继续读书，从外面抓一把雪塞进脖子里，人一下子就精神了。小小的图书室，有一届学生的青春岁月，有一条北京孩子的求学之路……

寒小风和他的伙伴是幸运的，他们遇见了罕见的连队好领导。为此他们有幸在那个"文化荒漠"的年代独自徜徉在知识的绿洲，使他们日后在北京的人生路上能斩关夺隘，一路向前。他们虽然刚返城时也焦急地等待，紧张地奔波过，但是很快就凭借学到的知识，在各自的行业站住了脚，并迅速迈开了腾飞的步伐。他们中有人成为领导干部，有人当了教授，有人成了著名学者，这样的成就在老三届里司空见惯，然而对于北京69届来说实属不易。

第五章
金榜题名同风起

黄效东：
在行万里路中探求真知

黄效东，曾任中国革命博物馆办公室主任，《中国商报》部门负责人，现为多家收藏市场负责人及拍卖公司顾问。北京安德路中学69届初中毕业生，黑龙江生产建设兵团3师29团1连农工。

因为没有降雪，2018年北京的初冬显得很不正规，好像季节的脚步不曾为时光赶路，还在深沉的秋天里徘徊。于是一城的人都仰望着天空，期盼来一场雪，哪怕是掉几片薄如蝉翼的雪花。

在北大荒的时候，什么样的雪没有见过？连续几天的大雪，时下时停的中雪，轻柔飘逸的小雪；大的如鹅毛，小的如小米；从"十一"到来年的三月，都是在雪的飘摇中度过的。经历了这么多的雪，对雪还有什么向往呢？黄效东脱离了盼雪的人群，独自踏上了南行的路。南行不是寻找温

暖的港湾，躲避严寒的北国，他要到南国的云南，去走走当年的远征军走过的远征路。

"少年的时候一直向北，中年的时候一直向西，年老的时候一直向南，读万卷书是一生的目标，走万里路是一生的计划，把世界上的事情弄清楚是一生的信念。"

"什么叫人生的成功？活明白了就是成功。"

对于自己的南行，黄效东是如此解释的。

向北，是没有选择的远行；向西，是自觉地对红军长征的敬仰；这次向南走远征路，是自愿地探求那些在抗日战场上的军人的英雄事绩。

在兵团的时候，黄效东朝思暮想的就是想学知识，想上学。他对那些"好事"如当班排长，当文书出纳卫生员等根本不感兴趣。在这方面还有一个笑话：那一年连队改选团支部书记，大家一致推荐黄效东担任新的团支部书记，就差在大会上宣布了，可是一翻档案，才发现黄效东还不是团员。

表现优异才能被选为团支部书记，既然能选为团支部书记，那也完全够得上上大学。可是无论怎样努力，他的目标都没实现。这不仅因为北京69届的受歧视以及自身的水平不够，还有一个重要原因，就是黄效东"出身不好"。

黄效东的父亲曾经是二野的军人，这算是革命干部家庭出身，可是黄效东有个大爷叫黄翔，原是国民党92军军长，就是因为这个背景，黄效东在兵团受到了"可持续发展"的歧视。一遇到事关前途的好事，出身这件

第五章
金榜题名同风起

事就会被提出来，黄效东就与入团入党上学无缘。这个大爷始终左右着黄效东的命运。没有好事的时候这个大爷远在天边，遇到好事了就突然出现在眼前。弄清忽远忽近的大爷当年在云南浴血奋战抗击日寇的历史，也是这次南行的一个目标。

"南北的路你要走一走，千万条路你千万莫回头"，在《中华民谣》的歌声中，在行万里路的豪情中，不贪图风花雪月，不向往风和日丽，不冒充颈椎病爱好者那样故作沉思抬头望天，黄效东挺直了在北大荒打下的硬身板，窜上了永葆青春活力的列车，踏上了求真相的路程。

作为当年的北京69届，昔日的兵团战士，黄效东虽然已经到了办老年证的年纪，却怀揣着求知的理想，风尘仆仆地奔波在前往遥远的异乡的征程上。

"在兵团时我们69届是最没有文化的，这属于先天不足，虽然回城后通过各种方式拿到了大学文凭，也学到了一些知识，但是不系统，不扎实，也就是后天不足，所以要永远学习。"黄效东的这番话，是这次远行的原因，也是许多求奋进的69届的心声。

因为"出身不好"，黄效东在兵团的日子凄凉而又漂泊。到兵团3个月后，被派去制糖酒，也就是做酒，之后在科研班又尝试着种花生、种绿豆，种了许多北方少见的品种，做了各种实验，可是无一成功。就像零落散淡的没有质量的兵团经历，也像不流畅不清晰的青春，10年都没有一项收获。

但是有一件事却让黄效东一直感到自豪和温暖，那是10年间唯一的成果——他和几个荒友办起了一个图书室。29团1连是原农场的场部，有一间仓库，那里存放了一些劫后余生的图书，由于是"毒草"，没有人去"招惹"，谁都怕惹祸上身。黄效东不怕"惹祸"，反正什么也不要求，什么也没有得到，在克服了许多困难后，大胆办成了图书室。小小图书室如同汪洋中的一条船，载着少年的理想遨游在知识的海洋里。

有了知识的陪伴，焦虑的心儿就不再流浪；

有了书读的日子，黑土地的寒夜就不再漫长。

在兵团10年，那间图书室是黄效东最大的慰藉和成就。

在那个年代，又是在兵团这样的环境里，图书室是很难长久的。上级领导决不允许知青读书，他们不需要有知识的人，只要无头脑的"卒"，而且是有去无回的卒。就像象棋中的卒，只能向前走不能回撤一样。一年多后，图书室一言不发两眼泪流地关门了。

"在那些没有书读的日子里，我们只有昏吃傻睡，没有寄托，表面上嘻嘻哈哈，实际上内心异常痛苦。看不到未来，完全没有希望。那是我们人生最痛苦的日子。"对于图书室的无奈长眠，黄效东沉痛地回忆道。

经历了比别人更多的曲折，在北大荒熬了10年后黄效东才回到北京。回到少小离家的京城，黄效东第一件事就是要上学。几经斟酌，他报名参加了北京师范学院的夜大学历史系的考试。黄效东之所以选择学历史，原因是"四人帮"多年来翻来覆去，颠倒黑白，不断地糊弄百姓，就是首先篡改了历史，才得以售其奸的。

与别人不同，黄效东把复习备考的地点选择在了景山的万春亭。这里是北京的最高点，海拔88米。连接南北，贯穿京城。学历史，就是要站在最高点。站在这里回身北望，似乎能够感受到塞外那缥渺的大雪和黄沙；向南看，却是真切的金碧辉煌和春风徐来。升起和降落的阳光穿过了亭子，丰满了亭子，连接着东西方向。每天早上公园开门，黄效东便以冲刺的速度占领万春亭，他怕谈恋爱的抢了先。直到夕阳染红了京城的傍晚，公园筋疲力尽地关门了，黄效东才拖着疲惫的身躯最后一个离开。

在这里复习功课考大学，绝对是兵团知青中的独一份儿。

第五章
金榜题名同风起

三个月后，黄效东考上了北京师范学院夜大学历史系。随后的路就是文章开头所介绍的了。

在云南，黄效东来到了讲武堂、西南联大的旧址，找到了滇西的旧战场。在这片被抗日军人鲜血染红的土地上，他不仅详细了解了这一段历史，更明白了父辈们"共同的魂"。

1944年9月14日，国民党第11集团军总司令宋希濂和他的部下，经过100余天的奋战，以伤亡近两万余人的代价，全歼了盘踞在云南腾冲的日寇，收复了腾冲，这是中国第一块光复的土地！捷报传开，举国欢庆！

透过历史的硝烟，拂去意识形态的迷雾，黄效东看到了父辈们同样的精神世界，那就是曾经的黄埔军规：升官发财行往他处，贪生畏死勿入此门。

为找到这样的军人魂、民族魂，黄效东最真诚的举起手，向有"共同的魂"父辈们敬礼！

在滇西抗日纪念馆的中国远征军名录墙上，黄效东找到了战死在缅甸的堂爷爷和活着回到国内的大爷的名字。

骄傲和尊敬的泪水一瞬间夺眶而出。黄效东一遍又一遍触摸着墙上亲人的名字，似是与亲人劫后重逢，又如痛别英烈。他为有这样光荣的前辈自豪，为历史在这里以原貌矗立而欣慰。也为自己迟到的找寻先辈而自责。

在这里，他知道了历史永远是不容篡改的。胡适说过的，历史是任人打扮的小姑娘，绝对是错误的。只有谎言才是任人打扮的小姑娘。

尽管这些英雄偏居西南一角，但是在历史的长河中，他们正在逐渐走上殿堂，并将永远占据重要的位置。

他为这两位家族的光荣、民族的英雄鞠躬再鞠躬至三。

北京 六九届
BeiJingLiuJiuJie

梁刚建：
努力与幸运，感谢新时代

梁刚建，中国广播电视报刊协会会长，原《中华读书报》总编辑。北京21中69届初中毕业生，内蒙古生产建设兵团2师18团农工。1978年7月份参加高考，考入中国人民大学第二分校，毕业后分到《光明日报》，10年后创立了第一张全国范围的读书类报纸——《中华读书报》，也是这张报纸的第一任总编辑。

作为一名表里如一的小学生，与前面的老三届，后面的高中生一起扎进1978年的考场，并且最终进入大学，梁刚建绝不是凭着复习的准确，押题的凑巧，而是扎实的"童子功"，以及对学习的渴望，还有在兵团8年不间断的读书学习。

如果说上面的三点是许多学子的标配，那么梁刚建还有一个"高配"那就是北京69届初中生共同的特性：永不服输。

第五章
金榜题名同风起

梁刚建就读于北京弘善寺小学。这个学校以按学生的成绩编号闻名于那个年代的京都。当时北京有不少"高级小学",学校虽然名气大,级别高,甚至还有校长是正团级干部的,可是他们不敢按成绩论英雄,怕把领导的孩子排在后面。梁刚建小学6年,一直都是001号。用今天的话就是"学霸"。6年"称霸"让梁刚建的眼光瞄向"高处"。他钟情男四中,他仰望清华。一个"清"字让人顿生敬意。清廉,清秀,清馨……

中学上男四,大学读清华。梁刚建自定未来。

自定的未来成了无法实现的梦。1969年8月,随着政治家挥动的巨手,他和同学就到了内蒙古生产建设兵团。1977年,梁刚建回到北京。

8年的兵团生活,只是增添强壮的筋骨,大脑内部空虚依旧。对别人称呼他为知识青年,他佯装没有听见。没有知识,还怎么敢戴着知识青年的大帽子在北京的道路上穿行?

为让大脑比筋骨更强壮,梁刚建决定参加1978年的高考。每天下班后他就骑车来到中山公园的河边,在长椅上复习高考练习题。河对面永远有个唱京剧的老人,永远唱着诸葛亮的《空城计》。那唬人的历史故事,被老人家唱得像苍白的风筝挣扎在天地间。

后来梁刚建明白了,那老人是被《空城计》迷幻了又清醒的,老人曾以为这是大智慧,没有想到只是计谋,可是为时已晚。所以他用这样的歌声和方式表达失望,也许是提醒。

梁刚建大声朗读复习的内容。与老人家相反,那声音不是摇摇晃晃,而是直上云霄。

河水流淌的不是水,是迷途知返者和奋发向上人的泪。

1978年7月20日,梁刚建和北京汽车制造厂的20余名工友迈进高考考场。这是决定他们命运的一次决战。是高考中的,还是名落孙山,两种结果带来的是截然不同的人生轨迹。

这次高考科目有5门,每门100分,满分500分。考试结果,梁刚建考了318分。这在当时已经很不错了。5门功课,相当于考了4门。因为梁刚建放弃了理化的复习,精力全部放在另外4门,理化的成绩为12分。

当时北京的报考人数非常多,可是录取名额有限。有关部门确定了两条杠,300分是及格分数,320分是录取分数。梁刚建只差2分没有录取。他准备第二年再参加高考。

但是命运这一次罕见地垂青了北京69届。

1978年10月,天津市委书记林乎加调任北京市委书记。这是个尊重知识、爱护年轻人的领导。他在天津时做了一件大好事,高考扩招了8000人。他到北京做的第一件事,就是大学扩招。他在北京市委扩大会上说道,那么多的考试合格的青年人不能进学校读书,不能上大学,对他们不公平。这是他们这一辈子最后一次机会,可能他们一生再也没有机会上大学了。国家不能再等了,年轻人也等不起了,大学老师也不能再等了,现在要抢时间把教育抓起来。大家共同想办法,这件事一定要办。

在林乎加的指示下,教育系统积极行动,机关、工厂全力配合,仅仅用了4个月的时间,就很快建起了36所分校,整个北京市扩招了16000人。

1979年2月,从天津来的"早春二月"拥抱了京城。16000名扩招生在首都体育馆参加了史上最大规模新生入学大会。林乎加发表了让大学生终身难忘的讲话:"虽然你们少考了几分,但是你们不比他们差。现在的学校条件艰苦,希望你们珍惜这次机会,中国百废待兴,急需人才。"

梁刚建记住了那次入学大会,记住了林乎加的讲话,更记住了开学的日期。在春天入学,这也是空前绝后的。带着渴望和感激,梁刚建进入中国人民大学第二分校。校址在北京丰盛胡同,即以前的丰盛中学。

第五章
金榜题名同风起

从小学的001号，到中国人民大学的学生，中间度过了漫长的荒芜的岁月，渡过了一个空荡荡、冰冰凉、草黄风无语的年轻时光。虽然没有进入梦想中的清华，但是也很好了，梁刚建已经很满足了，因为人生也开始扬起了风帆。而有多少同龄人还在为工作、住房、文凭挣扎。

既然有如此良机，就用你那刚强的翅膀，去建设你的祖国，去建功立业吧。刚建，正好是这两句话的核心字眼。

在绵绵的春风吹拂下翻开书本，这是多么快乐和美妙的事。本来就是春天播种，秋天收获。这比9月1号开学更有意义。

"年轻的时候去了兵团，在盐碱地上种稻子。那8年的时光对我们这一代人产生了很大的影响。虽然荒废了学业，但也锻炼了意志。这意志对我们回城后的工作起了很重要的激励作用。激励我们努力工作，想法弥补那被耽误的时光。所以我们许多人工作时勤奋，退休后依然努力，这无关乎名利。"梁刚建说道。

从梁刚建担任会长至今，他几乎走遍了大部分会员单位。用他的话来说就是"一刻不能闲"。

回忆往昔，梁刚建感悟：人生的每一次经历，不管是顺境还是苦难，都会增加你的生命的厚度。在未来的一个阳光灿烂的日子，所有的苦，你都会笑着说出。

庄默石：
大字写在荒原上

庄默石，中国民间艺术家协会印刻专业委员会主任。北京15中学69届初中毕业生，黑龙江生产建设兵团1师7团农工，现为著名的篆刻家、书法家。曾为韩国前总统金泳三、金大中、卢武铉、李明博，朝鲜劳动党中央委员会总书记金正日，联合国秘书长安南以及国内许多要人及名人治印。"新北京，新奥运"的刻章就出自他手。

"我们这届学生虽然失去了上学的机会，但是没有失掉梦想和努力。我们努力的第一笔写在了茫茫的荒原上。"

假如不是"文革"的爆发，庄默石一定会考上一所好的中学，继而考上一所好的大学，好到全国闻名。可惜人生没有假如。庄默石出生在一个"印人世家"，其父庄半石红遍京城印界，庄默石自幼就对书法篆刻产生了浓厚的兴趣。当同龄的孩子尚在调皮玩耍之时，庄默石就能刻出有模有样的印章，并能写一手反字。别的孩子湖面荡桨之时，庄默石却在一笔一划练字，一句一首背诗。一方石章，刻了磨，磨了再刻，直到短的拿不住了，才另换一方。用现在的眼光来看，年少的庄默石不是神童，起码也应该算是特长生

第五章
金榜题名同风起

吧。命运把这一届学生抛向了北大荒，69届才明白自己的处境有多难，环境有多险，他们才知道期盼着马上要离开的学校，是多么温暖的乐园。面对无言的荒原，庄默石发出"生莫虚度，我志在何处"的呐喊。

十五六岁的孩子分配到三千里外准备打仗，学识上贫困，属于刚刚识字；经历上空缺，是一张白纸；身体上发育不良，是一颗豆芽菜。一届学生，戴着一穷二白的帽子，志在何处？未来在何处？庄默石和69届们问荒原，问苍天，问秋风，没有答案，无人作答，只能自答。庄默石很快从最初的悲痛中觉醒，他又抄起写字的笔，治印的刀，延续着在北京养成的习惯，笔走龙蛇在天地间，凝心静气于方寸上。尽管他不知道未来的路，但是他知道不能虚度光阴。老三届可以收工后睡大觉，砍大山，人家有资本啊。69届有什么资格去休息呢？连队让庄默石去放牛，不知道这算是对他的照顾呢，还是对他每天晚上练毛笔字的惩罚呢？冬天的北大荒原野上是不化的积雪，恰似一张大纸，庄默石把牛安排停当，他就牛鞭当笔，在雪地上练字，直练到手冻得拿不住笔，胳膊无法伸直，那些牛儿围在他身旁，似催他回归，庄默石才停止。一往回走，庄默石才发现自己的脚冻了，他拖着麻木的双腿往回走，没几步就摔倒了。他扶着牛把自己挪到宿舍，好不容易脚暖过来了，可吃饭时又发现手冻肿了，拿不住馒头了，他只能把筷子插在馒头上，攥着筷子吃馒头。第二天，庄默石依然在雪地上疾书。

一场大雪覆盖了庄默石的杰作，但是覆盖不了庄默石刻苦自学的意志。冬去春来，积蓄已久压抑一冬的理想随着春风长大。一场大雨，让久旱的技艺得以滋润，飞速增长，在北大荒8年，庄默石在更繁重的劳动之余，除了练字、治印，他还利用任何一点点时间自学，唐诗宋词，中外诗歌，文学名著哲学社科，无一不是他涉猎的对象。这为他日后的艺术之路奠定了坚实的基础。

第六章
万里情思融热土

掀起69的盖头来

69届初中毕业生,这是一届默默无闻低调平凡的初中生。老三届的队伍里没有他们,新7届的行列里又被省略,但是他们平凡的人生并不平庸。他们做出了让人称道的成就,书写了无愧于北京孩子的光荣。

遗憾的是,一说起成就,北京69届就被无视,成就就归功于了老三届。如果说起年幼无知,当年的红卫兵打砸抢,就会把所有的不良过往都连带地扣在北京69届的头上。

其实红卫兵、造反派这些"高大上"的"历史荣誉"和北京69届没有一毛钱的关系。

他们到底是怎样的一届学生?

作为在北大荒待了10年的"资深"兵团战士,曾在中国革命博物馆任办公室主任的原3师29团的黄效东认为,北京69届没有受到初中文化教

第六章
万里情思融热土

育，文化水平只是小学生，相当于一张白纸。这是一代人的大不幸，但是也正因为如此，他们没有被"四人帮"长期灌输的意识形态所摆布，头脑中几乎没有错误荒谬的概念，本性善良，后天仁慈，不像有些前几届的学生满脑子都是恨，后来这仇恨又成为怨。北京69届心中充满着爱，充满着向往，正如同是一张白纸，好写最新的文字，好画最美的图画。小学教育中传统文化的谦逊接受了，中学里那些阶级斗争的课文、正文反教的事情完全没有经历过。如莫泊桑的小说《项链》，原来是讲诚信的，却被当时的教育者无情嘲笑；回城后适逢改革开放，科学、平等的精神也在他们的头脑中扎根，很快接受了新的事物。在工作岗位发扬了在兵团任劳任怨不求名利的精神，再加之善良、仁慈、勤奋努力，所以不少人都取得了成就。

"这一届北京初中生是独特的，是勤奋的，是空前的。"黄效东如此定义。

黄效东就是这样的一个典型。

作为同事，笔者曾与黄效东在一个单位近20年，他工作刻苦，待人真诚，儒雅文静，走到哪里都会得到称赞，做什么工作都能出彩。1990年在中国革命博物馆举办的那次《魂系黑土地——北大荒知青回顾展》，黄效东既作为场地方的代表，又身为举办方的大将，协调两方解决了许多难题，为展览成功举办出了大力。一位中国革命博物馆的领导说，新中国成立后博物馆有两个轰动全国的展览，一个是周恩来的事迹展，再一个就是这次的《魂系黑土地——北大荒知青回顾展》。

《寻找我69届的伙伴》是社科院研究员北京69届初中生李向前的杰作。这篇文章对69届的描写和评述详尽，在广大北大荒知青中流传。

文中深情写道："但愿我们的祖国，不要忘记我们这群曾经那样幼稚却特别执著的孩子。"

为什么会有"但愿不要忘记"的担忧，说明可能已经忘记了。

文中写道："既有一份荣耀又带有几分沉重，这是我见到的伙伴们（指北京69届，作者加）的心情。我常想，历史的积累，也就如同一个建筑的砌造，是由一砖一石叠垒而成的。在共和国历史上，有这样一批人，他们曾用稚嫩的肩膀，担负起对祖国的奉献。他们像一堆堆砖石，把自己筑在了祖国的基础上。"

李向前的形容很准确。他也曾经是69届下乡到兵团的一员。1954年出生的他本该是70届的学生。早一年上学的结果是被分配到了北大荒。他又是幸运的，1978年恢复高考，他考入中国人民大学历史系，1985年考入中国社会科学院研究生部近代史学系，毕业后从事现代史和中共党史研究。作为历史工作者，他对69届的分析比较深刻。

李向前在文中写道："统计数字，同我们一起长大的伙伴们恰巧在新中国第一次人口生育高峰之初（第一次生育高峰在1953—1954），全国新增人口2784万，平均增长率为2.2%和2.5%。这是在结束战乱与缔造和平的巨大转换，才孕育出了这批小公民。又一个高峰是，1954年—至1963年之间。

"1960年创造了一个小学入学高峰，虽国家受难，但数百万小伙伴进了学堂。

"1966年'文革'突然来临，这对我们这个特殊群体来说伤害无穷。十二三岁的我们瞬间失去教育，被抛向了革命。

"40余年前一同前往北大荒的我的伙伴们如今再也没有了幼稚。他们饱经了风雨，磨炼了意志。他们为建设北大荒出了力、流了汗、也流过血。他们平凡得几乎没有人记起，但却是大江大河里不能缺少的颗颗水滴；他们虽没有显赫身世，但却是为自己命运拼搏而无怨无悔的人。

"对于那段十五六岁孩子们的磨难，他们没有怨恨，大家都把它看作

第六章
万里情思融热土

是人生的一个际遇,一段永远有滋有味的歌。大家只怀着'平常心'去瞻望未来。

"唯一使大家遗憾的是,69届常会被人们淡忘。当人们把老三届作为一个时代符号,竟无意间遗漏了紧跟在后面的一大群孩子。

"但愿不要忘记我们这群曾经那样幼稚却特别执著的孩子。"

李向前的描述和介绍既有数据也有真情,读来让人心动又信服。

两位学历史的对69届做出了如上的描述,准确恰当,得到了多数人的认可。

原1师7团69届北京知青孟凡贵的评价别有风味,幽默、形象、好记。不愧是相声表演艺术家。

"生下来就挨饿,上学不上课;

十五六下乡,青春荒里过;

回城没工作,结婚没有窝;

别说当厂长,组长都别想;

生孩子就一个,下岗一大摞;

既然边疆吃过苦,再吃一次算什么;

咬牙向前追,小学生不掉队。"

某社科院研究员张宇英对69届有个评价,受到大多数人的认同。

"小69没有'文革'资历,只是看客。当那些老三届斗倒了'走资本主义道路的当权派',打趴下那些辛勤培育他们的老师后,他们又搭乘火车、轮船到全国各地名曰串联实为旅游,在那些美丽的城市吃不要钱,住不要钱,坐车不要钱,他们享受着'革命功臣'的待遇;所以就是'造反有功，旅游有理'。老三届折腾够了，闹得社会不安宁，于是他们被分配去上山下乡，可我们69届好端端的也给发到了乡下，还是准备以血肉之躯抵抗苏军的铁枪钢炮，十五六岁的孩子分配到三千里外准备打仗。"

根据多方的资料及同龄人的认知，以及专家与专家爱好者们的观点，综合分析出69届初中毕业生有如下特点。

一、史上最牛的"特长生"，新中国教育史上空前绝后的"7年半级"小学生，也可称为7.5级小学生。1966年6月，"文革"在全国爆发。当时还没有演变成69届初中生的66届小学毕业生已经进行完毕业考试，正准备参加更为严格的升学考试。此时上级下令，全国学校停课闹革命，66届小学毕业生暂时不能进行升学考试，原地停课闹革命。这一命令如同当头棒喝，把十二三岁的孩子打得寸步难行，像是拉磨的驴开始了长达一年多的原地转圈。他们在小学时间最长，比起以体育好为特色入学的各种"特长生"，69届初中生在小学阶段是名副其实的"特长生"，7年半小学，基础雄厚。如此看来，66届小学生人人都是"特长生"。改革开放后邓丽君有一首歌，歌名叫作《你怎么说》。歌词稍加改动，可以用在当年的小学生身上。

"你说过两天来考（原词看）我，
一等就是一年多，
三百六十五个日子不好过，
你心里根本没有我，
把我的中学还给我。"

二、"文革"初期的专业观众。1966年"文革"爆发，不少人是既当演员又当观众。上窜于舞台慷慨激昂，下跳于密室狗苟蝇营。而中央文件规定，小学生不得参加"文革"，后又下文，不许小学生外出串联，似乎是万分关心这些孩子。可是后来却把这届学生分配到离家最远的地方。所以66届小学毕业生（当时还没有升入中学，暂时这样称呼）只能自始至终地安心当观众，成为这场大革命唯一的专业观众。

三、69届是"文革"所谓教育革命的试验品。在"四人帮"看来，建国17年来，学校是资产阶级统治的，是只重视专（就是学习）而不重视红（就是革命）的，是资产阶级与无产阶级在争夺接班人。为改变这种现象，"四人帮"把69届当成了教材改革的对象。从这届中学生开始，之前的教材一律停用，临时编凑一些近似口号的宣传册子，这样的册子没有知识只有套话，教这种套话是名正言顺的误人子弟。好在69届也没有人认真去学。

四、69届是唯一一届没有多少知识的学生。"学生也是这样，以学为主，兼学别样，既不但要学文，也要学工、学农、学军，也要批判资产阶级。学制要缩短，教育要革命，资产阶级统治我们学校的现象再也不能继续下去了。"1967年下半年，各地中小学复课闹革命，66届小学生进入中学，就是完全按照这一指示来安排教学的。不过由于时间仓促，以学为主不知道学什么，只能在课堂上读语录或是读报纸；兼学别样倒是简单易行，只要去农村拔麦子、工厂扫车间、军队练正步走即可。"为主"的没有学，"别样"的也没学好。

69届的分配去向就是上山下乡。1968年12月，最新指示：知识青年到农村去，接受贫下中农的再教育很有必要。要说服城里干部和其他人，把自己初中、高中、大学毕业的子女送到农村去，来一个动员，各地农村的同志们应当欢迎他们去。这一指示是针对全体待分配的学生的。

"618"批示决定了69届的去向。因为这一批示，69届大部分去了黑龙江，还有的去了内蒙古、云南等。在这一批示下，北京69届初中毕业生除了小部分去了内蒙古、云南外，大部分到了北大荒。因此诞生了"连锅端"的历史名词，而上海则把69届送下乡称为"一片红"。连锅端，流露出北京人对这个做法的不满，疑似暗讽上级有泼脏水之嫌。而上海的"一片红"则表现出上海的积极态度。领袖的两次指示加一次批示，影响了一届学生，实属罕见。

五、69届是唯一两次连锅端的一届学生。俗话说人不能两次被同一块石头绊倒，那能两次被同一口大锅绊倒吗？事实证明还真能，69届就经历了两次被同一口大锅绊倒（端走）的逆袭大剧。第一次是1967年下半年，66届"高龄"小学生全体就近读中学，不用任何考试、考核，不管你是什么水平，也不管学校是何等档次，只要学校在你家门口，哪怕是全国重点，你也可以凭着"就近"的原则大摇大摆地集体冲进去。这是他们第一次连锅端。1969年秋季，在上级的指示下，又一次连锅端到了北大荒。

六、这是唯一一届以小学生知识中学毕业生身份下乡的学生。虽然在中学待了1年多，也拿到了中学毕业证书，并以初中毕业生的身份到了黑龙江生产建设兵团，可是在1978年，有关部门做出了一个同样是空前绝后的决定，让69届重新参加中学毕业考试，实际上就是否定了69届的原中学毕业身份，变相宣布69届为小学毕业生。这样的宣布无异是说，69届是不该下乡的，让他们去是错误的。因为最高指示是把"自己初中、高中、大学毕业"的子女送到农村去，其中不含小学生。中央用这种方式否定了"四人帮"搞的"教育革命"、上山下乡，批判了"四人帮"的倒行逆施。可惜的是这一良苦用心没有得到多大的回响。

七、唯一一届有两个初中毕业证书的学生，这样的状况空前绝后。

第六章
万里情思融热土

1969年，69届轻而易举地拿到了初中文凭，10年后的1978年，他们经过考试，比较容易的一次考试，又拿到了文凭。但是令人哭笑不得的是，尽管文凭重叠，其中的许多人依旧没有达到初三学生的水平。

八、唯一一届没有参加过毕业典礼的小学生、中学生。学生毕业，举行毕业典礼，是每一个学生渴望的，也是学校应有的一个程序。如同结婚，虽然领了证，可是还要举办个仪式吧？总不能黑不提白不提就去滚了床单。看看现在的小学生、中学生的毕业典礼，用宋丹丹的话就是"相当的隆重啊"。毕业典礼不仅是对自己学业的总结与庆贺，还是对老师辛勤培育、全力付出的感谢。这么明白无误的道理，1966年的春季就被"四人帮"批判了，老师都成了臭老九，属于批判、改造、打击的对象，既如此，还举办什么仪式？当时的小学毕业生，也就是69届的前身，虽然已经通过毕业考试，但是因为史无前例的"文革"，没有人提什么举办毕业典礼的事。1969年7月，69届初中生毕业，依然

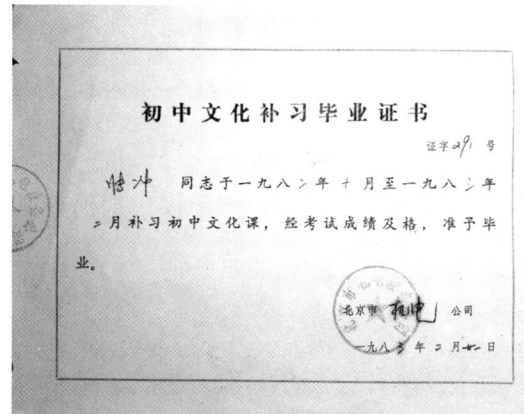

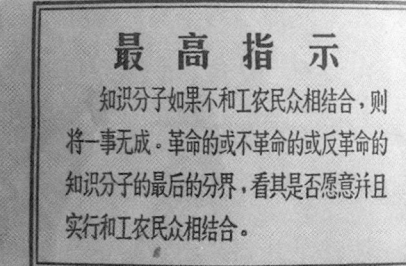
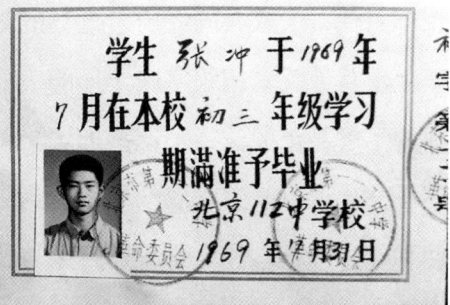

两张中学毕业证书。一张发于1969年，一张发于1983年。 张冲提供。

没有人提及毕业典礼之事，在一片誓死保卫祖国的嘈杂、空洞的口号中匆忙离开北京，被打包分配到了北大荒。

九、唯一一届有七个"最"的学生。上学时间最少；下乡年龄最小；下乡比例最大；下乡地点最远；下乡时间最长；推荐上大学的最少；下乡地点最冷。

十、在兵团最受冷落与磨炼的一届学生。由于年纪小、文化低，不懂事，再加上刚刚下乡时的娇气、傲气，虽然经过锻炼后劳动表现与老三届相同，但是大部分69届依然不被看好，成为兵团的弱势群体，沦为受批评、受压制的对象；成为推荐上大学、当兵、提干等一切好事的分母、基数。而最艰苦的工作多数派给69届，最边远的连队，多数让69届去把守。试举多如牛毛事例中的一例。1971年6师扩充，因这是新建师，地处一直未开发的北大荒东部大荒原，条件极其艰苦，这里暂时没有住处，要现搭帐篷；没有电，要点蜡烛；没有食堂，只能在荒原上点火做饭；没有会场，只能在荒草甸子上坐成一圈，天天晚上开没有内容的会议，直到有人晕倒在草甸子上。这次的扩充以北京69届为主。一位北京69届回忆那次扩充，说感觉就像大清洗、二次流放。

十一、最为团结的一届学生。由于从幼儿园就在一起，小学、中学、兵团一直没有分开过，这期间有近十五六年，这个阶段又是人生的起步和青年时代，大家共同经历了童真的幼儿园时光，北海白塔下荡起双桨的小学生岁月，天安门组字庆十一的美好日子，以及对"文革"老三届批斗老师的不解甚至哭泣，不让参加"文革"困在家中的无奈与哀愁，到中学的不学文化课只学工学农学军；再到去兵团后受批评、受打击，以及为受委屈和领导叫板、和大哥哥们打架复仇，这一切都是共同经历。有这么多的人生欢乐、幸福、委屈、伤痛以及奋斗拼搏的经历，所以感情极深。2013

第六章
万里情思融热土

年7月，3000兵团北京69届，聚在蟹岛度假村集体过生日。场面之宏大，气氛之热烈，前无古人。这些1953年出生的人欢聚一堂，宛如当年那些心高气傲的小学生，欢歌笑语不断，壮志豪情依旧。虽经过40多年的洗礼，他们还是当年的那些北京孩子。

十二、这是参加天安门"广场当背景"工作，也就是众人所说的"组字"比较多的一届学生。

这届学生从三年级起，大多都是天安门广场背景的常客。参加次数多的有五六次，少的也有一两次。就连1966年天安门广场的"十一"庆祝活动，本该由小学生来的，可是依然是这届学生去广场组字。因为他们名义上还是小学生，还归类于少年儿童，再说他们哪里也没有去，就在家里老实待着，有了活动召之即来。

1966年前的"五一""十一"，或是有什么大型活动，北京城区及远郊区的小学生就会到天安门做庆祝活动的广场背景。10万少年儿童在全世界最大的广场站成整齐的方阵，他们头顶着蓝天白云，身着白衬衣蓝裤子，好像是上天派来的小使者。胸前佩戴着熨过的红领巾，手举鲜艳的纸花，随着广场上的不同旗帜的升起降落而把花举起或放下，而从天安门往下看，就会看到不同的图案和口号。这就是"广场背景"。

参加了这样活动的北京孩子会差吗？

正是因为这样的经历，北京孩子特别是69届不相信神话，他们相信自己，他们是在阳光下长大的孩子，幼年时清澈、透明、真诚。他们经常路过或进去过那些著名的建筑和风景，以及偶尔参加某些宏大的活动，虽是配角，但也铸就了向上、奋进、永不言败的豪情。北京孩子的气质就在天安门、人民大会堂、故宫、北海、颐和园这些集中华智慧的建筑中养成的，就在蜿蜒曲折绵延不断的西山群山护卫中得到升华的。豪爽、大气、聪慧也灌输到他心中。勇于付出，勤于思考，他们不会被世俗左右，不会为暂时的小利而忘义。也许他们中的许多人普普通通，但是他们不求大富大贵，但求问心无愧。有这样的经历、气质、心态，那么在人生的道路上成功就水到渠成了。

十三、是全国出人才比较多的一届小学生；是兵团55万知青中出人才比较多的一个群体。

广大69届对自己的评价贴切、精彩。看看大家怎么说。

一位69届在网上写道：

特殊的一届，

无知的一届，

年幼的一届，

不被人承认的一届，

没有毕业证的一届，

老三届之外独特一届，

只有小学毕业的一届，

下乡最彻底的一届，

不宣传自己的一届，

难比老三届的一届，

现今才觉醒的一届，

不小视自己的一届，

坚决不服输的一届，

要做能自立的一届，

自己写自己的一届，

躲开老三届的一届，

第六章
万里情思融热土

做知青群体的一届。

另一位69届写道：

让张口闭口"老三届"的人们汗颜去吧！也让社会知道"知青"群体中还有小69这么一届，让人们不能忘记的一届。

又一位69届写道：

"最悲催的一届学生。为共和国奉献了一生，却无人知晓。"

还有一位69届写道：

"我们没有因为小而少干一点活，也没有因为身体还处在发育阶段就受照顾，没经验和常识，但由于生活所迫，适应了环境，早熟了。"

再次摘用李向前的描述：对于那段十五六岁孩子们的磨难，他们没有怨恨，大家都把它看作是人生的一个际遇，一段永远有滋有味的歌。大家只怀着"平常心"去瞻望未来。

1966年，"小本"毕业生在干什么

1966年，号称"史无前例""人类史上最伟大的"革命爆发，时任小学生的69届们不允许参加，只能专心当看客。一年半后，才得以升入中学。那么，在这一年半的时间里，66届小学生都干了什么？是仅仅当了看客吗？

他们各自的情况不同，除了看客这个主派外，还可分为以下几个派别。

学习派

突然中断了学业，这让学习成绩好的孩子们不适应。他们大多性格文静内向，喜欢读书和考试，不喜欢那种轰轰烈烈的场景。在经历了"文革"初期那种惊愕不解后，他们选择了原来的强项——学习。于是他们自己找书读，或者是同学之间互相借阅，或者是到北京图书馆看书。那时所有单位的图书馆已经都关闭了，唯有北图却健在并天天开门。由于它处在北海和中南海的中间，往好了说，很像"汪洋中的一条船"；如果消极地讲，又像是政治大树上仅存的一个枯枝，在洪流中屹立着。尽管如此，北图，还是不少小学生心中的绿洲，他们想方设法来此。可是到北图读书是有条件的，那就是必须有中学生证，凭证借阅。这可难住了爱读书的那部

第六章
万里情思融热土

分小学生。北京110中学的杨冀就是其中的一员。他因个子小，又没有学生证（那时中学生才有证件），人家图书馆就是不借给他看。他采用软磨的方式，就站在借阅台旁边等候，一站就是半个小时，甚至是一个小时。管理员本也都是爱书之人，看到有如此爱读书的孩子，也就违反规定，借书给杨冀。一年半的停课期间，杨冀在北图泡了近一年。这为他后来成为"中国墙纸大王"奠定了基础。本书中的马力，后来成了著名作家、报社总编辑，他也用稚嫩的小手推开了北图的大门，在那座知识的海洋里荡舟，以至最后在文学、新闻的海洋里扬帆。

学习派的举动不单单是读书，还有许多分支，如练字、画画、篆刻等。后来担任大钟寺博物馆展览部主任的邓德才，躲开了革命的洪流，一心在家习字。后来成为教授、博士生导师、著名画家，画出被称为兵团战士绝唱的大作——《青春记事》的刘孔喜，也是遨游在自学书画的世界。有着"领导人治印专业户"美称的庄默石，没有受"文革"的影响，还是继续他从小就喜欢的书法和篆刻爱好。后来他为多个国家的领导人治印，还有"新北京新奥运"的作品也是出自他手。同样是著名书画家的赵承德，也是在灯火阑珊处，静心研习字画和古典文学。

当然，这种学习多数只是出于爱好或是家传，甚至有许多是因父母受冲击，不敢出门见人，所以与字画相伴，还谈不上有意识的奋斗。一个时段都不重视知识，几个小学生怎么会有超出社会的认知？可以说此时的"学习派"是无奈，不让上学的无奈；是无聊，不让参加"文革"的闲极无聊。但是这样的读书学习也是有极大好处的，对日后的高考和成才起到了奠基作用。

接待派

"文革"初期，中央提倡、支持大串联。本意是把革命的火种和经验传播到中小城市和偏远的地方，可是人往高处走，大部分各地革命师生来北京。由于人太多，接待成了难题，上级要求北京的中小学校全部接待串联的师生。这样就有不少69届参与了接待外地师生的工作。他们可以称为接待派。

接待派的人员必须是出身好的，学习成绩好的，也就是学校信得过的，其中不少都是红卫兵。那时小学生是不许参加"文革"的，但是没有说不让成立红卫兵，不少小学都有红卫兵组织，只不过都是窝在学校里"革命"，其主要任务和作用就折合于护校队吧，也可以看成是如今的保安。毛泽东第一次接见红卫兵后，红卫兵大串联开始席卷全国，北京一下子涌进上百万学生，他们的吃住都成了问题，于是徒有虚名的小学红卫兵们有了用处，协助学校老师接待串联师生。原6团2连北京69届，大钟庙小学的李梓来回忆道：那时住在学校招待外地串联师生，印象最深的就是山西来的红卫兵，他们舍不得吃每天发的馒头，便把馒头晒成干带回老家。还有他们和上海学生打架，就因为上海学生吃馒头剥皮，他们看不惯，说是忘本了，上海学生自然不服气，愤而揭发山西学生藏馒头的事，并搜出了所藏的馒头。双方打起来了。

接待派可以和各地来京学生一起免费吃饭，毛泽东8次接见红卫兵接待派也都参与了。他们在69届中是"幸运"的，虽没有读书，却也受到了锻炼。

这一派人数较少。

第六章
万里情思融热土

观众派

这是人数众多的一派。人员以在大院、大学的子女为骨干力量。这一派的特点是通过捡传单、看大字报、看批斗大会,初步了解这个社会。

朴素的情感让观众派同情挨斗的老师、老干部;瘦弱的身体让他们不敢表达自己的喜怒和看法,只能在心里为好人流泪,盼望那些声嘶力竭的打砸抢者遭到报应。

原1师6团北京69届刘骥谈道:小学停课,我们没有事干,就天天看大学生辩论。开始都很文明,双方还都像大学生,很快就退步成中学生,然后就堕落为泼妇了。为什么不说退步成小学生?因为小学生比较老实,没有受"四人帮"的教唆和指使,是那个年代唯一的君子群体。在那个年代,做"革命者"易,做纯洁的小学生难!做66届小学生也就是后来的69届初中生更是难!

辩论的结果是谁也不服谁,况且主辩的人脸部肌肉发达,面积扩张,呈一派繁荣景象。几个星期后,辩论的人累了,听的人也烦了。双方虽无协商却一致达成了默契:"请君莫奏前朝曲,听唱新翻杨柳枝。"

辩论自行退役。累久了、用久了的嘴退而不休地当了替补,接着登场的是斗争批判教授、校长的活动。由于有辩论的基础,革命者的火气早就是"怒火满盈""仇恨难书"了。吃过辩论劳而无功之苦头的革命者不愿意"吃二遍苦,受二茬罪",费力不讨好的事再也不能继续了,于是斗争批判教授校长直接成为"武斗"。把人押到台上,念出被押者名字直接就是拳脚相加。是啊,在他们看来,光说不练假把式,该动真格的了。

批斗也很快过时了,大刀长矛闪亮登场,真正的闪亮。不像现在,一个黑色的保温壶上市也是闪亮登场。

看客们本已松弛和消极的心态又被调动起来。聚精会神的目光鼓励革命者继续。教授、校长资源有限，斗完了就没有新的货源了，不堪一击的大批知识分子们被打翻在地，也成了"前朝曲"，可是革命者斗争的脚步已经停不下来了，不斗争，就失去了革命的意义，就失去了人生的方向，于是开始自残——革命派互相之间打起来了，这就是大规模的武斗。

先是互相扔着石灰的纸包，扔到人身上就会出现一片白灰，证明被打中了，这就是"文革"以前小学生玩打仗游戏的模式。可在游戏中身上有白灰的中弹者是要退出游戏的，是属于中弹"身亡"的牺牲者。但是有些大学生中的革命派不遵守规则，即使满身白灰，也是"灰而不死""白而不倒"，小儿科加上不守规则，大学生们愤而改为大刀长矛。为什么大学里会有这些武器？因为我们是钢铁学院，有实验工厂。

这回厉害了，没有人玩赖硬挺着不遵守规则了。大刀之下，必有懦夫。

看了一年多的各种运动场景的现场直播，我们来不及写点观后感什么的，就进了中学校门。

创收派

有些有条件的单位组织66届小学生劳动，借此保护他们。因为这届小学生没有受过多少阶级斗争、解放全人类之类的教育，思想、身体还都"不成熟"，出去难免不受到那些"阶级斗争爱好者"们的歧视，甚至是伤害。

鲁明珠，原6团11连北京69届，她回忆道：我们家住在部队院里。"文革"初期，我们大院便成立了拆棉被小组，组员全部来自我们这些6年级的孩子（后来也扩招了一些低年级的孩子）。5年级以下的孩子没有一个对看大字报、辩论会、武斗感兴趣的，只有我们这些人闹着要响应伟

第六章
万里情思融热土

大领袖号召,积极参加大革命。现在看来,大院组织成立拆棉被小组很是英明。

拆棉被小组工作是有偿的,要不没有凝聚力。小组挂靠在拆洗车间,那些熟练的老师傅们带领我们。拆一件军用棉被4毛钱,军用棉衣3毛钱,我最喜欢的就是拆棉军衣,好拆。先是拽住两个袖子使劲,袖子掉了,前胸的部分也就孤军作战,自然就撕开了。

一年多的时间里我挣了67块钱,全给我妈妈了。

我们组里后来还有了5年级的,他们管分扣子、分肩章,把肩章里的铜丝抽出来。军装上的扣子拆了后要分类。因为军装不同,分级别。比如士兵的扣子,尉官的扣子,校官的扣子。这工作太简单,干活时间也短,所以不给他们工资,只是带他们去看电影。就是这样微薄的待遇也让他们乐得夜不成寐,每天早早地就等在劳动车间的大门口,比我们这些半正式的、拿工资的还积极。由于有了这个拆棉被小组,我们对大院外面的革命丝毫没有兴趣。

我们的工资不是固定发的,是几个月一发。发钱的日子是我们最高兴的时刻,是唯一不是之一。拿到钱的一瞬间觉得自己长大了。

虽然有军人的管束和老职工的带领,可是我们毕竟是孩子,还是顽童,调皮的事是经常发生的。除去偷懒、溜号、上厕所半小时这些常规的伎俩外,印象最深的是捅马蜂窝。

我们穿上露出棉花的军大衣,套上缺了一条腿的大棉裤,戴上只剩一边护耳的的旧军帽,再把脸蛋包裹起来,在"我们的队伍像太阳,背负着一身大棉花"的歌声中,昂首向马蜂窝开战。愤怒的马蜂们对我们无奈,只能去蛰那些无装备之人,而我们则躲在远处哈哈大笑。

一年多后,我们就近上了中学,123中。这个校名很有音乐感,也很有节奏感。

像鲁明珠这样的是少数，有几个单位能有这样的好领导和条件呢？多数一把手都朝不保夕，哪有心考虑小学毕业生受不受伤害？即使有这样的好头领，可是哪里去弄这笔钱？

更多的创收派还是"自谋职业""自选项目"。

祝好国，原16团北京69届。他家住在海淀的一个大杂院里，这里没有人组织小学生拆棉被，孩子爱干嘛就干嘛。在一些人眼里孩子受伤害那是属于受锻炼，很正常。轰轰烈烈的革命无法吸引祝好国的注意力，他认为谁被打倒也是属于受锻炼，很正常。不上学了，正好可以专心捞鱼虫去卖。这项工作他已经从事了几年。清晨上学前去河边捞鱼虫，然后去市场卖掉，能挣个几毛钱，一个月下来能挣个大几块呢。不上学了，他抡开膀子捞开了鱼虫。可惜的是养鱼的人骤减，鱼虫捞了不少，购买的人却少见了，价格比以前还低了。

捞鱼虫是不挣钱了，他又改行去卖大字报纸。"革命"者前脚贴了批判走资派的大字报，他后脚就撕下来送到了废品站。用打篮球的人话说就是"从前场到后场再上篮得分一条龙"。由于笔墨未干，还多了分量，比那些"老迈年高"的大字报值钱。只是要防备那些贴大字报的人杀个回马枪，若是那样就会挨一顿打。

后来废品站不收大字报纸了。这行竞争太激烈，废品站的人不全是傻子，他们取消了中间环节，直接到现场去拉了，还不用付钱。

祝好国又"失业了"。但是他"失业"不失志，依然琢磨着挣钱的路数。好在对"文革"失望的人越来越多，其中一部分人又重新养起了各种金鱼、热带鱼，且规模比"文革"前还猛烈。祝好国也就再次重操旧业。可此时"复课闹革命"的中央指示传来，祝好国的劳动事业告一段落。

笔者也在此说说本人的"劳动致富"的经历吧。

由于我们的大院后面有一个拆迁的工厂，那个工厂在1965年的年底被疏散到了湖北某小城市。工厂的老少爷们都不愿意离开北京，走的那天哭天抹泪的。人去厂空，只留下一片空旷和哀愁。因"文革"的呼啸而来，已准备拆迁的厂房只能"原地待命"，以庞大而空荡荡的身姿守候着暴风骤雨。有点像"白头宫女"在，千年等一回，但是这里却被上级彻底遗忘了，从"文革"开始到后来我赴黑龙江生产建设兵团，就没有一个领导来过，院外的孩子也进不来。以致这里成了"市内桃园"，无人问津。正好成了我们时任6年级小学生的领地。就在每天的游荡中，我们突然发现车间、办公室、仓库门上那些破旧的铜锁、铜把手，这可都是废品站喜欢的紧俏物资啊。从此我们不再虚度时光，走上了务实的经济建设的康庄大道，就是每天拆卸一些值钱的物件，送到废品站去卖。但是不能一次卖个够，要细水长流，要可持续发展，要防备被大人发现，每天的营业额总额度控制在五块钱以内，每人控制在一块以内。一个少年怀揣一块钱，在那个年代简直就是富人了。

当我们不辞辛苦，以默默的劳动把值钱的破烂都卖光了的时候，迎来了复课闹革命的指示。无奈之下我们提前进行了一次大盘点，结果是每人大概还有两位数以上的盈利。各自把钱掩藏好，怀着不舍的心情，低调而严肃地进入了中学，这钱在中学还没有花完。于是我又把尾款带到了北大荒。

逍遥派

这一派人数众多，是主派。

1师6团的方和平回忆道："文革"一来，我们成了自由民主党，无人管理。我们本来也对那些辩论不感兴趣。看那些人不好好上学、不认真上班却天天吵架就烦。可是这"大革命"有一个好处，就是球场都空了，游泳池人稀了，庄稼地也没有人管了，果园也唱了"空城计"。这要是在大革命前，一个球场挤着一万多人，根本轮不到我们小学生上场，等到球场空了，也就是半夜了，人家要关门了。此刻能有空场的机会，我们很是欢迎这场运动的到来。在这大好形势下，我们高唱着"就是好来就是好"的歌曲去搞体育、"采摘"等活动。想到后来才有的采摘，比我们晚了几十年。上午到大学、机关里的球场打篮球，踢足球；中午到庄稼地里偷摘老玉米，或是去果园偷摘瓜果。以前凶狠的老农也蔫头耷了脑，对我们的"采摘"假装没有看见。下午到游泳池游泳。一天下来很愉快很有收获。

"我的篮球爱好就是在这一年养成的，还有就是学会了游泳。"

文艺派

这一派人数也不多，主要是那些文艺细胞"多如牛毛"的女生。她们在小学已经是舞蹈队、合唱队、演出队的骨干或是随从，甚至还有个别人成了首领。他们大部分都有登台演出的"前科"。"文革"一来，不能正常读书，演技也无处炫耀了，她们空有旷世奇才，但是只能回到卓别林的默片时代，只能在家静坐不语，心里默念"天生我材必有用"的不知道哪个朝代的诗。好在运动形势喜人，形势逼人，形势造人，各种宣传队如雨后春笋，文艺人才急缺，这些赋闲在家的小学文艺工作者就成了文艺界的"早产婴儿"，不足月就成了抢手货。于是她们的这一年多就在舞台上度过了。

原5团李书书回忆道：我们本想参加小学的红卫兵，可是红卫兵组织的负责人对我们说，红卫兵是革干、革军子弟的组织，你们知识分子子女

第六章
万里情思融热土

没有资格加入。当时小学里基本上都有一个官方认可的红卫兵组织，主要是为了护校，其作用相当于今日的保安。正当我们为看不起我们而义愤填膺深感报国无门之时，我们院里的大学生红卫兵组织——红万代的负责人找到我们，邀请我们进入红万代的文艺事业部。我们高兴极了，参加大学的红卫兵组织，比小学的红卫兵强万倍。于是我们自称是"红万代、强万倍红色演出队"。我们到处演出，内容是歌颂上级，赞扬红卫兵，吹捧运动。由于我们是和大学生混在一起，眼界也提升了，根本就看不起原来那些小学生了。

我们到大学、中学、工厂、机关、部队去演出。每到一地，都受到热烈欢迎。还经常有人说这不是专业的吗？接待我们的人也都很热情，演出完毕就要请吃饭，时不时地还要喝酒。吃饭行，喝酒我们不太愿意，可是领队的说，我们立志解放全人类，还怕喝酒吗？于是我们也从小到大，从无到有学会了喝酒。那时就感觉"革命"真好，还能有人请吃饭。尽管领袖说革命不是请客吃饭，可是我们经常被人家请。

记忆深刻的是，我的名字有书书两个字，报幕时会说道："下面由李书书独唱《地道战》插曲。"台下的人以为是个年纪大的叔叔，可是我一上台后观众发现我是个小孩，先是一愣，后来就是爆笑，也有骂街的，说是我们骗人。

后来进中学，到边疆，一直都是文艺骨干。这老了，才降格成了随从。

对于自己少年时代的吃喝行为，李"叔叔"供认不讳。

3000军人撑起兵团一片天

黑龙江生产建设兵团有3000名现役军人,他们是这里的领导。这些军人全部是来自沈阳军区。他们的职务从司令员、师长到团长(团以下是地方干部)。这些人大都参加过抗日战争,起码参加过解放战争,还有不少人上过朝鲜战场。这都是些受过战火洗礼的军人,都是精英、是栋梁。兵团的当家人,第一副司令员颜文斌就是一位1932年参加革命的老红军。他参加过长征,经历过国内战争、抗日战争、解放战争,去过朝鲜战场。他作战勇敢,对党、对中国人民的解放事业忠心耿耿。1964年被晋升为少将,行政8级。少将一级的军人中,他身上的伤是最多的,有18处伤痕,而资历也是最老的。他的事迹能写一本厚厚的书。

"我打过日本鬼子,打过老蒋,也打过老美。今天和大家一起屯垦戍边,准备和苏修干,那是我又一次立功的机会。战士们,光荣和梦想在召唤我们,让我们在这里建功立业!"这是某师长在欢迎69届的会上的演讲。

对于这些威武的军人,69届只有佩服和崇拜。

军人的勇猛作风传给了69届。

第六章
万里情思融热土

老军垦献了青春献子孙

原农场的干部职工也有自己的荣耀。他们中大部分也是上过战场的，后来集体转业留在这里。他们在革命胜利后脱下了军装，淡泊名利，甘于奉献，曾经的流血流汗不再提起，而是在这千里荒原当起了实际上的农民，日复一日的春种秋收，为祖国、为人民打粮食……

当他们的功绩逐渐淡去，当青春已然不再，甚至是白了少年头，一个初具规模的大型国营农场却屹立在辽阔的黑龙江北部大地上。北大荒在这些人的手里初步变成了北大仓。

"那时我们来的时候这里是一片荒原，第一夜就睡在了草甸子上，本以为从战场上下来会有一个比较舒适安逸的工作，可是没有想到，我们面临的依然是艰难困苦，需要的依然是付出和拼搏。第二天我们就开始打草，打出一片空地支帐篷。十几年过去了，这里才有了房子，有了电，有了路，有了商店，有了小学。"

曾经的复员军人、后来的农场小队队长，兵团成立后的某连连长对刚刚下火车的北京69届们说道。他没有现役军人的慷慨激昂，那曾经的荣耀早就随着脱去的军装而飘散。他的语气就像平静的流淌的小溪。

与军人相比，这些曾经的军人永远是冲锋陷阵的士兵。他们注定了此生就是忠诚、勇敢、奉献。年轻时是这样，中年后还是这样，直到老年依然如此。真的应了那句话：献了青春献终生，献了终生献子孙。正是因为他们的努力，才让中央组建生产建设兵团的决策有了基础。在兵团所有的人中，他们的高尚品德是值得所有人敬佩的。

老职工的奉献精神传给了69届。

身强体壮老三届舞青春

伟大领袖1968年"6·18"批示一经发出，黑龙江的知青近水楼台，于1968年9月第一批到了兵团。黑龙江知青以哈尔滨为主，其代表人物有后来成为著名作家的梁晓声。他们的年龄在17岁到23岁，是从初中到高中的老三届。考虑到69届太小，黑龙江省没有把69届初中生分到兵团来。以哈尔滨知青为主的黑龙江知青性格豪放，乐于助人，在各地知青中有比较好的口碑。

天津知青多为66届初中毕业生和老高中生，年龄在19岁到23岁。也是出于同样的考虑，天津市没有把69届分到北大荒来，甚至就连67、68届的初中生也很少分到北大荒来，而是留在了天津。天津知青比较成熟，懂礼貌、尊重人，工作勤奋，很受领导欢迎。他们多数人经了风雨，见了世面，对于未来有规划和行动。不少人入团入党，担任基层的领导。

上海知青也都是老三届的初高中毕业生。他们普遍谦虚有礼，服装整洁。在那个没有条件讲究穿的年代，上海知青的服饰明显要比其他地方的好许多：干净、合体、样式多。在几百上千的知青中，一眼就能看出谁是上海知青。而其他地方的知青穿着打扮一般是分不出性别，看不出胖瘦的。比服饰更突出的是上海知青的智慧。他们聪明，反应快，能够很快适应环境，再加上他们也都经过暴风雨的洗礼，在兵团这个环境里游刃有余。不少人也入团入党，上大学当干部了。

老三届的知识和努力传给了69届。

第六章
万里情思融热土

由打架引发的69届集体锻炼潮

6团是出人才最多的,也是打架最多的。其中多数架都是69届设计发起并最终"竣工"的。

一位浙江知青在《耗子结婚》一文中写道:"在北大荒人们习惯把老三届北京的知青称为'老北',69届以后的北京知青则称为'小北'。'小北'几乎连初中的板凳都没有坐热,就被稀里糊涂地送到北大荒来了。初生牛犊不怕虎,相比于'老北','小北'更不安于现状,打架斗殴少不了他们。"(选自19团回忆录《永远的兄弟姐妹》)。

某营一群69届,在北京就经常外出打架。打架对象为外校的、外院的。到了兵团,他们不知改悔,还是一言不合便拳脚伺候。他们最开始的时候是和来自城区那些胡同的孩子打。天津老大哥批评他们就知道窝里斗。他们转而把矛头指向天津的老大哥,暗地里多次密谋教训天津知青。能挑战比自己大好几岁的,在幼稚的69届心中,这也是一种光荣呢。

一个无聊的晚上,大家从聊天开始演变成争论哪里的公园多。最后其他城市自然都败下阵来,69届们得意扬扬。但天津老大哥却聪明地回击道:北京不是你们的,是全国的,你们是狗尿苔不济,但是长在金銮殿上了。刚刚因自己家乡公园少被比下去的各地知青一起爆发出笑声,公园少的尴尬总算是捞回了些面子。早就谋划好了的69届们就等着这一个导火索呢。领头的许文军突然就一拳打在了那个说"狗尿苔"的老大哥脸上。老大哥的脸上立马肿起来,像是临时安装了一个"狗尿苔"。

智力被暴力偷袭了。随后其余的69届也一拥而上，扑向了那些笑容尚未收起的大哥们。但战局的发展却是天津知青后来占了上风。他们毕竟身强力壮，69届徒有密谋和胆量，却无实力。领头的许文军也被一顿乱拳打蒙。赶来的副连长制止了有可能更大规模的斗殴。

某营的69届和天津老大哥因为公园多少而战，另一个营的69届和上海老大哥则因为上海方言而动手，乃至最后被传为"京沪大战"。好像有点今天足球场上的国安与申花的较量。

上海知青说上海话，这是天经地义的，但问题是有些上海知青在有别地知青的环境下也自顾自地说，一副旁若无人的架势，甚至还有极个别的人用上海话骂在一旁想听又听不明白的各地知青，说完了他们便放声大笑，这自然让大家不爽。这样做影响团结，该由领导提醒，自以为是的69届却勇当"先锋"，越位干了领导要干的事情。他们斥责上海知青为小瘪三，警告人家要讲普通话，上海知青岂能服气？他们多为老高三、老初三的毕业生，论学识，论经验，别说69届，就是在全兵团，也是靠前的。对于69届的"越位"，上海知青奋起反击，先是争吵，后是动手，69届虽然有出头的勇气，可是没有动手的实力。一番混战，69届败下阵来。

与天津的、上海的都打了，就剩下与黑龙江本地的了。黑龙江知青身强体壮，性格豪爽，打起架来不计后果，再加之地利之便，是当仁不让的老大。天津、上海的知青轻易不招惹他们。当地的老职工也就是原农场的人也要让他们三分，管理上也相对松一些，有些重活就舍不得指派他们，他们做错了事也常常是轻描淡写宽怀仁慈。

谁也不敢惹的黑龙江知青没有想到，新来的69届给了他们一个"当头炮"。

起因是某营的69届和上海知青打了起来。年小体弱的69届自然抵挡不

第六章
万里情思融热土

过，吃了点亏。邻连的小69听说一个班的同学吃亏了，他们怒火万丈，抄起铁锹、镐把、扁担就呼啸着向某连冲锋。有一个人还从箱子里翻出一把军刺，这是他父亲当年的战利品。这群人在北京就是流行的"顽主"，聚众斗殴，占地为王的事没有少干，脾气都很大，学校方向兵团介绍了这个情况，团里很有经验，给他们分到了最远、也是最苦的连队，为的是用艰苦的环境消磨他们的坏脾气，损耗他们的精力。

由于事先没有做好功课，所以没有分清"谁是我们的敌人，谁是我们的朋友"这个革命的首要问题，邻连的69届们见人就抡家伙，没想到把几个在全营小有名气的黑龙江知青打了。人家自然不会在白天一笑而过，夜晚一洗了之，缓过气后反把邻连的69届打了。

想为同学报仇未果，先胜后败，这让某连的69届很不开心。总结原因是体力差了一大截。不服输的劲头如烈火燃烧在每一个人心头，强身健体之计划如排山倒海般地浩荡而来。

"很多北京69届以为凭着身上穿着的父辈的军装，就能像父辈一样勇敢顽强，赢得别人的羡慕和佩服，这实在是孩子的想法。要成长，就要脚踏实地的付出。"一位上海老知青说道。

由于69届的幼稚和狂妄，兵团大部分人对69届的好感急速下降。从开始的有限度的欢迎和照顾，变成了无限的不满和"修理"，特别是在工作的安排上，不少脏活累活都光明正大地分给了69届。

"我们的体力明显是最差的，当务之急是加快锻炼身体，只有我们身体强壮了，才能战胜那些老人。"在团部被关押了20天后，爱好斗殴的北京69届李建伟回到连里如此总结道。

能够知道自己的不足，这是69届的第一个进步，这是一个良好的开端，但是目的不纯。

从"战役"失败的那天起，某连的69届就开始了系统的锻炼身体。随后像传染病一样流行到全营。有条件的直接开练，没有条件的，"没有条件创造条件也要上"。他们在领导的支持下，自制双杠、单杠、杠铃、哑铃，这些器械虽然土气，但是在那个环境里也很好了。一时间，6团的69届们锻炼成风。这和后来6团成为"兵团第一团"有很大关系。

难道仅仅是因为打不过老大哥就产生了这么强大的动力吗？

"不是，刚刚开始可能还有不服输，要复仇的意思，让别人笑话我们是小心眼，但是真正锻炼后，我们的心胸和视野改变了。我们在锻炼中得到了升华，不仅是知道了自己的弱点，从盲目的自我感觉良好中醒来，还建立了更高的目标。"

没有串联和约定，几千个69届自发地锻炼身体，这是69届自我拯救的第一步。这为他们日后的竞争打下了坚实的基础并变成了一生的自觉行动，这也是有别于老三届的一个举动。

"我的爱好体育和锻炼身体，就是在北大荒养成的。"现在还坚持冬泳的的罗继军说道。他看上去不像实际年龄，也就50多岁的样子。

北大荒粮食丰收了，装满麻袋、又堆成小山

第六章
万里情思融热土

那些让人崩溃的农活

在北大荒割麦子是一项苦不堪言的农活，比所有的地方割麦子都苦。苦就苦在那麦地大得坑人，麦子多得吓人。

那一望无边的麦地是诗人和政治家的仙境，却是收割者的苦海。因为前者用不着下大田一刀一刀地割麦子，而后者则要冒着烈日、暴雨，弯腰从早到晚，拼了命地挥镰刀。在收割者看来，那一望无际的不是麦子，是痛苦，是苦海。

而濮存昕的回忆是："北大荒的田垄长得望不到头，你得一垄一垄地割，一刀一刀地割，那腰累得像折了一样。"

第一次站在有起点无终点的麦地前，16岁的69届全傻了眼。由于北大荒麦地太大了，给人的感觉是不知道哪辈子才能收完，让人有一种生无可恋的悲观。愚公移山都比在这里割麦子简单。胆大的人直哆嗦，胆小的人就晕了。那时许多69届都有一个想法，那就是把这块土地送给"老毛子"算了，让他们去种地，然后收割的时候累死他们，还费什么劲来保卫啊。不单是各种款式各种档次的知青惧怕麦收，就连多年割麦的的老职工也是满脸沉痛各种愁云，虽然他们干了许多年，也怵头麦收。连里为了鼓舞大家的情绪，在割麦子的季节会做一顿红烧肉。

"谁干的这丧尽天良的事情阿？种这么多麦子！还让不让人活了？"

"搞社会主义革命，不知道阶级敌人在哪里，这阶级敌人就在党内。领袖说得太对了，我可算是明白了。"

"如果你爱一个人，就让他到北大荒割麦子，在这里他能得到锻炼；如果你恨一个人，也把他送到这里割麦子，在这里他能累吐了血，把青春累得一无所有，把理想累得一丝不挂。"

这是69届们在第一次面对无边的麦地时的牢骚话。

当69届们质疑是谁这么缺德，种了这么多麦子时，你们不想想，这"缺德"之人那就是69届和全体兵团战士啊。你赖谁啊？不是你们在春天一垄一垄地播种的吗？

不管体力是否强壮，不管你是小锉子还是大壮汉子，每人的定额是一样的，绝不会因为你小就可以网开一面照顾你。必须完成定额，干不完不许收工，而那些干完的一般都不会接垧，接垧也就是帮忙。上午干得慢，吃不上送到地头的热乎的饭菜，要么没有饭了，要么没有菜了。如果是下午干得慢，回宿舍晚了，那么很可能打不上热水。那热水也是有限的，先回去的使劲用，用好几盆，后回去的只能用凉水洗漱。而长期用凉水洗身体则容易得病。很简单，身上出了几次汗水，回到宿舍再用冷水洗，得病那是天经地义。因为使用凉水，好多人就此落下了腰肌劳损关节炎等疾病。

在刚刚开始割麦子的阶段，大部分69届都是中午吃不上午饭，下午用不上开水的。当然，这个是暂时的。

割玉米、割高粱要比割麦子好一大截。因不是主要农作物，兵团各团的玉米、高粱种植比小麦少得不是一星半点。因为地块小，很容易看到结束的希望，不那么吓人；还有两个好处，这两个"哥们儿"都是细高挑，身高和人有一拼。首先是不用像割麦子九十度的大弯腰，没有腰肌劳损的

第六章
万里情思融热土

风险；其次就是别人看不见你，你可以偷个懒、抽个烟、聊个天什么的。甚至到后来几年，一些谈了恋爱的知青还可以借机亲个嘴、拉个手什么的。不像割麦子，你快或慢，认真或糊弄，都在大家的视线之下，就是多喝了一次水，也会招来连队大小领导的冷眼，以及各种积极分子们的指手画脚，尽管你没有比别人少割一垄麦子。

割谷子也不太累，也是种植的不多。放眼望去就能看到边际，不给人绝望的机会。还有就是玉米、高粱、谷子的收获季节都已是秋天，比割麦子的盛夏凉快许多了。这也是一大好处，没有了浑身湿透的酷热。

最难受的是割黄豆。

黄豆长得矮，是所有农作物中的小人国。要是收割就必须把腰弯成U字型，脑袋快挨到脚面了，因为有的黄豆粒紧紧贴着地皮。矮，已经让收割者义愤填膺，更让知青恨之入骨的是黄豆秆身上坚硬得像刺一样地扎手。如果不戴手套，一会儿手就流血了；可是戴上手套，手套很快也扎破了。那时据说是国富民穷，百姓手里没有钱，手套也是奢侈品。谁有那么多手套？除去这两点，还有一个遭人嫉恨的，就是割黄豆都是在9月底10月初。赶巧了，没有下雪，还可以尽快收割；要是不赶巧，正逢初雪，那就惨了。

割黄豆，比割麦子更容易收获腰肌劳损。新手割上10分钟，就会觉得屁股疼得像是要和上身与大腿闹分裂。直起腰歇会好点后再干，不到10分钟就发现，枯黄坚硬的黄豆秸上有了血迹，原来是手被黄豆秸扎破了。从而真正实现了"流血流汗"的誓言。

有不少人就在这时逃跑回家，以躲避这极其难熬的工作，也有人泡病号，甚至自己给自己手上、脚上砍一镰刀，制造出一个伤员，然后回宿舍休息。当然，这些都只是在刚刚到边疆的日子里。以后长大了，身体、心理都坚强了，不会干这样的事了。

在笔者的《十五六岁闯大荒》一书中，有如下的描写，可以证明割黄豆的艰辛。

"十月初，北大荒下了第一场雪，这雪漫山遍野，到处都成了银色的世界，可是连队的六千多亩大豆还没有收割上来。知青们在雪中抢收黄豆，因天气寒冷手冻得伸不开。不听使唤的镰刀割不下冻硬了的黄豆，但时常割破手指。那白色的雪上就有了红色的血迹，哭声也不时传出。到了中午，雪又开始化了，一脚踩下去，雪水顺着鞋帮流进了鞋里，时间不长，两脚就冻得失去了知觉。站不住了，于是跌倒在雪水里，因脚麻腿麻无法站起来，只能坐在冰冷的雪水里，这时又有哭声传来。"

1989年初在中国革命博物馆举办的北大荒知青回顾展，26团部分战友合影

第六章
万里情思融热土

暴力的"自我证明"

面对不被看好甚至是有些歧视的境遇，69届们不甘心面对这样的局面。他们要想办法证明自己。在集体体育锻炼中找到自信后，当个头和肌肉迅速增长后，69届有些膨胀了。他们觉得自己可以和大哥哥们一争高低了，于是又一次引领了打架的风潮。

没有未来，也没有现在，好的工作都被大哥哥大姐姐占据，身居最底层，还有什么约束呢？青春的力量于是便以蛮横的方式展示。

"为了愚蠢的报仇，今天想起来很可笑的。我每月都要买10个猪肉罐头，以增加营养。每天收工后我们十来个人组团悠上一千个双杠，零下30多度也照练不误。领导说我们是干活不使劲，捣乱挺来劲。在连长眼里，我们玩双杠成了捣乱。"徐宁回忆当年那场震惊全团的打架事件时说道。

和天津知青打架吃了亏，并且成了人家的耍弄对象，这让徐宁咬牙切齿，他发誓报仇。在一个不懂事的69届心中，没有比面子更大的事情了。但为了报仇他们竟然不惧零下30多度的严寒去日夜苦练，这种劲头，如果用在正地方，该会爆发多大的能量啊！而经过了兵团的锻炼以后他们也确实把劲使在了正地方，这是后话。

在1969年12月的一天晚上，全宿舍的人都进入了梦乡。"一年到头"的红烧肉温暖了清淡廉洁的肠胃，烈性酒扑倒了还想遥望故乡的青少年，致使"每逢佳节倍思亲"的思亲两字未能问世,就打道回府了。就连打更的也顺势随大流,搭上了睡觉的末班车,甚至比大家睡得更仔细。如果他清醒,就不会有下面的事情发生了。

每月吃10个罐头再加上白天又吃了两份红烧肉的徐宁没有睡。因为仇恨,因为猪肉,让他的肚子鼓鼓的。这几个月来,那几个老知青常常欺辱他,这使他的仇恨每天都在上涨,就像如今的某只股票。他决定要以最狂野的方式,一劳永逸地解决这件事。让所有人知道,他不是好欺负的。

徐宁悄悄地摸到那个经常欺辱自己的知青旁边,借着烧红了的汽油桶的微弱光亮,照着那个知青的头举起了攥了很久已经有了汗水的菜刀,照着那个知青的头奋力砍了下去,一刀又一刀。

待人们惊醒后徐宁已经砍了10余刀了。如果是平常的话,这个知青早就该被砍个半死了。可是因为都喝多了酒,这个知青应验了民间俗话,找不到北了,头朝向南的窗户睡了,而不是像每天那样头朝房子中央,摆出了葵花向太阳、群星绕北斗的时髦造型。还因为肚子疼,睡觉时蜷着腿,所以徐宁砍到的多是被子,只有侥幸的几刀砍在了老知青不走运的脚上。60多度的老白干无心插柳,不经意间成了老知青的救命恩人。

全宿舍的人都吓醒了。排长、副排长冲上去抱住了砍累了的徐宁。

那个老知青吓晕了,大家都以为他被砍死了。他的老乡抱着他痛哭。徐宁空挥着手,似乎还在挥着菜刀,大笑道:"今后谁和我炸刺,他就是下场,他的哥们儿听见没有?"

徐宁被关禁闭,老知青进了医院。3个星期后,徐宁被放出,他的大名早以迅雷不及掩耳盗铃下载之势传遍全团,成了人见人怕的一号人物。此时他已经一米八三了,体重长到了100公斤,是全团比较高的,是最壮的。

第六章
万里情思融热土

没有人能打得过他了。他动不动就把那些摔过他的人叫过来,给人家杵个跟头。

徐宁成了69届的标志性人物,用强悍有力无人敢惹的威武证明69届的地位。然而没有过多久,69届又出现了新的领军人物,又一次震惊了全团。

刘新平,人小体弱,身高一米五六,人称小黄瓜。有一天在水房排队打水,小黄瓜没有端住水盆,把水洒在了一位老知青的裤子上,老知青不干了,回手给了小黄瓜一拳。这个老知青叫大水塔,听着外号就知道他又高又壮。这一拳把小黄瓜打了个跟头,那一盆水也都洒在了小黄瓜的身上。排队打水的人都批评大水塔不该对小黄瓜下手,而大水塔说就这么地了,呢摸着(怎么着)?

小黄瓜受此大辱不甘心,可又无奈,敢怒不敢言,只能自己爬起来再去排队打水,那眼泪就在眼眶里转。而大水塔还不依不饶,声称要把小黄瓜撅吧撅吧给烧了。

然而69届可不是那么好欺负的。别看他们年纪小,身体弱,但是他们却有一颗极为狂野的心。他们没有受过正规的教育,小学毕业看到的就是"文革"的武斗,就是各个大院子弟之间的打群架,所以脑子里都是玩命和打杀的念头。不招他,他还想招你呢,你欺负了他,那就等着吧。大水塔不知道他犯了一个大错。

受了欺负的小黄瓜一个星期没有睡觉,他天天晚上琢磨怎么报仇。最后决定用镰刀教训大水塔。他知道不拿武器的话,一米五六的人去报复一米七六的人是找揍。不仅达不到报复的目的,还落得个重复的下场。

每天晚上吃过晚饭,小黄瓜就开始磨镰刀。在开磨之前先看看大水塔,磨完之后还要再把目光砸向大水塔。那意思仿佛是说,磨刀就是为了修理你的。

　　大水塔起初根本不在意，磨镰刀是很正常的，有不少人利用晚上磨。一个小孩子磨镰刀能干吗？等他察觉不对劲时已经有些晚了。不对劲的地方在于，每天晚上小黄瓜备好磨刀石，都要先把目光扔向大水塔，全宿舍的人眼光都跟着小黄瓜前进。磨完后，小黄瓜的目光伴着刀光又一次砸向大水塔，而大家也是有始有终，跟着小黄瓜把目光砸向大水塔。第一次的好像还不那么冰冷，而第二次的目光就坚硬无比了，像是用磨刀石磨过的那么锋利。这让大水塔滋生了若干迷茫和恐惧。而在此时传来了徐宁大砍某地知青18刀的新闻，这更让他心绪不宁了。

　　小黄瓜的磨刀让全宿舍在晚饭后都停止了聊天说笑，大家都一动不动地坐在自己的2尺宽的铺位上看磨刀，就像在看戏。吃吃的磨刀声撕咬着每个人的神经，更敲打着大水塔的心脏。而两次集体目光的轮转，也成了飞向大水塔的两颗炸弹。

　　大水塔终于忍不住了。在又一次集体目光的重压下，他爆发了。质问小黄瓜要干吗，"割，麦子，砍，人！"小黄瓜咬牙切齿地说。那声音把大家都吓住了。

　　大水塔说你个小样还砍人呢，你砍谁啊，我一只手就把你给收拾了。大水塔还脱了背心，让小黄瓜砍。

　　看了半个多月的预演终于正式上演了。全宿舍的人都怀着希望小黄瓜胜利的心情看热闹。这总磨刀总用目光砸大水塔也不行啊，该有个结果啊。虽然69届有些狂妄，但是大水塔以大欺小惹了众怒。

　　小黄瓜空手站了起来，盯着大水塔，没有说话，几秒后又坐下低头磨刀。就当所有人都失望而大水塔得意之时，小黄瓜突然又站起来给了大水塔胸脯一镰刀，原来是缓兵之计。镰刀走完了正步，大水塔的红血跟着那

第六章
万里情思融热土

步伐往外冒。

一见血，大水塔泄气了，他晕血。他的实力本可以成为一方豪杰，可是晕血使他没有走向辉煌。

"你，你还真砍啊，说说就完了呗。"大水塔哭着说。说完竟然直挺挺地倒在了地上，整个房间都有震感。

伴随着欢呼声，大家愉快地扶起了大水塔。从此以后，小黄瓜扬名立万，不仅大水塔不再欺负他，就是方圆若干里也是无人敢惹了。

有单挑的，也有群殴的。尚力就是群殴的组织者。那是1970年的1月1号清晨，尚力和他的伙伴们用实际行动向新年献了个"厚礼"。为什么选在这一天出手？尚力的解释是在新的一年里，展示69届成长的力量。

某地知青还沉浸在老大的地位上快活，他们还想在昨天的旧茶里续上惯有的得意，于是他们依然像1969年那样指使北京知青小兔子去打饭。小兔子身高1米五出点小头，冬天穿着棉袄也像是游走的竹竿，所以当仁不让地赢得了这么一个雅号。没有竞争者，非他莫属，至尊独享。

某地知青眯着去年的眼光，躺在大通铺上，等着小兔子去打新年的饭。

一场改变小兔子及69届命运的战役已经藏在1970年的身后了。

过去的几个月里，小兔子对于这种欺负人的做法只能服从，而他的同班同学也是敢怒不敢言。都是知青，凭什么让小兔子给你们当跑腿的？更可气的是，还有不给饭票让小兔子打饭的时候。小兔子父母是工人，收入微薄，他还要攒钱寄回家中贴补家用啊。作为北京知青老大的尚力早就看不下去了，一直思考怎么教训这些人，救小兔子于水火中。尚力和同学们最终决定在新年的清晨动手。

听到了老知青的吆喝，小兔子不说话，他把那个老知青的脸盆举起又扣在地上，然后踏上一脚，那脸盆可怜地扁了。在老知青的惊愕中，小兔子挺直了腰板怒骂着，扬言要收拾老知青。骂完后小兔子就往门外跑，在气头上的老知青什么都不想就往外追。他们犯了3个错误，一是小兔子怎么敢骂人加摔盆；二是衣着不整，多数穿着棉毛内衣；三是他们没有注意宿舍里的69届都不在屋了。零下30多度的北大荒，仅凭秋衣秋裤就敢出门？但是他们被气愤冲昏了头脑，所以展开了复仇的翅膀，义无反顾地不计后果地冲向了大门去追小兔子。

大门外，尚力等人已经等候多时。他们就像列队欢迎领导那样，排成了两队。不过欢迎的物件不是鲜花，而是高举的铁锹、镐把。他们先是假装铲冰扫雪，迷惑了平时爱好打哈哈和假装深沉的连长。大脑空空的连长挤出很小的笑容一笑而过，消失在大战前的宁静里。

某地知青顺利地钻进了口袋，欢迎他们的是预定的一阵暴打。16个北京69届，对6个某地老知青，没有防备加上严寒，"欢迎仪式"比预定的时间还要短，三五分钟后结束，6个老知青全都与寒冷的大地无缝对接了。

刚刚一笑而过的连长神奇地出现了。让人怀疑他为何如此及时迅速，是否一直在附近观望。他组织全连的人把受伤知青送进了医院，然后又组织人把尚力等人送进了禁闭室。二者一气呵成。

虽然事后69届们都受到了严厉的处分，但是对于不要求上进的孩子来说，这处分没有用。小兔子得意地说道："这一战，打出了我们69届的威风，证明我们是不好惹的！"他从此再不给别人打饭了。还有就是他坚持给那位老大哥买了个新脸盆。

靠打架来证明自己的能力是小儿科，是少数。而多数的北京69届还是向老知青学习，拼命工作，积极表现，这样的表现才是北京69届的主流。

第六章
万里情思融热土

对69届的回击和打击：去支援6师

在1972年的3月初，一个让许多人担心的消息抢在春风之前传来，各师团要抽调人马去支援最后建的6师。

好多人因此而寝食难安，纷纷想各种办法以求躲避。

为什么一个支援6师，怎么就有如此的威力呢？就把大家吓得四处躲藏呢？

1968年，黑龙江生产建设兵团成立之时只组建了5个师。1969年7月15日，鉴于中苏边境形势日渐紧张，沈阳军区打报告给中央，要求新建6师，中央很快批示同意。8月19日，6师正式组建，大旗开天辟地飘扬在荒凉的未开发的抚远地区。于是"建设钢铁边防"几个字刚好分头安在6个师的头上，如1师就是建字，2师就是设字，以此类推，下面就是团、营、连的代号。师和团中间隔着0，营是分队，连是小队。比如你是1师6团1营1连的，那么就写"建字106信箱1分队（指营）1小队（指连队）"。

在战争年代，扛枪上前线，就是最可爱的人。而在和平年代，去屯垦戍边，就是最危险，最光荣的事业。而6师是真正的、纯粹的屯垦戍边，是实打实的开发边疆。相比之下，其余5个师则都是原来的老农场上扩建的，原本就有雄厚的基础，是老一代军垦战士十余载奋斗的成果。6师不仅白手起家，还地远势偏，独处黑龙江东北部，是北大荒中的北大荒。

现在这里已经是一片美丽神奇的土地，每年都吸引着大批中外游客。但那时却还是未开垦的荒地，条件极其艰苦。

6师地处抚远，这里是黑龙江的最东部，最先和太阳打招呼的就是这块大地。也许是朝阳还没有完全醒来，她的思绪还在悠悠的天地间游荡。这里的人虽然最先看到红日，却感受不到火热的太阳之光，冬天达到零下40度。因为高寒人烟稀少，过去一直是野猪野狼野熊的乐园；兵匪盗也在此休养生息，摩拳擦掌，以求日后再起再塑"辉煌"。

春天刮大风，对面看不见人。大风、小风、半大风，风不停蹄。日夜唱着别人不懂的歌声刷存在感。为防止火灾，各连队在大风时一律不许点火做饭。经常吃不上热菜热饭也就习以为常了。

夏秋两季，那蚊子，其中分大蚊子、小蚊子、半大蚊子；那小咬，行列中有大小咬、小小咬、半大小咬；轮番上阵，对人和畜发起攻击。

冬天，喝不上水，只能喝雪水。

没有电，全部是煤油灯；没有住处，一概是帐篷。春天的大风经常偷走不牢固的帐篷，住宿的人半夜醒来，与月明星稀的寒空无缝对视。

在这样的环境里，有无边的荒地要开，还要注视着那匹"来自北方的狼"，一旦风吹草动，就准备上战场。

谁愿意去这样的地方呢？如果说没有下乡前还口吐豪言，立志到最艰苦的地方，可是到了边疆后，想法全变了，变成想尽办法回城了。回不去城，还到了更艰苦的6师，那牢骚和怨气组合成了冲天烈焰。

谁能去这样的地方呢？老职工拖家带口肯定不能去，那么就应该是知青去。老三届知青多为连队骨干，他们身体壮力不亏，思想红意志坚，表情丰语言富，脑速快心眼活，去那里是最好最合适的人选，可以说去6师是人尽其才。北京69届多数人身体单薄，意志脆弱，不适合去这么重要又

第六章
万里情思融热土

艰苦的地方。

动员去6师的大会在各师轮番召开了。

就像冬天里的一把火,熊熊火光照亮了知青的心窝。动员会上的领导尽管唱着最高调,声嘶力竭的口号喊得比东北大烟泡(黑龙江地区的大狂风)还凶猛,可是报名的却寥寥无几。几年过去了,谁都不是刚刚到农村时的热血青年了。特别是"9·13"事件的影响,知青对什么都不信了。没有人报名难不倒各级领导。没有人报名那就由上级指派,还省得做什么思想工作呢!

谁也没有想到的是,这次去6师,北京69届竟成了主力军。以往什么都没有份的69届这次大出风头,各师各团的名单中挤满了北京69届。没有去的所有人在内心里笑了。就像现在说的,他们有安全感了。

贝多芬说过,人,要扼住命运的咽喉。但是对于北京69届来说,他们根本无力扼住命运的咽喉,也无法扼住连长的咽喉,能扼住的只有自己的咽喉——不至于哭出声。这比刚下乡时号啕大哭强许多了。

鲁迅说过,不在沉默中爆发,就在沉默中灭亡。而当时的69届们却是:不在沉默中爆发,就在沉默中去6师。"北京69如相问,垂头丧气去6师。"

6团的张羽,后来成了教授并当上了大学的副校长,就属于是在"沉默中爆发的"。他听说了6师的艰苦,也知道了"这样的好事"会免费送给北京69届,以自己的"实力",本不该去6师,但是在那样的环境里,去6师不用走后门、托关系,十拿九稳。为避免这一惨剧发生,他逃跑回北京了。等他回来,支援6师的任务已经结束了。

像张羽这样猛烈的还是少数,多数都是无奈地听凭安排。某团某连是个小连队,人不算多,机械化程度也很低,按道理是该加强的,可是也有支援的任务。10个名额全部给了69届。

"本来我们以为这事和我们无关,连长说了,要表现好的,思想过硬的,出身好的,我们几个69届一直吊儿郎当的,怎么有资格去那么重要的地方呢?可是一公布名单后傻眼了。10个名额全部给了我们一个中学的同学。"5团某连北京69届回忆道。他的口气中充满了怒气。每当知青聚会,有人说起农村锻炼了知青时,他都会反问一句,既然如此,你家孩子下乡了吗?

能不能不去呢?只要给领导送送礼物就可以不去6师。只不过大多数人不屑于这么做而已。

因知青下乡,走后门开始流行。自己的孩子在农村缺衣少穿,前途未卜,家长们再也没有了假装革命和高尚的外表,想尽一切办法让孩子脱离农村。一个拼爹的时代就此拉开了永不凋零的大幕。

"文革"前没有走后门,那是因为大多数人的孩子有正常的出路,可以靠自己努力去争取,即使工作不光彩,但是也留在城里,不是像农村那样吃苦。

北京69届也知道送礼的作用,但是他们还是处在清高的层面,不屑于干这种事。当然不是觉悟高,而是觉得连领导不配接受他们的礼物。

"我们连的某领导悄悄对我说,北京的6个管的春雷半导体收音机不错。我还以为是夸北京好呢,说当然。某领导见我不明白,就说去6师的名单他决定,想让谁去就让谁去。还说可以不让我去,这时我才明白了。想让我把家里新寄来的半导体给他,我才不给呢。要是给了他换个上大学的名额还行,就换个不去6师?呸!我还是假装不明白,说革命战士服从组织分配。结果我是分到6师的第一名。"某营的北京69届胡满军说道。

"到了6师才知道有多艰苦。一下车,我说伸伸胳膊呼吸一下新鲜空

第六章
万里情思融热土

气吧,这一呼吸坏事了,嗓子堵住了。咳嗽了好大一会,嘴里吐出来黑色的东西,原来是蚊子和小咬。加上征尘劳苦,我一下吐了,病了一个星期。"有人回忆道。

"在6师我才真正地了解了什么是开荒,什么是艰苦。也就是在6师,我明白了我一定要努力,干出个样来,让那些整我的人看看。从某种意义上说,我感谢这次的被发配。不是被发配到6师,就没有今天的我。"这是一位大学教授的回忆。

如果仅仅是艰苦,那还好办,更令人悲痛的是有不少知青在这里牺牲了。据一份资料介绍,几年来,这里牺牲的人可以凑成一个建制连队。不仅人数够了,就连职务也齐全了。从连长、指导员、到排长、班长;从司务长到卫生员,再到普通农工……

在某团4连的一次聚会上,有北京知青抱怨说,当年咱们连的69届有一半都去了6师,那叫一个苦啊。

这话惹怒了一位某地的老大哥。他气愤地说,开发6师是光荣的、伟大的。当初有多少人为此立功受奖,还有人为此受伤致残,甚至还有人献出了生命。没有他们的牺牲,我们怎么能过上今天的幸福生活。你们现在否定当年的大开发,就是搞历史虚无主义。

北京知青回敬道:"既然是光荣的、伟大的,为什么你们都不去呢?为什么都留在了原来的连队?"

"那是因为你们表现不好,所以带有惩罚你们的意思!你们当年表现不好,从团部下放到营里,到了营里又好吃懒做,才给你们发配到咱们连,可你们还是极度落后,天天读那些禁书,你们不去6师谁去6师?我们不留连队谁留连队?"某地知青回击。

"那照你这么说,开发6师的功绩是伟大的,可都是坏人干的了?"

"还用说吗,你看看连队里那些积极分子、五好战士、学习毛著标兵,谁去了?你们当初表现不好还不让人说吗?"某地知青义愤填膺。

从这位知青的口中,依稀可以了解到,去6师的多半是"表现不好的"北京69届。

一位当年的兵团战士写道:6师所在地是地球上最大的湿地,也是地球的肺。这块神奇的土地是中国人宝贵的财富。这里在1968年以前还是一望无边的沼泽地,成片的森林,数十条河流盘旋而向东,各种动物在这里繁衍生息。然而几年以后,这些场景没有了,植被被撕得七零八落,落花随泥碾作尘,森林倒下了几十年的身躯,野生动物长眠在自己的家门口。曾经的美景变成了残缺的阵地。站在人类文明的高度上,那时的开发简直是不可理喻。无疑是毁灭了这块宝贵的湿地。而在所有回忆的文章中,开发6师,经常是许多人功劳的记载。

当然也有许多相反的意见。

对待开发这块亘古荒原,现在有着不同的声音。可是北京69届是开发的主力,这一点无可争议。

第六章
万里情思融热土

转插，北京69届的无奈之举

去过黑龙江生产建设兵团的人一定记得这个名词：转插。转插就是由兵团到农村去插队，原先的兵团战士身份不要了，工资也不要了。由一个国家发工资的兵团战士，转成为纯粹的农民，也就是每天挣工分养活自己的农民。听起来有些不可思议，怎么好好的每个月32块钱的工资不要，却要抛弃国家事业单位的编制，去挣每天几毛钱甚至几分钱的工分？这不是傻吗？

表面上看是傻，实际上是精，是为了回城所不得已采取的策略，也就是曲线回城。当时的就业政策是可以从农村招知识青年回城工作，原则是从哪里走的还回哪里。比如说你是从北京走的，那么北京市负责召回。这个政策一出台，立即引起了广大知青及家长的关注，随即就开始大做文章，逐渐形成了完整的操作模式。各地知青的转插办法不同，黑龙江生产建设兵团的具体流程是：先找到河北、北京郊区的农村的关系，开出接收的商调函，兵团收到后同意，然后开具同意函，同意当事人转插。多数人到了农村就是做做样子，干几天农活，时间或长或短，然后借招工的名义回到北京。由于是经过锻炼的知青，回京后分配的工作还都是不错的，起码比后来那些大批返城的强。改革开放后有一首歌，歌词中有这样一句——"我用青春赌明天"，而对于转插的人来说，那就是"我用转插赌明天"。

虽然这个方式在全国许多的地方都存在，但是最多的还是在黑龙江生产建设兵团，其中又以北京69届居多。乃至一提起转插，人们马上会和北京69届联系在一起。

这是北京69届没有能力改变自己命运的体现。

老三届很少有这样的。他们有能力自己改变命运，他们中的多数人要么在连队当了各种"高级知识分子"，如文书、会计、出纳、卫生员、老师、炊事员、饲养员等等，干这些工作可以不用或者是少下农田；更好的是混上了"高级干部"，当了班长、排长、副连长、指导员什么的。这样的官职虽然也需要下大田，但是有机会上学上调，而且很有成就感。这样的"高知""高干"名分，很能抵消一部分劳动的痛苦。所以老三届能够相对踏实地在兵团坚守。除了极个别的69届在兵团可以自己掌握命运，可以入团入党，有了比较好的工作，甚至是侥幸上了大学，但是多数69届只能在最基层，日复一日、年复一年地下大田、干农活，任何一件微小的好事都轮不到，别说大美差了。更糟糕的问题在于这种状态没有随着时间的推移而有任何的改变。

本书中的邹静之、程亚力、高二江、许福森、卢炜、赵群等人都有这样的经历，没有记录在此书中的也有许多。原来还叫兵团战士，现在叫农民。青春付出后，就得到了一个真正的农民的身份。从半军事化兵团，到实打实的农村，那种失落比在北大荒还要沉痛。

第六章
万里情思融热土

69届制造"人才团"

在全兵团6个师55万人中,1师6团是出人才最多的。这些人才多数是北京69届,所以6团有兵团"人才团"之说。

在细数6团人才之前,有必要把6团所在的驻地做个介绍。

6团地处黑龙江德都县的东部,北安市的北部,在讷谟尔河、温查尔河之间。6团地跨北安市和原德都县两境,在北安市内的属建华乡,在原德都县的属讷莫尔河乡。当时的全称是黑龙江省德都县二龙山镇。德都县现在改成了五大连池市,所以此处只能称原德都县。

这里是小兴安岭余脉的尽头,有两座突起的山峰,形似两个龙头,所以叫二龙山,听到了吧,龙山还不够,还要两个。

这里有高昂的龙头,有秀美的河流,有肥沃的土地,是标准的"神奇的土地",二龙山西边就是著名的五大连池风景区。五大连池,一个著名的疗养地,以优质泉水和火山闻名。

这些自然条件已经让人产生赞叹了,而1969年来的4000余名北京69届大部分是属小龙的。黑龙江、二龙山属小龙,那就是三龙了。

了解了这些,再来转入正题,看看那些从这里走出的北京69届人才。

王毅,国务委员、外交部长,原6团1营8连农工;

叶克冬,原国台办副主任,原6团1营7连农工;

李大宁，原国家医药局副局长，原6团1营2连农工；

华庆山，原中国银行副行长、交通银行监事长，原6团1营4连农工；

张世琨，原国卫计委司长，原6团3营19连农工；

程亚力，原北京铁路公安局局长，原6团4营28连农工；

高二江，原北京铁路运输检察分院检察长，原6团28连农工；

李鸿江，原北京体育师范学院党委书记，原6团农工；

王　渡，原国家体委水上运动中心主任，原6团2营11连农工；

贾立群，全国道德模范，全国卫生医疗界模范、标兵，优秀党员，北京儿童医院放射科副主任，原6团汽车连农工；

刘继凤，全国五一劳动奖章获得者，北京市劳动模范，北京市优秀党员，原6团1营3连农工；

邱小坛，建设部著名结构鉴定专家，原6团科研连农工；

邹静之，著名作家，北京市作协副主席，原6团1营工副连农工；

汪永基，著名摄影记者，新华社高级记者，文物专家，原6团1营3连农工；

胡鞍钢，著名经济学家，原6团2营11连农工；

郑小龙，著名导演，原6团4营农工；

……

除了北京69届中众多的佼佼者外，北京老三届知青中还有一位副部长，天津老三届知青中还有一位部长。以北京69届人才为主的6团理所当然地成为了兵团第一团。

从人才成长的比例来说，6团是黑龙江兵团比较多的，而1营就是6团的人才"大本营"。

没有一个地方能像6团1营这样人才众多，且全面发展。政治、经济、

第六章
万里情思融热土

教育、文化、科研、新闻等领域都有代表人物。

无一列外，制造这"第一营"的全部是北京69届。

假若你有机会看到二龙山农场的地图，也就是许多年前那个被称作6团1营的地方，你就会发现，这里地理位置优越，有山有水，尤其是在二龙山的西部，而西部就是1营8个连队的所在地。讷谟尔河主要是在1营的北部流过，而温查尔河则主要是在1营的南部穿行。两条美丽的河流从南北护卫着滋润着1营的土地。而闻名的五大莲池则与1营西部相连。也就是说1营三面环水，一面迎着东方的朝阳。那时五大莲池所在的县叫德都县，而现在叫五大莲池市。因为德都县有砖瓦厂，所以1营的大多数连队去德都县拉砖、拉沙子搞基建。遇到休息日，1营的北京69届都去德都县游玩，在那里下次饭馆改善伙食，照个相片寄回家中，看看火山开开眼界。去德都县是1营大多数北京69届美好的记忆之一。

身后不远处有小兴安岭作靠山，抵挡着北来的西伯利严寒流，西边有火山，还有温泉，防御着西部的寒流及风沙。太阳升起的东部无遮无拦，温暖的南部门户大开；纯净、宽阔、豪放的讷谟尔河水紧紧贴着1连、5连、6连、7连的宿舍奔流；而清澈、秀美、纤细的温查尔河则绕着南边的2连、3连、4连、8连飘荡。两条河流如同一宽一窄的两条绿色的缎带，铺设在1营的南北。去河中荡舟，在蓝天白云下唱一首《让我们荡起双桨》，看河旁的灌木、芦苇依次退去；或是跳入水中，与鱼共游，然后在浅浅的细沙上晒着夕阳，那同样是1营许多小69的美好回忆。

也就是说，6团的好风水主要集中在1营。

说完了风水，再来说说1营的人才。

6团的部长主要出自1营。1营出了6位部长，其中有5位是北京69届。

除此之外，还有全国著名作家、编剧，全国著名结构鉴定专家；全国五一劳动奖章获得者,全国新长征突击手,全国行业劳模,北京市级优秀教师、先进工作者,以及博导、教授、高级记者、法官、翻译、律师、全国著名企业副总裁等等数十人。如果在此刊登,那将是比较长的一个名单。

如果说从政的,1营部长、司局长最多。并非是以当官论成败,以职位定优劣,但这起码是个参照吧。这些人16岁就被迫离家奔赴边疆,以小学文化程度,以瘦弱之躯体,面对上过战场的老军人,面对读完初高中的老三届,面对原农场的老职工,虚心学习,咬牙打拼,在人生的路上艰难前行,担任了重要的职务,这不是值得庆贺的吗?

如果你是搞经济的,一定会知道那位担任全国著名大企业的副总裁、财务总监的了。就连她们企业的老总,中国著名的大企业家,也在公开场合说过:我是为某某(即这位女企业家)打工的。不说这位在全中国如雷贯耳的女企业家,就是普通的企业家也很有实力。笔者的一个同学,从1983年起成立家具公司,从此在财富的路上狂奔。一直到2016年才转行,人们称他为"家具大王"。除此之外还有"电脑大王","房产大王"等。

像上述这样的人在1营还有不少,只不过他们不愿意露头,只希望默默不被人知晓,就像那些昔日的无名英雄那样。

还有优秀教师、新长征突击手、北京市先进工作者、全国某行业先进个人……

1营共有8个连队加一个营部工副连,可以算作是9个连队,全营知青近1500余人,其中这几个连队的北京69届也就900人左右。900余人中,怎么会出了5名部长、副部长?又怎么出了数位司局长及劳模、专家、作家和教授?

孙春明,原8团北京69届,曾任《中国商报》记者、《中国烹饪》主编，享有盛誉的《北大荒后知青时代》就是他的杰作。他在谈到6团北京69届大规模成才的现象时说道:"去6团的都是海淀的好学校，虽然是没有正常上课、正经学文化，且仅仅待了一年半，但是，名校就是名校，哪怕你只待过一天，学校给你的气质和自信也是与众不同的，会长久激励你的。其中1营更为集中。"

孙春明说得对。名师出高徒，名校出精英，这是在论的。

那我们就沿着孙春明的思路，去看看到底是有哪些海淀的名校的69届初中生到了6团。

去1营的北京中学有101中学，铁道附中（即现在的北方交大附中）、人大附中、玉渊潭中学、太平路中学、立新中学、甘家口中学等。

去2营的有北京122中学、123中学、清华园中学。

去3营的有北京师范附中、人大附中、北京十一中学。

去4营的有北京育英中学、北京57中学、北京93中学。

这些学校要么历史悠久，红色基因浓厚；要么就是因为入学新政，学生成分也等同了那些名校。如此一来，生源与过去相比，变化如天壤。

名校的学生爱读书，6团的69届学习蔚然成风。

在那个年代，"四人帮"是不希望民众掌握知识熟悉历史的。可是6团却例外，不是领导不想管，而是根本管不了。

在6团，特别是1营，许多北京69届先是半公开的传阅禁书，随后就是公开地欣赏"毒草"。而在兵团的其他师团，出现这样的事绝对要严肃处理的。

为什么6团北京69届能有这样的"待遇"？综合各方意见，主要有以下几点:

1. 父母崇拜。没有来得及老师崇拜就下乡了，父母的正直影响了这一届学生。

2. 对学习有着执著的渴望。因为失学，所以对读书有着强烈的渴望，学习的自觉性非常高。不用别人督促，就像外国足球运动员，是"我要练"，而不是中国足球运动员"要我练"。

3. 因为没有受过那个年代的初高中的正规教育，心灵没有被"四人帮"的意识形态污染。

4. 一直受基层领导和老知青的挤压，产生了强大的奋斗动力。

5. 坚决不服从极左和错误的教导，始终不与荒谬的潮流合污。

6. 因能力不够，眼光无奈地远大，坚信自己主战场在北京。不屑当班排长之类的小芝麻官，不贪恋什么炊事班、文书、司号员、通讯员的一时安逸。

7. 继承了兵团老军人的勇气，学到了老军垦的坚韧。

8. 团结是这届学生的最大优势，也是大面积成才的主因之一。

6团北京69届就是全兵团北京69届的缩影，了解了6团的北京69届，就等于知道了他们是如何成长的了。

第七章
斜阳残雪埋忠魂

　　在写这一章的时候，我长长久久地反复了许多次。我一会儿觉得要写这一章，一会儿又觉得不要写，让那些长眠在黑土地的69届们安息吧，不要打搅他们。可是一转念又觉得他们是那么可爱，又那么可惜。没有享受人生的快乐，没有感知青春的美好，就那样离开了人世，不写出来谁会知道他们的奉献呢？在无数次的纠结后，最终我决定写出来，让更多的人知道他们，怀念他们。某种意义上来说，忘记他们，就是无情无意，就是历史虚无主义。

北京女孩用生命换来的厕所

很多去过兵团的人都在写北大荒，这其中有许多感人至深的佳作，再现了那个年代知青的生活。

如果让我来点评哪篇作品最好，那么我坚决地认定，邹静之的《万花连，那座灰白色的房子》是最好的一篇。只不过他的优秀作品太多，一大堆珠宝，哪个都闪光，互相都受影响。不像某个作家，攒一生之力写出一个好作品，可以尽情地闪光，可以清晰地提起。

邹静之的这篇作品虽然只有3000余字，但是却是写得最深刻、最感人的一篇，有几分"孤篇压全唐"之意。作品摘要如下：

万花连，只有3座平房，原叫万发屯，也只有几户人家。叫万花连是兵团成立以后的事，位置在去团部的路上，孤单单的3排房子。房前有许多麦秸垛，每次坐车路过，总能看到有女知青在麦秸垛解手，万花连没有厕所，知青们刚来了一个多月，连个席棚都没有，女孩子们没有办法，只好选择这北向房子、对着大路的麦秸垛来解手。

北大荒的苍蝇很多，有时候你能看到馒头刚出屉时是黑的——上面落了一层苍蝇，一挥手才成了白的。喝汤、吃菜，吃出苍蝇是常事。刚去的知青，还金贵呢！就常常有痢疾发生。梁明是女孩子，还不到17岁，父亲是驻国外的参赞，妈妈是教师。她是60年代那种漂亮、单纯、满眼是阳光

第七章
斜阳残雪埋忠魂

的女孩子。在万花连得了中毒性痢疾,还不到一天就死了。大家被吓了一跳,好好的同学就没有了,埋了,在挺远的一片山坡上。

后来梁明的父亲来了,因为思念女儿,老人家一夜白了头,其实当时也不算老,只不过才四十多岁,他对陪同的团长说道:"给孩子们盖个厕所吧!"

梁明,一个美丽年轻的北京女孩子,用生命换来了一个厕所。

一个美丽的少女,她才16岁多,用现在的眼光来看就是一个小姑娘啊!可是在那个年代她被算作是知识青年,被分配到遥远而荒凉的异乡,在屯垦戍边大旗的带领下,先是失去了读书的机会,后又失去了生命。她用宝贵的生命,换来了一座早该有的厕所。

当所有的69届可以返城后,而她却长眠在那片土地上,独自对着荒凉空旷的原野,去迎接雪雨风霜。没有烈士的称号,没有任何名誉和奖章。

谁为牧羊姑娘颁发烈士证书

梁明的命运让人唏嘘悲伤，而庄燕燕的离去更让人难过。

近半个世纪过去了，大家一直怀念她，聚会时一提起她就会泪流满面。

"在那遥远的地方，有位好姑娘……"

在庄燕燕的朋友心中，这首歌曲的前两句就是为庄燕燕写的。

在所有人的眼中，庄燕燕美丽、阳光、上进、聪慧、谦逊、友善。一个16岁的北京女孩，面对着从没有遇到过的艰苦环境，许多男孩子都成天抹泪，可是她没有消沉，没有抱怨，而是凭着自己的努力，当上了五好战士。领导把放羊的任务交给她，是对她的信任。她热爱这项工作，她给30多只羊都起了名字。无论是风霜雨雪，她一天都不耽误，在通往草场的路上，天天都有她的歌声和她那舞动的羊鞭。

艰苦的劳动之余，她背诵唐诗宋词。张若虚的《春江花月夜》能够一字不差地背出。一字不差，就是252个字。她的背诵，体现出了诗歌的深沉、辽阔、宁静。每当到了不开会的夜晚，大家就会要求她背上一遍、两遍……在那个年代，一个只有小学文化程度的人能背诵出这首诗，实在是令人刮目相看。以致后来大家都说，要是她上了大学，肯定会成为杰出的女诗人、作家。

她对所有的人都真心相待。刚刚下乡，一些大城市的知青看不起当地的老军垦、老职工，称呼他们为坐地炮、屯迷糊，可是庄燕燕却和老军垦们相处融洽，亲如家人。她会把家里寄来的大白兔奶糖分给老职工的孩子，而一些娇气的女知青远离老职工，是怕招上虱子。就这一点，在刚刚

第七章
斜阳残雪埋忠魂

下乡的知青中无人可比。

然而庄燕燕在下乡一年多后,也就是1970年的中秋节那天却永远离开了她当作亲人的老军垦,以及那些可爱的羊群……

十五的月亮无声息地向天际前行,16岁的庄燕燕赶着羊群回连队。到了羊舍,庄燕燕才发现少了两只小羊,她把羊群赶进圈,自己又原路返回。此时正好遇到排长,排长说天快黑了,今天是中秋啊,找不到就快点回来啊。

"嗯。我要是回来晚了,麻烦帮我领中秋月饼啊。"庄燕燕回答道。这是她留给这个世界最后的话。

放羊的的路上没有找到小羊,于是当她扩大了搜寻范围,找到了湖边的小树林。她听到了两只小羊的叫声,于是冲向前去,可是她不幸滑到了湖里,黑洞洞的湖水无情地吞噬了她宝贵的生命。

月光下的白桦林摇摆着惨白的悲伤,翻飞的落叶好像那不曾落下的泪水在盘旋,就连路过的风也像身披了白纱,为庄燕燕送最后的一程。

这里不是南方,月光下没有凤尾竹,没有轻柔美丽的雾。这里是万里悲秋常作客,人生飘零北大荒。

为了两只小羊,一个下乡一年,还没有享受过探亲假,没有回过北京的女孩,就这样牺牲在遥远寒冷的北大荒了。

而更让人心潮难平的是,团里说这是一次事故。所以庄燕燕走得悄无声息。

在那个时代有草原英雄小姐妹,她们就是因为救公社的羊成为英雄。那么庄燕燕救连队的羊,不也该成为英雄吗?还有同是在兵团的金训华,他为了抢救水中的木材而牺牲,也被授予英雄称号,为什么就不能给庄燕燕授予英雄称号呢?

如果真的是事故,那么后来怎么处理的?谁是事故的责任人?

没有鲜花，没有隆重的告别仪式，没有烈士的称呼，仅仅是根据庄燕燕的生前要求，她被追认为团员。

宝贵的年轻的生命换来了一个团员的称号，这个称号太轻了，不能承受生命之重。

庄燕燕1969年8月到连队，1970年9月牺牲，在兵团一年多就香消玉殒。她没有赶上那一年的中秋节，没有领到中秋的月饼，也没有赶上那一年的国庆节。对她来说，1969年那一次从北京站出发，就是与北京、与故乡与家人的永别！她没有再看到疼爱她的妈妈和爸爸，没有能看到故乡的朝阳与明月，没有听到伙伴的呼唤，没有再一次到颐和园登佛香阁远眺京城，更没有享受到改革开放后的美好人生，就那么长眠在异乡的冰天雪地了，就为了两只小羊。

再也听不到庄燕燕朗诵《春江花月夜》了，给大家留下的只是"白云一片去悠悠，青枫浦上不胜愁"。

虽然没有什么烈士的称号，但是在战友心中，在家乡北京人民的心中，庄燕燕是好战友，是烈士，是北京的好儿女。

只是不知道，庄燕燕的第二故乡，何时给你一个英名？庄燕燕的第一故乡，何时给你一个安慰？

好多年后，有一首歌叫《牧羊人》，其中有这样几句歌词：

没人来过，我飘进了风里，飘进了雨里，

一程程水寒山冷瑟瑟风中人，

一步步隐隐天涯树远雾黄昏，

谁会在意，

我浪迹在这里，我流放在这里

……

第七章
斜阳残雪埋忠魂

林海雪原中的青春之殇

原某团北京69届谢保国的事迹同样让人泪下。他是1969年8月18日下乡的,而在1970年的2月12日,到兵团才4个多月他就牺牲了,他还没有过上他17岁的生日。

到了兵团后,谢保国工作积极,对于领导分配的任务从不挑三拣四,总是一声不吭就往前冲。夜里打夜班拉石头,谁都不愿意去,谢保国第一个报名。由于北大荒的夜里比白天还要低好几度,没有经验的谢保国冻坏了脚,领导劝他休息几天,谢保国谢绝了领导的好意,咬牙坚持。他知道自己不去,跟车的就剩了3个人。那工作都压在他们身上,不合适啊。他还是一瘸一拐地上着众人避之唯恐不及的夜班。

上山伐木,这项工作不仅艰苦,还有一定的危险,一般都是身高体壮的人才能胜任。领导考虑北京69届身体单薄,不要求他们报名前往。可是谢保国却第一个报了名。

到了山上,谢保国永远都是冲在前面,可是收工的时候却留在后面。大家都走了,他还要再干一会儿。他也知道,这活是没完没了的,干完这项工作还有别的,不能说因为你多干了半个小时,这工作就提前完成了,然后就班师回朝了,可是他还是拼命地干,加班加点地干。领导和老知青多次劝说他,可是他只是笑笑,算是回复。同来的北京发小也不理解,说人家比咱们身体好,可是还不尽全力呢,你又是何必呢?谢保国回答道,

北京 六九届
BeiJingLiuJiuJie

在人家心目中北京是革命的心脏,是全国人民向往的地方,而咱们是从北京来的,表现不好对得起北京这两个字吗?对得起"北京知青"这个称号吗?

谢保国的话让同来的69届们佩服。

遗憾的是,谢保国为他的正直、勇敢,为他视为无比崇高的"北京知青"名誉付出了生命的代价。

那是一天的中午,山下已经传来了饭菜的香味,炊事员招呼大家快去吃饭,大部分人都去吃饭,可是谢保国依然像平常一样,坚持多干一会儿。他把伐倒的大树锯开,也就是截材。就在此时,一棵大树倒了下来,来不及躲闪的谢保国被砸中。

没有留下一句话,谢保国就离开了这个世界。

他为"北京知青"这4个字的荣誉,默默地、永远地留在了北大荒。日日夜夜与林海雪原作伴。冬天覆盖着皑皑白雪,夏天倾听着林风呼啸。除此之外就是轮回的寂寞凄冷。

与谢保国一起来的北京69届们从来不敢看《林海雪原》的样板戏,更不敢听那句"穿林海,跨雪原"的唱腔。在那慷慨激昂的背后,是一个脸庞清秀、身体单薄的北京少年凝固的笑脸,是一个离家3000里,却扛起屯垦戍边重担的69届冻结的身躯。

但令人不解的是,谢保国的牺牲并没有带来应有的重视和名誉。

好多年后才知道,有关部门和领导认为这样的事件不宜大张旗鼓地宣传,如果宣传会产生副作用。一是无法对逝者父母交代,二是会影响伐木工作的进展。所以就悄悄地处理了。

一个北京孩子把生命献给了边疆,他没有任何要求,有关领导也没有任何表示。

这里的生命静悄悄?

第七章
斜阳残雪埋忠魂

为节约粮食而牺牲的小姑娘

上面这些北京孩子的牺牲让人痛心,然而还有一位北京小69的离世更让人潸然泪下。

她是某团2营的北京69届。她怀着被灌输的解放全人类的壮志来到北大荒。

她叫李欣欣,她纯洁、美丽、简单,小小的个子,瘦瘦的身子,似乎是柔弱无力,其实却特别阳光,爱说爱笑,又非常好强,从不叫苦叫累。她身上有那种干部子女应有的豪气、爽快及上进心。她的父亲是一位老资格的副部长,行政8级。这在当时是可以走后门的。比如说先下乡,然后去当兵或是返城。那个年代有不少干部子弟就是这么干的。可是她没有这样做,而是坚决地、坚定地要在农村和大家在一起战天斗地、屯垦戍边。连队成立了小卖部,她去当售货员。因为有发霉的面包没有卖出去,本来可以处理掉,但为了不浪费粮食,为了避免连队的财产受损失,为了战友的健康,她自己花钱买下面包,结果她食物中毒,医生没有能挽救这美丽、年轻的生命……

她3天没有合眼。凄惨的月光照耀着她美丽却苍白的脸庞,她似乎是在等着告诉爸爸,她没有给爸爸丢脸,她似乎是等着爸爸把她抱起来,一起去看看她引以自豪的工作岗位——小卖部,还想让爸爸把她抱起来,去团部医院治病,她还想让爸爸带她回北京。自从去年离开北京,还没有回去过。她还惦记着妈妈、弟弟，还思念着首都的春天、夏天、秋天、冬天……

直到无比疼爱她的父亲千里迢迢从"五七"干校赶来，在父亲那一声泣不成声的女儿的哭叫声中，17岁的美少女才闭上眼睛。父亲抱着女儿到了小卖部，就在小卖部的凳子上，父亲抱着女儿坐了一晚上。

她的生命就定格在17岁的花季了，她鲜花般的笑容、鸟儿一般的笑声从此成为战友们带泪的回忆了。

而更让人心潮难平的是，在那个极不正常的年代，对于失去孩子的家长来说，不能提什么条件，明明心中无比悲痛，可是还要表现出继续支持下乡的样子。接下来就是表示孩子要埋在这片土地上……

这位美少女就葬在了这片土地上。几十年过去，北京知青想去看看她，得到的回答是，都种上庄稼了，埋在哪里都找不到了……

如果不是那个年代，如果她不是天真单纯到极致的69届，根本就不会有这样的惨剧发生。一句话，北京69届太小、太简单，根本还不具备到农村来的身体和心理的条件。

如今的人已经再也不用为吃的犯愁了。不仅在吃的问题上挑肥拣瘦，而且还格外注重食品安全。莫说在口味和营养等指标上较真，就是过期也不行，虽然食品质量还没有问题，可是一过期就得扔。假如她看到今天的人们对待过期食品的态度，她会是怎么想呢？

除了上面的4位，还有69届不幸长眠在那片黑土地上。

一位69届去机务排取柴油，被断落的高压电线击中当场身亡；

一位69届划船运物资，遇到大雨船翻了，溺水而亡；

一位69届上山采石，排除哑炮时被炸死；

一位69届赶车去团里拉化肥，回来晚了迷了路，冻死在荒原上；

35团为扑灭山火而牺牲的14位战友中，大多是69届……

第七章
斜阳残雪埋忠魂

现在已经很少有人记得那个荒唐的年代了。但是不该忘记那些16岁就到了边疆，奉献了自己最宝贵的生命的北京孩子。

共和国的历史难道不该为他们留下一笔吗？

不知道风来的时候是否会减速，与他们低语？

不知道雨来的时候是否会变小，为他们梳洗？

不知道雪来的时候是否会轻盈，为他们起舞？

白桦树啊，你为苦命的他们留一扇窗吧，为他们撑一把伞吧。假若风不减速，雨不变小，雪花不起舞，那你就挺身而出，为那些留在这里的北京孩子们挡一挡风，遮雨驱雪吧。

他们一生都没有吃过一次烤鸭，没有吃过一次涮羊肉；没有去过莫斯科餐厅、马克西姆餐厅、基辅罗斯餐厅；没有到过北京饭店、建国饭店、长城饭店。他们十几年的生命中，最好的美食大概就是猪肉炖粉条、炸带鱼，而且是有数的几次。

他们没有穿过像样的衣服。不合身的粗布衣服包裹着他们青春的身躯，一起匆忙寒酸地走完了短暂的生命历程。也没有穿过耐克、阿迪达斯、锐步、彪马、茵宝、卡帕、迪亚多纳、爱思克丝等名牌。只是穿着简陋又没有形状的黑色的棉靰鞡，行走在寒冷偏僻的异乡。

他们穿着那粗糙的不能抗寒却能淹没青春和个性的棉衣离去了。他们或婀娜或健美或平常的身姿，从没有得到过展示。那衣服不仅篡改了他们的笑脸，也让他们的心灵充满着寒酸。

在北京没有穿上合体的衣服，是身体没有长起来，是老师教育他们恨美；到了边疆身体长起来了，执政者不给他们时间追求美，灌输给他们的是随时上战场。

他们没有看过《百万英镑》，不知道格里高利派克，不知道赫本；没有看过《魂断蓝桥》，不知道罗伯特·泰勒，不知道费雯丽，没有看过

《佐罗》，不知道阿兰德龙。

他们没有看过意大利足球甲级联赛、英国足球超级联赛、德国足球甲级联赛、西班牙足球甲级联赛、中国足球超级联赛，所以不知道巴乔、贝克汉姆、克洛泽、罗纳尔多、邵佳一（一个北京孩子）；没有看过美国的职业篮球比赛，不知道乔丹、科比、詹姆斯；没有看过中国的CBA，不知道在美国打球的姚明居然当了中国的劳模，更不知道一个美国明星居然带领着家乡北京的篮球队，在中国的男子篮球职业联赛中连夺三冠！这个美国明星、居功至伟之人是马布里。

虽然不知道赵传，但他们脆弱的生命如同一只小小鸟，最终成为了"四人帮"欺压愚弄的目标。

虽然不知道费翔，却终日把故乡的云期盼，厌倦了漂泊却完不成归来的愿望。

虽然不知道刘欢，却把弯弯的悲伤永久挂在了冰冻的月牙上。

虽然不知道苏芮，却希望能牵住幸福的手，不去想该不该回头。

虽然不知道毛宁，却心中藏着多少爱和愁，短暂的生命留在了那个冷冷的深秋。

虽然不知道朴树，但是却期盼昔日的北京69届们，"来吧亲爱的来这片白桦林"。

虽然不知道周华健，却也想提着昨天种种千辛万苦，向明天换一些美满和幸福。

虽然不知道刘德华，却也向往着"万丈红尘中啊，找个人爱我！"

虽然不知道水木年华，却也日夜低吟："我多想回到家乡，再看看她的模样……"

也许这些都不算什么，不知道就不知道吧。可是最让他们想不到的是，他们的人生目标，一心尊崇的、坚持的，都被颠覆了，抛弃了。

第七章
斜阳残雪埋忠魂

比如说那个年代的理想，就是要解放世界上三分之二的受苦人，后来的结局都知道了，已然成了感叹。

再比如，誓死要用青春的鲜血，埋葬最大的苏联修正主义，后来竟然不费吹灰之力。苏联自己消失了，没有了，转而成为了一个新的比原来小很多的国家。

还比如，那个年代强调加班加点，可是后来说这么做是违法的事情，违反了《劳动法》。

更不可思议的是，那个年代全社会厉行节约，艰苦朴素，不浪费一粒米，可是后来浪费成了社会通病，一年在吃喝上浪费近2000亿元！对比之下，因为怕造成粮食浪费而失去生命的李欣欣值得吗？

他们人生的第一步按照政治家的设计，踏上了严寒的异乡土地，没有想到终身留在了那里，永远与寒冷、孤单相伴。

他们孤零零的，苦啊，冷啊！

北大荒，你守卫好了这些少小离家的北京孩子吗？他们奉命赴边，少小离家，把这里当成是第二故乡，可是却不幸遇难，偌大的北大荒，有他们的安身之处吗？有凭吊他们的墓碑吗？

北京，你的孩子年纪轻轻的就挑起了保卫边疆的重担，他们却牺牲在遥远的塞外，你给这些长眠在异乡的孩子们的家庭安慰了吗？

也许有人说，他们不算是英烈。

十五六岁的孩子，离家3000里地去屯垦戍边，不幸牺牲在那里，这不是英烈吗？

更令人悲伤的是，不要说名誉，就连他们的名字也都逐渐被人遗忘。一位老知青回访，他专程去了农场的知青墓地（即原来的团），发现墓地大部分被枯草淹没，几乎是一片平地。

第八章
情系黑土助故乡

尽管在兵团的那段时光是多数69届最失意的日子,但是在回北京之后,对北大荒最怀念、回馈最多的却是北京69届。

许多69届离开北大荒后一直惦念着那片土地。他们不仅把能吃苦的劲头保持下来,带到工作上拼搏上,而且把对第二故乡的怀念保存在心底,当成最珍贵的宝藏。他们中有不少人事业有成,于是千方百计地赞助、支援第二故乡。数目大的百万,少的几千几万,无论多少,都是这些69届对第二故乡的浓浓深情。

第八章
情系黑土助故乡

郑宪临：
为黑土地捐赠214万元设备

郑宪临，北京时代公益基金会副理事长。北京93中学69届初中毕业生。黑龙江生产建设兵团1师6团4营营部通讯员。因为出生于1954年10月，下乡时不到15岁。下火车后被团长质疑，这是谁家的孩子跟来了。

对于与北大荒的感情、感受，郑宪临的一番话代表了大部分小69的心声。

那是在2010年7月27日的捐赠会上，郑宪临对二龙山农场（即原6团）的领导说的。

"40年前我们来到这里，北大荒的大天、大地、大风、大雪永远地留在我们的人生记忆中。在我的心里，总有一股浓浓的思乡之情使我梦魂牵绕，因为这里是我们曾经献出了青春与热血的地方。今天我们像孩子扑向母亲怀抱一样，回到了我们的第二故乡，我要报答黑土地养育之恩：我向二龙山农场捐赠214万元的医疗设备和图书。"

从当年团长问是谁家的孩子跟来了，到如今他事业有成，郑宪临第一个想到的就是报答安放着青春的黑土地。

在现场的掌声和泪水中，农场场长说道："这次向二龙山的捐赠是有史以来接受的最大一笔捐赠，对二龙山的医疗和教育事业的发展将起到重要的作用。"

这样的捐赠数额，在整个兵团也是名列前茅的。

郑宪临在兵团得到了什么好处吗？入了团？入了党？被推荐上了大学？从而让他觉得必须要回报，必须要捐赠这么多的设备和图书以表明心迹？

像大多数北京69届一样，郑宪临在兵团一无所获，什么"好处"都没有捞到。可是他对北大荒的感情却仍是那么深沉。

当然这种感情并非是天上掉下来的馅饼，是有一个过程的。

刚到兵团，郑宪临受不了兵团的艰苦，下乡3个月后就逃跑回家。本以为靠着父亲的资历能走后门当兵，可是父亲严肃地告诫他："军人的孩子就要能吃苦，就是想当兵，也得在北大荒吃够了苦才能去，将来才能成大事业。"

短暂的逃跑之行，让郑宪临的苦闷减轻了一些，父母的教诲也让他得到了决心和力量。他立志要使自己像军人那样勇敢坚强，时时处处不能落在别人后面。回到兵团后，他努力改变自己，事事争先。在下乡第二年的夏收，郑宪临被安排到机务排站草车，这是一项非常辛苦的工作。前面的康拜因把麦子收完，后面的装草车就要把麦秆装上。为了使麦秆装得多，郑宪临就跳到草车里把麦秆踩实，从康拜因出来的麦秆从天而落，加上扬起的灰尘，把郑宪临变成了"黑猴子"。还有数不清的小咬蚊子一起进攻，这工作那是巨脏巨累巨痒。好不容易盼到晚上，可是麦秆变得潮乎乎的，带着冷气贴在了脸上身上，人不住地浑身发抖。这工作一干就是3天3夜，直到夏收结束。在3年的时间内，郑宪临经历了所有的磨难后，家里给他联系好了当兵事宜。

1972年2月初，沈阳军区的一纸调令下达到6团，调郑宪临去当兵。这

第八章
情系黑土助故乡

事在营部引起了轰动。当时当兵是最光荣的事，兵团只有极少数军队子女有这个条件，但是大多是逃跑当兵，没有正式调令，比起有调令去当兵差着"行市"呢。在临走的那一天上午，郑宪临毫不客气地反复洗了脸和头发，似乎要把农村的印记都洗掉，从而露出原来的城市底色。洗完后他连盆带水都扔在了营部的篮球场上。他大声唱起了《我们的队伍向太阳》。

一位天津知青说道："别唱了，你走了，我们还要在这里待一辈子呢。你把水泼在这里，冻上冰我们怎么打篮球啊？你不给我们留点念想吗？"

一位上海知青接着说道，学会数理化不如有个好爸爸。两个人的话好像事先排练过似的，内容承上启下，顺序无缝对接。

郑宪临泼出去的是冷水，"海天"两位知青的这两句话也像是两盆冷水，让郑宪临从兴奋中冷静下来。是啊，该想想还有那么多知青战友留在这里，还有那么多老军垦、老职工留在这里，他们还要继续与艰苦为伴，自己是幸运的，可是不能忘了这些和自己度过3年时光的战友们，是他们帮助自己成长。以前没有想这么多，在分别的时候，在听到老大哥的两句话后，郑宪临一下子明白了许多道理。感恩和愧疚的泪水一下子流了出来。

分别的时候不仅能产生一些优美的诗句，还能有高深的感受呱呱坠地。

像大多数知青一样，在北大荒度过了那么多漫长的孤寂的夜晚，在离开时不可能没有负荷、没有感悟、毫无眷恋地离开。

就是因为对北大荒有这么深的感情，所以才捐赠这么多的设备和图书，郑宪临谈道："北大荒给我们太多，尽管我当时还没有想到，是怨多恨多，但随着时间的推移，我越来越明白，那对我是一种锻炼，为今后的成长打下了坚实的基础。"

吴经建：
助力知青快乐走天下

吴经建，现任北京王府国际旅行社台湾部总经理，王府国旅所属北大荒"走天下联谊会副会长"。北京海淀西颐中学69届初中毕业生，黑龙江生产建设兵团1师3团团部。

已经是65岁的年龄了，可是吴经建依然忙碌得藏起了他的年龄。从年初相约聊聊北大荒的经历，可是到了年底还是无暇相见。他南方北方的跑，国内国外地转，这个岁数了，他还亲自带团。当然，他大多都是带的北大荒知青旅游团。对黑土地的情，延伸到了为北大荒知青组织旅游上。

"我们在北大荒长大，我们用双手抠出来千顷荒地，才有今日的万亩良田，农场的后来人要珍惜；我们在北京事业有成，也要珍惜那段时光，所以我们格外怀念北大荒。这份感情让我把精力全部都投到了为北大荒知青旅游的服务之中。"吴经建多次表达过这样的想法。

每次为战友组织活动，吴经建都是精心再精心。他说过，在他的眼中，知青战友们还是"当年铲地中的你，扛麻袋时的你，盖房子的你，开荒的你"，正可谓一段情，一世情。所以他首先强调的是万无一失的安全。从策划项目到最后结束全程，他每一个环节、细节都不会放过。住宿条件、卫生间防滑、安全逃生通道、旅游车、附近医院等级、导游资质、餐饮质量等几十个环节逐一考察比较，推敲落实。并且还反复征求知青战友的意见，一个环节不落实他都睡不着觉。

看看吴经建为知青们组织了哪些活动。

受北大荒知青志愿者委员会的委派，吴经建放下手头的工作，先后两次担任知青回访专列的总指挥，负责知青回访黑土地的服务工作。先后历时一个月。在那一个月里，吴经建和知青们流着青春的泪水，带着中年的感激，跪拜在曾经的连队的土地上。

受北大荒知青志愿者委员会的委派，参与兵团知青汇集台儿庄活动，历时45天。抗日英雄的壮怀激烈再一次光耀大地，也闪耀在知青心头。

受北大荒知青志愿者委员会的指定，带领480名兵团战友参加西安迎国宾开城门仪式。

受北大荒知青志愿者委员会、北大荒之情商贸公司指定，组织了770名兵团战友纪念红军长征70周年活动。其中480名兵团战友高举71面师、团、营、连旗帜，沿赤水河模拟长征5公里。作为总指挥的吴经建，要求在所有正式场合都要敬军礼。他认为这次出行不单是旅游，还是一次体验和学习。英雄主义的情怀在红土地扬起了风帆，崇敬的泪水印证了昔日的理想还在兵团战友心中燃烧。

受北大荒之情商贸公司董事长的委托，吴经建组织了兵团战友纪念"6·18批示"50周年的坝上草原千人活动。从50年前的荒原，到2018的草原，时空虽变化，奉献依然是那面永恒的旗帜，豪情还是牢牢地扎根在心中。

一曲《三百六十五里路》回荡在风吹草低见牛羊的坝上。

五十年的漫长路哟（原词：三百六十五里路哟），从故乡到异乡；

五十年的漫长路哟（原词：三百六十五里路哟），从少年到白头；

有多少五十年的路哟（原词：三百六十五里路哟），越过春夏秋冬；

五十年的漫长路哟（原词：三百六十五里路哟），岂能让他虚度；

这歌声告诉起伏的草浪、湛蓝的晴空，一代人虽已"时光逝去，万丈雄心依然执着"。

就像麦克阿瑟曾经说过的：老兵不老，豪情依在。

吴经建也常说：兵团战士老的是躯体，不老的是心态。

……

除了这些大的活动，吴经建还成功组建北京王府旅行社所属之"北大荒知青走天下联谊会"。在联谊会的安排下，10年间有1万余知青参加了走天下的旅游活动。

2019是个大年，是吴经建为知青服务工作的重点之年。这一年，是北京69届下乡整50周年，还是1949年出生的老大哥老大姐，也就是"牛哥牛姐"们70岁的生日，也是共和国的生日。为了让北大荒知青特别是小69能庆祝、怀念这难忘的时光，他多方征求意见，实地考察，最终推出了主题为《我们共同走过》——纪念69届上山下乡运动50周年系列活动，以及"牛哥牛姐与共和国70载共唱寿歌"活动。

活动内容丰富，形式多样。有欢度晚年的团体线路新疆兵团专线、养生专线、回访农场专线。

有长江三峡豪华游轮专线游、台湾专线游、广西专线游、云南金三角专线游等等。

在这些线路中，回访农场专线游是重点。这条线路涵盖了当年兵团的多数单位所在地。从北京出发，途经哈尔滨，然后去五大连池、黑河，这

第八章
情系黑土助故乡

是原1师的地方。而下一步的佳木斯、抚远黑瞎子岛等是兵团司令部和2师的地方；珍宝岛、虎林、兴凯湖、牡丹江镜泊湖等地，则是3师4师的地方。吴经建的想法就是让回访者都能够顺利地回到当年的连队。

无论是66岁的"蛇哥、蛇姐"，还是与共和国同龄的70岁的"牛哥牛姐"，由于都是老年人，举办这样大规模的活动是有极大风险的。作为全程策划的一把手，吴经建的压力确实"山大"。

好在吴经建做旅游已经近40年。从兵团回京，吴经建在友谊宾馆因为表现好、业务精而被提拔为餐厅部副主任。很快又被旅行社挖走，进入了旅游行业，所以有着丰富行业的经验。还有着过去10余年为战友服务的成功案列，他有能力把"50年""70年"大型系列活动办好。

为知青服务，让大家在和平的年代，在人生的夕阳红时光，过那种"想吃喝，有；想去哪，走"的幸福生活，吴经建付出了极大的心血。说

起北大荒，说起知青战友，吴经建非常动情，他认为：这些人对曾经的苦难不抱怨、不诉苦；在单位努力工作，在家孝敬父母，养育后代，是一个独一无二的优秀群体。

吴经建早有计划，希望这个群体少年吃的苦，一定能在晚年的走天下旅游中淡化。

正是对战友的这份深情及这份愿望，才让吴经建一直致力于知青旅游事业，为此不惜搭上时间及金钱。他设计的北大荒纪念章被别人仿冒，按说他可以打官司赢得20万，当听说仿冒者也是知青时，他断然放弃了索赔。他构思的团旗也被不少兄弟团模仿，他也是一笑了之。

吴经建每次组织知青出游都要强调：玩山玩水不玩命，许吹牛不许抬杠。在这个原则指导下，吴经建每次的活动都是欢声笑语，一路歌声。他组织的活动，没有旅游回扣店，没有中途临时收费点，知青的满意率是百分之百。

由于做旅游的劳累，也因为为进入老年的知青们服务压力太大，吴经建的相貌看起来好像比年龄更先进一些。他自嘲像70的，自嘲的背后是自信。

他还想在旅游行业干下去，能为北大荒知青战友服务，延续对黑土地的深情。

"时光不老，我们不散。"吴经建说到。

第八章
情系黑土助故乡

刘晓迪：
为当地学生寄笔记本30年

不是每个人都有能力拿出几万、几十万为兵团奉献的。绝大多数69届普普通通，但是他们对北大荒同样是一片深情。没有能力做大事，那就做小事，只要能够帮助第二故乡，就尽自己的能力努力去做。

刘晓迪，原1师某团北京69届，在兵团时曾经当过小学老师。他因表现优异，3次被推荐上大学，可是领导都以学校离不开为由，剥夺了他回北京上大学的机会。

在北大荒10年后，刘晓迪回到北京。没有任何门路的他被分到了一个街道小厂。他通过了成人自学考试，可是在拿到毕业证的那天工厂倒闭了，他不得不干起了个体户，开了一个烟酒小卖部。虽然辛苦劳累，可是也仅是温饱而已。没有正式单位，就没有享受到分房子的待遇，很长一段时间内，一家三口挤在一间小平房里。即使是这样，刘晓迪也一直信守着离开边疆时对学生们许下的诺言，尽自己微薄的力量在帮助连队的孩子们。

是什么样的诺言呢？

刘晓迪在踏上南下列车之时，面对哭红了眼睛的孩子们承诺，老师回北京了，以后你们有什么事就和老师说，老师一定会给你们办。

孩子们的要求出乎刘晓迪的意外。他们希望老师给他们买带有"北京"字样的笔记本。

小学校4个老师，其余3个都陆续上大学走了，只留下年纪最小、学历最低的刘晓迪。8年如一日，他全部心血都用在了学生身上。孩子们舍不得刘老师，当然，刘晓迪更是舍不得孩子们。

孩子们知道尊敬的老师不会再回来教他们读书，不会再给他们讲北京的天安门、故宫、颐和园了，也不会在每次探家回来给他们带北京的大白兔奶糖了。为了能和老师永远不分开，在"高人"的指点下，他们提出了这个要求。

刘晓迪一口答应下来。他承诺，会在每年9月，也就是新学期开学前，让孩子们用上北京的笔记本，直到他们小学毕业。

在听到老师的承诺后，孩子们齐刷刷地伸出了手，展开的手心里是揉皱了的毛票和有汗水的硬币。他们的家长不想给老师添负担，让老师买笔记本已经是不忍心了，怎么还能不付钱？

刘晓迪最后一次行使了老师的威严。他高声斥责：把钱拿回去，谁不听话就不给谁买笔记本。而且将来到北京老师就不接待，就不带他去天安门参观！

天真的孩子们最后一次听从老师的教诲，把钱收了回去。

从此以后，每一年的2月和8月中旬，刘晓迪就会买一批笔记本寄回小学校。而几十本笔记本也是不小的开支，在上世纪八九十年代要占去刘晓迪收入的四分之一，可他却从不犹豫。

当年的学生陆续小学毕业了，升入了中学，可刘晓迪继续着这项工作。他从最初对自己教过的学生的关爱，扩展成对第二故乡的孩子们的热爱，对第二故乡的教育的关注。新入学的孩子刘晓迪不认识，可是他依然寄回去带有北京字样的笔记本。

记不清一共寄了多少本，也没有算计过花了多少钱，好似一笔"糊涂

第八章
情系黑土助故乡

账"，但是刘晓迪对北大荒的深情却是十分清楚明白的，对当地孩子的关爱是确实真真切切的。

值得刘晓迪欣慰的是，那些接受笔记本的孩子们，用优异的学习成绩回报了刘晓迪。他们把大学录取通知书寄给敬爱的刘老师。他们说是老师的培育让他们走进了大学，是有着"北京"两字的笔记本给他们信心和鞭策。

还有没有能考上大学的，或是其他原因没有上大学的，他们也感激刘老师对他们的关怀，也会常常给刘老师来信。

无论是上了大学还是没有上大学的，他们都在这一天做了同样的事。

2013年夏天，60岁的刘晓迪回北大荒，当年的学生们从各地赶来，他们也都是人到中年了。除了热泪长流外，几乎是所有的学生都把当年老师寄来的笔记本拿出来。他们都把这些笔记本当成了人生最珍贵的记忆，虽然已经用过了，颜色已经泛黄，可是大家小心翼翼地拿出来，并伴着擦不净的泪水。他们都表示这老师从北京寄来的笔记本，是他们一生的珍宝，是他们前进的旗帜。他们希望老师能够在这些笔记本上签字，然后每个人都怀抱着笔记本，和老师合影留念。

终于给每个人的笔记本都签上了字。当所有人都环绕着刘晓迪站好，当欢乐化作了相机和闪光灯的语言，当省报年轻摄影记者的手激动得无法按下快门，刘晓迪开心地笑了。他不再为当年没有上大学而怨，不再记恨连队的头头们，是当年的头头们专门"修了"一条崎岖不平的小道，逼迫自己去奔向美好的未来，而眼前的这些孩子们，就是自己人生的美好和成功。

北大荒的经历浓缩成两个字：值得！他感到是北大荒督促自己，让自己成为照亮别人的那颗蜡烛，从而成为最好的、最幸福的自己。

周大安：
回北大荒探亲34次

周大安，北京铁道附中69届初中毕业生，黑龙江生产建设兵团1师6团4连食堂炊事员，后到团部招待所食堂。像多数69届一样，周大安在兵团工作努力、认真。但是他有一个比工作成绩更让人赞叹的纪录：截至2018年12月31日，他共回北大荒34次。

他仿佛还是生活在那个激情燃烧的兵团岁月，穿行在屯垦戍边的最前沿。

他仿佛是一个不愿意老去的少年，也还像是那个永远的兵团战士。他身披"屯垦戍边"的战袍，从1969年的北京站出发，年年上演着知青支援边疆的独角戏。不管有没有观众，他只管负责演好自己，只管把对北大荒的感情加深，一心把热爱边疆的誓言夯实。他又像一个挑夫，来往传送着北京小69和原兵团老职工的深情厚谊。

第八章
情系黑土助故乡

"热爱边疆",曾是少数人抹在嘴上的两道广告口红。口红是装饰,而广告口红则是谎言。当高喊口号的人离开边疆后,就再也没有踏上过黑土地一步。不回北大荒,也无可厚非;不爱北大荒也情有可原,毕竟每个人处境不同,命运迥异。问题在于这少数人当年以这句话为旗帜,并裁剪成口红,抹在心口不一的口上,呼啦啦地在兵团晃大圈,白天黑夜的闪烁。组成一片假忠诚的红海洋,然而却是在这一片红色的掩映下,早早离开了边疆。

在兵团时周大安没有什么豪言壮语,也很少说什么热爱边疆的大话,但是他的行为却把这4个字完整地阐释了。

周大安在中央党校供职。自20世纪90年代起,学校每年都要给各省党校送考试卷,周大安负责新疆分校。出发前几天,负责黑龙江试卷的人来找他,说是不想去黑龙江,能不能和周大安换换?这正和周大安之意。原本他就想去黑龙江兵团看看,可是他不好意思提,怕人家说他借机回北大荒怀旧,公事私办,这下可好了,正好名正言顺地重返第二故乡。

在黑龙江省委党校办完事,北安农场分局党校来拉试卷,周大安正好顺路到了北安管理局。这里是原来1师的师部。第二天从北安管理局坐火车回二龙山。让他没有想到的是,车站上竟然聚集着许多人,疑似一支欢迎队伍。他怀疑这趟列车上暗藏着一个大人物,车下的人是为大人物准备的一道"人工风景"。

车停稳了，周大安才得知，那些人是欢迎自己的。可是其中的好多人周大安并不认识，但是这不妨碍他们的热情，"大安，大安"的喊声响彻在初秋的荒原上。

周大安很惊讶。自己原来只是团部招待所的"普通一员"，回城后也是中央党校的"一员普通"，既不突出，也不隆重。怎么会有如此之待遇？周大安得空悄悄向当年的老所长咨询加请教。

"乡亲们对你们北京69届感情可深了。当初你们那么小就离开了父母，离开了最繁华的首都，到我们这穷乡僻壤，干着最苦的活，受着最冷的冻，遭了多少罪啊。现在我们想着都心疼啊。看到你们一个个地回城了，我们既为你们高兴；同时也十分难过，我们早就把你们当成我们的孩子了。听说你要回来，大家都可高兴了，不管是否认识，大家一见到你们，就像是回到了你们当年在兵团的时光啊。"

周大安明白了，这些有情有义的乡亲们，欢迎的是自己，同时也是欢迎那些当年的北京69届及所有知青。不管你叫什么，只要是知青，他们都会走上几里、几十里到车站迎接你。周大安突然明白了，就像知青挂念着乡亲们，成为乡愁，而老职工们也惦记着知青，这也是他们的一种乡愁。老职工的乡愁比知青更浓更真，他们的人生空旷，知青的形象是他们主要的记忆。

从这一年开始，周大安年年送考卷，年年回二龙山。乡亲们还是去车站欢迎他，到家里宴请他；周大安把北京的特产，学生们需要的参考资料、学习用品带给孩子们。最多的一次他带了4个大提包。

可是这种送卷子的工作很快结束了，现代通讯的发达消灭了卷子这一古老方式。周大安没有了公事的机会，可是他对乡亲们的感情已经拦不住了，不能借出差的机会回去，那就自费。退休后他有时间了，不用来去匆

第八章
情系黑土助故乡

匆了。有一年他在北大荒住了57天。

算下来，这些年他光是路费就花了4万多元。

周大安对兵团老职工感情深厚的事传开了，就难免有人托他办事。

连队一位牛车老板的孙子报考大连海运学院，分数够了，可是迟迟没有接到通知。老人急了，无奈之际想起了周大安。周大安和这位老职工在连队接触不多，但是他依然允诺试试看。通过学校系统了解了情况，确实分数够了。他找到单位有关人员，给那个学校打了个电话，事情就解决了。

经常有人问周大安，为什么对二龙山那么有感情？

"那时我在食堂，和当地人、老职工接触多，他们给了我很多的关怀和帮助。那时打夜班很苦，师傅告诉我，把缝衣服的针放在火上烤，然后弯过来当鱼钩，到讷谟尔河去垂钓，轻轻松松地就能钓上十几条鱼。我一试果不其然，我的夜班饭就有了。后来我发现为什么师傅不去呢？他也可以去钓鱼，回来给他家人改善生活啊？我问他这个问题。他的回答是，都去钓鱼，那鱼就没有了。我这才明白，师傅把这个诀窍单独告诉了我，而他就失去了改善生活的机会。"

回二龙山，周大安还是说着兵团时期的名称。比如还说团、营、连；还说吴师长、马团长。倒是农场的人老提醒周大安，现在是农场了。

知道啊，当然知道啊。不过在周大安的心中，兵团的那面旗帜还在飘扬，屯垦戍边的号声同样吹角连营；"八百里分麾下炙"的场景在北疆蔓延，"五十弦翻塞外声"的雄壮在塞外回响。

虽然是到了"可怜白发生"的年纪，但是建立在英雄主义基础之上的豪情，却开着不凋零的春花，装扮着不老的旅途。

感谢人生引路人

对于在北大荒的经历，许多人都是满怀感激。感激那些带领、指引自己成长的人。

感谢老军垦

李海江认为："在兵团最崇敬的就是那些老军垦们的坚强和奉献，那些老军垦们从建国的功臣，到脱下军装开垦北大荒，这个转变体现了他们的无私。他们无法回到温暖的家乡，他们不能享受功臣的养尊处优，只有在这无人问津的荒原再一次地奉献。可是他们从没有怨言，日复一日地付出着，一代一代地贡献着。真是献了青春献终生，献了终生献子孙。在共和国的历史上，有谁比他们更值得尊敬呢？！"

张庆华回忆道："我在1营2连务农7年，黑土地上春华秋实，风霜雨雪，永生难忘，每当我想起养育我的肥沃的黑土地，想起教我农活、教我做人的善良、寡言的乡亲，内心充满感恩。"

刘继凤回忆道："北大荒的乡亲们，是我的亲人，是我的老师。"

刘继凤为什么这么说呢？

在兵团时，有一位老军垦，人特别和善，他看到刘继凤工作认真，有时吃不上饭，就和他的老伴经常招呼刘继凤去他家吃饭。因为这位老职工原是国民党员飞行员，刘继凤怕给自己带来不必要的麻烦，所以刘继凤一次都没有去过,一直到刘继凤离开兵团也没有去过他家。1999年夏天刘继凤再回二龙山,那位老职工已经去世了。可是他的老伴儿听说刘继凤和知青们回来了,已经80高龄的老人家激动地出来迎接,她和儿女们从早上5点起床,早已做好一桌子菜等着。

"你们一走啊,我们像失去孩子一样难受啊,想你们啊。这一想就是三十年。你在的那9年,多少次叫你吃饭你都不来,我们可伤心了。但是我们不怪你,是我们的身份有问题。老头去世前还念叨着说没有能请你到家里吃饭,遗憾啊。"老人家流着泪说到。

"这是多么好的人啊,从他们身上我们学到了真诚。我们离开北大荒后的一个多月,传来消息,这位老人也去世了。听说她的屋里挂着和我们相聚时的大照片,在弥留之际,还挂念着当年的知青,念叨着每一个知青的名字,说这些孩子们都长大了,都出息了,都是好孩子……"刘继凤感慨地说道。

也许知青们对老军垦的看法不尽相同,但是在那些善良、淳朴的老军垦心里,知青永远是他们的亲人。

感谢老连长

孙奇在许多场合都说过,在兵团他最感激的是老连长。

那个北大荒的仲夏的中午,天气晴朗得发飘,白云活泼得妖娆。

连队终于放假了,好打篮球的孙奇组队和兄弟连队比赛,从10点多一直打到12点半。打完篮球吃过饭又去游泳。从北京到北大荒,还是第一次下水,众人尽情在清凉的碧波中中流击水。

北大荒的太阳升起得早,也落得早,才3点钟,太阳就与西边的那片群山聊天去了。眼看着晴空万里变成了红霞满天,孙奇也尽兴了,也累了,披着一身红光便上岸休息。可是刚刚一上岸他就摔倒了,他的膝关节刺骨的疼痛，几次试着站起来，却都摔倒了。十几个北京小69都吓哭了。孙奇就坐在岸边抱着腿哭。

闻讯赶来的连长上来就背起了孙奇往医院跑，并指示其他人去找汽车。因为孙奇所在的连是生产砖的，没有汽车，也没有牛车马车，连长的指示就是虚设。孙奇在连长的背上哭着挣扎着说道："放下我，让我自己走吧。"

平时对孙奇严格要求，对北京69届毫不留情面的连长呼哧带喘地说道："别废话了！老老实实趴着吧，还嘴硬呢，你说你真要是出点事怎么跟你父母交代？咱们兵团怎么跟你们北京市交代？"

"连长，我的腿就完了吗？我才17岁啊。"孙奇的哭声更大了。

"没有事儿，咱们赶快到师部医院，赶紧治就没事了。"连长安慰孙奇。

同行的人要换连长，可是，连长坚决不同意。"你们和他一样打了球又游泳，哪有劲背得动。"

曾经狠批北京孩子娇气傲气的连长，背着孙奇跑了7里地。到了师部医院，连长和孙奇同时趴在了医院门口。连长浑身湿透，脸色苍白。这边孙奇被医生抬走，那边连长由护士搀进病房。

感谢老军人

兵团有3000名现役军人。他们上至兵团最高领导、兵团司令员、政委、副司令员、副政委，中到各师师长政委，下至各团团长、政委。他们用军队的管理模式带领知青屯垦戍边，以自己的勇敢、忠诚影响着50余万知青。知青的身上自然就有着军人的色彩和性格。

对军人的评价，孟凡贵是最有发言权的。

下乡不久，因出身问题，因是北京69届，苦和累的工作，"孤独和远

第八章
情系黑土助故乡

方"的工作都天经地义般地派给了年纪最小的孟凡贵。比如在晚上让他一个人去鸡舍、鸭舍打夜班。所有人都在温暖如夏的屋子里享受熊熊炉火，唯独孟凡贵扑向寒夜中的工作岗位。由于鸡鸭们散发出的"芳香"，吸引了潜伏在四处的野狼，它们常常围在鸡鸭舍的门口，盼望着能偶尔改善一下伙食以达到膳食平衡。孟凡贵的职责就是保护鸡鸭们，所以他的兵团生活就是"屯垦戍鸡鸭"。后来他又被派去最艰苦的沤麻工作。9月底的北大荒已经很冷了，气温接近零度。孟凡贵脱了衣服往身上倒酒，然后又往嘴里倒了小半瓶白酒，在大家的鼓励下，孟凡贵独自跳进结着薄冰的水中。

幸运的是，孟凡贵遇到了军人。正直的军人不管出身，而是看表现。

1师师长吴宪义和新组建的68团的参谋长王兴汉，直接把在农业连受歧视的孟凡贵调到了团部农业股工作。正是这次的调动，让孟凡贵脱离了被歧视的境遇，成长为优秀的知青干部。

军人不仅改变了孟凡贵的命运，更教会了他正直、无私、坚定。

1976年的初冬，68团的周边着大火，上级要求68团成立扑火队。队伍60人，孟凡贵任领队。从68团出发到大火处，要走10天的路程。一路上艰苦备尝，吃不上喝不上不说，棉裤的下半截、棉衣的上半截都被磨没了。每人好像穿着棉背心、棉裤衩一般。千辛万苦地到了大火处，那大火已经自己灭了。一行人又往回走，孟凡贵比所有人都辛苦，多背着一支冲锋枪、一支手枪，100发子弹、10多斤重的手提发电机，还有10多斤饼干。由于连夜奔波，大家都已经筋疲力尽，每走一步都很艰难。而更可怕的是，往回走的第二天迷路了。想了所有能想到的办法，说了无数鼓励坚持的话语，都没有用，还是原地转圈。不少人都哭了，他们以为就要牺牲在这片森林里了。孟凡贵想起了王参谋长说过的话：无论遇到什么艰难困苦，都不能放弃努力，军人一个宝贵的素质就是毅力。就在孟凡贵表面镇定内心忐忑之际，王参谋长派的接应队伍来了，60名扑火队员得救了。

王参谋长怎么得知扑火队迷路了呢？后来孟凡贵得知，王参谋长根本不知道迷路的事，而是从扑火队出发的第一刻起，王参谋长和所有的团领导都关注着扑火队。

想着别人，就会在关键时刻出现。

1975年开始，知青办病退、困退回北京相对容易了。孟凡贵在团部完全有机会上学、办困退回京，可是他没有这样做。他想到的是自己在团部条件好，有点权力。而在农业连的同学没有任何路子，先帮他们办回北京，自己再走不迟。当团里大多数的北京69届都办回北京后，孟凡贵才考虑自己的返城事宜。

在兵团8年，孟凡贵学到了王参谋长的无私、坚定、仗义。

对于兵团的军人，孟凡贵的评价是："兵团的军人虽然有做得不够的地方，但是总起来说，他们严格要求，认真管理，把军人的奉献、无私、坚强、乐观传给了知青，更多的是传给了69届。为什么说69届得到最多呢？因为我们年纪小，正是可塑期。"

感谢老知青

兵团的知青中以老三届为多，与69届相比，他们文化水平高，体力强壮，经历丰富，意志坚定，同样是在兵团的坏境里，他们的处境就要好很多。其中更有许多表现优秀的，给69届做了榜样，从而影响甚至是教育了69届，在69届的成长中起到了重要的助推作用。

原《中国日报》办公室主任戴书宏对此有着很深刻的感受。他说在兵团给他影响最深的是北京老三届，原兵团炼油厂催化车间的技术员李泽。

李泽，原北京一中的66届中学毕业生，1968年赴黑龙江建设兵团2师8团，在兵团因表现突出，被推荐到东北石油学院读书，毕业后又回到了兵

第八章
情系黑土助故乡

团。在众多被推荐的大学生中，北京、上海、天津、哈尔滨的知青中，主动要求在本地上学，又学了注定要到最艰苦的地方的专业，而且学成后不留北京又回到了北大荒的，李泽不是唯一，也是唯二的。

无论是在兵团的表现或是家庭条件，还是说李泽的自身文化水平，按说他可以到北京上大学，而且是最好的大学。因为李泽的父亲是石化战线的一位部级领导，曾经给兵团帮了两个大忙。以这样的关系，李泽就是没有连队推荐，在那个走后门无比汹涌的年代，只要他或是其父一句话，李泽就可以在兵团推荐的名单中占据一个位置，甚至让李泽挑个大学上，如北大、清华、北医等，毕业后还可以挑一个好单位留在北京。但是李泽仅仅是上了个谁都不愿意去的，即使毕业了也要永远在艰苦的地区、农村工作的本省的石油学院，而且1974年大学毕业后仍是回到了北大荒。

兵团有什么事有求于李泽的父亲呢？

兵团为了农业、工业大发展，在1971年初决定，拟上马两个重大项目，一个是炼油厂，一个是化肥厂。这两个项目是兵团发展急需的，是兵团组建到取消期间两个最大、最重要的项目。申请报告除了给直管上级单位——沈阳军区领导批准外，还要给主管行业的最高领导部门——化工部批准。沈阳军区好办，是上下级关系，是一家人；但化工部则没有把握。批，正常；不批，也有理由。而李泽的父亲李忆林恰恰是负责审批这项工作的。作为化工部的常务副部长，李忆林秉公办事，批准了这两个项目。得到喜讯，兵团方面欢天喜地，询问李部长有什么要求，这位老革命的回答是一个字：无。

真的是什么要求都"无"吗？真的是！

对兵团无要求，可是对子女有要求，还很严格。

与批准兵团可以建设炼油厂、化工厂的同时，李泽电报告诉父亲，自己被推荐上了大学，但是具体还没有定是到哪里去读书。李忆林马上告诉李泽，你们兵团马上要成立炼油厂、化肥厂，你要是上学就去学与这方面有关的专业。老人家的一句话，就把李泽的前途决定了。在石油学院学满3年，李泽毫不犹豫地回到了兵团，来到了炼油厂催化车间，当起了技术员。

一位上海知青不相信，说李泽的父亲不是领导，李泽也不像干部子弟，说话温和，待人真诚，穿着普通。李泽得知后很开心。他对戴书宏说道："这就对了，干部子弟就是不能让别人知道父母是干部，更不该利用父母手中的权力为自己谋私。"

"那时在催化车间以及整个炼油厂、毛纺厂（炼油厂投产后又建了毛纺厂），北京的干部子弟很多，但是最不像干部子弟的就是李泽。"一位天津知青回忆道。

"从李泽身上学到了许多好品质，对我后来的工作和学习起到了重要的作用。"戴书宏回忆道。

回顾黑土地

尽管在北大荒留下来一些苦难的记忆，受到了许多不公正的待遇，但是对于那段生活，许多69届却是怀着极深的情感。

他们多次回到那片土地怀旧，也想方设法回报那里的乡亲。

同样是读书，可是李炎在北大荒和北京完全不同。一个是个别人对他处处排挤，8年的光阴都是在不被信任中度过的。北大荒虽大，却无处安放尊严放飞理想，留下的是失败和落魄；一个是对他无限信任，让他自由发挥，最终得到了收获，留下了一串串的精彩人生记忆，让他的脑门闪着红色的笑意。

尽管如此，李炎没有埋怨北大荒，他把那片土地和那些人区别开来；也把时代和岁月区别开来；更是把口号和人心区别开来。当别人抱怨当年

第八章
情系黑土助故乡

的酸楚和苦痛时，李炎却一直盘算着回去看看那个灯影下摇曳的连队、东山坡上那片坚定正直的白桦林。

其实连队早就撤销了，只剩下一片荒草。这些理直气壮的荒草懒散地晃动着小身板，似乎是从古至今的主人。好像这里从来没有过连队，没有过知青，没有过泪水，没有过人烟，也没有过苦难，更没有互相排挤，似乎都是欢歌笑语，拥抱接吻和未遂的爱情萌芽。

假象可以糊弄假扮的历史工作者，却瞒不过亲历者以及李炎的那双大眼睛。他在没有任何提示的情况下，就找到了当年所有的原址。找到原址，那些往事也就拔地而起，就像北大荒4月才迟来的麦苗，绿油油的漫无边际，摇荡的伤感也在秋天的白云下呼啸。李炎与往事牵手，就如同当年早上去营部取信那样，踏上了往东去的路。那朝阳依然灿烂，只是身后没有了羡慕和期盼的目光，身前也没有了那个绿色的装信件的书包了，只有眼泪装在那饱经磨难的心里，一路相伴。

该埋怨这片土地吗？可是眼前只是一片空荡。即使追责，也没有接受的主体。

连队没有了，记忆还在，6团没有了，岁月还在，兵团没有了，黑土地还在，青春没有了，白桦林还在。

北大荒，我们与你在青春里相遇，又在青春里告别，几十年过去了，北大荒依然默守着骨子里的冷傲，我行我素在祖国的北疆。退耕还草又让北大荒长出了满头秀发，退耕还林似乎给大地穿上了新衣。满头秀发配上翠绿的新衣，一幅青春靓丽的模样。近半个世纪过去了，北大荒却更加年轻了，像极了当年的那些北京69届。

可是北京69届却再也回不到青春里去了。曾经的年少轻狂，豪气冲天，都已经被"雨打风吹去"了。

有人说，知青们回忆往昔，重返故地，并不是怀念兵团，不是留恋那个极左的年代,不是怀念上山下乡,而是怀念青春的足迹。李炎的回访之旅,似乎印证了这一观点。

那个年月,在一些人看来,北京69届是不热爱边疆、好逸恶劳的领路人、带头大哥,如今,能够重返北大荒的就数北京69届的人多。

低调朴实的69届

尽管许多69届回北京后取得了成绩,但是他们都是非常低调的。他们没有那种成功者的嚣张、得意、自我膨胀,唯有谦逊、淡然、宁静。

这样的状态,也许这和他们的经历有关。

他们的人生多是以配角身份出现的。在"文革"初期当观众,在兵团岁月当"分母",回城后又变成了文化低、年纪大的落伍分子,几乎一直都是在社会的边缘,处在追赶、挣扎的状况,安于与世无争,习惯默默无闻。

低调,已是这届学生最明显的特征。

图书作者简介上的信息就是低调的介绍信。

因为事业有成及兴趣爱好,很多69届著书立说。按出版惯例,作者简介要介绍作者职务、研究成果、获奖名单。可是翻看有些69届出的书,简介的写法与众不同,确实简字当头,很有"特色"。

《中国古代绘画要旨》是季羡林先生担任主编的《东方文化集成丛书》的重要的一本,出版后深得好评。作者是北大中文系教授杨铸。他执教几十载,成果颇丰。可是在此书的作者简介中只有平淡的几十个字。"杨铸,辽宁辽阳人,一九五三年生。毕业于首都师范大学。曾任教于首都师范大学,现为北京大学中文系教授。多年从事文学理论及中国古代文艺思想史教学与研究工作,撰写过相关学术著作以及数十篇学术论文。"

文字简单,没有展示出杨铸的众多研究成果,而且还没有放照片。

大教授低调,大作家同样。2011年,著名作家邹静之和著名画家赵大陆合作出版了《十八岁》一书。这部书被誉为是"历史一隅的记录",文图并茂地保存了一代人青春的脉搏和蹒跚的步伐,深受北大荒知青及广大读者好评,可是这部书却找不到作者简介。

中国散文学会副会长,原《中国旅游报》总编辑马力不仅著作颇丰,且在新闻战线也是硕果累累,在他的著作中也很少见到作者简介。笔者手头有他的两部散文集:《走遍名山》《走遍明水》,这两部书极受读者好评,可是没有有关作者的一个字的介绍。

书法家赵承德,20世纪90年代初期在完成本职工作和创作书法作品之余又开始研究起炒股,从赔钱到赚钱,居然还研究出了点"成果"。从1999年起开始应邀在国内各处讲座,到2001年被北京电视台和中央电视台请去做嘉宾。2008年又在中国科普出版社出版了多本有关财经证券、股市评论性的丛书。这可是值得骄傲的业绩啊,应该在作者简介一栏隆重介绍,但是与上述几位一样,居然没有作者简介这一单元。

这样的情况绝非少数,还有汪永基、王秋和、张庆华、金建方等人的著作均缺乏作者简介或简介过简。

即使有作者简介,却多数也没有什么内容。与那些介绍官职、获奖目录、辉煌成长经历的简介迥然不同。小小的图书简介,折射了小69们的品格。

说起低调,全国劳模樊宝发的3次参加宴会是个极好的证明。

看外表,樊宝发普通得不能再普通了。根本不像上过天安门领奖,参加过大型宴会的样子。他只有一套早就过时了的西服,也只是用来出席劳模会议,平时舍不得穿;他常年只穿老式的解放球鞋,常年只穿环卫局发的印有环卫局字样的工作服。

1996年4月中旬,中国青年报社宴请全国十大杰出青年人物,地点在北京便宜坊,樊宝发作为十大杰出青年应邀参加。那是樊宝发第一次吃烤鸭。他虽然观看了别人的吃法，但是还是难以掌握吃的技巧。面酱全留在了手上，薄饼上却一如既往的清白清秀。直到宴会结束，樊宝发也没有成功地把饼、葱、酱、肉4个新朋友完美地团结在一起。

同桌的人很奇怪，问樊宝发是不是北京人？是北京人怎么不会吃烤鸭呢？同桌的人不知道，地地道道、道道地地的北京人樊宝发，43年来第一次吃烤鸭。

是北京人就一定会吃烤鸭吗？

在樊宝发看来，在北京人看来，是不是北京人不以会不会吃烤鸭为标准，只要在危难时刻不退缩，能冲上来就是真正的北京人。也就是"平时侃大山，战时冲上前"的那种人才是北京人。

第二次参加宴会是一年后。1997年的夏天，北京市旅游局请客，宴请那些为北京城市建设做出贡献的人。樊宝发以"城市建设美容师"的身份参加了宴会。在这次宴会上樊宝发第一次吃螃蟹。螃蟹那超标的腿脚让樊宝发眼花缭乱，曲径通幽的技巧难住了干活灵巧的双手。别人呈现出"与螃蟹斗，其乐无穷"的快意恩仇，而樊宝发则是与螃蟹相对无言，沉默是金。

为什么前两次宴会没有成功呢？樊宝发觉得是自己缺乏勇气。在第三次宴会上，他展示了威猛，可结果还不如前两次。

第三次宴会还是1997年，只不过换了秋天。全国总工会在长城饭店举办庆祝活动，会后吃自助餐。对于樊宝发来说，吃自助餐这又是第一次。面对素昧平生的美味佳肴，樊宝发举步维艰。冷静片刻后，他看见了老相识——牛肉。这牛肉看起来十分鲜嫩，看上去比国内买的要好很多啊。樊宝发想到，常听工友说老外都爱吃牛肉，这么鲜嫩的牛肉一定好吃。于是他与其他美食擦肩而过，独独抱得牛肉归。他不知道还要让厨师加工，而是直接入自己的口了。无论他怎样勤奋刻苦，可就是嚼不动。无奈之余更加认为外国人的牙好、身体好。既然嚼不动，那就强行咽下去吧。可是强

第八章
情系黑土助故乡

壮的牛肉不肯就范，樊宝发只好吐了出来。经过这次生吃牛肉的经历，樊宝发再也不出席各种宴会了。

刘继凤的执着。

2016年11月26日，北京展览馆举办大型文艺演出，名为"北大荒知青之歌"。笔者按照总召集人石肖岩的要求，负责与北大荒知青中的劳模联系。笔者第一次接触1营的战友刘继凤。她的朴实和低调给我留下了深刻印象。

演出第一场开幕式结束后刘继凤找到笔者，一贯的笑容不见了。她认真地对笔者说道："我不是全国劳动模范，我是五一劳动奖章获得者，刚才孟老师（孟凡贵）介绍时说我是全国劳动模范，我跟您说吧，我得的是全国五一劳动奖章，不是全国劳动模范。这不是一回事。不是还有两场演出吗？千万在介绍时改过来啊。"

笔者为刘继凤的真诚质朴感动。"五一劳动奖章获得者也是全国范围的劳模，你们中有全国劳模，也有五一奖章获得者，都是全国劳模。孟凡贵是总体介绍，就是说你们中获得这两种荣誉的人都有。"

"不一样，不一样。劳模是国务院认定的，五一劳动奖章是全国总工会评定的。您一定要和孟老师解释一下。"刘继凤依然坚持。

因为忙碌，笔者忘记了和孟凡贵沟通。结果在第二场演出时的介绍还是照旧。

"台上的这些北大荒知青中，有全国劳模、五一奖章获得者、修脚技师、再就业带头人；有全国劳模、掏粪工；出租车司机……"孟凡贵清脆的声音回响在北展大厅。

刘继凤下来后又找到了笔者。她直接从上衣口袋中拿出了五一劳动奖章。"你看，我得的是全国五一劳动奖章，不是全国劳模奖章。咱们不是还有一场演出吗？一定改过来啊。"

没有想到，刘继凤如此认真、朴实。笔者抱歉之余答应一定和孟凡贵说明。

在第三场演出的时候，孟凡贵介绍台上的知青优秀代表："这些人都是知青的代表，我们北大荒人的骄傲。他们中有全国五一劳动奖章获得者、修脚技师、再就业带头人、优秀共产党员刘继凤……"

刘继凤下台后又找到了笔者。这次她恢复了往常的笑容，连说谢谢你。

笔者写作此书时，还有许多优秀的低调的战友，因为本书要赶在今年69届下乡50年之际出版，来不及采访他们了。他们也在自己的工作岗位上做出了贡献，取得了值得骄傲的业绩，有着与书中人物同样动人的故事。

这样的69届有很多，下面介绍几位。

国铁成，原6团3营农工。回城后先后在北京第二手表厂、北京双安商场工作。因表现优异，曾先后6次获得过先进、标兵荣誉，并被评为优秀党员。他热心北大荒知青活动，全力为荒友付出的事迹有口皆碑。用他爱人的话说，别提北大荒，一提起北大荒就像打了鸡血一样，外地知青来京，不管原来关系远还是近，国铁成都会热情接待，联系住处，寻找餐厅，原则是干净、便宜、方便。

一位战友有困难，自己无力解决，国铁成听说后多次跑街道办，费了很大劲儿为战友办好了低保手续。那位战友的爱人是农业户口，按政策可优惠购买一套房子。而对这样的好事，那位战友只能叹息。国铁成知道后马上发动战友，凑齐了首付款12万元。其中国铁成自己就拿了7万元。战友搬入新家后，国铁成又发动大家为战友买了衣柜、鞋柜、门厅柜。

一位战友需要做大手术，他家里人忙不过来，国铁成组织战友，两个人一天陪伴，直到那位战友渡过难关。

战友聚会，国铁成为大家照相、录像，这些年他为战友照相上万张，刻光盘数百张，费用全是他自己出。

国铁成不是大款，他只是企业的普通退休职工。得过直肠癌，还有慢性病，但他给别人的永远是温暖和关爱。

刘子荣，原2师14团农工，曾担任中国商业出版社社长。在出版社几十年中，与领导班子成员团结合作，兢兢业业，带领全社职工创出佳绩。

叶世洪，原1师6团3营农工，回城后几经辗转，进入中国商报新闻出版总社，任总会计师及经济师。20多年来，他基本上每周休一天，节假日大多数时间都在值班，受到大家一致好评。

张忠民，原1师6团1营营部农工。他回城后经商，从上世纪80年代初在中关村销售电脑，经商30余年，不仅学到了营销和电子方面的知识，还见识了人间百态，增长了学识才干，并囤积了海量的生活素材，写出了两部优秀的长篇。一部是反映当年知青生活的，另一部是描写中关村商界精英们创造财富的故事。特别是那部描写当年兵团生活的作品。许多当年1营的战友看过后都称赞不已，极力劝他出版，可是张忠民就是一笑而已。近几年他又迷上了古建筑，连图片带文字又是很厚的一本书（装订的一本书，不是出版的），在出版社的战友劝他并给他联系了出版事宜，可他还是不露圭角，不愿意正式出版。

戚建明，原1师6团8连农工，中国土建工程公司教授级高工。因为业务精湛，责任心强，被公司长期派驻在国外工作，几十年拼搏精彩不断，留下一串闪光足迹。

孙庆利，原兵团炼油厂调度室调度，回京后在阜外街道联社任工会主席，上世纪90年代末任北京世纪印刷厂厂长，凭借其出色的管理能力大胆实行改革措施，很快将濒临破产的企业扭亏增盈，受到了本厂职工和上级领导好评。

曲学春，原6团1营5连农工。后调入5营、1营宣传队，37连卫生员。

返京后他从北京第二铜管厂机加工做起，先后担任厂长、艺术中心主任，石景山区街道办事处副主任，石景山区工商联副主席等职。

张维维，原1师6团1营部宣传队队员，获得1979年全国新长征突击手称号。她还曾连续3年获得水利部机关"优秀公务员"称号、水利部办公厅先进工作者称号、优秀共产党员称号。

乔建平，原1师6团5连农工。恢复高考后她考入南京铁道医学院。后到中央团校、中国青年政治学院工作。她曾被评为北京市先进工作者、工会先进工作者以及技术骨干、技术尖子等称号。

鲁明珠，原1师6团2营11连农工，她在平凡的岗位上刻苦学习，爱岗敬业，多次受到表彰，被评为三八红旗手。

还有著名演员，《西游记》里某位主角的扮演者；

还有著名作家兼画家，著作等身的大才子；

还有某五星酒店的女总经理；

还有某大型市场的总经理；

还有某行业协会的女秘书长；

还有，还有……

他们都做出了突出的贡献，成为所在行业的佼佼者。他们的成长经历亦是感人的励志传奇。

长期低调，有没有成就都是默默无闻，所以就被人误解成是最平淡甚至是平庸的一届学生。

第九章
知青活动主力军

有人评价,在后知青时代,黑龙江兵团的知青活动是搞得最多、最大、最好的。

从出版《北大荒风云录》《北大荒人名录》作为起点,先后有《黑土地回顾展》"北大荒知青专列""北大荒知青文艺演出""三千人庆生日""黑土地图片展""医务界志愿者服务日"等的活动。从这些活动名称就可以看出来,活动内容积极健康,顺序安排合理,符合后知青时代知青的成长路程和各阶段心愿,同时也和社会发展切合。正因为如此,北大荒的知青活动才被当年的几十万兵团知青认可,他们一直积极参与。

因为少小离家,知青们有着内容丰富的各种往事,其经历是没有下过乡的人的数倍。失学、远行、送别、背井离乡、天寒地冻、忍饥挨饿、被歧视、被压制、被排挤、失恋、失意、不能入团、不能入党、不能返城、不能在家里多待一天、不能读自己喜欢的书、不能并没有自己喜欢的歌、不能穿自己喜欢的服装,被处分、被批斗、被关禁闭……几乎把大部分人类伤感和不幸都尝了个遍。甚至还有的一种苦难多次尝试，一种折磨数次感受。比如赶上在比现在还拥挤的春节探亲回家，通常买不到坐票，就只能一直站着，多数情况下是从哈尔滨一直站到天津才能有座，腿都站肿了，就像当今的大力水手，到最后小腿比大腿粗，下不去火车，被列车员帮助推下去、端下去。而从北京返回北大荒，虽有了座位，可是心情无比惆怅。那又一次的背井离乡的愁绪伴着一路的叹息。很多人都是从北京站出发，一直默默流泪到兵团。虽没有读过"今宵酒醒何处？杨柳岸，晓风残月"的诗句，却也有千里漂泊孤独难耐的心酸。

经历是知青各种活动及聚会的最好凝合剂。

但是如果没有人组织，有多少有利因素也是四处流浪，无法捏合起来；没有人参与，多壮丽的往事也会浪迹在远去的风雨里。

好在有一个组织能力极强的69届、原1师6团报道组的石肖岩；有两个主持经验丰富的69届：著名相声演员、德艺双馨称号获得者孟凡贵；从小喜爱武术、文艺，到兵团后在团部宣传队编导演集一身的李秀人；加上还有一位能稳得住阵脚的主持人老大哥邹小霏。他们把所有的节目、活动都摆弄得有朝气蓬勃的力量，也有专业水平的效果。除了"主创"是69届为主，更主要的，是有几万名69届作为活动的铁杆参与者。任何活动都会应者云集，所有高潮皆是万众一心。

北大荒知青活动的召集、策划、组织、主持人，主力观众都是当年的北京69届。

第九章
知青活动主力军

知青专列：
开回1969年那个秋天里

一列深红色的专列守候在北京站的第8站台。很新的车厢仿佛蒙着1969年的灰尘。哪里的灰尘如此高寿，能够安静地躺在车上享30年清福从而成为清尘？那是因为车身的中部有一幅横幅，上书7个大字：北大荒知青专列。在此之前只有首长、只有军事行动才有专列。即使偶有专运的列车，却也不打出专列的旗号。这是第一列以知青命名并打出旗号的专列。在1998年7月31日的注视中，列车准备开回到1969年那个单纯朴实的秋天中去。

30年前，那时是"一程程山寒水冷瑟瑟风中的人。谁会在意，16岁的少年浪迹在这里，流放在这里"。

30年后，乘车人已经没有了一丝孤独和哀愁，已经变成"一程程山欢水秀猎猎旗下的人"。各团的战旗飘扬在心绪悠悠的北京车站，850名特殊乘客试图坐"一次历史的倒车"，重回那个只有黑白两色的原野中，重回到磕磕绊绊的青春岁月里。

虽然一路上歌声震天，笑容浩荡，还有李秀人和邹小霏的临时广播，但是到了深夜，悲伤却无法阻挡地包围了车厢。因为旅途上的夜不能寐，最容易让人回忆起青春恋情的时刻。初恋情怀的悲伤不会惊醒夜的星空。回忆起少年时他或她的美好，回忆起"人生若只如初见"的惊喜，会不会唱起"今夜你想谁,有没有人陪"?会不会吟诵"泪眼问花花不语,乱花飞过秋千去"的诗句?

因为离青春的原址触手可及,离少年的稚嫩近在眉睫,那些美好的初恋和暗恋悄悄地渗进了心潮涌动的车厢。就像大提琴在唱着情歌,流着泪在深夜的草原上漫步。

"我的眼,我的泪,我的悲,

轻轻地风随落花四处纷飞

我的梦,我的情,我的悲

忧伤的夜就像那浓浓的咖啡

亲爱的人我多想把你一生来陪"

遥远的记忆依旧滚烫。

哦,谁是"我"亲爱的人?这一生有没有最亲爱的人?有没有一个人让我们一生来陪?苦命的69届,有过美好的初恋、暗恋吗?今晚的天空,倾洒的还是年少时的月光吗?

与30年前相比,北去的夜色一样的漆黑无语,月光相同的忧伤漫长,旅途依旧是草黄风无语。借着黑夜的掩护,为有过或是没有过的初恋洒泪吧。等到太阳升起后,就没有机会了。

在第二故乡的黎明指引下,知青专列车停靠在哈尔滨。随着列车最后一次的咣当之后,"还乡团"团员们(临时起的学名)急促地收回了没有骨气的眼泪。

这里没有伤感,只见各师团的战旗舞动着久别重逢的惊喜,旗海下是黑龙江省市有关领导在列队迎接的身影。倒是他们眼中涌动着泪花,莫不是眼泪接力赛,通过微信移植到了领导脸上?不对,那个年代没有微信啊。那这些领导怎么就无师自通地佩戴着整整齐齐的泪水来了呢?当石肖岩、姜昆代表回访知青与这些领导握手时才得知,这些人里有不少是兵团

第九章
知青活动主力军

知青。为首的,就是当年的北京知青,后来当了黑龙江副省长的程幼东。在北京是老乡,在兵团是战友,在人生的路上是兄弟。这样的关系,这样的场景,岂能不热泪盈眶!

当地的权威报纸《新晚报》刊登了回访知青的名单,各农场可以据此迎接自己的孩子回家;黑龙江本省的知青可以据此等待着战友重逢。车站前为知青留出的专用车道、停车场都是举着《新晚报》的人。整个车站甚至是整个城市都洋溢着重逢的喜悦和隆重。

在欢迎知青的主会场,一幅"向为共和国负重的一代人致敬"大标语,牵引出了所有人的泪水。

农场总局为回访知青做了纪念章,并通知有知青回访的农场成立专门的接待班子,要求对知青们三好:吃好、住好、看好。

为了知青们能尽快回到自己原来的农场,哈尔滨铁路分局还开设了临时客车。

这次回访留下了许多感人的故事。在此只追忆两例。

接待回访知青最多的是宝泉岭农场,也就是原15团,接待了700人。这其中有从北京来的,也有从哈尔滨临时来的。哈尔滨知青本来是接待北京知青"还乡团"的,是迎接战友的,可是30年的相思泪、战友情,使他们紧紧握住的手不愿松开,于是腾出一只手给家里打了个电话,告诉家人要重走青春路。于是哈尔滨知青丢掉了"地主"的身份,加入"还乡团",再一次赴边。

超编的人太多,农场连夜筹集被褥,又到周边部队借了450套被褥。700余人的大部队睡上了崭新的被褥。

也有人最少的回访团:只有一个人。即使是一个人,50团也为这一个知青开了欢迎会座谈会。所有的内容都不少,所有的感动也同样真挚。

风云录、人名录：
同类书籍开先河，真情实感启后人

在1990年以前，反映知青生活的文学作品，作者基本上是作家，尽管有些作品很有文学水平，受到了读者的好评。但是只能反映知青的一个点，一个线。在广度和深度上，还远没有达到顶峰。

《北大荒风云录》《北大荒人名录》的出版改变了这一现象。

1990年7月20日，这两部书的首发仪式在全国政协礼堂举行。全国青联主席刘延东出席首发式并发表了讲话："你们在北大荒的战斗生活，谱写了一首创业之歌。它将载入中国青年运动的史册！"

1990年9月下旬，上海知青也举办了这两部书的发行式。一位老知青说道："今天我们读自己的书，唱自己的歌，过自己的节，最开心，也最难忘。"

1990年10月下旬，天津知青也举办了隆重的发行仪式。时任天津市人大常委会副主任的石坚在发行仪式上激动地说道："我是一个抗战的老兵，而我要说，你们知青上山下乡所经历的磨难，在某种程度上比我们革命战争时期更艰辛，情况更复杂。"

黑龙江省哈尔滨、双鸭山等市的知青也都举办了发行式。在北京的师团也举办了发行式。随着发行式和知青的口口相传，两本书受到北大荒知青及社会的持续好评。一批各地知青的集体回忆录也相继问世，如《草原启示录》《回首黄土地》《红土悲歌》等等。

梁晓声评价：我认为《风云录》是一部从多侧面、多角度反映北大荒知青生活的难得的纪实书。其纪实性几乎是不容置疑的。其中多数知青第一次写关于自己知青经历的文章，甚至是生平第一次写所谓的"文章"，甚至以后再也不会产生写"文章"的念头。他们和她们，将自己当年的亲身经历、亲身感受、亲身遭遇，真真切切、虔诚之至地汇入《风云录》之中了。

《北大荒风云录》是纪实性的，是从知青各自的角度、视野回忆、记录真实的青春岁月和成长历程。文中收集的193篇文章，组成了一部真实、完整、生动、鲜活的北大荒兵团知青正史。从知青听动员报告开始，历经泪洒车站、大雨迎接、草枯风冷、水中抢麦、雪后割豆、冰里起麻、深山伐木、春播夏锄……也记录了从狂热到冷静，从盲从到反思，从被歧视到自学的曲折……乃至最后返城回京后的奋斗拼搏。各式各样的心态，独具特色的人物，具有传奇的故事和奇遇。其广度是任何一部同类文学作品无法相比的，既有可读性又有史料价值。

《北大荒人名录》是为了便于知青联系而出版的，既实用，也有史料价值。

当岁月老去，当知青成为一个历史名词，要想再了解北大荒兵团这一段历史，要想认识那命运多舛的一代青年，那么就去阅读《北大荒风云录》《北大荒人名录》。

黑土地回顾展：
"请"第二故乡到第一故乡来

在所有北大荒的活动中，甚至是在各地知青的活动中，影响最大、规模最大的莫过于《魂系黑土地——北大荒知青回顾展》了。

知青专列意义大，但是规模小，一趟列车仅仅容纳850人，且随着一声汽笛长鸣就扑向了遥远的塞外。那歌声和泪水在北大荒如水滴融入了海洋。

《北大荒风云录》《北大荒人名录》的出版是知青活动的一个高潮，效果好，影响大，但是能拿起笔的毕竟还是少数。如果举办一次展览，冲击力会更强，效果更震撼，能有更多的战友来参观，无异于是让当年的岁月旧景重现，兵团原装地来到了北京。

成功地组织了知青专列、两书编辑出版的石肖岩等人，又策划了足可以载入知青活动乃至展览活动史册的《魂系黑土地展览》。在经历了极其紧张、劳累的筹备后，一切就绪，展览闪亮登场。

1990年11月25日上午9时，《魂系黑土地——北大荒知青回顾展》在中国革命博物馆开幕。观众挤满了博物馆正门前的台阶。久别重逢的激动，荒友相见的拥抱，擦去泪水后的留影……

人越来越多，不仅外面排起了长队，就是已经进去参观的也拥挤不堪。

第九章
知青活动主力军

当天就有1.5万人参观。随后的几天里都保持着几千人的规模。在两周的展览期间，共有近10万人参观了展览。

展览不仅吸引了北大荒的知青，其他地方的知青也大批涌来，还有许多大中小学生以及社会团体。用"革博"的人的话来说，就是"革博"自建馆以来有两个最大最轰动的展览，一个是《周恩来事迹展览》，一个就是《北大荒知青回顾展》。

展览为什么大获成功？固然和创意、策划、组织有关，但是最主要的是复制了一个浓缩的北大荒，把兵团的时空复原后搬到了革命博物馆。历史的情节、细节都能在这里找到。

看看那些展品及背后的含义吧。

生锈的镰刀是打开麦田的骑兵，

破旧的雨衣吓退了崭新的暴雨，

瘦小的马灯身后挤满夜读少年，

模糊的青春妄想搭起一道彩虹，

发黄的家书雕刻着父母的真爱，

发黄的日记是暗恋隐秘的后盾，

散架的牛车拉不动重重叠叠的黄昏与白昼……

这是笔者当年写下的感受。

老迈的塔头还是那么内向，头上的草已经干枯。她披着20年前的月光，在欢闹的气氛中不言不语，她能想到也能做到的最浪漫的事，就是与知青一起慢慢变老……

站在展览大厅，就如同回到了当年的连队，回到了过去的岁月，又是那个追风少年了，又仿佛在北大荒的苦闷里张望家乡了。

名曰"魂系黑土地"，而是"身在黑土地"。突然回到了16岁的少年时代，谁能不潸然泪下啊。

69届过生日：
3000夕阳红映红150平方米大蛋糕

所有知青活动都是节日。只不过有的庄严隆重，有的喜悦轻松，有的规模大，有的范围小。在这些活动中，最大、最喜庆、最喜悦的活动，莫过于3000名69届集体庆祝60岁生日。这是知青活动中的战斗机，也是全国各地知青活动中的扛鼎之作。

2013年6月18日，《黑土地荒友之恋》大型欢庆活动在北京蟹岛八大锅餐厅举行。

69届基本上是1953年出生的，到2013年已是60寿辰。60年一甲子，60年一轮回。在人类的长河中，60年虽然是短暂的，然而对于69届来说，却是充满艰辛，同时也是奋力前行颇有收获的。举办一个盛大的庆生活动，应该，也完全配得上。

一直低调一直努力的69届终于公开打出了自己的旗帜。人生60年，只在这一天稍稍张狂一下；只是稍稍而已，从活动标题上就能看出，含蓄，蕴藉，连个生日二字都舍不得写出来。

为何选择6月18日？难道69届都是按规定在一天出生的吗？当然不是。"6·18"是领袖批示组建黑龙江生产建设兵团的日子，可以说是69届集体的"生日"。在这一天举办庆祝生日活动，最有意义，最无争议。

这一天天气出奇地好。阳光透支了7月的热度，把庆祝会场外的餐厅

第九章
知青活动主力军

广场照得火辣辣的，也给每个人都配发了红光满面。"老黄瓜"免去了刷绿漆的工序，互相掐架的"五线谱"也识趣地与老脸暂时作别。再加上每个人极度地兴奋，由内而外的红与太阳的红竟然组成了一片马马虎虎的朝霞。

大概是老天给这些69届补上一个"夏之绚烂"吧。这样就有了人生的"春之蓬勃，夏之绚烂，秋之静美，冬之深沉"。

欢歌笑语，涕泪交流。握手，紧紧地握手，开始还互相问讯对方，脸上是不限量的笑声，可是不知怎么就留下了眼泪；拥抱，长久地拥抱，那离别45年的心酸，那人生60年的感慨，不必道出，就让它在这拥抱中掠过。那泪水就滴滴嗒嗒地打湿了对方的后背。

为什么会如此激动？因为这是全中国接触时间最长的一群人了。其中不少是从幼儿园就在一起，3岁就成了伙伴，然后上一个小学，又就近上了一个中学，又一起去北大荒8年。回城后他们虽然不在一起了，但是共同的经历使他们一直密切联系。感情上交流，学习上鼓励。这漫长的岁月里该结下多么深厚的情谊。青葱岁月，似水流年，但这一届学生的友谊却成为永不消失的风景。

69届走的是同一条路，自然唱的就是同一首歌。当飘舞的战旗风干了重逢的泪水，祝寿的鲜花扶起摇荡的叹息，朗如珠玉的歌声随后就轻轻地、慢慢地在一片朝霞中铺陈开来，那是有关青春、奋斗和永不停歇的历史回音。

你看看我，又看看自己，
一段段旧时的记忆，
他们都在岁月里长情，
他们仍在岁月里憧憬，

回头看看身后的人群，

那一个个执着的生命，

他们还在日光下轻盈，

他们都在月夜中深情，

走过多少弯曲的小径，

依然相信脚会摆脱泥泞，

覆上多少灰色的曾经，

依然知道如何平静，

抬头看看远处的身影，

那一个个倔强的生命，

他们刚刚从现实中脱颖，

他们又在梦想中前行，

……

这是歌曲《最美的风景》的歌词。

会场内张灯结彩，人声鼎沸。大标语气势地横挂在舞台上方，一个巨大的寿桃腼腆地微笑着，红着脸儿坐在舞台的中央。两边两个寿字像是卫兵，一动不动地守卫着大寿桃。

这是常规装备，没有什么新意，有新意的是舞台下摆着有史以来最大的生日蛋糕：一个宽5米、长30米的大蛋糕。

依然是孟凡贵主持。他那极有磁性、穿透力的声音与他的年龄极不相符，好似还停留在那个战旗飘飘的年代。那声音还能传递着"一腔热血勤珍重，洒去犹能化碧涛"的少年豪情。

"今天，我们知青举行的这场生日宴，该胜过康、乾的千叟宴。"

掌声矗立在会场的上空，那意思是表示高度赞同。

6月18日11点，18位在各行业取得了成就的69届上台来，主持人一一

第九章 知青活动主力军

介绍了他们的成就。在又一波掌声的巨浪中，由他们象征性地分发蛋糕。

在这样的时刻笔者写下了不叫诗的诗：

云在飘，风在追，
少年的梦在60岁聚会，
云在飘，躲避着风的追，
为的是和彩虹排成队，
宁要孤独也拒绝繁华的尘灰，
云在飘，等上了风的追，
因为雨，云减了速流了泪，
彩虹赠给云漫天的安慰，
细声说今天你和风牵手，举杯同醉，
因为风你才能振翅高飞，
因为流浪才发现沿途的美，
云快乐地洗去了一路的伤悲，
十六岁的笑脸又一次闪回，
还是朝霞蔽日，还是不醉不归。

不管是"屈就"还是高飞，这些都没有所谓，在60岁的门槛上，全都扯平了。一如16岁时在一马平川的荒原上，不管官职大小，无论出身高低，一律站在田头共同起步。部长司长们喝了个一泻千里，下岗工人也整了个沟满壕平。

今天借少年的梦、借童年的梦一醉方休。

69届们说着、唱着，举杯豪饮着。没有对苦难岁月的抱怨，没有对不公正处境的清算，有的是对北大荒、对友谊的回味。他们将以"三千人生日宴"这样的面貌和心态，宽容地对待过去的严寒，微笑着迎接未来的时光。

这是69届们第一次也是最后一次团体聚会。从16岁到60岁，无情的时间从不为弱者留情，从战旗飘飘到沦为社会边缘，从满腔热血到步履蹒跚，似乎就在一瞬间。北京站的离别泪水还反射着朝阳的红霞，花白的头发就已经飘向记忆的深处。那些海阔天空的壮志，那些"斗酒相逢须醉倒"的豪情，在这一天只是最后一次的谢幕演出。从此"知青"二字就彻底成为了历史名词，"后知青时代"也走完了她的过程，歇息在档案的某个章节中。

一代人以知青的身份开始了他们的人生，又是在一个甲子轮回中以知青的名义庆祝生日，算是完美谢幕吧？

只是不知道，这一代人的磕磕绊绊、浮沉荣辱能否还被后人记起？就算记起，会不会不屑一顾？

其实大家知道，不用以后，就是当前，也是"知青这首歌，孤单无人和。即使有过花开红似火，也已随秋风坠落。今日举杯庆贺，也仅仅是留下那红霞一抹"。

没有人和，就自己唱。

"相逢一醉是前缘，风消雨散，早有飘然之处。"古人早已为这次盛宴写好了诗篇。

感悟兵团

王毅：桥的联想

"荒友们聚在一起，免不了回忆起当年战天斗地的豪情，回忆起那一幕幕难忘的往事、一张张鲜活的面容。而我在想，再过几十年，在进入新的世纪，这些或将淡去，或将仅存于文学戏剧，与我们的后代渐行渐远。但是，随着时间的推移，我们这一代人留在历史进程中的印迹反而会愈加鲜明，我们在生生不息的民族演进中的方位反而会更加清晰。

支撑中华腾飞的桥梁有很多，知青只是其中的一座。我为能成为这座桥的一分子感到心安，感到满足。"（1师6团1营8连农工，后到营部任通讯员，现任国务委员、外交部部长）

叶克冬：苦难是历史进化的成本

"人们往往习惯于记住过去的苦难，却很少想过苦难是历史进化的成本。历史讲究大趋势而舍弃细枝末节，就好像风光旖旎的讷谟尔河，描到地图上只能见到它由东向西流向嫩江的主河道，至于每一处蜿蜒曲折都被忽略不计了。'岂能尽如人意，但求无愧我心。'一代人有一代人的活法，没有必要也很难与前辈或后人作纵向比较。

以豁达之心看命运，以宽厚之心看故人，以平淡之心看过去，以开朗之心看未来，如此便能够不以物喜不以己悲，无负于前人，无愧于来者。我想，北大荒广袤的大地，赋予我们的不正是这样的境界与胸怀吗？"（1师6团1营7连，曾任中共中央台办、国务院台办副主任）

贾立群：成绩与黑土地分不开

"我取得的任何一点成绩，都是与黑土地的哺育、磨炼分不开的。我只有更出色的工作，才能对得起给我以今天的北大荒领导、师傅、战友以及乡亲们。"（1师6团汽车连，先后获得全国道德模范、卫生系统先进个人、最美北京人等几十项荣誉称号）

邹静之：只要不被苦难压倒，出来就不会太差

"每个知青都经历过从一腔热血，到怀疑再到厌恶的心理过程。我们那里第一年大涝，亩产才9斤，种子都没有收回来。割麦子只能在水里捞。苦和累之外是饿，当时每月定量是36斤。可缺油，那么大的锅，才放一两勺油，豆腐都没有，整天煮白菜，一个月吃不上一次肉，馒头散发着一股被捂了的味道。吃不饱就要想办法，当时是发粮卡，吃多少用笔画个记号。我们事先在粮卡上涂胶水，厨师画完后，回来沾着吐沫一擦就能擦掉。此外就是偷毛豆、偷老乡的鸡，有什么就吃什么。那时没有电，晚上我睡在一个棚子里，支上小蚊帐，点起小油灯，睡觉前先看翦伯赞的《中国通史》。

苦虽苦，可只要不被苦难压垮，出来就不会太差。很多人说我们那时更公平，其实也不是，那时也走后门，哪有什么公平。在我们兵团有个别中央领导的孩子待两天就回去了，一样是慷慨激昂说假话。说过去是美好的，都是想象的。

我们日夜希望离开。"（1师6团1营工副连，后调6团宣传队，北京作协副主席，著名作家）

濮存昕：那段生活是磨难也是锻炼

"北大荒长时间的生活，是磨难也是锻炼，大悲大喜能增加对人生的理解能力和承受能力。这对于一个男演员格外重要。男人的形象应该是有立得稳、担当得起的气质，还有克服困难和面对困难的承受能力。比如割麦子，北大荒的田垄长得望不到头，你得一垄一垄一刀一刀地割，那腰累得像折了一样的痛，至今记忆犹新。这也许对我后半生的生活与创作有积极的影响。如果说我这人还比较踏实，是因为那时感悟到千里之行始于足下的道理，要做成什么事都得一点一点地干啊！直到现在，我觉得我演话剧就像割麦子。对困难有较强的承受力是那段生活给我最大的锻炼。"（2师15团，曾任北京人艺副院长，著名表演艺术家）

樊纲：性格得到了锻炼

"兵团的生活确实很苦，从16岁到25岁，8年半的时间，在那里度过了最宝贵的青春时期。那时的温度接近零下40度。最重要的是，两眼一抹黑，不知道自己将来要干什么，也不知道什么时候回城市。不取决于自己，所以不光是皮肉苦，精神上是迷茫的。读书都不知道读什么书。

后来不断有人采访我，问这些问题，说是不是通过这种生活了解了社会，了解了中国，受益匪浅，其实这是一种浪漫化的想法。在那场上山下乡运动中，那可是涉及了1000多万人，10届学生，……绝大多数的人回来后，在街道工厂待待，就完了。有人说这对研究提供了经验，但是这对社会科学有用，对自然科学没有太大用。在这么一种环境下，实际上是一种性格上的磨练。"（1师某团，北

京15中学69届初中毕业生，著名经济学家）

张世琨：永远记得——我从黑土地走来

"兵团的艰苦，打造了筋骨，锻炼了品格，铸就了意志。特殊的生活，教我们学会了做人，学会了吃苦耐劳积极向上，学会了永不停息，学会了坚守心中的坐标，永远追求阳光。因之精神化作了永恒。

回首往事，心中倍加感念所有曾经和我并肩战斗的战友、感念所有当年给我温暖、给我帮助、给我关怀和亲情的伙伴们。我会更加珍惜往日的情谊，更加珍惜今日的时光，尽自己的所能，为国家为人民多做工作为兵团战士争光。不论走到哪里，我都会永远记得——我从黑土地走来……"（1师6团，曾任国家卫计委司长）

杨铸：兵团生活是双面的

"兵团的生活既有负面的，也有正面的。剑是双刃的，刀只有一面刃。虽然吃了苦，但是对人生的艰难有了了解，知道了生活的不易、基层的状况。回城后就知道珍惜，上学后就格外努力。"（1师6团11连，北京大学教授、博导）

郑宪临：奇特的兵团文化给我打下烙印

"我人生的第一步落在北大荒的黑土地上，那时我才14岁多，辽阔无比的大地，冻彻心扉的大寒，摧古拉朽的大风，一冬不化的大雪，给了我历练。奇特的兵团文化给我打下了深刻烙印。来自天南海北的各地知青又让我开拓了视野。还有让我受教育的老军垦，他们的无怨无悔，这一切都让我受到教育。"（1师6团4

营，企业家）

张键：北大荒给人勇气

"有北大荒的锻炼，就有了勇往直前的勇气。"

（1师7团，企业家）

樊宝发：北大荒给了我坚强

"是北大荒给了我坚强。就像荒友们常说的，有了北大荒这碗酒垫底，什么都能应付！这辈子干什么都不冤。我还记得在兵团时大家都想回城，有人常说回北京就是淘大粪也干，现在我干上了，这不挺好吗？"（2师16团15连，全国五一劳动奖章获得者）

孙奇：让我们也成为他们那样的人

"回北京后我经常想起连长和那里的老职工们。是他们无私无畏的精神影响着我们，让我们也成为他们那样的人。我们和他们相比，已经是好得太多了，还有什么不满足呢？还有什么好计较的呢？北大荒打掉了我身上的浮躁和功利思想，使我能在几十年都以一种平和的心态看待一切，在努力中安排自己的一生。"（1师7团砖厂，企业家）

孟凡贵：军人的气质传给了北京小69

"兵团的军人是好样的。总起来说，他们严格要求，认真管理，把军人的奉

献、无私、坚强及乐观传给了知青，特别是北京小69。因为当时我们小，正是可塑期。"（1师7团团机关，著名相声演员）

刘继凤：北大荒打下了成长的基础

"艰苦的环境培养了吃苦耐劳的精神，知青共同的生活培养了集体主义和互相帮助的品质。二龙山那天高地厚的自然环境，促进了乐观主义性格的形成。今天所做的一切，与北大荒打下的基础有很大的关系。"（1师6团3连，全国五一劳动奖章获得者）

王启新：兵团赋予小69永远不服输的性格

"第一是北大荒赋予了北京小69永远不服输的性格。遇到困难时、绝境时有拼劲。第二是69届的人很正直。第三是在兵团得到了劳动锻炼，身子骨结实，能吃苦。第四是北京小69一直在追赶末班车，所以是为了生存，有紧迫感，有奋进的动力。"（1师6团23连，原中国建行悉尼分行行长）

杨冀：兵团给我人生影响最大

"人的一生中，最好的时光是在20岁上下这段时间。我把这段最好的时间献给了北大荒。在北大荒我吃了不少苦，也经历了许多磨难。最后获得了成功。北大荒的生活给我人生影响最大，我总结了三条：一是要做好事，首先要做好人；二是现在所有的东西只是身外之物，只有知识和手艺谁也拿不走；三是一分耕耘一分收获，只要耕耘了收获是早晚的事。"（47团9连，企业家）

刘孔喜：绝无仅有的一代人

"我们这一代人是绝无仅有的一代人，现在回忆起来，还是真实和美好的东西多。我记录下我们曾经年轻时的男孩子、女孩子，与今天不一样的男孩子女孩子的面庞。"（4师39团政治处，首师大教授、博导）

张冲：北大荒的经历是克服困难、顽强拼搏的源泉

"虽然在北大荒的时间不长，但那是我离开学校走向社会的起点，使我真正了解了基层社会，个人得到了锻炼。以后到哪都有了比较，所以说北大荒的经历是我克服困难，顽强拼搏的源泉。

少年失学的苦痛成为我们学习的最大动力，兵团生活的磨练给我们这一届学生以长久的毅力。那一望无边的麦子，你要一刀一刀地割，一垄一垄地割，在刚开始的时候你几乎没有希望了，但是当你在大家一起的努力下，终于割完麦子后，你的信心就有了，耐心就有了。相信任何一个去过兵团的人都有这样的感觉。"（5师52团7连，著名律师）

汪永基：感谢北大荒

"是北大荒的辽阔让自己学会了宽容，是那段劳动锻炼让自己学会了咬牙坚持，是那些战友们给了自己战胜困难的决心和办法。"（1师6团3连，原《中国图片报》总编助理，新华社高级记者）

王秋和：北大荒是一个神奇的、有魅力的好地方

"如果你想培养一个人，就把他送到北大荒去，因为北大荒是一个可以让初出茅庐的人经风雨见世面受到锻炼的好地方。如果你想惩罚一个人，你就把他送到北大荒去，因为北大荒是一个让人意志消沉乃至走向平庸堕落的地方。北大荒是神奇的，其魅力就在于此。"（26团特务连，原《中国建设报》总编辑）

燕军：保卫祖国建设祖国的一代人

"我们这一代人的理想是保卫祖国和建设祖国。年青时在北大荒屯垦戍边，回城后努力学习知识，用知识建设祖国。"（52团6连，北京市劳模、自学成才标兵、原北京市电子商会副会长）

寒小风：北大荒是个大学堂

"一切成绩的取得，都离不开北大荒的锻炼和学习。如果说感激的话，那就是'九年北大荒，九年大学堂'。"（4师43团，原《中国校园》杂志主编）

王铁军：黑土地给我们战胜困难的勇气

"黑土地5年的艰苦磨练使我从一个少不更事、弱不禁风的无知少年逐步成长为对国家有用的人，使我们这些当年无知的知青能够敢于面对困难，敢于克服困难。"（1师6团4连，优秀教师）

庄默石：北大荒是书写梦想和努力的地方

"我们这届学生虽然失去了上学的机会，但是没有失掉梦想和努力，我们的梦想和努力的第一笔，都写在了茫茫的荒原上。"（1师7团，著名书法家、篆刻家。其书、印作品被人民大会堂等众多部门收藏。曾为一些国家元首治印。被称为"领袖治印专业户"）

李海江：希望后人为北京小69感到骄傲、自豪

"小69是最不该下乡的，都不够18岁，可是却以接受再教育的身份下乡；再，就是第二次接受教育，那么第一次的教育在何时？明显是矛盾的。但是小69虽小，却是不怕苦、不怕累的，是最能闯的，这大概是没有接受'第一次'的教育有关，回城后仍然是这样。小69赶上的年代是失学、下岗、下海、内退、自谋职业。几乎倒霉的事都让他们赶上了，可是看看他们当中的许多人，自强不息，做出了不懈的努力，收获了或大或小的成绩，可以说是那个年代的辉煌。我希望后人读到这段历史的时候，也会为这些当年十五六岁的孩子，屡经磨难却奋然前行的北京小69感到骄傲、自豪！"（1师6团19连，著名书画家）

卢炜：兵团是一个催人奋进的地方

"人到了那里，就不会心存幻想了，就剩下自己想办法一条路了。可以说兵团就是一个催人奋斗的地方。她告诉你，人生就是要努力。这就是兵团。"（1师6团11连，北大教授、博导）

韩立伟：留在心底的是精神磨砺后的坚忍

兵团劳动强度大，生活条件差，最直接的记忆就是吃不饱饭和觉不够睡。我也有过几次挑战生命极限的体验，或许这就是《孟子·告天下》书中所说"……苦其心志，劳其筋骨，饿其体肤，空乏其身，行拂乱其所为，所以动心忍性，增益其所不能。"

比艰苦更残酷的是牺牲。

我们铁道学院附中69届有50余人分配到内蒙古兵团，截至返城，因各种情况的死亡和重伤、病残率达到了8%。我的一位同学在水利工地，目睹了朝夕相处的战友——一位69届北京女知青被炸飞的冻土块击中头部牺牲的场景。

正是在兵团艰苦环境的磨砺中，绝大多数战友都养成了团队意识，学会在各种条件下生存，有了关键时刻敢冲敢拼，能弯下腰来务实做事的人生底蕴。

我想说，人无法选择自己生活的年代，回想50年前的兵团岁月，我已经淡忘了那些苦和累，留在心底的是精神磨砺后的坚忍。（原内蒙古生产建设兵团2师11团5连，回城后曾任铁路干警、报社记者）

毛大鹏：好品质在北大荒养成

"我们当时在北大荒的时候，没有感觉到那里是我们人生成长的重要平台，这么多年过去了，所谓取得了一些微小的进步，或是受到别人的夸奖时，才发现，这些都和北大荒有关。比如吃苦，比如坚韧，再比如看淡名利，这些都是在北大荒时就养成的了。那时我们还小，不能自觉地去培养这些品质，但是北大荒以她的方式加给了我们，就像军队发服装一样，每一个人都有，公平公正公开。"（1师6团6连，原中国银行巡视员）

戴书宏：坚强来自北大荒的磨炼

"在兵团9年，最主要的收获就是坚强了，现在什么苦都能承受。今日的坚强，来自黑土地的磨练。"（1师3团50连，原《中国日报》办公室主任）

高平：最值得回忆的一段往事

"那段生活是最苦的，但是却是最值得回忆的一段往事，因为它和青春相连。回来后常常回忆起那段经历，但我们在外人面前不聊北大荒的事。心里认为那是美好的，不愿意和外人分享。因为他们不了解，也享受不了。"（兵团炼油厂材料科，原卫生系统干部）

赵群：培养了小69们向前冲的意志

"没有那片黑土地的磨难，就没有高考60天的冲刺和爆发。虽然8年的光阴耗去了69届的大半个青春，但也磨去了清高和浮躁，更主要的是培养了小69们向前冲的意志。这是我对北大荒生活的认识。"（1师6团2连）

吕品：兵团生活像清晰的晨雨

"我也拥有了自己在兵团时连想都不敢想的私人财富，别墅、四合院、商品房。然而，兵团生活的昨日星辰就像迷雾中的晨雨一样淅淅沥沥，永不停歇地冲洗着我那颗已被市井繁华玷污的灵魂。"（1师6团1营4连，原北京某拍卖公司经理）

姚居亚：兵团给我们"四件宝"

"一、世界观。我们的人生观形成时期遇到了老三届、老军人、老职工、复员兵，甚至是劳教人员，他们是我们的榜样，他们的言行对我们有很深的影响。

二、友情。兵团与插队不同，我们是军事化的管理，这么多人在一个大炕上滚爬，奠定了一生的友情。

三、身体。几年的大强度劳动，让我们在后来的工作中有了坚强的耐力。有没有去兵团大不一样。

四、品质。兵团战士普遍勇于担当。因为在16岁的时候，就有了'国家有难我们冲上去'的经历。这种经历已经变成一种素质，只要企业有难，国家有难，这些人还会冲上去。

可以自豪地说，兵团战士是中国的优秀群体，先进文化的组成部分，中国精神文化的高地。无愧于天地，无愧于父母，无愧于子女。"（4师43团宣传队，原某出版社办公室主任）

何雁明：兵团生活是宝贵精神财富

"兵团7年的艰苦生活磨炼了我坚忍不拔的毅力，锤炼了我不畏艰辛的意志，坚守善良和公平正义的风骨良心。这些已成为我克服各种困难的力量源泉，成为永远伴随着我成长的宝贵精神财富。

我深刻地感悟到，我们应当并且也有责任给后人们留下些对那个特定时代的真实记忆。然而每当那段已多年淡忘了的时光和情景重新浮现在我脑海时，我竟几次难以抑制心中的伤感。几次当我想动笔写下这些经历时，常常是文稿未写就已经是泪水模糊了。我决定不去写这个回忆的原因是，至少目前还是这样认为的。我的这段经历记忆只属于我自己和直至我离开时、都无比疼爱着我的父亲母亲，属于那些永远深埋在我心中的、曾在我身陷逆境中给与我至善同情、深刻关怀和真情激励的恰似亲人的战友们。我希望你们能够谅解我的决定，希望你们能感受到我从内心对你们的爱和我在西安古城对你们的真情祝福。"（1师6团3营19连，北京花园村中学69届初中毕业生。曾任连队通讯员、副排长，团支部副书记，出席过6团和1师第一次团代会。1976年到陕西咸阳转插落户。1978年考入陕西财经大学金融系。现为西安交大教授，西安市政府参事，中国上市公司协会独立董事专业委员会委员，陕西上市公司协会顾问及独立董事委员会主任等职）

党大建：命运是自己可以把握的

"北大荒壮阔丰美的生态环境造就了我对大自然之神的崇拜；北大荒艰苦的工作与环境对我的意志、品行是很好的磨炼。在崇拜与磨练中，我练就了独立思考的能力，养成了自学的习惯。在通过自学考上大学的过程中，我感受到，人的潜能是很大的。只要自己努力，命运是可以把握的，无关环境的优与差。

把人生的感悟上升到大智慧和大美结合的高度，这是拜北大荒所赐。"（1师6团3营39连，外交学院退休教师，现任北京理德涉外咨询服务有限公司经理）

梁刚建：经历会增加你的生命厚度

"人生的每一次经历，不管是顺境还是苦难，都会增加你的生命的厚度。在未来的一个阳光灿烂的日子，所有的苦，你都会笑着说出。"（内蒙古生产建设兵团2师15团，原《中华读书报》总编辑，现任中国广播电视报刊协会会长）

尾　声

　　人生如同一次旅程，一路上有鸟语花香，也有电闪雷鸣；有一马平川，也有悬崖峭壁。

　　庆幸的是，青涩的季节已过，破碎的风景已过。50年的风霜仍不能侵蚀69届们的斗志，连绵不断的秋雨也从没有冰凉了他们的理想。

　　他们知道，春日不能重回三月，枯枝也难再发新芽，年华不会再如玉般清澈，16岁的笑容已经永远遗失在白桦林的叹息中，但是他们却认为现在就是那个最美的时刻。

　　因为在他们还比较年轻的时候回到了北京，在"月是故乡明"的泪水中，与暴风雪做出了告别，年少的梦想已经在持续地高飞，从此他们觉得天天都是幸福的日子。

　　69届们有了北大荒的历练垫底，又比老三届的大哥大姐们有了年龄上的优势，在北京他们得以踏上征程。尽管春花已凋，生命已老；尽管发已苍白，步已蹒跚，但是他们有一个深沉、寥廓的过去，所以有这样一个静美、温暖的现在。他们的心中充满快乐，他们宽容地看待过去，他们藏起了苦与眼泪，没有抱怨，没有谴责，只有走出苦难后的旷达，以及迎接新生活的信心。他们早已把当年的不公抛在了远方。他们深情地赞美祖国，知道风暴不会永远不住，艳阳天一定会归来。当阳光照耀着往昔岁月的时候，一贯严肃的历史也会绽放出笑脸，长期对69届不友好的命运也会湿了眼眶，和他们冰释前嫌，友好地紧紧握手。

50年前他们哭着离开了北京，把青春捐献给北大荒后又哭着回到了这里。第一次哭是舍不得北京的亲人，第二次哭是舍不得北大荒的乡亲，泪水串起的岁月是他们最宝贵的回味。现在他们笑着回忆往昔，不是赞美上山下乡，不是赞美苦难，是怀念在那段日子里帮助他们的人，是叙述他们的努力和奋斗。他们不绝于口所赞美的是北大荒精神，他们努力传承却不敢说达到了的，也是北大荒精神。当年数万官兵转业到北大荒，他们白手起家，创造了物质财富的同时，也创造出了北大荒精神。11年后8万北京69届同样踏上了这片神奇的土地。在最初的抱怨、彷徨后，慢慢才知道他们已经在享受转业官兵创造的物质成果，更为重要的是，官兵们留下了极为宝贵的精神财富。

北大荒给了促进69届们成长的压力。为了让他们在以后的日子里一马平川，所以准备了极其丰盛的"困难大餐"，就像军队训练那样强迫十五六的这些孩子接受。困难联合起来成了磨难，因磨难铸就了他们自强不息的性格，这是北大荒给他们最大的馈赠，这样的大礼让他们一生受益，从而使69届成为空前的一届小学生。

简单说就是一句话：北大荒让69届们血脉贲张，让他们知道人生没有奇迹，所有的路全靠自己。

北京给69届们提供了一个公平公正的舞台。只要你踏实认真地工作，或者说你就是像在兵团时那样工作，就能得到想象之外的成功。这里不是什么"官""长"的天下，而是勤奋和道义的地盘。在这里，你不必为了一个去食堂的好工作而给领导送一双大头鞋，也不必为了入团而把自己都舍不得吃的北京奶糖献给掌权者。你干好了就什么都有了，而且是追着给你，有时你甚至躲闪不及。这里固然有他们自己的努力，也有北京家乡的厚爱。她认为这些孩子少小离家，该多给些关爱才是。

在人生漫漫的旅途中，不管你在最初的日子里是多么辉煌或是异常低迷，但那只是临时的，成功与否最终才能分出胜负。剧情反转的事例在时时刻刻上演着。当胜利的锣鼓迎来了金色的秋季，谁还能在满山的红叶中疾步如飞，还有兴趣和底气高唱《让我们荡起双桨》，让青春永不失联？谁还有胆量再高吟"醉里挑灯看剑，梦回吹角连营。八百里分麾下炙，五十弦翻塞外声"，让"夜阑卧听风吹雨，铁马冰河入梦来"的豪情相伴终生？

曾经被打得找不到北，只能迎着西伯利亚的狂风哭泣的69届，没有被失败打垮，也没有被微小的成绩迷惑。他们知道，除了努力他们一无所有。所以他们如今依然在奋力前行。从小就开始工作的他们无法停下跋涉的脚步。他们身上有永远不停的奋进，义无反顾的坚持。当年的那些对手有的已经偃旗息鼓，成了陪跑者，但是他们还在跑……

时光夺走了他们的红颜，但是在回望奋斗的风景中，他们依然是翩翩少年，依然有"壮志凌云入九霄，踏遍神州皆春色"的豪气。

几乎所有去过兵团的人都爱说，"有了北大荒这碗酒垫底，什么困难都能对付"。

北大荒这碗酒是用什么酿制的，有如此魔力？就是那八个字：无私奉献，艰苦奋斗。

这就是北大荒精神。

艰苦的生活谢谢你，让我们有一生追梦的勇气。

感悟兵团与尾声

不管明天有多大的风雨，我们对未来从没有放弃。

需要我们屯垦戍边就奔赴前线，塞外屏障多了10万单薄少年的身躯。

本该在课堂里安静地学习，却无奈在奋勇的战天斗地。

当我们全身心的付出，没有奖励却只有被抛弃。

宝贵的青春和付出被随风而去，一切都要从头开始努力。

没有抱怨只有奋斗始终如一，69届的人生苦难多过得意。

尽管如此我们也不会哀怨的提起，

因为我们有北大荒艰苦的洗礼，会把追梦和拼搏传到下一个世纪，

谢谢你，艰苦的生活，让我们在奋斗的一生里发现我们自己，

历经磨难我们依然美丽，笑对未来我们坚定不移！

后 记：
为北京争光的一届"小学生"

斟酌了许久才写下这个题目。这是我对北京六九届初中生的评价，也是我前后坚持10余年写作这本书的动力。此书能在北京六九届上山下乡五十周年之际推出，能为这些"兵团知青骄傲，北京城市英雄"、与老三届不同的一届中学生们立传，让人们知道他们从青涩到成熟的人生经历，我感到自豪。当本书即将付梓之时，有几句话不得不作些交待。

首先要说说遗憾。

新书出版固然欣喜，但是这欣喜可能瞬间消失。因为本书虽然介绍了不少六九届的成长经历，但是还有更多优秀的六九届没有能够收入书中。写入书中的仅是很少一部分。

这样说是有根据的。比如六九届中出了十余位省部级干部，但是书中仅有一位；出版界也同样如此。新闻界在书中算是相对较多的，可是还是有十余位优秀的新闻工作者未能进入书中。其余的各个行业如医卫界、工商界、文艺界、教育界、科技界等等，许多优秀人物也没能写进书中。他们的事迹同样精彩。

北京六九届去内蒙古兵团的也涌现出不少优秀人才，遗憾的是仅有两位被写入书中。

后记

在此要特别提及的是，六九届中还有被授予共和国烈士称号的，他们为国家献出了自己的生命，是公安战线的英雄，是值得当今人们尊敬的。

一位老三届知青说过，兵团之所以让人赞叹成为锻炼人、出人才的大熔炉，就是因为有了一大批北京六九届的支撑。是他们让兵团增添了骄傲的资本，从而使北大荒更加美丽。

如果有可能，将来再写续集。我们争取把更多的六九届的故事记录下来，让社会知道、了解这批北京孩子奋斗的历程。

第二，赞美自强不息并不是赞美苦难，不是怀念上山下乡。

在我有写作计划时，有不少人问我为何要写这本书（不是我有多大影响，很多人都知道我要写这样一本书，是我主动告诉人家的）？我也曾不断地问自己。

如果说记录北京六九届如何在边疆锻炼就是歌颂苦难，就是怀念上山下乡，就是"一种病"，那么中国历史上就没有什么可以歌颂的了。中国历史上豪杰、英雄都是在各种困难中成长的。按照那些批评者来说，就都不该歌颂，歌颂就是怀念那个时代。这种观点实际上是历史虚无主义和自私自利的挡箭牌。更何况兵团有每月32块钱的工资，有食堂，有探亲假。比起插队来说条件还是相对好的。说苦难有些勉强，说艰苦比较准确。

我当然不会怀念上山下乡。但是我歌颂那些在祖国需要之时挺身而出的中学生，实际上的小学生。在离家3000里外的北大荒付出了青春的十五六岁的少年。在北京六九届下乡之前，有过十五六岁集体戍边的纪录吗？

在和平年代，屯垦戍边就是最艰苦最危险的工作，是建设祖国、保卫祖国的伟大的举动。这个举动的主力军就是十五六岁的北京六九届。

这些少年平时种地，他们是一个农民，或是说少年农民。如果按照城里的童工比照，他们可以叫"童农"。战争爆发，他们又要像军人那样上战场，就是童子军，就是少年英雄。也就是说六九届没有军人的荣誉，却有军人的牺牲。没有全社会对军人那般尊敬的目光，却有保家卫国的重担。回城后他们拼命学习，一直奋斗，许多人成为兵团的骄傲，以致提到兵团就会说到他们。这样的人，不是最可爱的人吗？不值得歌颂吗？歌颂了这些少年，就是怀念上山下乡？

有多少高喊着"革命""奋斗""为人民服务"的人，他们一生可曾去过一天那遥远的边陲？

就是因为我的同龄人优秀的事迹感染着我、激励着我，他们是我的榜样；还因为我年少离家和同学们一起到北大荒，在那么寒冷与艰苦的环境中咬牙度过，就是因为有了大家的鼓舞支持。想想那些稚嫩却给我力量、温暖的六九届同学，没有他们就没有我的今天，他们又是我的靠山。出于这两点，我觉得应该把他们写出来。著名画家刘孔喜说过，他创作"革命人永远是年轻时"的动机，是记录下与今天不一样的男孩子、女孩子，是把回忆留给原野，把希望带给未来。他说得好，我也是这么想的。

第三，为什么叫这个书名？

在写作之初，书名尚未确定时，几位荒友的话给我以启发。

原中国建设银行悉尼分行行长王启新对我说，你这是在为六九届立传。

原北京大学教授杨铸对我说，你是六九届的代言人。

现任时代基金会副理事长的郑宪临对我说，你的这本书让人知道了六九届。

著名画家李海江对我说，但愿历史不要遗忘六九届。

还有许多类似的表述与鼓励。

他们的意思很明确，就是六九届完全是一个单独的整体，有足够的内容撑得起来，有丰富的内涵立得住。

正是他们的提点，最后书名定为了《北京六九届》。

单独写一届中学生，又是六九届，目前还没有过先例。谁也没有听说

后记

过有"北京六六届""北京六七届""北京六八届"的说法。没有先例可借鉴的,所以本书只是探索。书中难免有不妥或者不圆满之处,敬请读者特别是我的六九届朋友们包涵。

原北京外交学院教师党大建看过书稿后对我说,你成了六九届问题研究专家。对于这样的说法我很惭愧。但是他是第一个把六九届当成一个课题、一个研究项目来看待的。惭愧之余,也激励着我把研究、表现六九届的工作继续下去。

第四,感谢所有接受采访的六九届。

书中的大部分人还都在工作,并且是满负荷的,有人要编写高校教材,有人要负担行业发展;有人要打理企业,有人需扩大经营;有人笔耕不辍,有人诗画频出,他们在讴歌美好,记录时代。他们的信条都是"生命不息,拼搏不止"。但是他们都放下手中的工作抽出时间来接受采访。还有不少人下了班赶到我这里,商谈稿件事宜。

我在此向书中的每一位被采访者表示由衷的感谢!

写作的过程也是学习的过程。

我与同龄人的交谈中,感受到了他们对老军垦、老知青的尊敬以及感恩。几乎没有一味地对环境艰苦的抱怨,没有对少小离家的怒气。他们对当年那场远行的态度让我明白了他们为什么会成功。

还要提及叶克冬。他得知写他的文章靠前时,连续给我发微信,强调一定要把他的文章放在多数人的后面。前面应该是那些全国劳模以及像邹静之这样的艺术家。

还有许多同龄人也给我以帮助,我也同样要表示感谢!

比如我们6团1营的马平、杜严、苗全、倪伟、李小铃、张忠民、支长明、于宝成、张慎彬、王山等人。

后来我到了全营最艰苦的6连,在这里也同样得到了同龄人的热情帮助。他们的温暖让我渡过了最初的艰难。要感激的是刘晓天、刘一林、毛大鹏、唐爱松、王建民、刘五二等人。印象深刻的是一天晚上打夜班拉沙子,一朋友帮助我出头,竟然把铁锹往沙子上一杵,和领导叫上了板,那个领导居然无话可说。

在农业连队两年后,革命老前辈楚青阿姨帮我调到了兵团炼油厂,这是当时兵团最好的工业单位。到了工厂后她还关心我的工作问题,上学问题。可以说如果没有她老人家我不可能是今天的状况。其实回北京后我多次想去看望她老人家,可是我自愧没有什么成就,也就没有去。现在老人家已经仙逝,只能用这本小书对她表示敬意,祝她在天堂安好。

在炼油厂也有同龄人同样给了我很大帮助,如刘骥、高平、戴书宏、周建刚、张通海、华竖坚等人。

最后还要真诚提到范立新老师夫妇,因为拙作最初的思路,初稿结构、顺序都不理想,排版时反复调整工程巨大。是他们不厌其烦地帮我排版,多次反复,才使拙作成型。在此向他们表示感谢!